Stefán Máni

In schwarzen Spiegeln

EDITION M

Das Buch

Das Opfer liegt in einer Blutlache: Ein brutaler Mord erschüttert Reykjavík. Der schweigsame Streifenpolizist Grímsson entdeckt eine Verbindung zu einem mysteriösen Fund in einem Lagerhaus: ein schwarzer Spiegel und ein altes Buch, das dem inhaftierten Anarchisten Aron gehört. Der Mord trägt Arons Handschrift, aber das widerspricht jeder Logik: Wie soll der Täter am Tatort und im Gefängnis zugleich gewesen sein?

Als ein zweiter Mord geschieht, kommt Grímsson plötzlich einer Lösung auf die Spur, die ihn nicht nur seinen Job kosten könnte, sondern auch seinen Verstand. Ganz zu schweigen vom Leben seiner Freundin …

Der Autor

Mit 17 Jahren schmiss Stefán Máni die Schule und bereiste die Welt, immer auf der Suche nach guten Rockkonzerten und Abenteuern. Schließlich landete er wieder in Island, wo er in der Fischindustrie seiner Heimatstadt Ólafsvík Arbeit fand und 1996 sein erstes Buch veröffentlichte. Inzwischen wurden 13 seiner Bücher für den Skandinavischen Krimipreis nominiert, sein Buch »Das Schiff« wurde verfilmt und in vier Sprachen übersetzt. 2007 und 2013 erhielt er den renommierten isländischen Krimipreis *Blóðdropinn*. Stefán Máni lebt in Reykjavík.

STEFÁN MÁNI

IN SCHWARZEN SPIEGELN

Thriller

Aus dem Isländischen von Karl-Ludwig Wetzig

EDITION M

Die isländische Ausgabe erschien 2016 unter dem Titel »Svartigaldur« bei Forlagið bókabúð, Reykjavík.

Deutsche Erstveröffentlichung bei
Edition M, Amazon Media EU S.à r.l.
38, avenue John F. Kennedy, L-1855 Luxembourg
Oktober 2019

Die Übersetzung dieses Buches wurde durch Amazon Crossing ermöglicht.

Umschlaggestaltung: semper smile, München, www.sempersmile.de
Umschlagmotiv: © Matthieu Paley / Getty; © Gile68 / Shutterstock
Lektorat und Korrektorat: Verlag Lutz Garnies, Haar bei München, www.vlg.de
Gedruckt durch:
Amazon Distribution GmbH, Amazonstraße 1, 04347 Leipzig /
Canon Deutschland Business Services GmbH, Ferdinand-Jühlke-Straße 7, 99095 Erfurt /
CPI books GmbH, Birkstraße 10, 25917 Leck

ISBN 978-2-91980-609-6

www.edition-m-verlag.de

Dieses Buch ist für Skuggi

»Ein solches Buch war nach Einschätzung der Obrigkeit Seelenmord und Feuersbrunst, das waren gefährliche und verbotene Künste. Wer ein solches Buch besaß, sollte ein verdammenswertes Opfer der Flammen werden, war menschlicher Abschaum und in Wahrheit ein Teufel in Menschengestalt, ausgesandt vom Höllenfürsten, und der erregte den Zorn Gottes, der das Land wie ein Bleigewicht in bodenlose Tiefe versenken konnte, wenn dagegen nichts unternommen wurde.«

Aus dem Vorwort zu Matthías Viðar Sæmundssons *Galdrar á Íslandi* (»Hexerei in Island«)

Schwarzer Spiegel

In dem dunklen Raum brennen zwei schwarze Kerzen, die mit einem halben Meter Abstand auf einer alten Kommode stehen. Zwischen den Kerzen liegt ein bräunlicher alter menschlicher Schädel ohne Unterkiefer, im oberen fehlen einige Zähne. Hinter den Kerzen und dem Schädel steht ein schwarzer Spiegel.

Der Schädel zeigt zu einem jungen Mann, der gerade aufgerichtet auf einem Stuhl vor der Kommode sitzt. In den Augenhöhlen des Totenschädels liegt tiefe Finsternis. Der junge Mann ist blond und hat blaue Augen, er trägt eine schwarze Jacke, einen roten Pulli, stonewashed Jeans und weiße Turnschuhe. Auf seiner Stirn sitzt eine alte Narbe in der Form etwa wie das Nike-Logo. Seine Handflächen ruhen auf den Oberschenkeln, in den Ohren hat er kleine Earphones. In dem schwarzen Spiegel sieht er sich selbst in die Augen. Die Pupillen sind geweitet. In seinen Ohren klingt eine dunkle, tonlose Stimme.

»Du siehst drei Dinge«, sagt die dunkle Stimme. Sie kitzelt ihn im Ohr. *»Zwei Kerzen und einen Schädel. Der Schädel ist ein Tor, bald werden wir eine Reise antreten, in ihn hinein, durch ihn hindurch. Du siehst zwei Dinge. Die Kerzen sind miteinander verschmolzen. Ein Tor öffnet sich in dir, entspann dich und lass*

dich tiefer sinken. Du siehst noch eine Sache. Das ist die Flamme, die vor dir flackert. Der Schädel ist verschwunden. Du bist der Schädel, er ist leer, weil dein Bewusstsein gesunken ist. Du entspannst dich und erlaubst deinem Bewusstsein zu schlafen. Du bist leer, du fühlst dich gut. Enter Eckankar!«

Er ist leer, er stürzt. In dem Schädel ist ein ganzes Universum von Nichts. Ein dunkles Universum, kalt und leer wie er selbst. Bilder schießen durch das Universum, durch den Schädel, durch den Kopf. Es sind alte Erinnerungen, Reflexe aus seinem Leben. Er ist kein Mensch mit Wahrnehmungen und Bewusstsein mehr, sondern eine Halbkugel aus Glas, gefüllt mit Wasser und weißen Flocken, die Schnee darstellen und im Kreis herumwirbeln, bevor sie sich setzen. Jede Schneeflocke ist eine Erinnerung, ein Lichtreflex, ein alter Augenblick, den er wieder und wieder durchlebt. Es sind gar keine Erinnerungen, merkt er nun. Das sind echte Momente, Augenblicke, Geschehnisse aus der Vergangenheit, die in ihm erwachen oder er in ihnen. Die Zeit ist ein zerbrochenes Bild, das sich über alles verstreut, eine Million Glassplitter, die durch die Leere schießen und leuchten wie bengalische Feuer, Blitze, Atomexplosionen in der Seele. Falls es nicht die Seele ist, die zersplittert, die wie Scherbenregen durch das Universum in dem Schädel fliegt.

Er hält ein Messer in der Hand. Er schaut, er atmet. Er will jemanden umbringen, weiß aber nicht, wen. Doch *er* weiß es. Der andere. Der, der ihm hinter der Mauer der Albträume ins Ohr flüstert wie ein grausam knisternder Waldbrand.

***

In der zerklüfteten Lava südlich von Hafnarfjörður stehen alte Gerüste zum Trocknen von Fisch; die meisten sind eingestürzt, weil man sich seit Jahren nicht um sie gekümmert hat. Die Gestelle bilden lange, breite Gassen. Verwitterte Pfosten tragen acht Meter lange Querlatten, die vom Alter weiß geworden sind, aber im Lauf der Zeit Tonnen von gebündelten Fischen getragen haben. Hier und da liegen aufgeweichte und verrottete Latten auf der Erde. Ohne Fische sehen die Gerüste etwas gespenstisch aus.

Es ist Nacht. Ein voller Mond geistert durch Wolken, es ist kalt, feiner Nieselregen fällt auf Moos und Lava.

Unter einem Gerüst stehen sieben junge Männer und betrachten einen achten, der mit einer Schlinge um den Hals auf einer hochkant stehenden Palette balanciert. Er ist blond und hat blaue Augen, sein Oberkörper ist nackt, sein Mund mit Tape zugeklebt, seine Hände sind auf dem Rücken zusammengebunden. Auf Brust und Rücken hat er Brandlöcher und offene Wunden. Seine Augen sind vor Angst und Schrecken weit aufgerissen. Die Schlinge ist an einer der Latten befestigt. Der feine Sprühregen sammelt sich zu Tropfen, die das Seil hinablaufen, über das bleiche Gesicht und die blutige Brust. Seine Füße zittern und zucken, die Palette schwankt und könnte jeden Moment umfallen.

Wenn sie kippt, fällt er senkrecht nach unten, dann zieht sich die Schlinge um seinen Hals zu und stoppt ihn auf halbem Weg.

Die sieben Zuschauer sind von Kopf bis Fuß schwarz gekleidet, von den geschnürten Springerstiefeln bis zu den Tüchern über Mund und Nase. Sie sehen zu, wie der mit ihnen Gleichaltrige um sein Leben kämpft. In den Augen der meisten sind weder Hass noch Bosheit zu sehen. Sie sind leer, ein wenig traurig bis zaudernd. Sie wollen das nicht, was hier vor sich geht, aber sie wissen, dass es unumgänglich ist. Sie können es nicht abbrechen. Es liegt nicht in ihren Händen, wie so vieles in ihrem Leben. Sie würden damit aufhören, wenn sie könnten, aber sie können nicht.

Zumindest *tun* sie nichts. Sie sind wie gelähmt.

»Ich weiß, was ihr denkt«, sagt einer und steckt das Messer ein, das er in der Hand hält, ein scharfes Messer mit einem blauen Griff. »Und solche Gedanken sind Unkraut, das man ausreißen und ins Feuer werfen muss. Unkraut wie das, das hier zu Fleisch geworden auf der Hinrichtungsplattform steht.«

Er zieht sich das Tuch vom Gesicht und mustert die übrigen, einen nach dem anderen. Ihre Augenlider flattern, aber sie wagen es nicht, den Augen auszuweichen, die sie anstarren, die dunkel, kalt und konzentriert in sie *hinein* schauen.

»Wenn ein Wolf zu lahmen beginnt, fallen die anderen über ihn her und töten ihn. Ein lahmer Wolf ist ein Hemmschuh. Er ist unnütz, er hält das Rudel auf und *schwächt* es. Schwäche ist ansteckend. Ein schwaches Glied aus der Kette zu entfernen, ist nichts Böses, es ist vernünftig.«

»Aron …«, sagt einer der Maskierten, der Kleinste in der Gruppe.

»Was ist?«, fragt Aron kalt.

»Reicht es nicht …«, sagt der Kleine. »Muss es denn wirklich …«

»Hast du etwa Zweifel?«, brüllt Aron. »Hast du Hintergedanken? Willst du vielleicht aussteigen? Oder will der kleine Mummi vielleicht als Nächster am Strick baumeln?«

»Nein, aber …«

»Wenn nicht, dann bekommst du die Ehre.« Aron tritt mit dramatischer Geste zur Seite und macht Mummi ein Zeichen vorzutreten.

»Was denn?«, fragt Mummi, dem vor Nervosität fast die Stimme versagt.

»Tritt die Palette unter ihm weg!«, befiehlt Aron.

Mummi schüttelt den Kopf. »Nein, nicht ich!«

Aron zieht das Messer wieder aus der Scheide. »Tu's, oder ich schneide dir die Kehle durch. Ich schwör's dir.«

»Aber …« Mummi tritt zögernd vor. Er schaut nach oben. Der Regen fällt in dünnen Schleiern. Die schwankende Palette quietscht, als der zum Tod Verurteilte verzweifelt versucht, das Gleichgewicht zu halten. An seinen Armen und seinem Hals treten die Adern hervor, sein Gesicht ist blutrot, und in den Augen stehen Panik und helle Verzweiflung.

»Los jetzt!«, bellt Aron.

Der kleine Mummi zaudert, dann tritt er gegen die Palette – sie kippt. Der Junge fällt, das Gestell knarrt, als sich die Schlinge um Muskeln und Sehnen schließt und das Gewicht des Körpers die Halswirbel auseinanderreißt.

Mummi rennt weg, wirft sich auf die Knie, schreit vor Schrecken und erbricht sich in sein Tuch. Die anderen wenden sich ab und rücken in stummer Verweigerung dicht aneinander. Alle bis auf Aron, der fasziniert zusieht, wie das Leben aus dem Gehenkten weicht. Mit unbewegter Miene betrachtet er das geschwollene Gesicht, die blau und schwarz anlaufende Haut, die zappelnden Beine.

Dienstag

Hörður Grímsson sitzt im alten Drehstuhl des Friseurladens im Klapparstígur und sieht sich selbst im Spiegel. Beziehungsweise er versucht, sich in dem großen und blank gewienerten Spiegel *nicht* zu betrachten. Er hat nicht viel dafür übrig, sich selbst zu bewundern, und findet im Übrigen auch nicht viel Bewundernswertes an sich. Ganz im Gegenteil. Erstens ist er über zwei Meter groß, und das macht ihn auffällig. Aufmerksamkeit aber kommt ihm ungelegen. Zweitens ist er zu dünn. Jedenfalls *wirkt* er durch seine Länge so. Er wiegt gut und gerne über hundert Kilo, aber die verschwinden, sobald sie sich über die vielen Zentimeter verteilen. Seine Haut ist farblos, als ob er seit Langem krank sei oder gar tot. Seine Gesichtszüge sind grob, markant, hart. Er sieht immer unrasiert aus, auch wenn er sich jeden Morgen rasiert. Und dann die Haare, dunkelrot und grob wie bei einem Pferd.

Seit dem letzten Friseurbesuch sind erst drei oder vier Wochen vergangen, aber sein kurzes Haar steht schon wieder in alle Richtungen ab, und im Nacken wuchert es wie Wolle.

Nein, es lässt sich nicht behaupten, dass Hörður sein größter Bewunderer sei. Nur äußerst wenig an dem lieben Spiegelbild schmeichelt seiner Meinung nach dem Auge. Außer eben seine

Augen vielleicht. Sie sind smaragdgrün mit einem dunkleren Ton in der Tiefe.

Ihm gefällt das Grün, denn es erinnert ihn an seine Mutter und seine Schwester seligen Angedenkens, die auch beide grüne Augen hatten. Nur den dunkleren Unterton mag er nicht. Darin stecken schlimme Erinnerungen und alle möglichen Dinge, von denen er nichts wissen will.

»Na, was kann ich für dich tun?«, fragt der Friseur munter, der eine Friseurin ist. Eine junge dazu. Klein, dunkelhaarig und ein bisschen pummelig. Sie trägt das Haar kurz, ihre Stimme klingt warm, ein hübsches Lächeln. Etwas über zwanzig, schätzt Hörður. Er ist noch keine dreißig, sieht aber zehn Jahre älter aus.

Er räuspert sich. »Na ja, wieder ein bisschen Schnitt reinbringen, oben kurz, im Nacken ausrasiert. Das Übliche.«

»Bist du Stammkunde bei uns?«, erkundigt sie sich. Sie befeuchtet seine Haare und fährt mit schlanken Fingern hindurch. Es fühlt sich angenehm an, ein Wohlgefühl rieselt ihm über den Rücken. Er könnte ewig so sitzen bleiben.

»Ja«, antwortet Hörður, dann legt sich Schweigen auf seine Zunge. Sollte er nicht noch mehr sagen? Doch, aber was? Er wird verlegen, und Röte steigt seinen blassen Hals hinauf.

Der Friseurstuhl ist ganz tief gestellt, aber die junge Frau muss trotzdem die Arme heben, um die Haare oben auf seinem Schopf zu schneiden. Schnipp, schnapp, macht die Schere in schnellem Takt, die Finger fahren rasch durch seine feuchten Haare. Nasse Strähnen fallen auf den Nylonumhang, den sie Hörður umgelegt hat. Er schließt die Augen und will sich entspannen, aber es gelingt nicht. Sein Herz klopft, er ist innerlich unruhig und hat einen trockenen Mund.

Sie ist ihm so nah, dass er ihre Körperwärme spürt. Ihre Gegenwart fühlt sich gut an, und sie riecht gut.

»Bist du schon lange bei der Polizei?«, fragt sie.

Hörður zuckt, im Spiegel begegnen sich ihre Augen. Die ihren sind groß und braun, warm wie ein Abend in Spanien. Er schaut weg.

»Och, na ja«, sagt er. Unter dem Umhang trägt er seine Uniform, kurzärmeliges hellblaues Diensthemd und dunkelblaue Hose. Der Einsatzgürtel drückt ihn im Kreuz, und vom rechten Ohr verbindet ihn ein Kabel mit seinem Funkgerät. Jacke und Dienstmütze hängen an der Garderobe. Er und sein Kollege Vigfús haben Tagschicht. Vigfús sitzt auf einem gleichen Stuhl am anderen Ende des Salons und gibt vor seinem Friseur an, einem Mann. Vigfús ist über fünfzig, blond, breites Gesicht mit einem sorgfältig gestutzten Vollbart und einem Bierbauch.

»Wieso bist du Polizist geworden?«, fragt die Friseurin.

Hörður schluckt, sein Körper versteift sich. In seinem Kopf wirbeln Wörter und Sätze wie welkes Laub in einer Toreinfahrt. Doch die Wörter wollen sich nicht verständlich aneinanderreihen, geschweige denn den Weg aus seinem Gehirn in den Mund und von dort hinaus finden. Anstatt eine Antwort zu geben, läuft er rot an und fühlt sich vollkommen doof. Die Wörter werden zu einem lauten Brummen, dann lösen sie sich auf und verduften.

»Entschuldige, ich wollte nicht neugierig sein«, sagt das Mädchen rasch und schneidet weiter, die Schere klappert noch schneller.

»Kein Problem«, murmelt Hörður, heiser vor Stress. Er schließt die Augen und tut so, als würde er sich entspannen, doch am liebsten würde er aufspringen, aus dem Laden laufen und nie wiederkommen. Was ist er bloß für ein Loser!

Oktober in Reykjavík, kalt, leichter Nordwind. Die Bäume haben keine Blätter mehr, die Straßen sind staubig, die Sonne geht spät auf, aprikosengelb, und früh unter, dunkel wie eine

Blutorange. Die Zeit der kurzen Tage legt sich langsam über alles wie die Nacht der Nächte. In zwei Monaten wird die Dunkelheit kaum noch auszuhalten sein, trotz der ganzen Weihnachtsbeleuchtung, oder vielleicht auch wegen ihr. Das Licht produziert Schatten.

Der Herbst ist ein langsames Sterben, die Depression der Natur.

»Ob es wohl Bratfisch gibt?«, fragt Vigfús, als er den Streifenwagen vor dem Múlakaffi in Hallarmúli parkt. Es stehen noch vier weitere Polizeiautos auf dem Parkplatz. Um die abendliche Essenszeit werden es noch mehr sein, dann ist das geräumige Lokal voller Gesetzeshüter.

»Möglich«, sagt Hörður knapp. Er ist in Gedanken noch immer mit der Friseurin mit dem hübschen Lächeln, den braunen Augen und den Zauberhänden beschäftigt. Hat er sich verknallt? Möglich. Aber das hat nichts zu sagen. Er hat's vermasselt. War stumm wie ein Fisch. Nach der Vorstellung ist sie ganz bestimmt nicht scharf auf ihn, so viel steht fest. Und sicher hat sie einen Freund.

Vigfús stellt den Motor ab, sie steigen aus und setzen die Mützen auf.

Im Múlakaffi steht die Luft, es ist laut, stickig, Bratgeruch. Dienstag, Bratfisch, paniert.

»Hab ich's nicht gesagt?«, triumphiert Vigfús.

Hörður ringt sich ein Lächeln ab. Sie stellen sich in die Schlange, nehmen Tabletts und durchlaufen die alltägliche Routine. Vigfús schäkert mit den Frauen hinter dem Tresen, Hörður schweigt und schiebt sich weiter.

Sie setzen sich an einen langen Tisch, an dem bereits fünf Kollegen sitzen. Man nickt Guten Tag und so weiter.

»Frisch vom Friseur?«

»Ja, ja.«

»Schick, oder?«

Vigfús fühlt sich hier zu Hause. Er kommt mit den Kollegen sofort ins Gespräch über dies und das, das Wetter, die Arbeit, zwischendurch schaufelt er den Fisch in sich hinein und spült ihn mit kalter Milch hinunter. Hörður begreift nicht, wie Leute endlos über alles und nichts quatschen können. Am liebsten würde er irgendwo für sich allein sitzen und in Ruhe essen. Aber wenn er sich das herausnähme, würde man ihm vorwerfen, sich abzusondern oder, schlimmer noch, dass er sich für etwas Besseres halte. Er weiß Bescheid, weil ihm das schon oft passiert ist, in der Schule wie auf der Arbeit.

Hörður kann es nicht ausstehen, wie Vigfús isst, er schlingt und schmatzt und redet mit vollem Mund. Oft vergeht ihm der Appetit nur allein dadurch, dass er neben ihm sitzt. Hörður greift nach dem zusammengefalteten Morgenblatt, blättert es auf und tut so, als würde er lesen, während er sich zum Essen zwingt. Vigfús schwadroniert von dem freiwilligen Schichtsystem, das ihm vorschwebt, aber Hörður lässt seinen Redeschwall zum einen Ohr herein und zum anderen hinausgehen. Er hat das alles schon oft gehört.

»Steht was in der Zeitung?«, fragt der, der Hörður gegenübersitzt. Es ist ein Mann in seinem Alter, ein ehemaliges Handballass, an dessen Namen er sich nicht erinnert.

Björn oder Bjarni?

Hörður tut so, als sei er tief in seine Lektüre versunken, dann guckt er langsam auf. »Was?«

Der Kollege grinst. »Unglaublich, wie sich manche konzentrieren können.«

Hörður presst ein Lächeln hervor und klopft mit dem Finger auf die Zeitung. »Es ist die Schachaufgabe. Die löse ich gern.«

»Okay«, sagt der Kollege uninteressiert. »Aber apropos Sport, auch wenn man Schach nicht direkt als Sport bezeichnen kann. Wir wollen uns heute Abend im Ölver treffen und das Spiel gucken. Kommst du auch?«

»Welches Spiel?«, fragt Hörður und äugt dabei zum übernächsten Tisch hinüber. Da sitzen zwei in Zivil Gekleidete von der Kriminalpolizei, Jafet Sigurðsson und Engilbert Gústafsson, genannt Betti. Hörður kennt ihre Namen, weil er sich mit der Arbeit und den Methoden der Kripo wohlvertraut gemacht hat. Es ist sein größter Traum, einmal zur Kriminalpolizei versetzt zu werden, er träumt seit ungefähr zehn Jahren davon, hat es aber noch nie jemandem anvertraut.

Jafet und Betti sitzen schweigend am Tisch. Jafet liest ein Buch. Könnte eins von Gyrðir Elíasson sein, denkt Hörður. Betti beschäftigt sich mit seinem Handy, wahrscheinlich schreibt er eine SMS. Beide wirken ernst und respektgebietend, anders als die Clowns an seinem Tisch. Hat dieser Bjarni gerade etwas gesagt?

Hörður schreckt aus seinen Gedanken auf. »Was sagst du?«

»Ajax gegen Arsenal«, sagt Björn oder Bjarni genervt. »Champions League, Mann! Hörst du mir nicht zu?«

Handball? Fußball? Er hat keine Ahnung.

»Doch, ich …« Hörður bricht ab und schaut einen Moment auf seinen Teller, auf dem der Fisch kalt wird und das Bratfett stockt.

Er weiß, dass er sich unter die Leute mischen muss. Er weiß es genau und muss daran etwas tun. Sonst kommt er nicht weiter. Alles dreht sich um Kontakte, um Ansehen und darum, auch möglichst beliebt zu sein. Tüchtigkeit und Wachsamkeit sind nicht alles. Wenn er nicht sein ganzes Leben lang Streifenpolizist bleiben will, muss er auf diesem Gebiet mehr tun. Er hat doch seinen Ehrgeiz, verdammt noch mal!

Er räuspert sich, blickt auf und grinst breit: »Ja, klingt gut. Klar gucke ich mit euch zusammen.«

»Prima«, sagt Björn oder Bjarni. »Wir haben eine Tipprunde. Einsatz ein Tausender pro Mann. Jeder tippt das Ergebnis, wir schreiben es auf, und der, der richtig getippt hat, kriegt am Ende den Pott.«

»Okay.« Hörður nickt. Ah, deshalb wollen sie ihn dabeihaben, damit mehr Geld in den Pott kommt. »Kein Problem, Arsenal gewinnt.«

»Arsenal sagt er«, brummelt Bjarni oder Björn und zückt ein zusammengefaltetes Blatt und einen Stift. »Und das Ergebnis?«

»Ja, das Ergebnis«, sagt Hörður und denkt nach. Arsenal ist eine Fußballmannschaft, dessen ist er sich einigermaßen sicher. »Ich sage mal drei zu eins.«

Er und Vigfús sitzen kaum wieder im Auto, da knackt es im Funkgerät. »Zentrale für 213, kommen!«

Vigfús antwortet: »Hier Wagen 213, kommen!«

Hörður schüttelt eine Zigarette aus dem Päckchen und zündet sie an, dann kurbelt er das Seitenfenster halb herab.

»In einem Möbellager auf Grandi ist ein Schädel gefunden worden. Könnt ihr euch das ansehen?«

Hörður reißt die Augen auf, dann bläst er den Rauch aus der Nase. Vigfús zuckt mit fragendem Gesichtsausdruck die Schultern und antwortet: »Wir übernehmen, Ende.«

»Ein Schädel?«, staunt Hörður.

»Kein Tag wie der andere«, sagt Vigfús philosophisch und fährt los. »Ich hab's schon so oft gesagt und werde es noch oft sagen: Kein Tag wie der andere.«

Hörður verdreht die Augen.

Die Lagerhalle Geymslur ist in einem würfelförmigen Neubau auf dem aufgeschütteten Grandagarður am Hafen untergebracht, nahe einem Supermarkt und einem Baustoffhandel, gleich gegenüber der Fischölfabrik Lýsi hf. Wellenbrecher schützen das Gelände vor den aufgewühlten Wellen des Atlantiks, aber ein salziger Wind weht vom Meer, und Möwen schweben durch die graue Luft, die nach Öl, Lebertran und Schiffsbilge riecht.

Sie gehen durch ein Tor aus Maschendraht und über einen gepflasterten Bürgersteig. Der Mann, der sie empfängt, heißt Guðjón, er hat auch wegen des Schädels angerufen. Er ist etwa sechzig, klein und glatzköpfig, trägt eine Nylonjacke, weite Jeans und Holzclogs, ein typischer Hausmeister.

Er geht vor ihnen einen kalten Gang entlang, die Clogs hallen auf dem Steinfußboden, und sein großer Schlüsselbund klimpert.

»Ich musste das doch melden. Vielleicht ist es ja nichts, aber ich habe mich schon erschrocken. Und was macht man mit so was? Ich muss den Container ausräumen, er ist sehr vernachlässigt. Das geht doch nicht, dass man hier allen möglichen Mist ablädt, ohne zu bezahlen.«

Zu beiden Seiten stehen abgeschlossene Container, alle mit gelben Schiebetüren und Vorhängeschloss. Die Schritte des Hausmeisters hallen durch das Gebäude. Hörður und Vigfús tragen Schuhe von Ecco mit Gummisohlen.

»Hier ist es.« Guðjón öffnet das Schloss an einer Tür und schiebt sie auf, dann schaltet er das Licht in dem Container ein. »Das ist ein Schloss von uns. Das andere, das der Mieter angebracht hat, habe ich aufgebrochen. Der Container ist vernachlässigt, darum habe ich ihn aufgebrochen. Ich hatte das Recht dazu. Man muss doch schließlich bezahlen!«

»Danke. Warte bitte hier vorn, während wir uns das ansehen«, sagt Vigfús. Er betritt den Container, der etwa so groß ist wie eine halbe Garage. Hörður folgt ihm dichtauf.

Der Container ist größtenteils leer. Das wenige, das er enthält, würde auch in einen Transporter passen. An der hinteren

Wand steht das einzige Möbel: eine alte Kommode aus Teakholz auf schmalen Füßen und mit zwei Schubladen. Auf ihr liegt ein menschlicher Schädel, daneben ein schwarzes Tuch. Rechts und links neben der Kommode stehen drei volle Müllsäcke und vier gefüllte Pappkartons. An einer der Seitenwände lehnt ein großer Spiegel in einem verschnörkelten Rahmen.

»Ich habe nichts angefasst«, sagt der Hausmeister. »Ich habe nur das Tuch weggezogen und mich erschrocken. Dann habe ich gleich euch gerufen.«

»Das war genau richtig«, sagt Vigfús. Er betrachtet den Totenschädel, genau wie Hörður. Er ist bräunlich, ziemlich dunkel, hat Risse und Löcher, und ihm fehlen etliche Zähne. Die Kommode ist voller Schnitte und Brandflecken und zum größten Teil mit schwarzem Wachs bedeckt. Beiderseits des Schädels sind größere Wachshaufen, aus denen kurze und dünne Eisenstifte ragen. Abgeknipste Nägel, vermutet Hörður.

»Dieser Schädel ist alt.« Hörður zieht Einmalhandschuhe aus einer Tasche seines Einsatzgürtels und streift sie über. »Jahrzehnte alt, würde ich schätzen, und aus dem Ausland höchstwahrscheinlich. Aus einer alten Gruft. Ich kann nicht sehen, dass er einmal länger in der Erde gelegen hätte.«

Vigfús nickt, auch er zieht Latexhandschuhe an, nimmt das schwarze Tuch, das etwa die Größe eines großen Taschentuchs hat, und schüttelt es, bevor er es zur Seite legt. Dann zieht er die oberste Schublade der Kommode auf. Darin liegen schwarze Kerzen, einige Messer verschiedener Machart, ein Päckchen Räucherstäbchen und eine kleine Flasche mit Duftöl. Weiter hinten in der Schublade kommen drei schwarze Stoffpuppen zum Vorschein, in denen Nadeln stecken – Voodoopuppen.

»Was zum Teufel ist das denn?«, flüstert Vigfús.

»Hokuspokus«, sagt Hörður.

»Was für einer denn?«, fragt Vigfús.

»Schwarze Magie«, sagt Hörður.

»Ob schwarze oder weiße«, knurrt Vigfús voller Verachtung. »Jede Hexerei ist das Gleiche. Alles Aberglaube und dummer Quatsch!«

»Stimmt und stimmt nicht«, sagt Hörður. »Weiße Magie hat mit Naturheilkunde, Liebeszauber und so weiter zu tun, es geht ihr darum, zu heilen und zu helfen. Schwarze Magie hat mit den Mächten der Unterwelt zu tun. Sie ist ihrem Charakter nach egoistisch und dreht sich um persönliche Bereicherung, vor allem auf Kosten anderer. Man wendet sie an, um zu schaden, zu zerstören und zu töten.«

»Woher weißt du das?«, fragt Vigfús erstaunt.

»Kenne deine Feinde?«, gibt Hörður zurück und zuckt die Schultern. Er nimmt zwei schwarze Kerzen und spießt sie auf die Nägel auf der Kommode, dann holt er den Spiegel und stellt ihn hinter den Kerzen und dem Totenschädel auf die Kommode. »Jetzt sieht's aus wie ein Altar, oder?«

»Wie bist du denn da drauf gekommen?«, fragt Vigfús überrascht. »Und was hat das eigentlich zu bedeuten?«

»Ich fand das ganz offensichtlich«, antwortet Hörður. »Aber vielleicht bin ich auch auf dem falschen Dampfer. Es gibt doch immer bestimmte Zirkel, die sich mit schwarzer Magie und solchem Zeug beschäftigen. Das ist momentan sicher en vogue.«

»Hä? En vogue?«, äfft Vigfús ihn nach. »Bist du ein Däne, oder was? Wolltest du sagen, das sei jetzt in Mode? Nur alte Tanten quasseln so hochgestochen daher.«

»Whatever«, antwortet Hörður. Seine Mutter hat oft französische Ausdrücke gebraucht, genau wie ihre Mutter.

»Und jetzt auch noch Englisch«, entrüstet sich Vigfús; dann dreht er sich um. »Wer hat diesen Container gemietet?«

»Ein Guðmundur Vífill Marínósson«, sagt Guðjón verärgert. »Er hat aber eine falsche Adresse hinterlegt und geht auch nie ans Telefon, wenn er denn die richtige Nummer angegeben hat, verflucht noch mal. Er hat ein halbes Jahr im Voraus bezahlt, ist aber jetzt zwei, bald drei Monate im Rückstand.«

»Der kleine Mummi«, murmelt Vigfús.

»Er ist ex und hopp, richtig?«, fragt Hörður.

Vigfús nickt.

»Was ist er?«, fragt Guðjón.

»Guðmundur ist verstorben«, erklärt Vigfús. »Er hat sich Anfang des Jahres das Leben genommen. Ich meine, im Januar. Also etwa um die Zeit, als er den Container gemietet hat.«

»Scheiße«, sagt Guðjón. »Warum tun Menschen so was? Gehen Verpflichtungen ein und wissen genau, dass sie sie nicht einhalten werden. Wofür muss ich eigentlich büßen?«

»Sag mal«, meint Vigfús trocken. »Kannst du uns eine Plastiktüte besorgen? Wir nehmen den Schädel mit.«

»Ja, mach ich«, brummt Guðjón genervt, dann schlurft er auf seinen Holzclogs davon. Seine Schritte hallen wie langsame metallische Trommelschläge.

Hörður inspiziert einen der Müllsäcke, er ist voller Unterhosen, Socken und T-Shirts. »Hatte dieser Mummi nicht einen Dachschaden?«

»Ja, das war eine arme Socke«, meint Vigfús und deckt das Tuch über den Totenkopf. »Einer von denen, die nie eine Chance hatten. Hatte von Jugend an mit Drogen und Kriminalität zu tun.«

»Und anscheinend auch mit solchem Esotero-Blödsinn«, ergänzt Hörður. Er guckt in die Pappkartons, entdeckt aber nichts Auffälliges, bloß Bücher und CDs, überwiegend Fantasy und Heavy Metal. Obendrauf liegen zwei Bilderrahmen mit dem Gesicht nach unten. Er dreht sie um. Das eine Bild ist schwarz, anscheinend wurde das Glas auf der Innenseite geschwärzt.

»Gerahmte Finsternis«, murmelt Hörður.

»Was sagst du?«, fragt Vigfús, während er die untere Kommodenschublade aufzieht.

»Nichts.« Hörður betrachtet das zweite Bild. Es zeigt einen eher kleinen jungen Mann neben dem mächtigen Rumpf eines Rinds, der in einem Kühlhaus an einem Fleischerhaken hängt. Der junge Mann ist schätzungsweise sechzehn oder siebzehn Jahre alt, trägt einen blauen Kittel, weiße Gummistiefel und ein Haarnetz. Er grinst in die Kamera und scheint auf irgendetwas mächtig stolz zu sein. Hinter ihm stecken Messer in an der Wand befestigten Scheiden.

Hörður hält das Bild hoch. »Ist das nicht der kleine Mummi?«

Vigfús hebt den Blick von der Schublade. »Ja, das ist er.«

Hörður legt das Bild in den Karton zurück. »Ist noch irgendwas in der Kommode?«

Vigfús schnaubt. »Nein, bloß Bücher. Irgendwelcher Zauberquatsch, scheint mir.«

»Darf ich mal sehen?« Hörður zieht die Schublade weiter auf und mustert den Inhalt, eine richtige kleine Bibliothek. Darunter typische Handbücher und Nachschlagewerke für Exzentriker und Zauberer. Eine satanische Bibel, das *Necronomicon* und so weiter. Meist Taschenbücher, aber auch ein oder zwei Hardcover.

»Was für ein Blödsinn«, grummelt Vigfús.

»Das kannst du wohl sagen«, meint Hörður grinsend und reicht seinem Kollegen die alte Bibel.

»Pass auf, was du sagst, Junge«, knurrt Vigfús mit drohendem Blick und nimmt die Heilige Schrift. Er ist Mitglied der Pfingstkirchengemeinde, doch man muss ihm zugutehalten, dass er auf der Arbeit kaum über diese Seite seiner Person spricht.

Hörður kramt weiter in den Büchern und findet unter anderem Jón Hilmar Jónssons Wörterbuch für den richtigen Sprachgebrauch. »Ist das nicht etwas für dich?«

»Was?« Vigfús schaut von der Bibel auf.

Hörður reicht ihm das große und schwere Wörterbuch. »Irgendein Lexikon. Bist du nicht so ein Sprachperverser?«

»Perverser?«, faucht Vigfús misstrauisch und nimmt das Buch entgegen.

»Na ja, so ein Sprachpurist, oder wie das heißt«, murmelt Hörður und kramt unterdessen weiter. Ganz zuunterst findet er einige interessante Titel wie etwa *How I Learned Soul Travel: The True Experiences of a Student in Eckankar, The Ancient Science of Soul Travel* von einem Terrill Wilson, *Become Superhuman – Master of Hypnosis* von Doctor Hypno und *How to Hypnotise Anyone – Confessions of a Rogue Hypnotist* von einem Autor, der sich The Rogue Hypnotist nennt.

»Seelenwanderung und Hypnose«, murmelt Hörður. Mit dem zuletzt genannten Buch in der Hand richtet er sich auf. Wie man jeden Beliebigen hypnotisiert. Darunter tun sie's nicht. Unter einem Pseudonym geschrieben. Der vagabundierende Hypnotiseur. Oder soll *rogue* in diesem Fall Gauner und Betrüger heißen? Er blättert flüchtig durch das Werk, ein abgenutztes Taschenbuch. Dann schaut er vorn auf den Schmutztitel. Das Buch ist namentlich gekennzeichnet. Es gehört einem Aron. Nur Aron, kein Nachname. Und um das A ist ein Kreis gezogen wie beim Anarchistenzeichen.

Auf dem Gang ist das Hallen schwerer Schritte zu hören, die näher kommen.

»Hatte dieser Mummi einen Freund mit Namen Aron?«, fragt Hörður und schaut Vigfús an, der mit hochrotem Kopf mit einem Knall das Wörterbuch zuschlägt.

»Ist alles in Ordnung?«, fragt Hörður erstaunt. »Du siehst aus, als hättest du gleichgeschlechtlich oder etwas ähnlich Unchristliches nachgeschlagen.«

Im selben Moment erscheint Guðjón mit einem grauen Plastiksack in den Händen. »Hier ist eine Tüte.«

Vigfús steckt das Wörterbuch unter den Arm und nimmt die Plastiktüte. »Danke sehr!«

»Und was mache ich jetzt mit dem Zeug hier?«, fragt Guðjón.

»Du könntest versuchen, die Eltern von Guðmundur Vífill ausfindig zu machen. Aber wenn keiner die Sachen haben will, solltest du sie zur Müllentsorgung bringen.« Vigfús hält die Plastiktüte auf und nickt in Richtung der Kommode. Hörður begreift, nimmt den in das Tuch gewickelten Schädel und legt ihn in die Tüte. Dann nimmt er das Buch des vagabundierenden Hypnotiseurs. »Falls du nichts dagegen hast, würde ich das hier gern an mich nehmen. Dem toten Mummi hat es sowieso nicht gehört.«

»Ist mir völlig egal«, sagt Vigfús heiser. »Ich werde das Wörterbuch mitnehmen.«

»So?«, wundert sich Hörður.

Vigfús wird wieder rot. »Wie du angemerkt hast, bin ich ja Sprachpurist.«

Hörður lacht laut auf. »Langsam glaube ich, das ist ein Porno. Darf ich mal sehen?«

»Werd nicht blöd«, sagt Vigfús und stapft mit dem Buch unter dem Arm nach draußen.

Es ist zwei Uhr. Noch eine Stunde Schicht. Der Streifenwagen steht halb auf dem Bürgersteig an der Kreuzung Bjarkargata und Hringbraut, an der Südwestecke des Orchesterpavillon-Parks.

Vigfús richtet die Radarpistole auf die Autos, die von der großen Kreuzung am Vatnsmýri nach Westen in Richtung des Kreisverkehrs an der Suðurgata fahren, wo am Rand des Unicampus das Nationalmuseum steht.

Hörður lehnt am Wagen und blättert in dem Handbuch des Hypnotisierens, dann wirft er es durch das offene Seitenfenster auf den Beifahrersitz. Das Wörterbuch hatte Vigfús aus irgendeinem Grund zusammen mit dem Schädel in den Kofferraum gelegt. Sie haben ihn in die Pathologie des Landeskrankenhauses gebracht und dort abgegeben.

Hörður geht auf Vigfús' Seite. »Scheint mir auf den ersten Blick ein ganz interessantes Buch zu sein.«

»Findest du?«, fragt Vigfús uninteressiert.

»Ja, irgendwie schon.« Hörður stellt sich neben ihn. »Eher ein wenig ausgeflippt als streng wissenschaftlich, aber das macht es eben unterhaltsam. Es gibt ihm einen irgendwie wilden Ton, es ist kraftvoll, es rockt.«

»Aha«, sagt Vigfús, dessen Interesse für Ausgeflipptes, Rockmusik und eigentlich alles, was erst nach dem Ende des Zweiten Weltkriegs entstand, begrenzt ist.

»Geht dir einer ins Netz?«, fragt Hörður. Er beschattet die Augen und schaut zur zwei- bis dreihundert Meter entfernten Kreuzung der Hringbraut mit der Njarðargata. Dahinter liegt der Flughafen im Vatnsmýri. Die Herbstsonne lässt Abgase und Feinstaub aufleuchten.

»Wir sind hier nicht bei der Fischerei«, sagt Vigfús.

»Vielleicht nicht.« Hörður verfolgt einen weißen Sportwagen, der sich mit einem Tempo nähert, ganz sicher weit über der erlaubten Höchstgeschwindigkeit. »Was ist mit dem da?«

»Siebzig«, murmelt Vigfús.

»Wollen wir ihn nicht stoppen?« Hörður gestikuliert wild. Wenn er eins nicht leiden kann, dann sind es reiche Angeber in Sportwagen, die glauben, dass die Welt ihnen gehöre.

»Ach, das bringt nichts«, sagt Vigfús. Er lässt die Radarpistole sinken und schaut auf die Uhr. »Lass gut sein für heute. Wir müssen noch den Wagen zurückgeben, einen Bericht über unseren Einsatz in dem Möbellager schreiben und uns ausstempeln.«

»Na gut, aber …« Hörður bricht mitten im Satz ab, tritt zwei Schritte vor und beschattet seine Augen. Er starrt zu der Kreuzung, seine Sinne öffnen sich weit, und seine Augen scheinen sich in Zoomobjektive zu verwandeln. Die Ampel zeigt Grün, und Autos fahren in östlicher und westlicher Richtung, doch weder die Ampel noch die Autos fesseln seine Aufmerksamkeit, sondern ein einsamer Schatten, der mitten auf der Kreuzung steht. Es ist der Schattenriss eines Mannes, ein schwarzes Gespenst, das zu flirren beginnt, sich auflöst und verschwindet.

»Was ist denn?«, fragt Vigfús.

Hörður läuft ein kalter Schauer den Rücken hinab. »Ruf einen Krankenwagen!«

»Einen Krankenwagen? Wozu das denn?«

»Tu's einfach!«, sagt Hörður und läuft los. Auf die Kreuzung zu. Die Ampel ist jetzt rot. Autos fahren in Nord-Süd-Richtung. Viele Autos biegen auf die Hringbraut ab, nach Osten und nach Westen, andere fahren geradeaus nach Vatnsmýri oder in die Innenstadt.

Hörður rennt, so schnell er kann. Die Ampel springt auf Gelb, dann wieder auf Grün. Von Osten kommt ein schwarzer Geländewagen in rasender Fahrt, er wird über die Kreuzung rasen, ohne zu bremsen. Gleichzeitig fährt ein anderes Auto bei Rot los, ein japanischer Kleinwagen, der über die Njarðargata nach Süden fährt. Das kleine Fahrzeug ist kaum auf der Kreuzung, als der schwarze Jeep in es hineinrast. Es knallt wie ein Kanonenschuss, Reifen quietschen, Glassplitter fliegen in alle Richtungen durch die Luft, und Rauch steigt auf. Die beiden Fahrzeuge drehen sich, schießen weiter und kommen Seite an Seite mitten auf der Hringbraut zum Stehen. Andere Autos bremsen, weichen aus, halten hier und da an. Chaos bricht aus, dann stockt der gesamte Verkehr und die Unfallstelle wird in Rauch gehüllt.

Hörður läuft zu dem japanischen Kleinwagen, der bis zur Unkenntlichkeit verformt ist. Im Innern befindet sich nur ein Mensch, ein junger Mann, der sicher am Steuer saß. Dort sitzt er nicht mehr, sondern liegt gekrümmt quer im Wagen. Das Lenkrad ist abgerissen.

Hörður schafft es, die Beifahrertür aufzureißen. Er atmet tief und sieht sich mit traurigem Gesicht im Wageninnern um, Glassplitter, Blut und Hirnmasse überall. Der junge Mann ist tot; Hörður wusste es im Voraus.

Die Sportbar Ölver ist voll wie immer, wenn ein Spiel der Champions League läuft, und es sind fast nur Männer anwesend, mindestens jeder zweite in einem Arsenal-Trikot. Die wenigsten sind Ajax-Fans. Zehn Tische, jeweils für vier Personen, stehen im Raum, alle dicht besetzt, und an der Theke sitzen und stehen viele weitere Männer. Das Spiel wird von einem Beamer auf die Stirnwand projiziert, und aus großen Boxen dröhnt der Ton der Übertragung.

Hörður sitzt mit drei Kollegen an einem der Tische auf der rechten Seite des Raums. Unter ihnen auch Bjarni oder Björn. Hörður trägt eine grüne Armeejacke, Seemannspullover, dunkelblaue Armeehose und Motorradstiefel. Um den Hals hat er ein Palästinensertuch geschlungen. Sein Helm liegt unter dem Stuhl, im Helm die Handschuhe. Hörður nippt an seinem lauwarmen Kaffee, dann beugt er sich vor und stützt sich mit düsterer Miene auf die Ellbogen. Es geht ihm nicht gut. Was für ein Tag!

Sein Selbstbewusstsein ist im Keller.

Zum einen weil er sich wegen der Sache beim Friseur wie ein Volltrottel fühlt. Da sitzt er bei einem netten und offenen Mädchen auf dem Stuhl und kriegt kaum ein Wort heraus, weil er völlig blockiert ist, wie immer, wenn er eine nett findet. Warum hat er denn nichts gesagt?

Weil er ein Vollpfosten ist!

Und zum anderen kommt er sich wie eine Monstrosität vor, wegen des Schattens, den er auf der Kreuzung wahrgenommen hat, und weil er den tödlichen Unfall vorhergesehen hat. Dabei hatte er geglaubt, das sei mit dem Älterwerden verschwunden. Das, was er zum ersten Mal auf dem Deck eines Schiffs gesehen hatte, als er siebzehn war, kurz bevor das Schiff unterging und sein Skipper mit ihm. Zwei Jahre danach hatte er das Gleiche kurz vor der Lawine gesehen, die dann auf Súðavík fiel. Auch da sah er die Schatten, sogar mehrere, und es kamen damals ja auch viele ums Leben – unter ihnen seine Eltern und seine Geschwister.

Hörður kippt den Kaffee in einem Zug hinunter. Er ist abgestanden und bitter. Er braucht jetzt ein Bier oder einen Whisky, Bier und Whisky. Etwas, das den Schmerz betäubt.

Vollpfosten, Freak.

Freak, Vollpfosten.

Warum kann er nicht wie andere Menschen sein? Warum kann er nicht mit Frauen flirten und seine Arbeit verrichten, ohne schattenhafte Vorboten zu sehen? Warum kann er nicht locker sein und seinen Spaß an ganz normalen Dingen wie Fußball haben?

Plötzlich bricht das Publikum im Ölver in Jubel aus, springt auf und reißt die Arme hoch.

Hörður schrickt zusammen. Was ist los? Er blickt zur Projektionsfläche. Auch da wird gejubelt. Spieler in roten

Trikots laufen aufeinander zu, einer wirft sich auf den Bauch, und die anderen werfen sich über ihn.

Ajax gegen Arsenal. Hörður muss an das Putzmittel Ajax denken, das man ins Wischwasser gibt, um den Boden und anderes zu scheuern. Seine verstorbene Mutter hat immer Ajax benutzt. Es ist in einer weißen Plastikflasche, und auf der ist ein Bild von einem schmutzigen Fußboden mit einem strahlend sauberen Streifen, wo ein – wahrscheinlich mit Ajax angefeuchteter – Putzschwamm drüber gewischt hat. Außerdem ist noch das Bild eines Geists auf der Flasche, der vor Selbstsicherheit strahlt, in dem Werbespot im Fernsehen dreht er sich um sich selbst wie ein Wirbelwind, und alles wird sauber und strahlend rein. Hörður kann den Duft riechen, er hat ihn in der Nase, als würde gerade jemand das Ölver mit Ajax schrubben. Arsenal bedeutet Waffenmagazin. Das Abzeichen des Vereins ist eine Kanone. Die Spieler von Arsenal sind Soldaten, die mit einer Kanone bewaffnet in den Krieg auf einem grünen Schlachtfeld ziehen. Sie schießen, sie bombardieren, sie verwandeln ein schönes Spielfeld in einen umgepflügten, blutigen Acker. Überall Leichen, Rauch, Erde und Tod. Dann kommt Ajax, eine ganze Mannschaft dieser Putzgeister, die sich blitzschnell um sich selbst drehen und nach dem Krieg alles sauber machen. Der Platz sieht aus wie neu und duftet vor Sauberkeit.

Als der Jubel nachlässt, steht Hörður auf und nimmt die Kaffeetasse mit. Er geht zur Theke am hinteren Ende des Raums. Da stehen unter den anderen zwei dunkel gekleidete junge Männer in Kapuzenpullis, die eigentlich mehr nach Kleinkriminellen als nach Fußballfans aussehen. Einer der beiden hat die Kapuze aufgesetzt, der andere hat ein Spinnennetz auf den Hals tätowiert. Die beiden scheinen wenig bis kein Interesse am Spiel zu haben – genauso wie Hörður. Er geht an ihnen vorbei, stellt die Tasse auf die Theke und geht aufs Klo.

Vor den Pissoirs steht eine Schlange. Hörður wartet geduldig. Er hat es nicht eilig. Auf der Toilette ist es nicht so laut. Hörður kommt bald an die Reihe. Ein junger Mann vor ihm betätigt die Spülung, zieht den Reißverschluss hoch und dreht sich langsam um. Er ist mittelgroß, blond, blaue Augen, ein Arsenal-Trikot unter einem schwarzen Blazer, stonewashed Jeans und weiße Turnschuhe. Auf der Stirn hat er eine alte, aber auffällige Narbe in der Form des Nike-Logos.

Doch anstatt Hörður an das Pissoir zu lassen, starrt er ihn mit leeren Augen an.

»Könntest du mal die Freundlichkeit haben?«, fragt Hörður mit ausgesuchter Höflichkeit und macht dem jungen Mann ein Zeichen, zur Seite zu gehen.

Der aber ist wie gelähmt.

»Hallo?« Hörður wedelt mit der Hand vor seinem Gesicht. Da erst klappert er mit den Augenlidern und stakst mit steifen Beinen aus der Toilette, ohne sich die Hände zu waschen.

Hörður schüttelt den Kopf und seufzt. Nichts als Idioten und Zombies hier, denkt er und stellt sich an die Schüssel.

Lauter Jubel dringt durch die Wand, und der Fußboden bebt, als die Menge draußen vor Begeisterung aufspringt.

Hörður könnte nichts gleichgültiger sein. Als er von der Toilette kommt, geht er gleich zur Theke. Die beiden Dunkelgekleideten sind weg. An sich wollte Hörður noch einen Kaffee bestellen, lässt es aber. Sollte er nicht lieber nach Hause gehen?

Er holt seinen Helm und entschuldigt sich kurz bei den Kollegen, die viel zu sehr beim Spiel sind, um von ihm Notiz zu nehmen.

Hörður verlässt die Bar und geht in das Parkhaus nebenan. Vor einer grauen Wand wartet sein Motorrad, eine Enduro von Suzuki mit vierhundert Kubik, Kratzern, Beulen und einem abgebrochenen Kupplungshebel. Er wickelt sich das Palästinensertuch eng um den Hals, setzt den Helm auf und zieht die Handschuhe an, steigt aufs Motorrad und drückt auf den Anlasser.

Draußen ist es schneidend kalt und stockfinster.

Mord

Die Domuhr zeigt zwanzig Minuten nach zehn Uhr abends. Der Austurvöllur ist leer, doch ab und zu geht jemand am Denkmal von Jón Sigurðsson vorbei, der hoch aufgerichtet das Parlament im Auge behält und die vereinzelten Passanten, die in die Innenstadt wollen oder von dort auf dem Heimweg sind. Wer unterwegs ist, hat sich warm angezogen und geht zügig, denn es ist kalt. Das Parlament ist erleuchtet, besonders der neue Anbau, der mehr und größere Fenster besitzt als das alte Steinhaus. Die Sitzungen enden, und ein Abgeordneter nach dem anderen verlässt seine historische Arbeitsstätte. Die meisten sausen gleich nach unten in die Tiefgarage und fahren weg, ohne einen Fuß nach draußen gesetzt zu haben, der eine oder andere aber geht hinaus in die Dunkelheit und Richtung Zentrum, etwa auf dem Weg zum Büro seiner Partei oder zu einem Treffen mit einem Freund oder Kollegen in einem Café oder einer Bar.

Im Dunkel östlich des beleuchteten Parlaments lungert ein junger Mann. Für das Wetter ist er viel zu dünn gekleidet, er hat keine Mütze auf, die Jacke steht offen, darunter trägt er ein dünnes rotes T-Shirt aus Synthetik. Er hält sich im Dunkel einer Hausecke, tritt von einem Fuß auf den andern und beobachtet genauestens, wer den Parlamentsanbau verlässt. Seine Rechte hängt kraftlos seitwärts herab, doch die Linke hält er unter dem rechten Jackenaufschlag versteckt.

Die Tür des Gebäudes öffnet sich, und eine Frau um die vierzig tritt auf das Pflaster. Es ist Ingigerður Ásmundsdóttir, die Abgeordnete der sozialdemokratischen Allianz für den Wahlkreis westliches Nordland. Sie trägt einen Burberry-Mantel und eine Schultertasche. Der junge Mann tritt aus dem Schatten, ohne in den Lichtkreis der Scheinwerfer zu treten. Er zögert, mustert die Abgeordnete und kehrt dann an seinen Beobachtungsposten zurück.

Um halb elf öffnet sich die Tür ein weiteres Mal, und es kommt der Abgeordnete eines Reykjavíker Wahlkreises heraus, der Konservative Þórólfur Hannesson. Er trägt Jeans und schwarze Lederschuhe, ein schwarzes Hemd, graues Jackett, keine Krawatte. Er hat einen sorgfältig gestutzten Vollbart und eine Brille, auf der rechten Schulter trägt er einen Rucksack für einen Laptop. Mit eiligen Schritten strebt er Richtung Zentrum.

Der junge Mann tritt ohne Zögern aus seinem Versteck. Auf weißen Turnschuhen geht er schräg über den Bürgersteig von hinten auf den Abgeordneten zu. Er bewegt sich fahrig und irgendwie seltsam. Er hebt die Füße etwas zu hoch, als trüge er zu große Schuhe oder gehe auf einem weichen Untergrund. Seine linke Hand kommt unter dem Jackenrevers zum Vorschein. Im Licht der Scheinwerfer blitzt ein Messer auf.

»Entschuldigung?«, sagt er. Seine Stimme klingt scharf und befehlend, aber auch nuschelig, als habe der Sprecher seine Zunge oder Sprechwerkzeuge nicht ganz unter Kontrolle.

»Ja?« Der Abgeordnete bleibt stehen und dreht sich halb um. Der junge Mann nutzt die Gelegenheit, macht einen großen Schritt vorwärts, beugt sich vor und rammt das scharfe Messer mit voller Wucht in den Leib des Abgeordneten, nicht nur einmal, sondern ein zweites und ein drittes Mal, dann tritt er zurück und richtet sich auf.

Der Parlamentarier sinkt zu Boden, stöhnt laut und greift sich mit beiden Händen an den Leib. Blut strömt darunter hervor, durchtränkt das Hemd und bildet eine Lache auf dem Pflaster. Sein Gesicht ist totenbleich, der Mund klappt auf und die Brille verrutscht auf der Nase.

Eine Frau auf dem Austurvöllur schreit auf.

Der junge Mann lässt das Messer fallen, das zu seinen Füßen zweimal aufschlägt, dann entfernt er sich mit steifen und ungelenken Schritten, hastet davon. Über ihm geistert ein dreiviertelvoller Mond durch die Wolken.

Mittwoch

Acht Uhr am Morgen. Es ist noch nicht hell, doch der Schauplatz des Attentats vor dem Parlament wird von allen Seiten von Scheinwerfern erleuchtet. Zusätzlich zu den fest installierten hat die Kripo vier weitere frei stehende aufgebaut. Der Schauplatz ist mit dem gelben Band der Polizei abgesperrt, Polizeifahrzeuge mit eingeschaltetem Blaulicht stehen an allen Straßenkreuzungen, und mehr als ein Dutzend Beamter sichert die Gegend. In den ersten Stunden gab es kaum eine Pause für Fotografen und Journalisten, danach kamen noch Schaulustige hinzu. Innerhalb der Absperrung arbeiten noch die Männer der Kripo sowie Fotografen und zwei Experten der kriminaltechnischen Abteilung. In der Mitte des Platzes befindet sich ein inzwischen schwarz gewordener großer Blutfleck, um ihn herum weitere kleine Flecken und vereinzelte Blutspritzer, jeder einzelne mit einer kleinen gelben Nummerntafel markiert. Der Fotograf macht aus jedem erdenklichen Blickwinkel seine Aufnahmen, die KTU vermisst Entfernungen und durchkämmt den ganzen Platz, die Kripobeamten hocken auf den Fersen und blicken nachdenklich drein.

Das Opfer wartet auf die Obduktion, der Mörder ist noch auf freiem Fuß.

Hörður und Vigfús stehen am gelben Absperrband, das den Parlamentsanbau vom Oddfellow-Haus in der Vonarstræti trennt. Sie tragen neongrüne Westen über ihren Uniformjacken. Manchmal kommen neugierige Passanten zur Absperrung und werden freundlich aufgefordert, weiterzugehen. Noch immer sind Reporter unterwegs, aber ihre Zahl nimmt langsam ab.

»Weiß man schon was über den Täter?«, fragt Hörður. Unauffällig klopft er sich ab, um etwas wärmer zu werden. Es ist lausekalt, und er hat zudem schlecht geschlafen.

»Es gibt nur diese Beschreibung, die heute Morgen verteilt wurde«, sagt Vigfús. »Soweit ich weiß, glaubt der Arzt, dass der Täter Linkshänder ist. Das passt auch zu den Zeugenaussagen.«

»Was, zum Kuckuck, haben wir eigentlich hier verloren?«, fragt Hörður enttäuscht und gereizt. »Sollten wir nicht besser den Mörder suchen?«

»Das haben schon andere unternommen«, antwortet Vigfús. »Von elf Uhr gestern Abend bis in den Morgen wurde eine umfangreiche Fahndung veranstaltet. Aber es gibt eben nur wenige Anhaltspunkte.«

»Wer waren die Zeugen?«

»Zwei Frauen auf dem Heimweg aus dem Zentrum«, antwortet Vigfús. »Sie konnten den Täter leidlich beschreiben, standen aber sicher ordentlich unter Schock.«

»Verstehe«, sagt Hörður. »Hast du mal die Beschreibung?«

Vigfús fährt mit der behandschuhten Hand in die Tasche und reicht seinem Kollegen ein gefaltetes Blatt.

»Danke!« Hörður faltet das Blatt auseinander und liest die Täterbeschreibung: *Etwa zwanzig bis fünfundzwanzig Jahre alt, mittelgroß, blond, vermutlich eine Narbe auf der Stirn. Trägt helle Jeans, weiße Schuhe und eine schwarze Jacke. Rotes Hemd oder T-Shirt.*

Hörður liest den Text zweimal, dann überlegt er. »Verdammt!«

»Was ist?«

»Er war gestern im Ölver«, sagt Hörður. »Ich könnte also Auskunft geben.«

»Bist du sicher?«

»Ziemlich. Wer leitet die Untersuchung?«

»Ich glaube, Engilbert«, antwortet Vigfús.

Hörður lässt den Blick über den Tatort schweifen und entdeckt Engilbert schnell. Er steht im Trenchcoat neben einem der Scheinwerfer, mit Latexhandschuhen an den Händen und blauen Plastiküberzügen über den Schuhen.

»Hallo, Engilbert! Betti!«

Der Kommissar sieht auf und kommt dann zu dem Streifenpolizisten. Seinem Gesicht nach zu urteilen, schätzt er die Störung gar nicht. »Ja?«

»Ich habe ihn gesehen, den Mörder«, erklärt Hörður. Er ist aufgeregt, versucht aber, die Ruhe zu bewahren. »Er war gestern im Ölver. Es gab ein Spiel in der Champions League, Ajax gegen Arsenal. Und dieser Bursche war da. Die Beschreibung passt genau. Das rote Shirt ist ein Arsenal-Trikot, und er hat wirklich eine Narbe auf der Stirn. Sieht aus wie das Nike-Logo.«

»Bist du sicher?«, fragt Engilbert.

Hörður zuckt die Schultern. »Die Beschreibung passt.«

Engilbert schaut ihm starr in die Augen, dann nickt er kurz. »Ich lasse das überprüfen. Danke …«

»Hörður«, sagt der rothaarige Riese, »Hörður Grímsson.«

Engilbert nickt noch einmal, dann geht er an den flutlichtbeleuchteten Tatort zurück. Er zückt sein Handy, wählt eine Nummer und hebt das Handy ans Ohr.

»Er scheint dir zu glauben«, konstatiert Vigfús.

Hörður kommen Bedenken. »Ich hoffe nur, dass ich mich nicht getäuscht habe.«

»Das wird sich ja herausstellen, oder nicht?«, meint Vigfús. »Es wäre schlimmer, etwas Unwahrscheinliches zu verschweigen, was sich dann als echter Hinweis herausstellt.«

»Stimmt.« Hörður stampft mit den Füßen auf, um die Blutzirkulation anzuregen, und guckt dann auf die Uhr. »Wann werden wir abgelöst?«

»Gleich«, antwortet Vigfús.

»Ich könnte einen heißen Kaffee vertragen.«

»Ich auch«, sagt Vigfús und zeigt auf zwei Polizisten, die die Vonarstræti entlangkommen. Der eine von ihnen ist Bjarni oder Björn.

»Hallo, Jungs!«, begrüßt Vigfús sie.

»Liegt was an?«, fragt der eine Beamte.

»Nein, nichts«, sagt Vigfús. »Könnte sich aber bald ändern. Das war immerhin der kaltblütigste Mord, der hier seit vielen Jahren verübt wurde. Die Mordkommission steht mächtig unter Druck. Bei denen wird's demnächst kaum Ruhe geben.«

»Du bist gestern einfach verschwunden«, sagt Bjarni oder Björn.

»Ja, mir ging's nicht so gut«, sagt Hörður. »Hatte das Gefühl, da wäre was im Anzug, aber es war dann doch nichts.«

Bjarni oder Björn reicht ihm einen Umschlag mit einem Bündel Geldscheine, insgesamt fünfzehntausend Kronen. »Hier ist der Pott. Du hattest den richtigen Tipp. Glückwunsch!«

»Was, echt?« Hörður nimmt zögerlich den Umschlag entgegen. Er hat doch noch nie etwas gewonnen.

»Ihr löst uns dann um zehn wieder ab, nicht vergessen«, sagt Bjarni oder Björn.

Hörður und Vigfús gehen zu ihrem Wagen.

»Wie heißt der eigentlich, der mir den Umschlag gegeben hat?«, fragt Hörður. »Bjarni oder Björn?«

Vigfús guckt ihn entgeistert an. »Machst du Witze? Das ist doch Fritz!«

Sie fahren zur Björnsbakarí an der Hringbraut, kaufen sich Kaffee im Pappbecher und Schmalzkringel, setzen sich auf die Barhocker und sehen dem morgendlichen Verkehr zu, während sie sich aufwärmen und an dem Kaffee erfreuen.

»Das muss man sich mal vorstellen«, sagt Vigfús, »seit zehn Monaten oder fast einem Jahr kein einziger Mord, und dann wird ein Parlamentsabgeordneter auf offener Straße ermordet. Direkt vor dem Parlament.«

Hörður nickt. »Der Hammer!«

»Hoffentlich finden wir ihn«, sagt Vigfús und nimmt einen Schluck Kaffee.

»Die Öffentlichkeit wird keine Ruhe geben, solange ein Mörder frei herumläuft.«

»Irgendwas ist komisch an der Sache.« Hörður beißt in sein Teilchen.

»Wieso sagst du das?«, fragt Vigfús.

»Wenn es der Junge war, den ich gesehen habe, der in dem Arsenal-Trikot«, sagt Hörður, »dann begreife ich nicht, was in ihn gefahren sein muss. Ich meine, das war ein ganz normaler Typ, jung, sauber, proper gekleidet. Er sieht sich das Spiel seiner Lieblingsmannschaft an, geht dann in die Stadt und sticht einen Menschen nieder.«

»Hat wahrscheinlich psychische Probleme«, meint Vigfús. »Das sieht man den Menschen ja von außen nicht an.«

»Möglich«, meint Hörður. »Sein Gesichtsausdruck war schon etwas seltsam. Als hätte er was genommen, gekifft oder irgendwelches Zeug eingeworfen.«

»Na bitte«, sagt Vigfús.

»Trotzdem.« Hörður nimmt einen Schluck Kaffee. »Irgendwas ist da komisch.«

Vigfús räuspert sich. »Wo wir schon von komischen Dingen reden. Wir haben noch nicht über die Sache gestern an der Kreuzung gesprochen. Im Zusammenhang mit dem tödlichen Unfall.«

»Was soll es denn da zu besprechen geben?«, fragt Hörður knapp.

»Du bist schon losgerannt, bevor die Autos zusammengeknallt sind«, antwortet Vigfús. »Du hast mir sogar schon gesagt, einen Krankenwagen zu rufen. Wie hast du wissen können, dass es einen Unfall geben würde?«

Hörðurs Miene verfinstert sich. »Ich habe es nicht gewusst. Ich habe bloß vermutet. Manchmal liegen Dinge doch einfach in der Luft.«

»Vermutet?«, wundert sich Vigfús.

»Ich will darüber nicht reden«, sagt Hörður. »Es gab einen Unfall. Ein junger Mensch ist dabei gestorben. Und ob ich nun etwas geahnt habe oder nicht, ich habe es so oder so leider nicht verhindern können.«

»In Ordnung, kein Problem.« Vigfús trinkt seinen Becher leer. »Wollen wir unsere Runde drehen?«

»Ja, okay.« Hörður steigt von seinem Hocker.

»Danke für den Kaffee und das Teilchen«, sagt Vigfús und klopft seinem Kollegen auf den Rücken.

»Nichts zu danken.« Hörður grinst breit. »Die wenigen Male, wo ich etwas gewinne, ist es mir ein Vergnügen, den Reichtum zu teilen.«

Sie fahren die Njarðargata hinauf, über den Hügel von Skólavörðuholt und dann den Laugavegur hinab. Es sind nur relativ wenige Menschen unterwegs, und die Innenstadt ist ruhig.

»Sollen wir nicht ins Präsidium fahren?«, fragt Vigfús. »Wir müssen immer noch den Bericht über den Schädelfund schreiben und abgeben und den Abschlussrapport über den tödlichen Unfall. Ich habe gestern vor Feierabend nur eine kurze Zusammenfassung für die Versicherung geschrieben.«

»Gut, tun wir das«, stimmt Hörður zu. Als sie über die Kreuzung Klapparstígur fahren, blickt er schnell durch das Seitenfenster auf das Schild vor dem Frisiersalon. Ob das süße Mädel gerade arbeitet, das ihm die Haare geschnitten hat?

Er fühlt ein komisches Kribbeln im Bauch, und sein Mund wird trocken.

»Kannst du den Bericht über den Schädelfund übernehmen, wenn ich den Unfallbericht schreibe?«, fragt Vigfús.

»Kein Problem«, sagt Hörður.

Vigfús biegt unten an der Bankastræti ab und fährt dann die Hverfisgata aufwärts Richtung Präsidium. An der Kreuzung zum Klapparstígur hält er bei Rot. Hörðurs Herz klopft schneller.

Als die Ampel auf Gelb umspringt, stößt er Vigfús an, ohne es eigentlich gewollt zu haben. »Sag mal, könntest du mal eben hier abbiegen?«

»Was?« Vigfús zögert, setzt dann aber den Blinker und biegt in den Klapparstígur. »Warum? Wollten wir nicht ins Präsidium?«

Langsam fährt er die schmale Straße hinauf.

»Einfach so«, meint Hörður und beugt sich vor, um durch das Seitenfenster der Fahrerseite in das erleuchtete Fenster des Friseurladens zu gucken.

»Musst du dir schon wieder die Haare schneiden lassen?«, fragt Vigfús grinsend.

»Nein, nein, das nicht«, murmelt Hörður.

Vigfús entdeckt eine Parklücke auf der rechten Seite und parkt ein. Dann blickt er seinen Kollegen lächelnd an.

»Was ist?«, fragt Hörður.

»Nun geh schon rein und sprich mit dem Mädchen«, sagt Vigfús. »Lass dir ihre Telefonnummer geben. Mach ein Date mit ihr aus. Tu, woran du gerade denkst.«

»Ja, aber …« Hörður wird knallrot. »Woher weißt du, was ich gerade denke?«

Vigfús zuckt die Schultern. »Ich habe es nicht gewusst. Ich habe bloß vermutet. Manchmal liegen Dinge doch einfach in der Luft.«

»Aber …«

»Hör auf zu denken«, sagt Vigfús. »Du denkst zu viel, und das weißt du auch. Geh und *tu* etwas! Los jetzt, hör auf mich!«

»Du bist unmöglich.« Hörður seufzt, dann öffnet er die Tür und steigt aus. Er setzt die Mütze auf, überquert die Straße und öffnet die Tür zum Friseurladen.

Hinter dem Empfangstresen steht eine junge Frau, aber es ist nicht die, die ihm gestern die Haare geschnitten hat. Es riecht intensiv nach Haarwasser und Eau de Cologne. Hörðurs Herz hämmert, er sieht Sternchen und es saust in seinen Ohren.

»Guten Tag! Kann ich helfen?«, fragt die Frau munter.

»Ja«, stöhnt Hörður. »Die, die mir gestern die Haare geschnitten hat.«

»Wer hat sie dir denn geschnitten?«, fragt sie.

»Eine Frau«, antwortet Hörður. Er blickt sich im Laden um, kann sie aber nicht entdecken. »Ungefähr so klein, dunkle Haare.«

»Das dürfte Bíbí gewesen sein«, sagt die Frau, stellt sich auf die Zehenspitzen und ruft: »Bíbí, hier ist jemand, der dich treffen will!«

Hörður wird blass. »Nein, lass mal. Ich komme später wieder. Ist nicht wichtig.«

Er greift nach dem Türknauf und will schon die Tür in die Freiheit öffnen, als ihn eine seidenweiche Stimme fragt: »Ja, bitte?«

Sie ist es. Er erkennt sie an der Stimme. Die Stimme hat jetzt einen Namen. Sie heißt Bíbí. Er dreht sich um, nimmt die Mütze ab und wird knallrot.

»Ach, du bist es. Hallo«, sagt Bíbí und lächelt so schön, dass Hörður weiche Knie bekommt und fast das Gleichgewicht verliert.

»Bist du mit dem Schnitt nicht zufrieden? Soll ich noch etwas nachschneiden?«

»Ja, nein, überhaupt nicht«, sagt er heiser. »Ich dachte bloß. Ich bitte um Entschuldigung.«

»Entschuldigung? Wofür?«

Die Frau am Tresen ist ganz Ohr.

»Na ja, ich«, er räuspert sich noch einmal, »ich war wohl ein bisschen kurz angebunden. Das wollte ich nicht.«

»Oh, keine Sorge«, sagt Bíbí und lacht. »Ist doch ganz normal, dass man sich auf dem Stuhl etwas entspannen will. Es will sich doch nicht jeder unterhalten. Es ist wohl eher so, dass ich meine Zunge besser im Zaum halten und nicht immer so drauflos plappern sollte.«

»Nein, gar nicht«, sagt Hörður. »An dir ist nichts auszusetzen. Rein gar nichts.«

»Na ja, dann.« Bíbí strahlt und ihre Augen werden riesengroß. »Das ist nett gesagt.«

»Hm, tja.« Hörður schaut weg und dreht die Mütze in seinen Pranken. »Also, hm, na dann.«

Bíbí nimmt eine Visitenkarte aus einem Ständer auf dem Tresen und gibt sie ihm. »Wenn dir das besser passt, kannst du auch im Voraus einen Termin ausmachen. Ich kann dir dann wieder die Haare schneiden, wenn du möchtest.«

Er nimmt die Karte und wirft einen Blick darauf. *Ester Guðmundsdóttir. Friseurin.* Unter dem Namen die Telefonnummer des Ladens. »Mache ich. Danke dir, Ester.«

»Bíbí«, sagt sie und lächelt. »Sag Bíbí zu mir.«

»Bíbí«, wiederholt Hörður. Ihr Name klingt kurz und leicht, er flattert und huscht ins Gebüsch wie ein kleiner Vogel. Ganz anders als sein eigener Name, der wie ein mächtiger Felsklotz ist.

»Ja, dann sehen wir uns vielleicht später mal …«, sagt Bíbí und öffnet weit und fragend die braunen Augen.

»Hörður«, tönt der mächtige Felsklotz verhalten, als würde ihn sein Mut verlassen. Er lüftet die Mütze zum Abschied und dreht sich halb um, dann hält er inne und setzt noch einmal an: »Bíbí?«

Er lässt sich in den Streifenwagen fallen und schnauft wie ein Walross. Beine und Hände zittern, und sein Rücken ist klatschnass.

»Na, und?«, fragt Vigfús feixend.

»Fahr los!«, kommandiert Hörður heiser.

»Immer mit der Ruhe«, sagt Vigfús im Losfahren. »Du hast doch den Laden nicht etwa überfallen und ausgeraubt?«

Hörður betrachtet die Visitenkarte und steckt sie dann in die Brusttasche. »Bíbí. Sie heißt Bíbí.«

»Gut, und was noch?«, fragt Vigfús nach. Er biegt nach rechts ab und fährt zum zweiten Mal innerhalb von fünf Minuten den Laugavegur hinunter.

»Ich hab mich mit ihr verabredet«, sagt Hörður verwundert, als erfahre er es selbst gerade erst.

»Tüchtig!«, lobt Vigfús. »Wann ist das Date?«

»Heute Abend.« Hörður wird leicht schwummerig. Heute Abend! Ist er verrückt geworden? Das Gefühl in seinem Bauch ist kaum auszuhalten.

»Das nenne ich Nägel mit Köpfen machen. Du gefällst mir«, sagt Vigfús. »Und wo geht ihr hin? Ins Theater? Essen in ein Restaurant??«

»Zum Leuchtturm. Um acht«, sagt Hörður. »Ich habe dann schon gegessen. Wenn ich überhaupt etwas runterkriege.«

»Zum Leuchtturm?«, fragt Vigfús verdutzt und zieht ein Gesicht. »Warum denn da?«

Hörður zuckt die Schultern. »Einfach so, was anderes ist mir nicht eingefallen. Da gehe ich immer hin. Spricht was dagegen?«

Vigfús seufzt. »Mensch, Hörður, das ist doch ein mieser Schuppen. Da hängen bloß Säufer, Bullen und Kriminelle rum. Die einzigen Frauen, die in den Leuchtturm kommen, haben keine Zähne mehr und Gelbsucht.«

»Davon ist mir nichts bekannt«, sagt Hörður eingeschnappt. »Vielleicht kommt sie auch gar nicht.«

»Sei nicht so pessimistisch!«, sagt Vigfús väterlich. »Sie kommt sicher. Und wenn sie kommt, schlägst du vor, dass ihr besser woanders hingeht. Überlass es ihr, etwas vorzuschlagen.«

Hörður nickt. »Das klingt gut. So mache ich es.«

Etwa zehn bis zwanzig Prozent der Arbeitszeit einfacher Polizeibeamter geht für das Schreiben von Berichten und andere Schreibtischtätigkeiten drauf. Das ist der Teil seiner Arbeit, der Hörður am schwersten fällt. Er sitzt etwa eine halbe Stunde an einem der Computer im Großraumbüro und vergeht vor Langeweile. Er hat den Bericht über den Schädelfund in dem Möbellager etwa zur Hälfte fertig, hat aber längst das Interesse und damit auch die Konzentration verloren.

Hörður kaut auf einem Streichholz, er möchte am liebsten eine rauchen gehen und rutscht missmutig auf seinem Stuhl herum. Er trinkt von seinem lauen Kaffee und verzieht das Gesicht. Das Büro hat kein Fenster, und die Luft ist trocken und riecht nach saurem Schweiß.

»Soll ich die Bücher erwähnen, die wir an uns genommen haben?«, ruft er.

»Was?«, fragt Vigfús, der am anderen Ende des Raums sitzt und seinen Bericht über den tödlichen Unfall anfertigt.

Er hockt mit rundem Rücken und Brille auf der Nase vor dem Bildschirm und tippt mit zwei Zeigefingern auf der Tastatur.

»Das Wörterbuch und das Hypnosebuch!«, ruft Hörður.

»Hast du noch alle Tassen im Schrank?«, ruft Vigfús zurück. »Halt dich an das, was wichtig ist, und lass alles andere weg!«

»Okay.« Hörður tippt etwas, dann schweifen seine Gedanken ab. Er nimmt das Blatt Papier, das sie vom Hausmeister bekommen haben. Es ist die Kopie eines Mietvertrags. Die Unterschrift ist undeutlich, aber lesbar.

Guðmundur Vífill Marinósson.

Besser bekannt als Mummi litli, Dealer und Kleinkrimineller. Als Adresse hat er Baldursgata angegeben. Da hat man ihn auch gefunden, in einer völlig leeren Dachwohnung. An einem Strick vom Firstbalken. Auf dem Küchenschrank lagen sein Pass und ein Ticket nach London. Merkwürdige Konstellation.

Hörður notiert Mummis Namen auf ein leeres DIN-A4-Blatt, schließt den Bericht und öffnet *Löke*, die Datenbank der Polizei. Er gibt seine Personenkennzahl und sein Passwort ein, dann die Personenkennzahl Mummis in die sich öffnende leere Suchmaske.

Der kleine Mummi hatte einiges auf dem Kerbholz, meist kleinere Vergehen bis hinab zum Verkehrsdelikt. Die jüngste Anzeige betraf eine Hausbesetzung im Vatnsstígur vor anderthalb Jahren. Zwei Wochen, bevor er sich aufgehängt hatte, war er zu Schadenersatz und einer Geldbuße verurteilt worden. Mummi war dreimal verurteilt worden, davon zweimal zu Gefängnis, aber er hatte nur eine Strafe wegen Drogenbesitzes und Drogenhandels absitzen müssen, die davor war zur Bewährung ausgesetzt worden.

Hörður notiert sich einige Punkte, dann scrollt er weiter. Einmal hatte Mummi selbst Anzeige erstattet. Vor dreizehn Monaten. Da hatte er einen Ingimar Jósefsson, Pfarrer im Ruhestand, wegen wiederholten sexuellen Missbrauchs angezeigt. Die Vergehen sollten in den Sommerlagern des CVJM in Vatnaskógur stattgefunden haben, als Mummi elf oder zwölf Jahre alt war. Er war verhört worden, aber dann hatte man das Verfahren eingestellt.

»Armer Junge«, murmelt Hörður, während er den Namen des Geistlichen notiert.

Er gibt auch dessen Personenkennzahl in *Löke* ein. Der alte Pfarrer hat drei Anzeigen und eine Verurteilung auf dem Buckel. Vor vier Jahren hat ihn ein junger Mann wegen sexuellen Missbrauchs angezeigt. Das Vergehen hatte im Haus des Pfarrers auf Laugarnes stattgefunden. Damals bekleidete Ingimar die Position eines vikariierenden Pastors in der Langholtskirche. Er gab das Verbrechen zu und erhielt drei Monate auf Bewährung. Die beiden anderen Anzeigen liegen, wie die von Mummi, dreizehn Monate zurück, und es handelt sich jeweils um den gleichen Vorwurf: sexueller Missbrauch von Jugendlichen im CVJM-Sommerlager bei Vatnaskógur. Da arbeitete Ingimar als Betreuer beim CVJM. Beide Anzeigen wurden als unbewiesen eingestuft, die Verfahren eingestellt.

»Altes Ekel!« Hörður schließt das Programm und öffnet einen Internetbrowser. Er versucht, den Pfarrer zu googeln, findet aber so gut wie nichts. Dann sucht er in der Datenbank isländischer Zeitschriften. Das erbringt einige Ergebnisse, die meisten aus der Kirchenzeitung. Ein Link immerhin führt zu einem Artikel in der Rubrik »Herzlichen Glückwunsch« des *Morgunblaðið* anlässlich des siebzigsten Geburtstags des Pfarrers. Die Überschrift lautet: »Hole in One mit Gottes Hilfe«, und dem Text darunter entnahm Hörður, dass der Pastor an seinem Geburtstag mit seinem Neffen, den er als ausgesprochen talentiert bezeichnete, in Florida Golf spielen wollte. Auf dem zugehörigen Foto sieht man Pastor Ingimar mit seinem Neffen Gísli, etwa zwanzig Jahre alt.

»Super«, knurrt Hörður. Er schließt den Artikel über den golfbegeisterten Geistlichen und lässt Google das Netz nach dem kleinen Mummi durchsuchen. Nur ein Bild wird gefunden, ein Passfoto Mummis im Alter von gut fünfzehn Jahren. Damit war nach ihm gefahndet worden, als er mit einem Freund aus einem Heim für schwer erziehbare Jugendliche abgehauen war. Das Bild zeigt einen gar nicht unhübschen Jugendlichen, allerdings mit einem so verwirrten Blick und todtraurigen Gesichtsausdruck, dass er Hörður nur leidtun kann.

Der, der zusammen mit Mummi durchgebrannt war, wurde ebenfalls erwähnt. Ein bildhübscher Knabe mit blonden Locken.

»Sag mal, Áskell Tyrfingsson«, ruft Hörður. »Ist das nicht Seli der Dealer, der in Stórholt gewohnt hat?«

»Korrekt«, bestätigt Vigfús.

»Er und Mummi litli sind mal zusammen aus dem Heim ausgebrochen«, sagt Hörður.

»Auch korrekt.«

»Ist dieser Seli nicht verschwunden?«, fragt Hörður. »Wurde nicht nach ihm gesucht, und ist er nicht nie gefunden worden?«

»Nein.«

»Es hieß aber doch, er sei umgebracht worden!«, ruft Hörður. »Wegen Schulden beim Dealen. Hat er nicht den SS-Brüdern Geld geschuldet? Ich habe so was gehört.«

»Das waren bloß Gerüchte«, ruft Vigfús zurück. »Seli ist in Südamerika. In Peru oder Kolumbien. Er wirft da mit Geld um sich. Ist ein mächtiger Mann im Kokaingeschäft, aber alles im Geheimen. Er hat seinen Namen geändert und alles.«

»Stimmt das wirklich?«, fragt Hörður.

»Jawoll!«, bestätigt Vigfús.

»Man erfährt doch immer noch was Neues«, brummelt Hörður. Aber gut, sollte er nicht den verdammten Bericht abschließen? Im Moment hat er allerdings absolut keinen Bock darauf. Er faltet das Blatt mit seinen Notizen zusammen und steckt es in die Brusttasche.

Hörður schaut zur Uhr. Nicht, dass er es eilig hätte. Er liest die Neuigkeiten auf den Internetseiten der Presse. Der Mord ist überall die Meldung des Tages, der Name des Getöteten wird allerdings nicht genannt. Nachdem er Zeitungen gelesen hat, schaut er in sein Postfach. Da ist eine Mail von der Pathologie des Landeskrankenhauses. Sie ist eigentlich an Vigfús adressiert, aber Hörður steht im CC. Vorläufiges Untersuchungsergebnis des Schädels. Das Ergebnis ist klar und einfach. Der Schädel soll etwa hundert bis zweihundert Jahre alt sein, vielleicht aus Island, wahrscheinlicher aber aus einer Gruft im Ausland.

»Der Schädel stammt aus dem Ausland!«, ruft Hörður.

»Das ist klasse«, antwortet Vigfús. »Dann brauchen wir uns nicht weiter damit abzugeben.«

»Woher bekommt man einen Totenschädel?«, fragt Hörður.

»Ich nehme an, er ist ins Land geschmuggelt worden«, sagt Vigfús. »Oder jemand hat ihn im Netz bestellt. Was weiß ich? Menschen halten sich Spinnen und Schlangen in der Wohnung. Die Welt ist voller Verrückter.«

»Tja«, sagt Hörður. »Dann kann ich wohl den Abschlussbericht einreichen.«

»Gut«, sagt Vigfús und hackt weiter auf die Tastatur ein.

Hörður räuspert sich. Der Bericht. Klar. Er wird ihn bald zu Ende schreiben. Aber vorher will er noch ein wenig im Netz stöbern. Ob es nicht ein paar Bilder von der Hausbesetzung gibt, die mit Festnahmen und Anzeigen endete? Eine Gruppe junger Anarchisten hatte ein leer stehendes Haus im Vatnsstígur besetzt. Die Besitzer des Hauses erstatteten Anzeige, und die Polizei rückte an, um das Haus zu räumen. Es kam zu Zusammenstößen zwischen ihr und den Hausbesetzern. Hörður erinnerte sich noch gut daran, aber er war nicht im Dienst gewesen, als es da zur Sache gegangen war.

Er gibt bei Google »Hausbesetzung im Vatnsstígur« ein. Es tauchen reichlich Bilder auf, denn es waren etliche Pressefotografen an Ort und Stelle gewesen. Die Hausbesetzer sind alle schwarz gekleidet und haben schwarze Tücher vor Mund und Nase gebunden. Sie schwenken schwarze Fahnen und recken im oberen Stockwerk geballte Fäuste aus zerbrochenen Fensterscheiben; es fliegen auch Gegenstände auf die Polizisten, die im Parterre die Haustür aufbrechen. Zu den Zusammenstößen kam es im Innern des Hauses, und davon gibt es keine Bilder. Drei Aufnahmen zeigen allerdings, wie einige der Anarchisten in Handschellen abgeführt werden. Unter ihnen der Rädelsführer, an dessen Namen sich Hörður so auf die Schnelle nicht erinnern kann. Vier Polizisten halten ihn zwischen sich fest und führen den Schreienden und Tobenden ab. Er hat vor Wut Schaum vor dem Mund, und seine Augen sprühen Funken.

Atli? Andri? Nein, Hörður ist der Name entfallen. Er weiß nur noch, dass der Tobsüchtige drei Jahre Gefängnis bekommen hat wegen Hausbesetzung, Widersetzung bei einer Festnahme und Angriffen auf Polizeibeamte oder Widerstand gegen die Staatsgewalt, wie das im offiziellen Sprachgebrauch heißt.

Die Besetzer hatten mit schwarzer Farbe eine große Zauberrune auf die Hausfassade gemalt. Die Rune besteht im Kern aus einem Kreuz in einem Ring, doch aus dem Ring ragen gebogene Arme mit vielen kleinen Querstrichen wie lauter Wimpelchen oder wie früher einmal die Zeichen für die Windstärke auf der Wetterkarte.

Gibt es kein Bild von Mummi litli? Hörður scrollt die Fotos durch und bleibt zuletzt an einem Gruppenbild hängen, das zwei Tage vor den Zusammenstößen in der Tageszeitung *DV* publiziert wurde. Es gehört zu einem Interview mit Aron Beck, dem Sprecher der Anarchisten, nachdem die Besitzer der Immobilie Anzeige gegen sie erstattet hatten.

Aron! Sobald er den Namen vor sich sieht, erinnert sich Hörður an ihn. Dann klingeln in seinem Kopf ein paar Glöckchen. Hat er den Namen nicht erst neulich irgendwo gesehen? Doch, sicher. Er stand in dem Hypnosebuch. Als sein Besitzer war ein Aron mit einem Kreis um das A angegeben. Das Anarchistenzeichen, und Aron ist der Sprecher der Anarchisten. Dass er da nicht gleich draufgekommen ist!

Sechs junge Männer sind auf dem Foto zu sehen. Aron, Mummi und fünf ihrer Kumpane, alle in schwarze Militärklamotten gekleidet, die meisten schon straffällig geworden, sie gucken grimmig drein, die meisten sind auf den Händen oder am Hals tätowiert. Es gibt keinen Begleittext zum Foto oder zu dem Interview, nur die Schlagzeile: *Aron Beck: »Anarchismus ist keine Partei und keine Religion, sondern Revolution.«*

Mummi ist mit Abstand der Kleinste der Sechs, er steht rechts neben Aron und schaut unter gesenkten Lidern ausweichend in die Kamera. Aron steht breitbeinig in der Bildmitte, hält in der Linken eine schwarze Fahne an einer langen Stange und die zur Faust geballte Rechte vor der Brust. Er hat eine Glatze rasiert, sein Mund ist arrogant nach unten gezogen, und seine Augen starren schwarz und stechend in die Kamera.

Er könnte ein Rockstar sein, und die Aufnahme könnte seine Band zeigen. Die ganze Aufstellung ist typisch für eine unbekannte Rockband, die um jeden Preis Aufsehen erregen will. Die Jungen wirken unbeteiligt und provozierend zugleich, uninteressiert und konzentriert, und ihr Anführer sieht aus wie eine Mischung aus Charles Manson und Henry Rollins.

»Ich weiß, wem das Buch gehört, das ich an mich genommen habe!«, ruft Hörður.

»Tatsächlich?«, antwortet Vigfús.

»Aron Beck, dem Anarcho, der das Haus im Vatnsstígur besetzt hat und jetzt in Litla-Hraun einsitzt.«

»Der Dreckskerl«, schnaubt Vigfús. »Der dürfte nie wieder frei rumlaufen. Der Typ ist vollkommen irrsinnig.«

»Ja«, stimmt Hörður zu, um überhaupt etwas dazu zu sagen. Vigfús hat ziemlich feste Ansichten und wenig Lust, zu diskutieren oder die Meinung anderer zur Kenntnis zu nehmen. In dem Fall aber dürfte er recht haben. Dieser Aron sieht wirklich aus, als sei er intelligent und wahnsinnig zugleich. Eine gefährliche Mischung.

Aber auch eine spannende.

Hörðurs Neugier ist geweckt. Er interessiert sich sehr für Rockstars und Schurken, hat über beide Gruppen nicht wenige Bücher gelesen. Ozzy Osbourne, Adolf Hitler, Keith Richards und Ted Bundy, alles Männer, die mit einem unklaren Faktor X geboren wurden, der sie von Otto Normalverbraucher unterscheidet und sie dazu antrieb, entweder berühmte Rockstars zu werden oder berüchtigte Diktatoren und Massenmörder. Einige kamen mit musikalischem Talent zur Welt und dem Willen, es weit zu bringen, während anderen einfach etwas fehlt. Vielleicht spürten sie eine Leere in sich oder einen Hunger, ein bestialisches schwarzes Loch, das nach immer neuen Menschenopfern schrie und unersättlich war.

Hörður geht noch einmal ins elektronische Zeitschriftenarchiv und findet dort das Interview mit Aron Beck, indem er dessen Namen in die Suchmaske eingibt.

Das Gruppenbild erscheint wieder, dasselbe wie bei der Bildersuche auf Google, diesmal aber mit einer Bildunterschrift: Anarchisten in Kampfstimmung. Von links nach rechts: Orri, Hákon, Guðmundur Vífill, Aron Beck, Tryggvi Leó, Þorsteinn und Egill Þór.

Das Interview selbst ist weder lang noch aussagekräftig, bloß ein *DV*-typisches sensationsheischendes Gespräch, geführt und gedruckt, um zu schockieren und zu unterhalten. Nicht gerade pulitzerpreisverdächtig. Kein zweiter Truman Capote an der Arbeit. Doch obwohl das Interview kein journalistisches Meisterstück ist, lohnt es die Lektüre. Der Anarchist war anscheinend besser vorbereitet als der Reporter. Was alles über beider Arbeitsethik besagt.

Zu Beginn des Gesprächs versucht der Reporter, seinem Interviewpartner etwas über dessen Vergangenheit zu entlocken, familiäre Herkunft, Bildung, frühere Berufstätigkeit; doch Aron entwindet sich ihm wie eine wilde Schlange. Er erklärt, er habe sich selbst erschaffen: »… ich habe mich aus nichts gemacht, ich bin nichts, und alles wird mich fürchten. Und eines Tages werde ich wieder zu nichts werden.«

Hörður grinst breit. Diese Antwort war vorher zurechtgelegt und einstudiert, zum Donnerwetter! Auch auf die Frage nach dem Anarchismus verheddert sich seine gespaltene Zunge nicht: *Anarchie ist die Wahrheit und das Leben, alles andere ist Leugnung oder reine Täuschung. Das Leben ist im Grunde Chaos und Barbarei. Das ist offenbar. Auf Bildern wirkt der Weltraum ruhig und still, und laut dem normierten Geschmack des Zivilisationsmenschen soll er schön sein, doch was ist der Kosmos anderes als tödliche Kälte und Finsternis mit einzelnen Sternnebeln hier und da, die wie Abfall in beißendem Nordwind herumfliegen. Kollisionen, Kernexplosionen, schwarze Löcher und tosende Feuer! Wenn sich etwas von dem Höllenfeuerwerk in etwas größerer Nähe zu uns abspielte, wären wir nicht halb so fasziniert davon, denn dann hätte uns die liebe Schöpfung längst ausgelöscht. Auf unserer Erde, der blauen Mutter, herrschen überall Chaos und die Gesetze des Dschungels, überall, nur nicht in unserer sogenannten menschlichen Zivilisation, doch was ist der Mensch anderes als eine egoistische Kakerlake im Anzug, ein haarloser Affe mit Größenwahn? Nein, Anarchie ist der wahrhafte Zustand, und wir sind seine Jünger und Apostel. Bildung ist Einbildung, die geregelte Arbeitswoche eine Lüge, die Demokratie ein Instrument zur Steuerung der Massen, und das Volk gibt sich der Täuschung hin, in Freiheit zu leben, aber die Wahrheit ist eine andere. Ihr seid Sklaven der Gewohnheit, Sklaven der Arbeit, Sklaven der Religionen und Ideologien, Sklaven von Mangel und Überfluss, Armut und Reichtum, Sklaven von Lüge und Täuschung.*

Wow, was für eine Suada! Hörður hat schon Dümmeres gelesen und gehört. Manches sind natürlich grobe Vereinfachungen, anderes Übertreibungen, aber grundsätzlich hatte dieses Weltuntergangsgeschwafel schon einiges für sich, und es wäre verkehrt, zu behaupten, dieser Aron sei dumm. Verrückt ja, aber nicht dumm.

An dieser Stelle wendet sich das Interview der Hausbesetzung zu, der Idee von Privateigentum, dem Kapitalismus und dem System, dem Erzfeind der Anarchisten. Aron faselt etwas von Eigentum sei Diebstahl und verwandelt sich für eine Weile in einen beinharten Kommunisten, doch dann richtet er seine Lanzen gegen das System, nach Ansicht des Anarchisten das dreiköpfige Ungeheuer von Unterdrückung, Ungerechtigkeit und Gewalt.

»Meinst du damit die Gewaltenteilung?«, fragt der Reporter.

»Ich spreche vom großen Feind«, sagt Aron. Es ekelt einen, mit anzusehen, wie das einfache Volk in diesem Land dieses Monster füttert und es gleichzeitig nicht zu sehen scheint. Es ist die Demokratie in Gestalt eines Ungeheuers. Das Parlament hält die Unterdrückung und die ungerechte Verteilung in der Gesellschaft aufrecht, die Gerichte verteilen ungerechte Urteile, als wäre es ihnen ein teuflisches Vergnügen, und die Bullen knüppeln jeden nieder, der es wagt, gegen dieses widerwärtige Treiben zu opponieren.

»Ist dieses verallgemeinernde Sprechen von einem Ungeheuer nicht so etwas, wie einen Pappkameraden aufzubauen?«, fragt der Reporter.

»Ein Pappkamerad?«, fragt der Anarchist verblüfft.

»Ein Pappkamerad ist so etwas wie ein rhetorischer Gegner«, sagt der Reporter. »Dabei handelt es sich um einen Einzelnen oder eine Gruppe, die mündlich oder schriftlich dafür angegriffen werden, dass er oder sie den eigenen entgegengesetzte Ansichten vertreten. Einen solchen, oft genug bloß erfundenen, Pappkameraden aufzubauen, gilt meist als Ausdruck eines Mangels an Argumenten.«

»Sieh an«, murmelt Hörður. Der Reporter ist doch nicht ganz so blöd, wie er angenommen hat. Hörður notiert sich, was er über den Pappkameraden gesagt hat. Dann liest er weiter.

Aron scheint das mit dem rhetorischen Gegner und dem Mangel an Argumenten nicht ganz kapiert zu haben; jedenfalls übergeht er es und greift das Schlagwort »Pappkamerad« auf, das ihm gut geeignet erscheint, um die Vertreter des Systems zu bezeichnen, die alles dirigieren. Vogelscheuchen in Maßanzügen, sagt er und lacht. Dann deklamiert er wieder drauflos: »Die Reichen werden noch reicher, Privateigentum ist nichts anderes als in Gesetze gekleidete Gewaltanwendung, der Besitz des Volkes wird zu Ausverkaufspreisen an einige Auserwählte verscherbelt, Anzeigen wegen Vergewaltigung von Minderjährigen werden wegen Verjährung niedergeschlagen! Dagegen frage ich: Wann verjährt die Scham, wann verjähren die Verletzungen, wann verjährt der Schmerz?«

»Beziehst du dich auf einen speziellen Fall?«, fragt der Journalist nach.

»Ja und nein«, antwortet Aron. »So etwas ereignet sich tagtäglich. Und es ist ganz gleich, ob Frauen oder Männer deswegen Anzeige erstatten. Kinder tun das nicht, sie sind verängstigt, außerdem leiden sie fortgesetzt unter Gewaltandrohungen der Täter. Doch wenn sie älter werden, wenn sie reifer und mutiger geworden sind, dann trauen sie sich womöglich aufzustehen, aber nur, um aufs Neue gedemütigt zu werden. Die Vergewaltiger laufen weiterhin unbehelligt herum, gehen weiter zur Arbeit, unterrichten und verkünden Gottes Wort. Mögen sie alle in der Hölle brennen, wenn es eine Hölle gibt.«

Er redet von diesem Pastor Ingimar, der den kleinen Mummi missbraucht hat, denkt Hörður. Er ist so wütend, weil man seinem Freund etwas angetan hat. Wer könnte es ihm verdenken?

»Das System ist wie ein böses Kind, das Fliegen nur deshalb die Flügel ausreißt, um zu sehen, wie sie leiden«, fährt der Anarchist fort. »Das wird nicht vergessen werden. Wenn die Revolution kommt und die Unterdrückten die Macht ergreifen, werden die Unterdrücker nicht wie die Kröten zerquetscht werden, sondern man wird ihre eigenen Methoden gegen sie anwenden.«

Aron wird weiter nach der angekündigten Revolution und dem System befragt, das umgestürzt werden soll.

»Kinder und Tiere sind unschuldig und wissen es nicht besser«, sagt er. »Aber jeder über achtzehn, der nicht gegen das System kämpft, die dreiköpfige Hydra, ist Teil des Systems und damit unser Feind und ein Feind des Lebens.«

Als der Reporter Aron fragt, ob er nicht fürchte, mit der Polizei aneinanderzugeraten oder gar im Gefängnis zu landen, antwortet er: »Sie können uns schlagen, sie können uns beugen und unterdrücken, sie können uns brechen. Sie können uns einsperren, aber sie können uns niemals besiegen! Wir sind keine Menschen, sondern böse Geister, uns halten keine Mauern auf, wir entwischen überall. Wir sind nicht von dieser Welt, wir sind die Kinder der Finsternis!«

Mit diesen Worten endet das Interview.

Hörður lacht laut auf. Er hat also den Nagel genau auf den Kopf getroffen, als er die Hausbesetzerbande mit einer Rockband verglich. Die letzten Sätze könnten auch wörtliche Zitate von Glen Benton sein, dem Kopf der berüchtigten Death-Metal-Gruppe Deicide, was nichts anderes heißt als Gottesmord. Dieser Benton hat sich für Filmaufnahmen manchmal mit Schweineblut eingeschmiert und sich ein umgedrehtes Kreuz in die Stirn einbrennen lassen. Er schwadronierte viel von Satan und von sich selbst als dessen Diener und kündigte an, Selbstmord zu begehen, sobald er ein Jahr älter sei, als Jesus wurde. Das Versprechen hielt er allerdings nicht, und ehe er sichs versah, war er ein fetter alter Sack geworden, ein Familienvater, der mit seinem umgedrehten Kreuz auf der Stirn nicht zum Elternsprechtag kommen durfte.

»Was ist denn bei dir so witzig?«, ruft Vigfús quer durch den Raum.

»Nichts, ich lese bloß ein Interview«, antwortet Hörður.

»Und was macht der Bericht?«

»Nimmt langsam Form an.« Hörður schließt den Browser und öffnet den Ordner, in dem er gearbeitet hat. Er macht da weiter, wo er abgebrochen hat. Beschreibung der Fundumstände, was sie gefunden haben, wie sie es an sich genommen und wohin sie es gebracht haben. Wie langweilig! Er tippt auf der Tastatur herum, doch seine Konzentration ist dahin, und seine Gedanken schweifen gleich ab.

Das Date am Abend. Es kribbelt im Magen. Ist er verliebt? Oder ist er bloß nervös? Uff! Was soll er anziehen? Hat er vergessen, Rasierklingen zu kaufen? Ist das Aftershave alle?

Im Múlakaffi wird es still, als im Radio die Mittagsnachrichten verlesen werden. Die Polizei in Reykjavík hat einen jungen Mann unter dem Verdacht festgenommen, am Vorabend vor dem Parlamentsgebäude einen Mann getötet zu haben. Nach Informationen der Nachrichtenredaktion stellte sich der junge Mann der Polizei nach einem Fahndungsaufruf im Radio. Er soll im Lauf des Tages vernommen werden. Mit Hinweis auf die laufenden Ermittlungen lehnt die Polizei weitere Auskünfte ab, doch nach Aussage des Leiters der Mordkommission Axel M. Axelsson kommen die Ermittlungen voran. Bei dem Verstorbenen handelt es sich um den Abgeordneten der Unabhängigkeitspartei Þórólfur Hannesson. Er hinterlässt seine Lebensgefährtin und eine Tochter aus erster Ehe.

»Sie haben ihn durch einen Hinweis von Hörður gefasst«, sagt Vigfús stolz. Die Stille weicht einsetzendem Stimmengewirr und Besteckgeklapper.

Alle Augen richten sich auf den rothaarigen Riesen aus Súðavík.

»Ach was«, brummt Hörður. Er zerteilt eine Frikadelle in brauner Soße, aber der Appetit ist ihm vergangen. »Die Fahndung wurde gleich am Morgen nach den Aussagen von Zeugen ausgeschrieben.«

»Aber die Beschreibung wurde geändert, nachdem du mit Betti gesprochen hast«, beharrt Vigfús. »Erst da wurde das Arsenal-Trikot erwähnt und dass der Verdächtige am Vorabend im Ölver gesehen worden war.«

»War er wirklich da?«, erkundigt sich Fritz, den Hörður für Björn oder Bjarni gehalten hat.

Hörður nickt, während er die Kartoffeln in die Soße knetet. »Ich habe ihn da auf der Toilette gesehen. Er war vor mir an der Reihe. Ein ganz normaler Typ. Aber irgendwas hatte er genommen. Seine Augen waren so … Sie waren vollkommen leer.«

Fritz beugt sich vor und senkt die Stimme: »Ihr behaltet das für euch, aber ich habe gehört, der Mörder hatte Ecstasypillen bei sich.«

»Wirklich?«, fragt Vigfús zweifelnd.

»Hat er sich mit Ecstasy in der Tasche im Präsidium gestellt?«, fragt einer der Kollegen.

»So hab ich's gehört«, antwortet Fritz.

»Der ist bekloppt«, sagt einer am Tisch.

»Sie sagen, es sei politisch«, raunt Vigfús und schaufelt sich den Mund voll. »Wegen dieser Initiative, die dieser Þórólfur einbringen wollte.«

»Die Reform des Alkoholgesetzes?«, fragt Fritz.

»Genau«, sagt Vigfús mit vollem Mund. »Er wollte das staatliche Alkoholmonopol abschaffen. Das war und ist umstritten. Es wollen nicht alle Alkohol im Supermarkt kaufen können.«

»Das ist aber doch kein Grund für einen Mord, Menschenskind!«, sagt Fritz.

Vigfús zuckt die Schultern. »So hat man's im Radiosender Saga behauptet.«

Die Kollegen lachen. Hörður stochert mit der Gabel im Rotkohl und den grünen Bohnen. Ihm geht der Name des Leiters der Mordkommission im Kopf herum. Axel M. Axelsson. Er und Hörður hatten einmal miteinander zu tun gehabt, als Hörður siebzehn Jahre alt war, er und der legendäre Steppenwolf, wie Axel unter Kollegen genannt wird, aber er wird sich daran sicher nicht erinnern. Es war aus Anlass einer Seetüchtigkeitsprüfung in Ísafjörður, nachdem das Fischerboot *María* bei Djúpáll gesunken war. Drei Personen waren an Bord, Hörður, sein verstorbener Vater Grímur und der Skipper Pétur. Sie versenkten das Boot an jenem Tag, aber es lief nicht alles wie geplant. Sie waren schon ins Rettungsboot umgestiegen, als Hörður einen heftigen Asthmaanfall bekam. Sein Spray hatte er an Bord der *María* vergessen, die schon zu sinken begonnen hatte. Pétur ging noch einmal an Bord, um das Asthmaspray zu holen, doch die *María* kenterte, und das alte Eichenholzboot verschwand mit dem Kapitän in der Tiefe.

Die Überprüfung war eine große Kraftprobe. Der Vertreter der Versicherung war misstrauisch und rücksichtslos. Um den Druck zu erhöhen, brachte er aus Reykjavík einen Angehörigen der Mordkommission mit. Das war Axel M. Axelsson, der damals aussah wie Clint Eastwood in den Dirty-Harry-Filmen. Doch anstatt den unerfahrenen und nervenschwachen Hörður Grímsson in die Mangel zu nehmen, war Axel ihm beigesprungen. Warum, weiß Hörður nicht, aber er sieht sich noch immer in einer Dankesschuld bei dem berühmt harten Hund stehen.

Axel M. Axelsson war der Grund für Hörður, zur Polizei zu gehen. Als er Axel in seiner ganzen obercoolen Art erlebt hatte, wusste er zum ersten Mal, was er werden wollte: Polizist. Kein einfacher Streifenpolizist, sondern Kriminalbeamter, einer von der Kripo. Deren Mitarbeiter tragen keine Uniform. Sie suchen sich ihren eigenen Stil aus. Manche tragen Anzüge, andere sind sportlich gekleidet, wieder andere treten in Lederjacke auf. Sie hängen nicht in Bäckereien und Tankstellen herum. Sie verteilen keine Knöllchen, brauchen sich nicht mit Fällen häuslicher Gewalt oder betrunkenen Jugendlichen abzugeben. Das haben sie vielleicht einmal getan, aber heutzutage brauchen sie das nicht mehr.

Die Männer von der Kripo sind darüber hinaus, sie sind aufgestiegen, sie sind die Elite.

Wagen 07-213 kontrolliert den Verkehr auf der Sæbraut. Vigfús sitzt am Steuer und fährt auf der rechten Fahrspur in westlicher Richtung, als sein Handy klingelt. Hörður sitzt auf dem Beifahrersitz und schaut gedankenverloren aus dem Seitenfenster, die Bucht von Faxaflói, die Esja, die Skarðsheiði und Akrafjall im Blick. Die Sonne wird bald untergehen, ihre orangeroten Strahlen werden vom Meeresspiegel zurückgeworfen. Der Himmel ist tiefblau, in weiter Ferne kohlschwarze Wolken. Die Lichter von Akranes funkeln jenseits der stillen Meeresbucht wie eine Milchstraße.

Das Handy klingelt und klingelt.

»Was soll denn der Lärm?«, fragt Vigfús genervt. Er setzt den rechten Blinker und hält bei der Abwasserpumpstation nahe Laugarnes, dann fischt er das klingelnde Handy aus der Brusttasche seiner Jacke. Er geht jedoch nicht gleich ran, dazu ist er zu misstrauisch. Erst holt er seine Lesebrille aus der anderen Tasche, klappt sie auf und setzt sie auf. Er starrt aufs Display, brummelt etwas und drückt dann mit zittrigem Finger den grünen Knopf.

»Ja, hallo?«

Hörður dreht die Seitenscheibe herunter und zündet sich eine Zigarette an. Er inhaliert den Rauch tief, behält ihn lange in der Lunge und stößt ihn dann durch die Nase aus.

»Am Apparat«, sagt Vigfús und spricht dann schnell und leise, als befürchte er, sein Kollege würde mithören.

Doch Hörður ist mit seinen Gedanken woanders. Er steht in Súðavík auf der Mole und schaut auf den Álftafjörður. Hinter ihm ragt der Berg Kofri wie eine nordländische Pyramide auf, jenseits des tiefen Fjords liegen die Hänge von Sjötúnahlíð. Er denkt an das gesunkene Boot, an den ertrunkenen Skipper und seine Tochter María. Er denkt an die Lawine, die Häuser und ganze Familien auslöschte. Er denkt an seine Mutter, an seinen Vater, an seine Schwester und seinen Bruder, an den kalten schwarzen Grabstein, in den ihre Namen eingraviert sind.

Und er denkt an sich selbst, an den schwermütigen Riesen, der alles überlebt. An das traurige Gemüt, das weiterlebt, obwohl der Wille dazu nicht immer vorhanden ist. Aus wissenschaftlicher Sicht lebt er. Nach seinem eigenen Empfinden ist er bloß nicht tot, wie ein Gespenst oder ein Wiedergänger.

»Etwa fünfhundert, schätze ich«, sagt Vigfús am Telefon. »Ja, blau.«

Hörður schnippt die Asche aus dem Fenster. Er ist zurück in Reykjavík. Seine Gedanken richten sich auf den Mord. Die Ermittlungen müssen auf der Zielgeraden sein. Der Verdächtige ist festgenommen und so weiter. Ob man ihn gerade verhört? Oder lassen sie ihn über Nacht in einer Zelle schmoren? Sicher hat man Untersuchungshaft angeordnet. Das sollte eine klare Sache sein.

»Ja, das hört sich gut an«, sagt Vigfús am Telefon. »Wann, glaubst du …? Erst übermorgen? Nicht heute? Und wie wär's morgen? Na gut, das sollte gehen. Ich rufe wieder an. Ja, okay.«

Vigfús beendet das Gespräch und steckt das Handy wieder in die Brusttasche.

»Viel um die Ohren?«, fragt Hörður, um etwas zu sagen.

»Ach, eigentlich nicht.« Vigfús räuspert sich, dann fährt er los, lenkt den Wagen wieder auf die Sæbraut. »War ein Verwandter von mir. Er will mir etwas abkaufen. Alte Briefmarken. Er sammelt sie.«

»Verstehe.« Hörður wirft die halb gerauchte Zigarette aus dem Fenster und schließt es dann. »Aber wäre es nicht besser, die Marken noch zu behalten? Steigen und steigen sie nicht immer weiter im Wert?«

»Doch, sicher«, sagt Vigfús. »Aber ich kann das Geld gut gebrauchen. Er bietet mir eine hübsche Summe für die Sammlung. Bei uns im Block stehen Reparaturarbeiten an, da kommt einiges an Kosten auf uns zu, sicher hunderttausend oder mehr. Wir beziehen ja nicht gerade Ministergehälter, oder?«

»Nein«, sagt Hörður, »das kann man nicht gerade behaupten.«

»Dass man so was überhaupt mit sich machen lässt«, schimpft Vigfús. »Woche für Woche setzt man sein Leben aufs Spiel und bekommt dafür nichts als Undank! Unbegreiflich, dass überhaupt jemand zur Polizei geht.«

»Ja, ja.« Hörður stimmt seinem Kollegen zu, aber sein ewiges Genörgel ist nerviger als das, worüber er meckert. Wenn er nicht über die Arbeit schimpft, ist es irgendwas anderes: Künstler, die EU, Fahrradfahrer, Sigur Rós, Vegetarier oder Kommunisten.

Der Umkleideraum des Präsidiums sieht aus wie ein Klischee aus einem amerikanischen Film. Weiße Wände, Reihen von Metallspinden und harte Holzbänke. Hörður schnallt seinen Einsatzgürtel ab, hängt die Uniform in seinen Spind und zieht seine Zivilkleidung an, Armeehose, Pullover und Motorradstiefel. Sein Helm liegt oben auf dem Spind, die Lederhandschuhe stecken darin. Über den Pullover zieht er eine grüne Armeejacke, wickelt sich sein Palästinensertuch um den Hals und schließt den Spind ab.

Im Gang trifft er seine Kollegin Þórhildur Sverrisdóttir, die mit ihm zusammen auf der Polizeischule war und mit der er seither freundschaftlich verbunden ist. Þóra Sverris, wie sie von allen genannt wird, ist das genaue Gegenteil von Hörður. Sie ist klein und schlank, hat aschblondes, schulterlanges Haar und ein so unauffälliges Gesicht, dass es kaum zu beschreiben ist. Sie ist ganz hübsch, ohne wirklich gut auszusehen. Aber in diesem kleinen, unscheinbaren Körper stecken mehr Kraft und Verstand als in einer ganzen Division von Sportlern und Schönheitsköniginnen.

»Hi, wie geht's, wie steht's?«, fragt Þóra und haut Hörður auf die Schulter. Er grüßt sie lieber nicht auf die gleiche Weise, sie würde garantiert gegen die nächste Wand fliegen und mit gebrochenen Knochen zu Boden fallen.

»Gut, und dir?«

»Alles im Lot.«

Zusammen gehen sie zum Personalausgang auf der Rückseite des Gebäudes. »Wie läuft's mit Vigfús?«

»Prima«, sagt Hörður. »Er ist alt und müde, aber ein guter Kerl. Und mit wem fährst du noch mal Streife?«

»Mit Karl«, antwortet Þóra. »Er ist in Ordnung, aber ich glaube, er findet es langweilig, den ganzen Tag mit einer Frau zusammen zu sein. Er ist es wohl eher gewohnt, mit einem Kollegen Schweinkram und dreckige Witze auszutauschen.«

»Und mit dir kann er das nicht?«

»Doch, schon, aber er tut es nicht. Traut sich wohl nicht. Vielleicht hat er Schiss, dass ich ihn wegen Anzüglichkeiten melde.«

»Tja, man hat's schwer im Leben«, sagt Hörður. Sie sind an der Außentür angekommen, doch statt sie zu öffnen, bleibt Þóra stehen und packt Hörður am Jackenärmel.

»Sag mal, was hast du am Wochenende für Schichten?«, fragt sie.

»Am Wochenende habe ich frei«, sagt Hörður. »Montag gehe ich dann auf Spätschicht.«

»Das trifft sich gut«, meint Þóra. »Ich möchte dich nämlich um einen Gefallen bitten. Nichts Langweiliges. Im Gegenteil, etwas richtig Nettes.«

Hörður seufzt. Das verheißt nichts Gutes. Aber er weiß auch, dass es ihm schwerfallen wird, ihr etwas abzuschlagen. Er ist Þóra noch einen Gefallen schuldig. Nicht nur einen, eher hundert. Ohne ihre Hilfe hätte er die Polizeischule nie geschafft. Sie hat ihn in den praktischen Ausbildungsteilen angetrieben, und für die theoretischen Prüfungen haben sie zusammen gebüffelt. Wenn er einen Kater hatte, brachte sie ihn buchstäblich wieder auf die Beine, und sie hat ihn oft genug davon abgehalten, irgendwo zu versacken.

Im Gegenzug stand er während der Ausbildung wie ein Fels an ihrer Seite. Sie war nicht nur die Kleinste, sondern auch die Unbeliebteste des Jahrgangs. Als ehemalige Fußballnationalspielerin war sie von vornherein als privilegiert und als Angeberin abgestempelt, obwohl weder das eine noch das andere zutraf. Außerdem machte ihr offenes Lesbischsein die Sache noch komplizierter, weil die anderen Frauen nicht gern zusammen mit ihr in der Umkleide waren und die Männer sie wie Luft behandelten.

Hörður war immer kurz angebunden und hatte kaum Freunde, doch wegen seiner Körpergröße und seiner Launen ließ man ihn meist in Ruhe. Er mochte Þóra, weil sie sich mehr anstrengte als die meisten, ohne dafür Lob und Anerkennung zu bekommen, und darum nahm er sie unter seine Fittiche. Diesen guten Zug entgalt sie ihm mit bedingungsloser Freundschaft. Sie galten immer als ein äußerst komisches Paar, aber das war ihnen vollkommen egal.

»Hast du Samstagabend schon was vor?«, fragt Þóra.

»Bislang noch keine Pläne«, antwortet Hörður gewissenhaft. Doch falls das Date mit Bíbí erfolgreich verläuft, könnte sich für das Wochenende noch etwas ergeben. Vielleicht würden sie ins Kino oder zusammen essen gehen, aber er hat Angst, derart spannende Aussichten zu vermasseln, wenn er im Vorfeld auf sie spekuliert.

»Dann kommst du mit mir auf eine Hochzeit«, verkündet Þóra und grinst breit.

Hörður entgleisen die Gesichtszüge. »Eine Hochzeit? Bist du noch zu retten? Kommt nicht infrage! Hochzeiten sind furchtbar. Außerdem habe ich nichts Passendes zum Anziehen. Vergiss es, tut mir leid.«

»Jetzt hör mir mal zu!«, sagt Þóra. »Das ist nicht, wie du glaubst. Erstens findet die Zeremonie nicht in der Kirche, sondern im Freien statt, auf einer Lichtung am Elliðavatn. Die Feier ist dann anschließend in einem Zelt da. Außerdem wird das Ganze völlig lässig, nix mit Anzug und feinen Kleidern. Es soll eine ländliche Hochzeit sein. Du bräuchtest dir höchstens eine Lederjacke oder einen Wollmantel zu kaufen.«

Hörður seufzt. Was können Frauen anstrengend sein! Vielleicht sollte er seine Verabredung doch besser abblasen. Was, falls aus ihm und Bíbí etwas werden sollte? Ehe er sichs versieht, muss er am Ende in eine Shopping Mall, um sich neu einzukleiden, an Familienfeiern und Hochzeiten teilnehmen, ins Theater gehen oder in piekfeine Restaurants, die appetitliche Häppchen servieren, aber kein anständiges Essen.

Ist es da nicht besser, allein zu bleiben?

»Was hältst du davon, du sturer Knochen?«, fragt Þóra munter. »Hast du was Besseres zu tun, als deine beste Freundin auf ein großes Fressen auf dem Land zu begleiten, wo sich die Tische unter Wildbret und Wein biegen?«

Hörður reißt die Augen auf: »Hast du Wild gesagt?«

Þóra nickt. »Das wird geil. Du *musst* echt mitkommen! Ich habe sonst niemanden, den ich mitnehmen würde, und es werden Leute da sein, denen ich nicht allein begegnen möchte.«

»Was für Leute?«

»Meine Ex«, wispert Þóra.

»Welche von denen?«

»Idiot!«, sagt Þóra lachend und boxt ihn so fest auf den Arm, dass er fast aufschreit.

»He, mal halblang«, knurrt Hörður und reibt sich die Stelle. Er hat wirklich keinen Bock, da hinzugehen. Keine verdammte Chance.

»Du tust es doch mir zuliebe, ja?«, bettelt Þóra und macht Dackelaugen. »Für deine allerbeste Freundin.«

Hörður knurrt widerwillig. »Na gut. Aber ich kaufe mir dafür nicht extra eine neue Jacke. Basta. Ich habe eine schwarze Jacke, die kann ich anziehen. Aber wenn es so langweilig wird, wie ich es mir vorstelle, werde ich sauer.«

»Du bist der Beste!« Þóra wirft sich an ihn und will ihn umarmen, doch ihre Arme reichen nur zur Hälfte um ihn herum.

Hörður hat eine kleine Kellerwohnung in der Bergþóragata gemietet, in einem langen Mehrfamilienhaus, das an der Ecke Vitastígur beginnt und sich bis zum Barónsstígur erstreckt. Er lenkt das Motorrad durch die schmale Gartenpforte und stellt es auf einen gepflasterten kleinen Platz neben vier Abfalltonnen im zugemüllten Hinterhof. Er nimmt den Helm ab, zieht die Handschuhe aus und geht zur Vorderseite des Hauses. Auf der anderen Straßenseite an der Ecke ist die Vitabar. Meist kehrt er dort gleich nach der Arbeit ein, doch diesmal nicht. Stattdessen geht er gleich zum von der Kreuzung aus gesehen zweiten Hauseingang. Darüber steht das Baujahr des Hauses auf die Fassade gemalt: 1927.

Die Haustür ist schwarz gestrichen und hat ein senkrechtes Fenster. Daneben ist eine Gegensprechanlage mit vier Namensschildern. Auf dem untersten steht mit Kugelschreiber auf dem Kärtchen hinter einer angelaufenen Plastikscheibe: HG.

Hörður bleibt vor der Haustür auf dem Bürgersteig stehen, sucht den richtigen Schlüssel an seinem Schlüsselbund und schließt die Tür auf. Er tritt in den Hausflur, schiebt mit dem Fuß einen Stapel Zeitungen und Prospekte beiseite, schließt die Tür und schaltet das Licht ein. Er hat kaum die halbe Treppe hinab in den Keller hinter sich, als sich über ihm eine Wohnungstür öffnet und jemand ruft: »Bist du das, Hörður Grímsson?«

Hat man denn nie seine Ruhe? Hörður stöhnt, dreht sich um und ringt sich ein höfliches Lächeln ab. In der Tür steht der, dem er am allerwenigsten begegnen möchte, der nervöse Zwerg vom Parterre rechts. Er ist nicht wirklich ein Zwerg, aber ähnlich klein und schmal. Vielleicht eher ein Elf als ein Zwerg. Bloß Haut und Knochen, stets in frisch gebügelte Hemden und Hosen gekleidet. Blass wie Milch und genauso blutleer wie das Gemüse, von dem er sich ernährt. Den sollte Vigfús einmal kennenlernen. Mit Sicherheit ist er für den Beitritt Islands zur EU, und vielleicht spielt er sogar in dieser versponnenen Band, Sigur Rós.

Nur wie heißt er noch mal? Natürlich fällt es Hörður nicht ein, er hat ein schreckliches Namensgedächtnis. Aber er hat sich ein System ausgedacht, um sich an die Namen zu erinnern, die er kennen muss, und dieser Zwerg aus der Nachbarschaft gehört dazu. Das System funktioniert so, dass Hörður sich etwas Auffälliges im Aussehen, im Gesicht oder im Auftreten der betreffenden Person merkt, das typisch für sie ist und das zu ihrem Namen passt oder irgendeine logische oder klangliche Eselsbrücke zu ihm baut. Das System ist kompliziert und ziemlich weit hergeholt, außer Hörður durchschaut es keiner, manchmal nicht einmal er selbst.

»Hallo«, grüßt der Zwerg.

Hörður erwidert den Gruß nicht, sondern schaut seinen Nachbarn nur unverwandt an und versucht sich zu erinnern, welches Schlüsselwort in seinem System mit ihm verbunden ist. Er ist ein Zwerg, er ist winzig, er ist fast nichts, eine halbe Portion. – Was war es noch, verflixt?

Der Zwerg hält zwei Fensterumschläge hoch, stolz, als hätte er den Nobelpreis bekommen. »Ich habe deine Post an mich genommen, Herr Nachbar. Sie lag hier verwahrlost zwei Tage herum, und ich hatte Angst, jemand würde sie in die blaue Tonne für Werbeprospekte werfen. Darum habe ich sie gerettet.«

Er reicht dem äußerst nachdenklichen Hörður die beiden Briefe.

Hat sein Name nicht etwas mit der Zeit zu tun, mit der Uhrzeit? Wann hat er zum ersten Mal bei ihm geklingelt? Richtig, es ist schon spät gewesen, und er hat vor dem Fernseher gesessen und sich eine Liveübertragung angesehen. Das ist's, der Zwerg heißt:

»Leifur«, sagt Hörður triumphierend.

»Ja«, sagt Leifur zögerlich, »das ist richtig. Aber willst du deine Post nicht annehmen?«

»Doch, natürlich«, sagt Hörður und nimmt die Briefe an sich. »Vielen Dank, Leifur!«

»Gern geschehen«, sagt Leifur froh. »Wozu hat man schließlich Nachbarn, nicht wahr? Wir halten doch zusammen.«

»Klar.« Hörður geht nach unten. Die Deckenhöhe im Keller ist so niedrig, dass er den Kopf einziehen muss, außerdem ist es ziemlich dunkel und riecht nach Abwasser und Waschmittel. Zur einen Seite gibt es einige abgeschlossene Kellerräume, zur anderen liegt die gemeinsame Waschküche für die Hausbewohner und geradeaus eine blau gestrichene Tür mit Schnappschloss. Hinter ihr befindet sich eine kleine Wohnung, die einmal Abstellraum für Gartengeräte, Fahrräder und dergleichen war.

»Es ist gut zu wissen, dass du im Haus bist, Hörður!«, ruft Leifur ihm nach. »Es haben nicht alle das Glück, mit einem Polizisten im selben Treppenhaus zu wohnen.«

Hörður hat keine Lust, darauf zu antworten. Er öffnet mit einem kleinen Schlüssel die Tür zu seiner Wohnung und macht Licht, indem er eine von der Decke hängende nackte Glühbirne einschaltet. Es ist grenzwertig, diese Behausung überhaupt Wohnung zu nennen, sie ist auch nicht als solche angemeldet und die Miete entsprechend günstig, weil der Vermieter dafür keine Steuern bezahlt. Hörður legt den Helm auf einem niedrigen Bücherschrank ab, schließt die Tür und hängt die Jacke an einen Nagel auf deren Innenseite. Dann setzt er sich auf sein Bett und zieht die Motorradstiefel aus. Über dem Bett ist ein niedriges, breites Fenster zum Garten. Allerdings sieht man im Sommer lediglich Gras und im Winter Schnee. Eine grüne Gardine hängt davor, die Hörður niemals aufzieht. Neben dem Bett steht eine kleine Kommode, auf ihr stapeln sich CDs und Bücher und ein überquellender Aschenbecher. Auf dem Boden vor der Kommode liegt ein Walkman mit Kopfhörer. Auf der anderen Seite des Zimmers, etwa anderthalb Meter vom Bett entfernt, steht ein kleiner Kühlschrank, darauf eine Kochplatte voller Kaffeeflecken, und auf der Platte steht ein viel benutztes

Espressokännchen. Hörður Becher hängt an einem Nagel über Kühlschrank und Kochplatte. Auf dem Boden liegen schmutzige Wäschestücke und volle Plastiktüten mit Abfall und Bierdosen. Eine Tür neben dem Kühlschrank, an der ein hellblaues Laken hängt, führt ins Bad oder besser in die Nasszelle. Sie ist so winzig klein, dass gerade ein Klo, ein Waschbecken und ein Duschkopf darin Platz haben. An der inneren Wand verlaufen die Heiß- und Kaltwasserhauptleitungen für das ganze Haus. Es rauscht laut darin, und die Wasseruhren ticken Tag und Nacht. Der Abfluss ist in der Mitte des Bodens eingelassen, und Hörður kann nicht duschen, ohne das ganze Bad unter Wasser zu setzen, darum lässt er es meist. Manchmal duscht er auf der Arbeit oder geht zum Duschen ins Hallenbad, das nur zwei Minuten zu Fuß entfernt ist.

Hörður schraubt die Espressokanne auseinander, klopft den Satz in eine offene Mülltüte, spült die Kanne im Waschbecken im Bad aus und füllt das Unterteil mit Wasser. Dann füllt er italienischen Kaffee in den Siebeinsatz, schraubt die Kanne zu, stellt sie auf die Kochplatte und schaltet sie an. Er geht mit eingezogenem Kopf durch seine Wohnung und passt auf, nicht gegen die Glühbirne zu stoßen, er geht um sie herum wie ein Planet auf elliptischer Umlaufbahn um die Sonne.

Er setzt sich aufs Bett, öffnet den CD-Player und legt »Closing Time« von Tom Waits wieder ein. Er hat dieses alte Meisterwerk schon mehrere Tage nacheinander gehört. Dann mustert er mit den Augen seine CD-Sammlung auf der Suche nach weiterem Ohrenkonfekt durch. Wie so oft richtet sich seine Aufmerksamkeit wieder einmal schnell auf Type O Negative. Die Gruppe zieht ihn immer wieder an, auch die grünlichen CDs, ein ganz bestimmtes Grün ist eins der Kennzeichen von Hörðurs Lieblingsband. Sie kommt aus Brooklyn, der Hauptstadt der Coolness, und spielt Gothic Metal, ihr Klangkosmos ist düster, dramatisch und zugleich prächtig, wie eine mit Leder verkleidete gotische Kathedrale aus Gitarren- und Orgelklängen. Die Texte sind genial und mit Herzblut geschrieben, außerdem mit noch anderen Körperflüssigkeiten, traurig, bitter, liebeskrank, spöttisch, selbstironisch und manchmal sehr witzig, sogar komisch. Die Band besteht aus vier unberechenbaren Mitgliedern, The Drab Four, wie sie sich manchmal in ihrer Version des Beatles-Spitznamens The Fab Four nennen. Frontman ist das melancholische Sexmonster Peter Steele, riesengroß und kräftig gebaut wie ein Troll, mit langen schwarzen Haaren und dicken Lippen, tiefen, dunklen Augen und Gesichtszügen, die an Frankenstein denken lassen. Er schreibt die Musik und die Texte, spielt Bass und singt mit tiefer, melancholischer Stimme, die von tiefem, dumpfem Murmeln zu desperatem Falsett ansteigen kann. Peter ist ebenso unvollkommen, wie er groß ist, sein Selbstvertrauen steht auf tönernen Füßen, Zweifel am eigenen Können und Talent waren ihm in die Wiege gelegt, er ist Alkoholiker und kokainsüchtig und so depressiv, dass der Tod sein bester Freund und sein Lieblingsthema ist.

Hörður hat lange zu dem Riesen aus Brooklyn aufgeblickt, der sein Vorbild und sein größtes Idol ist, er fühlt sich mit ihm körperlich und geistesverwandt, jeder einzelne Text könnte direkt aus dem Kopf des rothaarigen Mannes aus Súðavík kommen, und die Musik passt zu seinem innersten Kern, dem, was einige Seele nennen.

Hörður sucht die CD aus, die jedes Jahr vier Wochen lang ihrem Namen alle Ehre macht, das Opus magnum »October Rust« – der Monat der zunehmenden Dunkelheit, des Liebeskummers und welker Blätter, die in der Tat an rostiges Eisen erinnern. Er drückt auf Play, setzt den Kopfhörer auf, dreht die Lautstärke voll auf und streckt sich lang auf dem Bett aus, den Kopf gegen die Wand gedrückt und die Beine über das Fußende baumelnd. Die Scheibe beginnt mit einem ruhigen Vorspiel im Geist der Drab Four, dann setzt lyrische, kraftvolle

Dramatik in all ihrer göttlichen Macht ein. Das erste richtige Stück der Platte ist der Klassiker »Love You to Death«, der auf einem fragilen Klavier in Moll einsetzt und dann mit dröhnendem Bass, Gitarre, Orgel und Schlagzeug in die Vollen geht: *»In her place, one hundred candles burning, as salty sweat drips from her breast. Her hips move and I can feel what they're saying, swaying. They say the beast inside of me's gonna get ya, get ya, get …«*

Hörður spült mit beschämter Miene die Kaffeekanne im Waschbecken. Natürlich hatte er sich mit der Musik auf den Ohren vergessen und war dabei eingeschlafen. Der Kaffee kochte über, spritzte von der Kochplatte gegen die Wand und auf den Boden, verdampfte und brannte sich ein. Die Kanne wäre durch die Hitze fast geschmolzen, der Dichtungsring aus Gummi ist hinüber, und der Kellerraum riecht nach glühendem Metall und angebranntem Kaffee.

Er hat eine Ersatzdichtung im Haus, denn es ist ja nicht so, als sei ihm das zum ersten Mal passiert, und setzt sie ein, aber er setzt keinen zweiten Kaffee auf. Stattdessen öffnet er den Kühlschrank und nimmt eine von den drei Dosen Egils Gold, die darin stehen. Als Einziges.

Er öffnet die Dose und nimmt einen langen Schluck von dem kalten Bier; dann atmet er erleichtert durch. Nichts beruhigt die Nerven so schnell wie eiskalt schäumendes Bier. Er setzt sich aufs Bett, stellt die Bierdose ab, schiebt den Walkman zur Seite und öffnet die unterste Kommodenschublade. Was hat er denn noch an reiner Wäsche? In der Schublade liegen einige T-Shirts – alle mit den Logos von Rockbands bedruckt, bis auf ein einziges reinweißes –, zwei zerknitterte Hemden und eine Jeans, die ganz ordentlich aussieht, ihm aber am Bund zu eng geworden ist, er hat sie seit dem Frühjahr nicht mehr zubekommen. Ganz zuunterst liegt ein einzelnes schwarzes Sakko, das er so gut wie nie trägt, außer auf Beerdigungen. Ob er das nicht zu der bescheuerten Hochzeit anziehen soll? Es sieht ganz manierlich aus, ist ihm aber ein oder zwei Nummern zu klein. Es wird schon gehen, solange er sich darin nicht heftig bewegt.

An Schuhen hat er eigentlich nichts anderes als seine Motorradstiefel und ein Paar Sportschuhe, die aber so abgetragen und schmutzig sind, dass es nicht mehr witzig ist. Die Stiefel sind immerhin noch einigermaßen neu, verglichen mit anderem, was er hat, außerdem sind sie nach Ansicht ihres Besitzers ausgesprochen cool.

In der oberen Schublade finden sich Unterhosen und Strümpfe, alle ausgeblichen nach einer Million Wäschen und mehr oder weniger löcherig, eine halbe Stange Camel Filter, ein fast leerer Flakon mit Black Musk von Jovan und eine zusammengedrückte Tube mit eingetrocknetem Haargel.

Könnte schlimmer sein, denkt Hörður. Es ist fast halb vier. Noch dreieinhalb Stunden bis zum Rendezvous. Er muss sich nur noch rasieren und umziehen. Das dauert vielleicht eine Viertelstunde, höchstens zwanzig Minuten. Was soll er in den verbleibenden drei Stunden tun? Ein ungutes Gefühl der Leere überfällt ihn. Er kippt das Bier, zündet sich eine Zigarette an. Entspannen, er muss sich entspannen.

Die Vitabar ist im Souterrain eines alten Wohnhauses an der Ecke Vitastígur/Bergþóragata untergebracht, der Eingang ist auf der Ecke, das Lokal selbst hat L-Form. Der längere Schenkel mit vier Tischen auf der Fensterseite und der Theke dahinter liegt am Vitastígur. In der hintersten Ecke hängt ein Fernseher, auf dem man live Spiele verfolgen kann. Der kürzere Schenkel liegt zur Bergþóragata, es ist der in die Erde eingelassene. Die Tische dort sind kleiner, und da liegen die Toiletten, schmutzig, nach Urin stinkend und nach starkem Parfüm, das den Uringestank nur noch zu intensivieren scheint. Die Wände sind dunkelgrün gestrichen, daran hängen Kupferlampen mit gelben Schirmen, der alte Dielenboden gibt hier und da nach.

Die Kneipe ist für zwei Dinge berühmt, für ihren Burger mit Schimmelkäse, genannt »Vergissmeinnicht«, und für Beck's-Bier vom Fass. Berüchtigt ist sie ebenfalls für zwei Dinge: für ihren erstickenden Tabaksqualm und für ihre verkorkste Kundschaft, die den Qualm aus zwei Dritteln Zigarettenrauch und einem Drittel Bratendunst verursacht. Die Stammkunden sind arbeitslose Alkoholiker, die ab mittags, wenn die Kneipe öffnet, immer an denselben Tischen hocken, Whisky und Bier saufen und billige Zigaretten kettenrauchen, bis der Laden um Mitternacht schließt. Dazwischen mischen sich junge Burschen aus der Ingenieurschule, Kriminelle und Polizisten und ein paar brave Familienmenschen aus dem Viertel, die sich manchmal auf die Schnelle ein Bier genehmigen, einen Bissen zu essen bestellen oder ihn mit nach Hause nehmen.

Hörður sitzt an seinem Lieblingstisch, dem ersten beim Eingang im kürzeren Teil. Er nimmt einen letzten Zug, bevor er die Zigarette im übervollen Aschenbecher ausdrückt. Über seinem Kopf rührt ein Ventilator gewissenhaft in der stickigen Luft. Meist sitzt Hörður mit dem Rücken zur Tür, doch diesmal hat er auf der anderen Tischseite Platz genommen und wartet nervös darauf, dass Bíbí im Eingang erscheint. Über der Tür ist ein Kupferglöckchen angebracht, das jedes Mal bimmelt, wenn jemand hereinkommt oder hinausgeht. Die Tür streift die Glocke, die fröhlich klingelt. Es ist zehn nach acht, und Hörður wartet seit Viertel nach sieben. Er hat einen Hamburger mit Pommes frites gegessen und zwei dunkle Beck's getrunken und sitzt jetzt beim dritten. Davor hat er natürlich die drei Dosen aus dem Kühlschrank gekillt. Er hatte nichts anderes zu tun, als Musik zu hören, eine nach der anderen zu rauchen und Bier zu trinken. Er hat die Kinks, die Stones, Led Zeppelin und Deep Purple gehört.

Guten, alten Rock.

Die Vitabar ist gut gefüllt, Gelächter, Gläserklirren, Stimmengewirr hallen von den Wänden wider, aus der Küche dringt fetter Bratendunst, und der Qualm ist zu dickem, saurem Nebel geworden, der in Hals und Augen brennt. Es ist stickig heiß.

Hörður ist zum Verrücktwerden aufgeregt. Er stößt den Rauch durch die Nase aus und zerdrückt die fünfte Zigarette in zwanzig Minuten. Er trägt das schwarze Sakko über einem steingrauen Hemd. Sein Gesicht ist blass, und er hat Schweißperlen auf der Stirn. Ihm wird jetzt klar, weshalb Vigfús meinte, es sei keine gute Idee, eine Frau beim ersten Date hierher zu bestellen. Es ist nicht gerade der gemütlichste Ort im Stadtzentrum. Er hat sich entschlossen, dem Rat seines Kollegen zu folgen und vorzuschlagen, dass sie woanders hingehen.

Sofern sie überhaupt kommt, heißt das.

Hörður guckt auf die Uhr. Viertel nach. Nein, sie kommt wohl nicht. Vielleicht ist es auch das Beste so. Was haben Frauen Männern im Lauf der Zeit schließlich anderes gebracht als Theater und Schmerz? Oder ist das bloß ein Klischee aus dem Blues? Er nimmt einen großen Schluck Bier und schluckt noch daran, als die Tür aufgeht, das Glöckchen bimmelt und Bíbí erscheint, in weißem Mantel, weißer Hose und einem rosa Tuch um den Hals, wie ein Engel im Vorhof der Hölle.

Hörður verschluckt sich am Bier, er zuckt zusammen und hätte sein Bier fast über den Tisch geprustet, es brennt im Hals und steigt ihm in die Nase.

»Hallo!«, sagt Bíbí und lächelt ihn an. »Entschuldige, dass ich zu spät komme. Erst hat mich jemand am Telefon festgehalten, und dann habe ich lange nach einem Parkplatz suchen müssen.«

»Hallo.« Hörður schafft es, das Bier zu schlucken und das Gesicht zu wahren. Er macht ihr ein Zeichen, sich zu setzen, dann fällt ihm ein, dass es vielleicht angebracht wäre, sich zu erheben und sie gentlemanlike zu begrüßen. Er zögert, dann schiebt er den Stuhl zurück und richtet sich in voller Länge auf.

»Oh!« Bíbí erschrickt, damit hat sie nicht gerechnet. Sie hat den Mantel schon halb ausgezogen, als er ihr unsicher und tölpelhaft helfen will. Sie verheddert sich im Mantel wie in einer Zwangsjacke, aber sie versucht, das Beste daraus zu machen, und schafft es, den Kopf gerade richtig zu drehen, als Hörður leicht ihre linke Schulter berührt und ihr einen Kuss auf die rechte Wange schmatzt.

»Schön, dich zu sehen«, murmelt er und lässt sich wieder auf seinen Stuhl fallen. Dabei wird er knallrot, und seine Hände zittern. Hat er alles richtig gemacht? Er weiß es nicht. Am liebsten möchte er in einem Zug sein Bier austrinken und sich gleich mit die eigene Kehle hinunterspülen.

Bíbí hängt ihren Mantel an einen Haken bei der Tür, dann nimmt sie ihm gegenüber am Tisch Platz, lässt rasch einen Blick durch die Kneipe wandern und strahlt Hörður an. »Bist du oft hier?«

»Ja, schon«, antwortet er. »Ich wohne gleich auf der anderen Seite der Kreuzung. Wenn ich Tagschicht habe, esse ich immer hier zu Abend. Ich koche nicht so gern. Außerdem kommen auch immer mal Kollegen her. Ist so eine Art Stammkneipe für uns.«

»Verstehe«, sagt Bíbí, »so eine Art Cop-Bar wie in Filmen.«

»Ja, vielleicht«, sagt Hörður, ohne genau zu wissen, von was für Filmen sie spricht. Er geht seit Langem nicht mehr ins Kino. Er findet es doof, Eintritt dafür zu bezahlen, mit fremden Menschen in einem großen Saal zu sitzen und denselben Film zu gucken, der ohnehin zwei oder drei Jahre später im Fernsehen kommt. Er kann so lange warten.

In *The French Connection* gab es so eine Polizistenkneipe, fällt ihm ein. Da fängt der Film an.

»Ich wäre nicht mal überrascht, wenn auf einmal Humphrey Bogart aus dem dichten Qualm käme«, sagt Bíbí und hebt komisch die gezupften und schwarz nachgezogenen Augenbrauen.

Hörður muss lächeln. Nicht wegen Bogart, eines seiner Lieblingsschauspieler, sondern einfach aus Freude, dass die niedliche Friseurin ihm hier auf einmal gegenübersitzt. Sie ist gekommen! Diese hübsche Frau taucht hier auf, um sich mit ihm zu treffen. Sie haben ein Date. Er kann sich nicht erinnern, wie oft er mutterseelenallein an diesem Tisch gesessen hat.

Sehr, sehr oft.

Doch jetzt sehen alle, dass er kein eigenbrötlerischer Klotz, sondern ein vorzeigbarer Mann ist, mit dem sich Frauen treffen möchten. Oder guckt etwa keiner?

»Möchtest du etwas trinken? Ein Bier oder Rotwein?«, fragt er. »Ich glaube, es gibt Rotwein und auch Weißwein. Sie verkaufen ihn in so kleinen Fläschchen.«

»Nein, danke. Für mich kein Alkohol«, sagt Bíbí. »Ich bin mit dem Auto gekommen, wie ich gesagt habe. Sonst wäre ich noch später gekommen.«

»Kein Problem«, sagt Hörður. »Es gibt auch Limo, Cola oder Kaffee. Möchtest du einen Kaffee? Aber wir können auch anderswo hingehen. Möchtest du woanders hin? Such's dir aus. Ich trinke nur mein Bier aus, dann können wir gehen.«

Bíbí lächelt breit. »Ich nehme gern einen Kaffee. Danach können wir irgendwo hingehen, wo es vielleicht ein bisschen ruhiger ist. Zum Beispiel ins Súfistinn bei Mál og menning. Da ist es ganz gemütlich. Ich gehe immer gern in Buchhandlungen.«

»Ja, das ist eine gute Idee«, sagt Hörður. Eine Buchhandlung! Warum ist ihm das nicht eingefallen? Aber er konnte ja nicht wissen, dass sie gern in Buchhandlungen geht. Das ist ein Pluspunkt. Auch er geht gern in Buchhandlungen. Sie haben etwas Beruhigendes an sich. »Ich hole dir einen Kaffee. Anschließend bummeln wir bald zum Súfistinn.«

»Sehr gut«, sagt Bíbí. »Bitte mit Zucker und Milch.«

Hörður steht auf und geht zur Theke. Er bekommt Blickkontakt mit der Frau, die bedient, und bestellt einen Kaffee für seine Verabredung. Er blickt über die Schulter und lächelt Bíbí zu, die zurücklächelt.

Läuft doch bestens, denkt Hörður. Er atmet leichter und ist nicht mehr so gestresst wie vorher. Ein bisschen merkt er den Alkohol, ist aber mitnichten betrunken, gerade so ein wenig angeheitert. Während die Wirtin den Kaffee zubereitet, trommelt er mit den Fingern auf die Theke und schaut sich mit meergrünen Augen im Lokal um. Die Alkoholiker, die auch schon tagsüber saufen, sind natürlich da, und die Ingenieursstudenten besetzen einige Tische. In der dunkelsten Ecke sitzt ein unbekannter junger Schriftsteller und schreibt etwas in ein Notizbuch. Sein Name ist Ófeigur, was so ähnlich klingt wie *ófleygur*, flugunfähig, und dieser zum Trinken neigende Dichter hat auch etwas Vogelähnliches an sich: lange Arme, runder Rücken und eine Nase wie die Römer bei Asterix. Er ist schnippisch und arrogant, aber ein netter Kerl. Hörður hat sich ab und zu mit ihm unterhalten. Wie viele Künstler meckert und schimpft er gern wie eine Elster, aber er ist nicht blöd, ganz und gar nicht.

Elster, genau. Hörður grinst über seinen eigenen witzigen Vergleich. Wenn Ófeigur ein Vogel wäre, wäre er am ehesten eine Elster. Auch wenn er sich selbst mit Sicherheit für einen Adler hält, oder mindestens für einen Falken.

Hörðurs Blick wandert von einer Ecke des Lokals zur anderen und bleibt an einem Mann um die vierzig hängen, der im längeren Flügel allein am hintersten Tisch am Fenster sitzt, das zum Vitastígur hinausgeht. Es ist kein Geringerer als Engilbert von der Kripo. Er hat seinen Teller mit Resten von Pommes frites und Soße von sich geschoben und blättert abwechselnd in irgendwelchen Unterlagen und guckt in seinem Laptop etwas nach. Er hat die beiden obersten Knöpfe seines Hemds geöffnet und die Krawatte abgelegt. Im Aschenbecher glimmt eine Zigarette, und ab und zu nippt der Kripobeamte gedankenverloren an einem Scotch. Seinen Trenchcoat hat er über die Lehne des nächsten Stuhls gelegt.

Er ist immer noch bei der Arbeit, denkt Hörður. Doch das ist vielleicht auch kein Wunder. So selten, wie in der Hauptstadt ein Mord verübt wird, ermittelt die Kripo dann natürlich rund um die Uhr. Sie werden sich wohl keine Ruhe gönnen, bevor der Fall aufgeklärt ist. Wie weit mögen sie wohl sein? Ob der Verdächtige gestanden hat? Bestimmt haben sie ihn stundenlang verhört. Es sei denn, sie haben beschlossen, ihn über Nacht allein in der Zelle schmoren zu lassen, um ihn weichzukochen.

Hörður seufzt. Wie gern wäre er dabei! Wie sehr verlangt es ihn danach, *richtige* Polizeiarbeit zu verrichten, anstatt den Verkehr zu überwachen und wegen Kleinigkeiten gerufen zu werden. Verdächtige verhören, Indizien sammeln, Hypothesen und Theorien ausbaldowern und dann mit Überstundenzulage spätabends in der Vitabar sitzen, unausgeschlafen und abgespannt, und zwölf Jahre alten Scotch on the rocks schlürfen.

»Bitte!«

Er schreckt aus seinen Gedanken hoch, als die Wirtin eine Kaffeetasse samt Untertasse auf die Theke knallt.

»Soll ich's auf die Rechnung setzen?«

»Ja, bitte«, sagt Hörður. Er bringt Bíbí den Kaffee und setzt sich wieder zu ihr an den Tisch. »Ich hoffe, er ist trinkbar. Wenn er gerade frisch aufgebrüht ist, ist der Kaffee hier ganz gut, aber manchmal ist er auch abgestanden und schmeckt wie Rattengift.«

Bíbí lächelt: »Ich bin sicher, er ist ganz in Ordnung.«

»Na, dann ist es ja gut.« Hörður erwidert das Lächeln. Sie lächelt so schön – sie ist eine schöne Frau. Er hofft, dass er ihr gefällt. Sie gefällt ihm jedenfalls kolossal. Er gestattet es sich aber nicht, zu optimistisch zu sein. Er ist Realist.

Hoffnungen sind Einladungen für Enttäuschungen. Das ist seine bittere Erfahrung.

»Bist du schon lange bei der Polizei?«, fragt Bíbí.

»Ich würde sagen, ja.« Hörður trinkt einen Schluck. »Seit drei Jahren; wenn ich alles mitzähle. Ich habe als Aushilfspolizist über den Sommer angefangen und bin danach zur Polizeischule gegangen. Im Sommer arbeiten wir neben der Schule. Ich bin noch nicht sehr lange auf Vollzeit. Eigentlich erst seit Kurzem.«

»Und gefällt es dir?« Bíbí fingert an ihrer Tasse, die auf dem Unterteller klappert, hat den schwarzen Kaffee aber noch nicht probiert.

Hörður nickt ein wenig abwesend. In Gedanken ist er bei Engilbert und der Morduntersuchung. Er hatte beides beiseitegedrängt, doch als Bíbí ihn dann nach seiner Arbeit fragte, kehrten seine Gedanken zu dem Kripobeamten am anderen Ende der Kneipe zurück.

Er möchte ihn unbedingt ansprechen und nachfragen, ob sein Hinweis von Nutzen gewesen ist, wie die Ermittlung läuft und so weiter. Interesse zeigen und so auf sich aufmerksam machen.

Kontakte herstellen, *Networking*, wie das heute heißt.

»Na, und du? Bist du schon lange im Klapparstígur, Leuten die Haare schneiden und so?«, stottert Hörður.

»Nein«, sagt Bíbí. »Ich habe erst woanders gearbeitet, aber dorthin gewechselt, nachdem ich mit der Schule fertig war. Ich habe nichts Besseres bekommen, werde aber da bleiben, bis ich etwas Interessanteres finde.«

Hörður nickt, blickt aber immer wieder zu Engilbert, der halb im Qualm verschwindet, aber tief in seine Arbeit versunken zu sein scheint.

»Es gibt mir nicht viel, den ganzen Tag Herrenschnitte zu machen«, sagt Bíbí und lacht entschuldigend. »Lieber wäre ich in einem edlen Salon, um Frauen die Haare zu färben und nach der neusten Mode zu schneiden.«

»Klar.« Hörður nimmt einen Schluck Bier, dann schüttelt er eine Zigarette aus einem halb leeren Päckchen Camel. »Möchtest du eine?«

Bíbí lächelt schwach. »Nein, danke. Ich habe aufgehört.«

Er steckt sich eine Zigarette zwischen die Lippen. »Macht es dir etwas aus, wenn ich rauche?«

»Nein, gar nicht.«

Hörður steckt die Zigarette mit einem Gasfeuerzeug an, inhaliert tief und behält den Rauch in der Lunge, dann gibt er ihn in ein paar Ringen von sich, legt die Zigarette auf den Aschenbecher und zeigt auf die Kaffeetasse, die er Bíbí geholt hat.

»Ist der Kaffee nicht gut? Du hast ihn noch gar nicht probiert.«

»Doch, aber«, sagt Bíbí verlegen, »es fehlen Milch und Zucker.«

»Ach, ich Trottel!« Hörður haut sich mit der flachen Hand vor die Stirn. »Entschuldige, hole ich sofort.«

»Alles gut«, sagt Bíbí.

Hörður eilt zur Theke, bittet um Milch und Zucker. Er blickt zu Engilbert, der etwas in seinen Computer tippt. Sollte er ihn nicht kurz begrüßen? Ein Milchkännchen und ein Zuckernapf erscheinen auf der Theke. Er bringt beides Bíbí und entschuldigt sich noch einmal, dann tritt er vor dem Tisch von einem Fuß auf den anderen, anstatt sich zu setzen.

»Davon geht die Welt nicht unter«, sagt Bíbí und zeigt kurz ein breites Lächeln. Sie gibt einen Schuss Milch und zwei Stück Zucker in den Kaffee.

Hörður schnippt mit den Fingern und zeigt mit dem Daumen über die Schulter. »Ich muss nur kurz einen Kollegen begrüßen, bin sofort wieder da.«

»Natürlich, kein Problem.« Bíbí rührt mit dem Teelöffel um.

»Gut, ich beeile mich.« Er drängt sich durch die Menge zu Engilberts Tisch, der aber keine Notiz von ihm nimmt.

Hörður räuspert sich.

Engilbert schaut mit fragender Miene und leicht irritiert auf.

»Ich bin bei der Polizei«, sagt Hörður. »Wir haben uns heute Morgen gesprochen. Ich bin der, der gestern den Verdächtigen im Ölver gesehen hat. Wenn er es denn war.«

»Ja, richtig.« Engilbert lehnt sich zurück. »Ohne Uniform habe ich dich nicht gleich erkannt. Aber irgendwie kamst du mir schon bekannt vor. An jemanden wie dich erinnert man sich.«

Hörður grinst verlegen.

»Aber du hattest recht«, sagt Engilbert und klappt den Laptop zu. »Er war im Ölver, dieser Gísli Már, zusammen mit einigen Kumpels aus dem Arsenal-Fanklub.«

»Gísli Már«, wiederholt Hörður. Der kaltblütige anonyme Mörder hat auf einmal einen Namen und ist damit gleich zu einem Menschen aus Fleisch und Blut geworden. Der Name kommt Hörður irgendwie bekannt vor, ihm ist, als habe er ihn in anderem Zusammenhang schon einmal gehört. Aber er kann sich auch vertun, er hat nun mal kein gutes Namensgedächtnis. »Und weiter? Hat er sich gestellt?«

Engilbert nickt. »Ein Freund und Studienkamerad Gíslis, der mit ihm im Ölver war, hat ihn angerufen, nachdem er die

Beschreibung im Fahndungsaufruf im Netz gelesen hatte. Gísli war heute Morgen nicht zum Unterricht erschienen, er studiert Informatik an der Reykjavíker Hochschule. Nach dem Anruf seines Kumpels stellte er sich im Präsidium. Kurz vorher hat ein Taxifahrer angerufen und mitgeteilt, er habe den Verdächtigen gestern Abend um elf Uhr vom Orchesterpavillon nach Grafarvogur gefahren. Die Adresse war die von Gíslis Eltern. Er wohnt bei ihnen im Keller.«

»Verstehe. Zeitlich passt es.« Hörður zieht einen Stuhl heran und setzt sich zu Engilbert an den Tisch. »Und was hat dieser Gísli ausgesagt, nachdem er sich gestellt hatte?«

»Er war und ist ziemlich außer sich«, sagt Engilbert. »Ich habe nur ein vorläufiges Protokoll von ihm aufgenommen und dann Antrag auf Untersuchungshaft gestellt, dem natürlich stattgegeben wurde. Um die Abendbrotzeit heute wurde er ins Gefängnis bei Litla-Hraun überstellt, und die eigentlichen Verhöre finden erst morgen statt. Ich bereite sie gerade vor.«

»Ich verstehe«, sagt Hörður. »Er war sehr aufgeregt, sagst du. Kann er sich vielleicht an das Vorgefallene nicht erinnern?«

»Wieso fragst du das?«, erkundigt sich Engilbert misstrauisch.

»Wie du weißt, habe ich ihn im Ölver gesehen.« Hörður rutscht auf seinem Stuhl herum, zwinkert mit den Augen und ist ganz eifrig vor Aufregung. »Er hat gepinkelt, dann dreht er sich um, und wir sehen uns in die Augen. Ich war nämlich als Nächster an der Reihe. Und seine Augen waren so leer wie bei einer Puppe. Er war wach, aber es war keiner zu Hause, verstehst du?«

Engilbert nickt nachdenklich. »Deine Vermutung war richtig. Er erinnert sich daran, das Spiel geguckt zu haben, doch dann wird, so sagt er, alles schwarz. Er kann sich nicht an das Tor erinnern, das Arsenal geschossen hat, und er weiß auch nicht, wie das Spiel ausgegangen ist. Von denen, die mit Gísli im Ölver waren, kann sich keiner erinnern, ihn noch gesehen zu haben, nachdem er zur Toilette gegangen ist, und das war noch zu Beginn der ersten Halbzeit.«

»Echt?« Hörður schnalzt mit der Zunge. »Das bedeutet, er hat die Bar verlassen, gleich nachdem ich ihn gesehen habe. Ich habe ihn anschließend auch nicht mehr gesehen. Aber ich bin auch bald darauf nach Hause gegangen. Trotzdem, er ist noch vor mir gegangen, das ist einigermaßen klar.«

»Nach eigener Aussage ist er nahe beim Orchesterpavillon wieder zu sich gekommen. Er saß da auf einer Bank, ohne zu wissen, wie er dorthin gekommen ist oder was er dort zu suchen hatte«, erklärt Engilbert. »Er hielt das erste Taxi an, das er sah, und ließ sich nach Hause fahren.«

»Hatte er viel getrunken?«

»Er war mit dem Auto gekommen«, sagt Engilbert. »Er behauptet, er hätte zwei Glas Cola getrunken, und seine Freunde haben das bestätigt. Sein Auto stand noch auf dem Parkplatz beim Ölver. Er ist nicht mit ihm weggefahren.«

»Wie kam er dann in die Stadt?«

»Das wissen wir nicht«, sagt Engilbert. »Das ist eins der vielen Dinge, die wir untersuchen.«

»Habt ihr eine Blutprobe nehmen lassen?«

»Selbstverständlich«, sagt der Kripomann. »Keine Spur von Alkohol, aber es fanden sich gewisse Spurenelemente in seinem Blut.«

»Ecstasy?«, fragt Hörður gespannt. »Ich habe gehört, er hätte E-Tabletten in seinen Sachen gefunden und sie abgegeben, als er sich stellte. Ist das richtig?«

»Stimmt«, gibt Engilbert verärgert zu. »Manchmal hat man den Eindruck, die Kollegen könnten aber auch nichts für sich behalten.«

»Hat er die E-Pillen am Abend eingeworfen?«, fragt Hörður.

Engilbert zuckt die Schultern. »Ich weiß es einfach nicht. Was er in seinem Blut hatte, *könnte* von E-Pillen stammen. Wir warten noch auf die Ergebnisse der Analyse der E-Pillen, die er uns ausgehändigt hat. Was wir in seinem Blut gefunden haben, deutet allerdings eher darauf hin, dass er Buttersäure eingenommen hat.«

»K.o.-Tropfen?« Hörður spitzt die Ohren. »Das könnte seinen Blackout erklären. Das Mittel wird von derselben Szene benutzt, die Ecstasy nimmt, aber es wird natürlich auch als Date-Rape-Droge benutzt, wie Rohypnol. Wer das Zeug nimmt, wird willenlos wie ein Zombie und kann sich am Tag darauf an nichts erinnern.«

»Stimmt«, sagt Engilbert. »Aber wir haben bloß Spuren von etwas, das Buttersäure sein *könnte* oder auch etwas ganz anderes. In E-Pillen stecken alle möglichen Gifte, und es ist nicht auszuschließen, dass die, die er bei sich hatte, Buttersäure enthalten.«

»Er hat lediglich gesagt, er hätte sie in seiner Tasche gefunden?«

Engilbert nickt. »Er hat uns eine kleine Plastiktüte gegeben. Darin waren drei blaue E-Tabletten mit einem eingeprägten fünfzackigen Stern. Er behauptet, sie gehörten nicht ihm, er habe noch nie E-Pillen genommen oder besessen, sie bisher nicht einmal gesehen.«

»Ist das glaubwürdig?«

Engilbert stöhnt. »Leider ja. Der Junge hat ein sauberes Sündenregister. Er hat anscheinend nicht einmal in der Schule blau gemacht. Er kommt aus guter Familie, studiert erfolgreich, hat sogar Anerkennungen für seine Studienleistungen bekommen. Als er noch jünger war, hat er Fußball und Handball gespielt und außerdem in der Golf-Juniorennationalmannschaft. Er ist der reinste Pfadfinder, und trotzdem …«

Der Kommissar bricht ab und schaut zur Seite, als hätte er schon zu viel gesagt.

»War da noch was?«, fragt Hörður leise.

Engilbert zuckt die Schultern. »Der Junge hatte ein Einstichloch am rechten Unterarm. Wie von einer Spritze. Der Einstich war frisch und von einem Bluterguss umgeben.«

»Drogen? Amphetamine?«, fragt Hörður.

»Zum Beispiel«, sagt der Kommissar. »Oder Vitamin B? Insulin? Ich erfahre nachher oder morgen, ob Gísli zuckerkrank ist. Ich lasse auch nachprüfen, ob er neulich geimpft wurde, eine Blutprobe entnommen wurde oder er sonst wie mit Spritzen in Kontakt gekommen ist. Vielleicht ist es nur ein zufälliges Zusammentreffen. Etwas, das mit dem Fall nichts zu tun hat.«

Hörður nickt nachdenklich.

»Du bist aber sicher, dass er es war, der Þórólfur umgebracht hat?«, fragt er dann.

»Daran besteht nicht der geringste Zweifel«, sagt der Kommissar. »Es gab Augenzeugen bei der Tat, und die Beschreibung des Täters passt haargenau auf ihn. Auf der Mordwaffe sind Fingerabdrücke – alle von Gísli. Auf seinem linken Jackenärmel haben wir winzige Blutspuren gefunden; sie stammen vom Mordopfer. Außerdem hat Gísli eine Wunde an der linken Hand, die er sich vermutlich beim Zustechen zugezogen hat.«

»Verstehe«, sagt Hörður nachdenklich. »Was für eine Art Messer war es überhaupt?«

»Blauer Kunststoffgriff und schmal zulaufende, sehr scharfe Klinge aus rostfreiem Stahl. So ein Industriemesser, wahrscheinlich in der Fischverarbeitung oder Ähnlichem gebraucht. Es ist wie alles andere im Labor.«

»Und das Motiv?«, fragt Hörður.

Engilbert zuckt die Schultern. »Derzeit tendiere ich zu einer vorübergehenden mentalen Störung. Der Bursche schluckt irgendwelches Zeug, rastet aus und verübt in diesem Zustand die Tat. Das ist übrigens keine reine Vermutung. Die

Tatumstände deuten darauf hin, dass es genau so abgelaufen ist. Unklar ist lediglich, ob er die Drogen vorsätzlich oder irrtümlich eingenommen hat.«

»Irrtümlich, sagst du«, murmelt Hörður in Gedanken. »Und wenn jemand Gísli das Zeug verabreicht hat? Waren zu der Zeit nicht mehrere zwielichtige Gestalten im Ölver an der Theke?«

»Wird sich alles zeigen.« Engilbert trinkt von seinem Whisky, leckt sich die Lippen und seufzt tief durch.

Hörður bekommt den Whiskyduft in die Nase, ihm läuft das Wasser im Mund zusammen, und er kann doch nicht schlucken, weil seine Kehle strohtrocken ist. Schlagartig wünscht er sich ein erfrischendes, eiskaltes Bier. Hatte er nicht eins? Hat er sein Glas irgendwo abgestellt?

Wo denn?

Bíbí! Hörður steht so schnell auf, dass er fast den Tisch umwirft. »Danke für das Gespräch, Betti, aber ich muss dich jetzt allein lassen. Ich bin mit jemandem hier, habe eine Verabredung.«

Engilbert stellt das Glas ab und öffnet den Laptop. »Kein Thema. Ich bin sowieso beschäftigt.«

Hörður bahnt sich einen Weg zurück zu seinem Tisch am Ausgang. Er schubst die an der Bar im Weg Stehenden und schiebt sich durch das Gedränge. Bíbí schaut auf, als sie ihn bemerkt. Sie blickt ein wenig traurig, aber nicht mehr als das. Er hatte befürchtet, sie sei gegangen oder, noch schlimmer, sie werde ihn mit bösen Blicken oder lauten Vorwürfen empfangen.

Sein Bier ist schal geworden und die Zigarette im Aschenbecher verbrannt.

Betreten macht er eine Geste, lässt sich auf den Stuhl fallen und keucht, als sei er über Berg und Tal gelaufen. »Entschuldige, ich dachte nicht, dass es so lange dauern würde.«

»Nichts zu entschuldigen.« Bíbí lächelt, ist aber offensichtlich entweder beleidigt oder sauer; er kennt sie noch nicht gut genug, um das zu entscheiden. Auf jeden Fall hat sie seine Abwesenheit dazu gebracht, ihr Kommen zu bedauern, das ist deutlich.

»Ich habe mit Engilbert aus der Mordkommission gesprochen«, sagt Hörður und zündet sich eine neue Zigarette an. »Ich habe ihn heute Morgen vor dem Parlament gesehen, dem Schauplatz des Verbrechens. Er leitet die Ermittlungen.«

»Ach ja, der Mord, natürlich!« Bíbí wird verlegen. »Hatte ich ganz vergessen. Aber wie kann man so etwas vergessen? Eine schreckliche Sache, ganz schrecklich. Und dann vergisst man es gleich wieder. Ich finde es schlimm, wie selbstbezogen ich bin.«

Hörður nimmt sein Bier und löscht den Durst. »So darfst du nicht denken. Es passieren jeden Tag grässliche Dinge. Aber das Leben geht weiter, nicht wahr?«

»Ja, so kann man das wohl sehen«, sagt sie.

»Jedenfalls war ich heute Morgen am Schauplatz des Attentats.« Hörður stößt den Rauch durch die Nase aus. »Mein Kollege Vigfús und ich sicherten den Tatort. Es kam eine Beschreibung des vermeintlichen Täters, und ich stelle fest, dass ich ihn am Abend vorher im Ölver gesehen habe, wo ich mit ein paar Kollegen ein Fußballspiel geguckt hab.«

»Was sagst du da?« Bíbí reißt die braunen Augen auf. »Der Mörder war da?«

Hörður nickt. »Das habe ich Engilbert gemeldet, der Ring schloss sich um den Verdächtigen, und wenig später hat er sich gestellt.«

»Dann ist es also dir zu verdanken, dass er gefasst wurde?«

»So könnte man es sagen«, gibt Hörður mit gespielter Bescheidenheit zu.

»Herrjemineh«, sagt sie. »Ich schneide bloß den ganzen Tag Haare, während du Mordfälle ermittelst. Im Vergleich mit dem Leben, das du führst, ist meins total vorhersehbar.«

»Ich bin ja nicht an den Ermittlungen beteiligt, also nicht so direkt. Ich assistiere Engilbert ein wenig, könnte man sagen.« Hörður streicht sich über den Nacken und lächelt breit. »Aber mach deine Arbeit nicht schlecht. Diese Frisur steht mir sehr gut, finde ich.«

Bíbí wird rot. »Danke! Aber es stimmt schon, ich finde auch, dass sie dir gut steht, sehr gut.«

Hörður wird verlegen. Er schlägt die Augen nieder, befummelt sein Bierglas und leert es dann in einem Zug, um von sich abzulenken.

»Bist du aus der Stadt?«, fragt er.

»Nein, ich komme vom Land«, sagt Bíbí. »Aus Hólmavík. Mit Salzwasser in den Adern.«

»Echt?« Hörður grinst breit. »Ich bin aus Súðavík. Mein Vater war Seemann.«

»Wirklich?« Bíbí lacht. »Mein Vater auch. In den letzten zehn Jahren war er beim Haifang. Er verarbeitet den Hai auch. Zum Þorri-Fest gibt's Hai von Guðmundur in allen besseren Geschäften.«

»Verrückt!«, sagt Hörður. Es freut ihn, dass sie vom Land kommt. Dass sie aus Strandir ist, macht die Sache noch besser. Stadtmädchen verstehen ihn nicht und er sie auch nicht. Da fehlt irgendeine Verbindung, eine Art Verständnis, das sich nicht erklären lässt.

»Eigentlich bin ich auf einem Bauernhof aufgewachsen«, sagt Bíbí. »Bei meinen Großeltern. Da war ich jedes Wochenende und alle Sommer über.«

»Wirklich?«, freut sich Hörður. »Mein Großvater war auch Bauer. Ich habe noch unglaublich viele Erinnerungen an das Landleben, besonders an die Heuernte im Sommer. Schon vor der Konfirmation durfte ich Traktor fahren, und seit ich fünfzehn oder sechzehn war, durfte ich mähen und rechen. Später war ich dann öfter mit Vater und seinen Kollegen auf See.«

»Fährt dein Vater heute nicht mehr raus?«

Hörðurs Miene verdüstert sich. »Mein Vater ist tot. Sie sind alle in der Lawine von ’95 umgekommen.«

Bíbí legt die Hand aufs Herz. »Entschuldige. Das wusste ich nicht. Wie traurig. Mein herzlichstes Beileid.«

Er lächelt matt. »Danke! Kein Problem. Woher hättest du es auch wissen sollen?«

»Und du?«, fragt sie vorsichtig. »Hast du die Lawine überlebt, oder warst du nicht zu Hause?«

»Darüber mag ich nicht sprechen«, sagt Hörður. »Zumindest jetzt nicht.«

Bíbí zuckt zurück. »Nein, klar. Entschuldige! Ich hätte gar nicht danach fragen sollen. Manchmal bin ich so voreilig.«

Sie schweigen, und rasch wird das Schweigen drückend und peinlich.

»Wovor hast du am meisten Angst?«, fragt Bíbí auf einmal.

Hörður ist überrascht und antwortet, was ihm als Erstes in den Sinn kommt. »Mit fremden Menschen in einem Raum eingeschlossen zu sein. Oder in einer Menschenmenge festzustecken. Die Hölle sind die anderen, hat mal einer gesagt.«

»Verstehe«, sagt Bíbí. »Und wo fühlst du dich am wohlsten?«

Hörður zuckt die Schultern. »Einfach zu Hause, schätze ich. Allein zu Hause und lesen oder Musik hören. Als ich klein war, wollte ich der kleine Paul aus dem Kinderbuch *Paul allein auf der Welt* sein. Das fand ich genial: Keine Menschen, und er konnte tun und lassen, was er wollte.«

»Du wolltest also immer allein sein?«, fragt Bíbí vorsichtig.

»Ja, oder …« Er wird rot. Was sagt er denn da? »Also nicht unbedingt. Nicht immer. Aber ich fühle mich wohl mit mir allein.«

»Ich verstehe«, sagt sie und lächelt verhalten.

»Wollten wir nicht ins Súfistinn gehen?«, fragt er, um das Thema zu wechseln. »Oder möchtest du noch einen Kaffee?«

»Nein, danke, ich habe genug«, sagt sie. »Aber, doch, wir können gehen, der Qualm hier drinnen erstickt mich bald.«

»O je«, sagt er und drückt seine Zigarette in dem überquellenden Aschenbecher aus. »Und ich rauche hier eine nach der anderen vor deiner Nase.«

»Ich werd's überleben«, sagt sie, »aber ich freue mich, wenn das Rauchen in Lokalen mal verboten wird.«

Hörður lacht. »So weit wird es nie kommen. Wenigstens nicht in dieser Kneipe hier.«

»Vielleicht nicht«, murmelt sie.

»Aber gut«, er erhebt sich, »lassen wir's hier gut sein. Ich will nur noch schnell eine Stange Wasser in die Ecke stellen.«

»Wie bitte?«, fragt sie.

»Ach, bloß ein dummer Witz.« Verlegen zeigt er in Richtung der Toiletten. »Ich muss mal.«

»Ach so, okay.« Bíbí streift den Mantel über, und Hörður greift nach der Klinke der Tür zur Herrentoilette. Sie ist abgeschlossen.

»Hier warten auch schon andere«, sagt ein junger Kerl um die zwanzig, der nahe der Tür steht.

»Ah, verstehe.« Hörður tritt zurück und stellt sich hinter den jungen Mann. Unwillkürlich kehrt er in Gedanken zurück ins Ölver, wo er in einer Schlange vor dem Herrenklo darauf wartete, dass ein zukünftiger Mörder fertig würde.

Verrückt! Er sieht den jungen Kerl in Blazer und Arsenal-Trikot wieder vor sich, den blonden und blauäugigen Gísli Már, der jetzt gerade in einer kleinen Zelle im Isolationstrakt von Litla-Hraun eingebuchtet sitzt. Vor gerade erst vierundzwanzig Stunden leerte er seine Blase in ein Pissoir und hatte wahrscheinlich noch nicht die leiseste Ahnung, welchen Terrorakt er kurz darauf ausführen würde. Er schüttelte seinen Pimmel ab, schloss den Reißverschluss an der Hose, drückte auf die Spülung und drehte sich dann um – mit dem Gesicht einer leblosen Marionette.

Was für eine Vorstellung: Er bringt kaltblütig einen Menschen um, zieht aber vorher auf der Toilette erst noch ordentlich ab. Nur Ferkel betätigen nach dem Pinkeln nicht die Spülung. Ordentliche Menschen ziehen erst ab, bevor sie einen Mord begehen.

Passt das zusammen?

Hörður kratzt sich am Kopf, wie er es manchmal tut, wenn er tief in Nachdenken versunken ist. Der Mörder war Linkshänder. Gísli Már hatte eine Wunde an der linken Hand, aber …

Hörðurs Nackenhaare stellen sich auf. Verdammt! Er tritt aus der Zwei-Mann-Warteschlange und geht zu Bíbí, die am Ausgang auf ihn wartet, den Mantel bis zum Hals zugeknöpft.

»Hast du es dir anders überlegt?«, fragt sie spöttisch.

»Nein, aber ich muss erst noch einmal mit Engilbert reden«, sagt Hörður. »Weil mir zu der Ermittlung im Mordfall noch etwas eingefallen ist. Dauert nicht lange.«

»Okay.« Bíbí ringt sich ein Lächeln ab. »Aber wenn's dir nichts ausmacht, warte ich draußen. Mir tränen die Augen.«

»Na klar, ich bin gleich wieder da.« Hörður schiebt sich mit den Ellbogen durch die Menge bis zu Engilberts Tisch. Der Kommissar blickt konzentriert auf seinen Bildschirm.

»Hör mal, Betti«, sagt Hörður und wirft sich auf den Stuhl ihm gegenüber. »Mir ist noch was eingefallen.«

Engilbert seufzt: »Was denn noch, Hörður?«

Im gleichen Moment taucht die Bedienung auf und bringt dem Kripobeamten noch einen einfachen Scotch. »Bitte schön!«

»Danke«, sagt Engilbert.

»Darf's für dich auch was sein?«, fragt sie Hörður.

»Äh, ja … das Gleiche.«

»Gern«, sagt die Kellnerin und verschwindet hinter der Theke.

»Mach's kurz.« Engilbert hat genug von Hörður. »Wie du siehst, bin ich beschäftigt.«

»Eine Minute, und ich bin wieder weg«, sagt Hörður. »Ich bin selbst beschäftigt. Es wartet jemand auf mich.«

»Komm zur Sache«, sagt Engilbert.

»Mir ist eins aufgegangen«, sagt Hörður. »Dieser Gísli ist Rechtshänder, da bin ich mir ziemlich sicher. Er war vor mir auf dem Klo, und ich habe gesehen, wie er mit der rechten Hand abzog. Wenn er aber Rechtshänder ist, warum sticht er dann mit der Linken auf sein Opfer ein?«

»Rechts oder links, das ändert doch nichts an der Sache«, sagt Engilbert genervt. »Wie ich schon gesagt habe, es besteht kein Zweifel, wer der Täter ist. Es *war* Gísli Már. Wir haben Zeugen, die Tatwaffe und den Täter in Untersuchungshaft. Punkt. Das Einzige, was wir nicht kennen, ist das Motiv. Aber das ist nebensächlich.«

»Hm, verstehe.« Hörður kratzt sich am Kopf. Er will schon aufstehen, als die Kellnerin mit seiner Bestellung kommt. Sie stellt das Glas auf einen kleinen Korkuntersetzer, die Eiswürfel klickern leise, und der Whisky glüht wie geschmolzenes Kupfer.

»Bitte sehr«, sagt sie. »Soll ich's auf deine Rechnung setzen?«

»Ja, danke.« Hörður nimmt einen Schluck, dann grunzt er vor Wohlbehagen. »Ah, der tut gut. Erfrischt, ist aber auch stark. Bist du Scotchfan, Betti?«

»Sag Engilbert zu mir«, sagt der Kommissar kühl.

Hörður nickt zerstreut. »Ja, dann wäre da noch das Motiv. Ich habe ein wenig darüber nachgedacht. Er hatte es mit Sicherheit auf einen Abgeordneten abgesehen, sonst hätte er seinem Opfer nicht ausgerechnet vor dem Parlament aufgelauert. Ich nehme an, er hat da irgendwo im Schatten gewartet?«

»Die Aussage der Zeugen deutet darauf hin, ja«, bestätigt Engilbert.

»Worüber ich nachdenke, ist die Auswahl des Opfers«, fährt Hörður fort. »Geschah sie aus Zufall oder nicht? Wartete er auf diesen einen bestimmten Abgeordneten oder auf irgendeinen beliebigen Abgeordneten?«

»Das gehört zu den Dingen, die wir nicht wissen«, antwortet der Kommissar.

»Eine andere Abgeordnete hat kurz vorher das Gebäude durch dieselbe Tür verlassen und denselben Weg genommen, stimmt's?«, fragt Hörður. »Diese Abgeordnete der sozialdemokratischen Allianz.«

Engilbert guckt auf seinen Bildschirm. »Ja, Ingigerður Ásmundsdóttir, das stimmt.«

»Sie ist so gut wie unbekannt. Ich kannte ihren Namen nicht und du auch nicht«, sagt Hörður, »aber Þórólfur kennt man. Er war wegen dieser Alkoholinitiative häufig in der Öffentlichkeit.«

»Ja, und?«

»Vielleicht war es ein politisches Attentat, obwohl mir das unwahrscheinlich vorkommt«, sagt Hörður. »Dieser Gísli scheint mir nicht der Typ zu sein, der jemanden wegen seiner Einstellungen umbringt. Auszuschließen ist das nicht, aber weil er sich an den Hergang gar nicht erinnern kann, finde ich das nicht wahrscheinlich. Wenn er aber einen Parlamentarier ermorden wollte, und zwar bloß *irgendeinen* Abgeordneten, dann ist die Wahl von Þórólfur logisch, weil er ihm bekannt ist und weil er weiß, dass er ein Abgeordneter ist. Diese Ingigerður dagegen hätte auch einfach eine Büroangestellte des Parlaments sein können. Verstehst du, worauf ich hinauswill?«

Engilbert nickt. »Das ist an sich keine unsinnige Argumentation. Aber bedenke eins: Auch wenn Gísli Már behauptet, sich an nichts zu erinnern, ist damit nicht gesagt, dass er sich wirklich an nichts erinnert. Er kann uns etwas vorspielen. Und deshalb mache ich hier Überstunden. Ich will sämtliche Möglichkeiten bedenken. Wenn ich mich nur auf eine konzentriere, die offensichtlichste, dann besteht die Gefahr, dass bei der Ermittlung Fehler unterlaufen und die Anklage am Ende auf tönernen Füßen steht.«

»Ja, sicher.« Hörður nimmt einen Schluck. »Ist dir mal der Gedanke gekommen, Hunde einzusetzen? Ich meine Suchhunde.«

Engilbert grinst überlegen. »Um jemanden zu finden, muss ein Spürhund an Schuhen oder Kleidung des Gesuchten schnuppern. Das Einzige, was wir hatten, war die Mordwaffe, das Messer, und das reichte nicht.«

»Das meinte ich nicht.« Hörður schmatzt genüsslich dem Geschmack des Whiskys nach. »Ich meine, nachdem Gísli sich gestellt hatte. Nicht, um seine Spur vom Tatort zu verfolgen, sondern seine Spur *zum* Tatort.«

Engilbert wird blass.

»Woher ist er gekommen?«, fragt Hörður. »Er ist wohl kaum den ganzen Weg vom Ölver zu Fuß gegangen. Das hätte ihn anderthalb Stunden gekostet. Sein eigenes Auto hat er nicht benutzt. Wessen Auto dann? Ist er von jemandem gefahren worden? Von wem? Und wo hat der Betreffende Gísli abgesetzt?«

Engilbert räuspert sich. »Wie ich schon gesagt habe, wir ermitteln in alle Richtungen. Es hat sich uns nur noch keine aufgedrängt. Die Idee mit den Hunden ist an sich gescheit, aber wahrscheinlich sind in der Innenstadt viel zu viele Passanten unterwegs, als dass ein Hund noch die mehr als zwölf Stunden alte Spur eines Einzelnen verfolgen könnte.«

»Ja, vielleicht.« Hörður leert sein Glas. »Aber man hätte es versuchen können, oder?«

Engilbert wird rot vor Wut. »Bist du hergekommen, um meine Arbeit zu kritisieren und meine Fähigkeiten und meine

Ausbildung in Zweifel zu ziehen? Oder nur, um meine kostbare Zeit und die der Mordkommission zu vergeuden?«

Hörður zuckt zusammen. »Nein, überhaupt nicht. Ich habe mich nur zu dem Fall äußern und behilflich sein wollen. Tut mir leid.«

»Wiedersehen«, sagt Engilbert schroff und wendet sich seinem Laptop zu. »Ich habe anderes und Besseres zu tun, als mir die Hundelogik eines Besserwissers vom Streifendienst anzuhören.«

Besserwisser, kocht es in Hörður hoch, aber er kann sich gerade noch beherrschen, bevor er etwas tut, von dem er weiß, dass er es hinterher bereuen würde. Er steht auf, schnaubt wütend und geht, ohne sich zu verabschieden.

Er öffnet die Tür, das Glöckchen klingelt, und er tritt in die abendliche Kühle. Da ist niemand.

Er guckt um die Ecke und in alle Richtungen, aber Bíbí ist nicht zu sehen. Ist sie schon zum Súfistinn gegangen?

Hörður geht den Vitastígur hinab, dann fällt er in Trab.

»Bíbí?«, ruft er. Die einzige Antwort ist das zwischen den Häusern widerhallende Echo seiner Schritte.

Hörður läuft schneller, obwohl er genau weiß, dass es umsonst sein wird. Bíbí wird nicht im Súfistinn sein; sie hat nicht länger warten wollen und ist nach Hause gegangen. Er kommt zur Kreuzung am Laugavegur und biegt nach links ab. Seine Jacke ist so eng, dass er kaum mit den Armen ausholen kann. Es knackt in den Nähten, dann reißen sie. Erst rutscht ihm der rechte Ärmel halb von der Schulter, dann folgt der linke gleich hinterher, und schließlich reißt die Rückennaht, und die Jacke klafft vom Kragen bis zum unteren Saum auseinander.

Sein Herz jagt, und ihm tut vom Laufen die Lunge weh, ihm wird langsam übel, und seine Beine werden steif. Atemlos und verschwitzt wird er langsamer, bleibt schließlich stehen.

Bíbí ist weg. Er hat sie verloren. Aber er hat sie auch nie gehabt. Sie hatte von vornherein kein Interesse an einem wie ihm. Das ist offensichtlich. Sonst wäre sie doch nicht abgehauen.

Und er hatte geglaubt, bei ihr Chancen zu haben.

Hörður lacht kalt über seine eigene Blödheit. Scheiße, was für ein Loser er ist! Er setzt sich auf den Hosenboden, lehnt sich an eine Hauswand und blickt zum nächtlichen Himmel auf. Über ihm geistert der Mond durch Wolken.

In vier Tagen wird Vollmond sein.

Donnerstag

Es ist sieben Uhr morgens. Im Umkleideraum des Präsidiums herrscht der übliche Lärm zum Schichtwechsel. Die Kollegen von der Nachtschicht ziehen ihre Zivilklamotten an, während sie von den Vorfällen der Nacht berichten und die Kollegen von der Tagschicht aufs Laufende bringen. Stimmen und Gelächter hallen zwischen den Mauern und Spinden. Schranktüren klappen zu, Einsatzgürtel werden in Spinde geworfen oder umgeschnallt. Manche gehen duschen, Dampf und der Geruch von Duschgel mischen sich mit Kaffeeduft und Mundgeruch.

Hörður sitzt auf der Holzbank vor seinem Spind und schnürt sich die Arbeitsschuhe zu. Er ist unausgeschlafen, schlecht gelaunt und hat Kopfschmerzen. Ihm brummt der Schädel, und es pocht heftig in seinen Schläfen. Er hat sich gestern Abend in der Bar nicht betrunken, aber einen zu viel hat er schon genommen. Er hätte den verfluchten Whisky weglassen sollen. Teufel, was ging der einem in die Birne!

»Na, wie ist es gestern gelaufen, Romeo?«, fragt Vigfús grinsend.

Hörður könnte aus der Haut fahren. Was kann der Kerl für einen billigen Humor haben! Hoffnungslos. Kann er sich denn nie wie ein Mensch benehmen? Aber er sollte sich nicht provozieren lassen, das machte alles nur noch schlimmer.

»Gut«, brummt er, steht auf, richtet den Hemdkragen und schnallt den Gürtel um.

»Na, und?«, fragt Vigfús weiter. »Schon verlobt, oder was?«

»Klar.« Am liebsten möchte Hörður ihm gleich in die Fresse hauen, dieses dämliche Labermaul ein für alle Mal zum Schweigen bringen.

»Was denn, hat sie dir doch nicht gefallen?«, fragt Vigfús.

»Doch, schon. Aber ich bin nicht ihre Kragenweite.«

»Ach so«, lacht Vigfús. »Also hat sie dir das Rückgrat gebrochen.«

»Sehe ich nach gebrochenem Rücken aus?«, fragt Hörður kühl.

»Nein, nein, nicht unbedingt«, grient Vigfús. »Eine empfindliche Angelegenheit?«

»Ach was.« Hörður seufzt gelangweilt. »Du weißt, wie solche Frauen sind, die sich mit Mode und Frisuren beschäftigen. Beim ersten Blick fahren sie vielleicht auf Polizisten ab. Uniform und so weiter, du kennst das. Aber sobald man mal etwas von der Arbeit erzählt, ändert sich alles. Von häuslicher Gewalt, Motorradgangs, Drogenszene und Kindern, die sich für den nächsten Schuss verkaufen, wollen sie nichts hören. Sie wollen nur über nette und süße Dinge reden. Verstehst du, was ich meine?«

»Ja, verstehe ich.« Vigfús nickt, dann klopft er Hörður väterlich auf den Rücken. »Tut mir leid. Aber eines Tages wirst du die eine, Richtige finden. So wie ich.«

»Sicher.« Hörður zieht die Jacke über und setzt die Schirmmütze auf. »Was haben wir denn heute zu tun?«

Sag jetzt nicht Geschwindigkeitskontrolle an der Ártúnsbrekka, denkt er und stöhnt innerlich schon im Voraus. Da macht er noch lieber Verkehrsregelung vor einer Grundschule.

»Geschwindigkeitskontrolle an der Ártúnsbrekka«, sagt Vigfús. »Wir sollten uns beeilen, damit wir noch die morgendliche Stoßzeit erwischen.«

»Ist ja geil«, sagt Hörður und klopft seine Jackentaschen ab. Hat er auch wirklich Zigaretten dabei? »Wir sollten trotzdem erst an einem Kiosk halten. Ich möchte eine Cola, und es kann sein, dass ich meine Kippen zu Hause vergessen habe.«

Als er »sollten« sagt, meint er eigentlich »müssen«. Er hat einen so trockenen Hals, dass man glauben könnte, er hätte Sägemehl gefrühstückt.

»Dafür haben wir absolut keine Zeit«, sagt Vigfús genervt.

»Entspann dich, Mann«, murmelt Hörður. In einer seiner Jackentaschen steckt etwas Zusammengeknülltes. Er zieht ein gefaltetes Blatt aus der Tasche und faltet es auseinander. Es ist der Zettel, auf dem er Dinge notiert hat, als er am Vortag gegoogelt hat. Punkte nennt er solche Stichwörter. Ganz oben steht der Name von Mummi litli, dann folgen einige Punkte zu Anzeigen und Verurteilungen. Darunter steht der Name des Geistlichen, den Mummi wegen sexuellen Missbrauchs angezeigt hat.

Ingimar Jósefsson.

Der, der zu seinem Siebzigsten nach Florida geflogen ist. Er wollte an seinem Geburtstag mit einem Verwandten Golf spielen.

Hörður kribbelt es im Nacken. Es fühlt sich an, als wolle er sich an etwas erinnern, könne es aber nicht.

Wie hieß dieser Verwandte des Pfarrers? Und warum glaubt er, dass das wichtig ist? Stand es nicht in irgendeiner Verbindung mit Golf? Wer hat noch mal von Golf gesprochen?

»Kommst du?«, fragt Vigfús.

Engilbert?

Hörður schließt kurz die Augen. »Ja, aber …«

»Was aber?«, fragt Vigfús barsch. »Wir müssen uns beeilen, Kerl. Und sag mir jetzt nicht wieder, wir müssten unterwegs noch an einem Kiosk halten.«

Hörður wedelt mit dem Zettel. »Ich muss erst noch etwas erledigen. Geht schnell.«

»Was denn erledigen?«, bellt Vigfús. »Kommt nicht infrage, egal, was es ist. Wir kommen zu spät.«

»Nimm dir einen Kaffee, komm mal runter«, sagt Hörður verärgert. »Es dauert nicht lange. Die Welt wird schon nicht untergehen.«

Vigfús schnauft wie ein Wal. »Ich trinke eine halbe Tasse Kaffee, danach bin ich weg, egal, ob mit dir oder ohne dich, verstanden?!«

»Alles klar.« Hörður geht ins Großraumbüro, setzt sich an einen freien Computer und loggt sich ein. Er geht auf die Seite des elektronischen Zeitschriftenarchivs und sucht die Geburtstagsmeldung im *Morgunblaðið* heraus. Er überfliegt das Interview mit dem Pfarrer und schaut dann auf das Foto mit ihm und dem Verwandten.

Hörður sträuben sich die Haare. Der Verwandte heißt Gísli Már Brynjarsson. Derselbe Gísli Már, der in der Golf-Juniorennationalmannschaft spielte und gerade wegen des Verdachts in U-Haft sitzt, einen Parlamentsabgeordneten mit einem Messer getötet zu haben. Auf dem Foto trägt Gísli einen Golfhandschuh an der rechten Hand. Er *ist* Rechtshänder. Oder nicht? Trägt ein rechtshändiger Golfspieler den Handschuh an der rechten Hand?

Vielleicht spielt rechts oder links keine große Rolle. Aber doch, es ist sicher von Bedeutung.

Oder?

Doch egal, ob Gísli nun Rechts- oder Linkshänder ist, offenbar ist er der Neffe von Ingimar Jósefsson, dem Mann, der

Mummi litli missbraucht hat. Was hat das jetzt zu sagen? Ist es bloß Zufall? Oder ist das wichtig?

Inwiefern dann?

Hörður nagt an seiner Unterlippe. Soll er es einfach auf sich beruhen lassen, oder soll er es melden? Er trommelt mit den Fingern auf der Tischplatte. Es schadet doch nicht, das zu melden, oder?

Das Kriminalkommissariat ist auf der zweiten Etage, ganz hinten im Westflügel des Präsidiums. Hörður geht den fensterlosen Flur entlang und bleibt vor der Tür zum Kommissariat stehen. Er dreht den Knauf, aber die Tür ist abgeschlossen. Am Schloss ist ein Scanner für Ausweise angebracht. Hörður zieht seinen Dienstausweis aus der Brusttasche und zieht ihn durch den Scanner.

Es blinkt ein rotes Licht auf. Er hat keinen Zutritt zu dieser Abteilung.

An der Wand neben dem Eingang hängt eine Tafel mit einem senkrecht untereinander angeordneten Verzeichnis aller Mitarbeiter des Kommissariats. Vor den Namen gibt es zwei Rubriken, an- oder abwesend. In der Anwesenheitsspalte steckt vor Engilberts Namen ein grünes Schildchen.

Hörður zögert, dann klopft er an die Tür. Nach einer kurzen Weile werden hinter ihr dumpfe Schritte laut, dann summt das Schloss, und die Tür geht auf. Im Spalt erscheint Engilberts Kollege Jafet Sigurðsson. Hinter ihm wird eine Reihe von Arbeitsplätzen in einem lang gestreckten Raum sichtbar. Neonröhren hängen an der Decke, die Vorhänge vor den Fenstern zum Faxaflói sind zugezogen.

»Bitte?«, fragt Jafet mit professionellem Desinteresse.

»Entschuldigt die Störung«, sagt Hörður, »aber ist Engilbert da?«

»Er ist beschäftigt«, antwortet Jafet. »Worum geht es denn?«

»Es betrifft das Attentat«, sagt Hörður. »Mir sind bestimmte Verbindungen aufgefallen, die eventuell für die Ermittlung wichtig sein könnten, und ich dachte, es ist richtiger, davon Mitteilung zu machen, als es unter den Tisch fallen zu lassen. Man weiß nie, was wichtig ist und was nicht.«

Jafet überlegt. »Ich schaue mal nach, ob er eine Minute erübrigen kann oder nicht. Was soll ich ihm sagen, wer nach ihm fragt?«

»Mein Name ist Hörður Grímsson. Er weiß, wer ich bin. Wir haben uns gestern unterhalten, zweimal sogar. Ich bin der, der den Verdächtigen kurz vor der Tat im Ölver gesehen hat.«

Jafet sieht Hörður an, als sei er ein Alien.

»Warte hier. Ich hole Engilbert.«

»Gut, aber …« Hörður verstummt, als Jafet die Tür schließt, dann läuft er vor Wut rot an. Was für ein arrogantes Arschloch ist das denn? Er holt tief Luft, um sich zu beruhigen, und wirft dann einen Blick auf die Uhr.

Vigfús dürfte schon am Rad drehen.

Er erschrickt, als sich die Tür öffnet.

»Was willst du?«, fragt Engilbert barsch. Er ist aschfahl im Gesicht, seine Augen sind blutunterlaufen. Die Whiskys haben offensichtlich ihren Tribut gefordert. Mit saurer, verächtlicher Miene mustert er den rothaarigen Riesen, und Hörður fällt wieder ein, dass ihr Gespräch in der Vitabar ziemlich abrupt endete, um es milde auszudrücken.

»Hallo!« Hörður wird leicht verlegen und bereut es, den Kripomann gestört zu haben. »Danke für das gestrige Gespräch. Es war sehr erhellend. Ich hoffe, ich habe dich nicht verletzt oder beleidigt.«

»Kommst du, um dich dafür zu entschuldigen, dass du mir gestern die Zeit gestohlen hast?«, fragt Engilbert bissig. »Oder willst du genau damit fortfahren, mir und der Abteilung Zeit zu stehlen?«

Hörður tritt zwei Schritte zurück. Der Kommissar ist nicht nur in schlechter Verfassung, er stinkt auch noch aus dem Mund.

»Mir sind noch weitere Verbindungen aufgefallen, und ich halte es für angebracht, dich davon in Kenntnis zu setzen«, sagt Hörður. »Aber vielleicht hätte ich es besser bleiben lassen sollen, dich zu behelligen.«

»Um welche Verbindungen geht es?«

»Es betrifft Gísli Már«, sagt Hörður. »Er ist ein Neffe von Ingimar Jósefsson, Pfarrer im Ruhestand und vorbestraft als Sexualstraftäter. Einer von denen, die ihn wegen Missbrauchs angezeigt haben, war Guðmundur Vífill Marinósson, besser bekannt als Mummi litli. Er und zwei gleichaltrige Kameraden erstatteten Strafanzeige, die Tat soll sich in einem Sommerlager ereignet haben, als sie noch Knaben waren. Das Verfahren wurde eingestellt.«

Engilbert starrt Hörður an. »Und was weiter?«

»Am Dienstag wurden mein Kollege Vigfús und ich zu einem Möbellager gerufen. Dort war ein alter Totenschädel gefunden worden, der sich als in der Tat steinalt und überdies aus dem Ausland stammend erwies, die Gegenstände in dem Lagerraum gehörten allerdings dem inzwischen verstorbenen Mummi, demselben, der den Onkel von Gísli Már angezeigt hat, der ihn am selben Abend umbringt. Das hat doch was Unheimliches. Wahrscheinlich Zufall, aber was wissen wir schon?«

»Wahrscheinlich Zufall«, schnappt Engilbert. »Wir leben in Island, du Clown! Hier sind alle mehr oder weniger miteinander verwandt. Das ist der größte Blödsinn, den ich je gehört habe. Wer der Onkel von Gísli ist, hat mit der Sache nicht das Geringste zu tun. Und Mummi ist tot, worauf du selbst hingewiesen hast. Versuchst du, mich zu ärgern? Oder bist du einfach nur vernagelt?«

»Ich wollte das lediglich melden«, murmelt Hörður.

»Besten Dank dafür! Aber wenn du das nächste Mal zwei und zwei zusammenzählst, und es kommt etwas anderes als vier dabei raus, dann behalt es besser für dich«, sagt Engilbert und macht die Tür zu.

Hörður steht belämmert davor und glotzt die Tür an, dann schleicht er mit hängenden Ohren den Flur zurück zum Aufzug. Er fühlt sich alles andere als gut, weiß aber nicht, ob er es Engilbert oder sich selbst ankreiden soll. Das Auftreten des Kripobeamten war unfair und verletzend, aber was er gesagt hat, war an sich richtig, wenn man von dem beleidigenden Tonfall und der Herabsetzung absieht.

Er hätte das selbst sehen sollen. Natürlich besteht kein Zusammenhang. Er muss lernen, Dinge erst zu Ende zu durchdenken, bevor er so losstürmt wie gerade und …

Und was?

Hörður atmet tief durch.

Und sich zum Idioten macht.

Er betritt den Aufzug und drückt auf den Knopf. Die Tür schließt sich, der Aufzug ruckelt, bevor er sich abwärts in Bewegung setzt. Der Aufzug ruckelt tiefer und tiefer. Hörður ist auf steilem Weg nach unten.

Vigfús ist weder im Umkleideraum noch im gemeinsamen Büro. Er ist aber auch nicht ohne Hörður losgefahren, denn der Streifenwagen steht auf seinem üblichen Platz im Hof. Hörður geht schnell die Flure entlang, mit einem verwirrten Gesicht wie ein kleiner Junge, der seinen Papa verloren hat. Das Gespräch mit Engilbert geht ihm noch nach. Hart geht er mit sich ins Gericht, läuft Spießruten durch die Gasse von Selbstkritik und Demütigung, und für den Moment sieht sein Ego aus wie ein geplatzter Reifen. Der Tag fängt gut an, nun ja, eigentlich genau das Gegenteil davon. Vigfús findet er schließlich da, wo er mit der Suche hätte anfangen sollen, in der Cafeteria im zweiten Stock. Da hat er seelenruhig gesessen und seinen Kaffee geschlürft, während sein Kollege im Aufzug rauf und runter und wieder rauf fuhr.

»Nach dir kann man ja lange suchen«, sagt Hörður, und jedes Wort trieft vor Selbstmitleid.

»Du hast doch gesagt, ich soll mir einen Kaffee holen und es ruhig angehen lassen.« Vigfús ist die Ruhe selbst. Er steht auf und spült seine Tasse aus, bevor er sie in die Spülmaschine stellt.

»Wo ist denn dein Stress von vorhin?«, fragt Hörður überrascht. »Kommen wir nicht zu spät?«

Vigfús wirft einen Blick zur Wanduhr. »Nö, überhaupt nicht. Wir sollen vor zehn zurück sein, und das schaffen wir locker.«

»Zurück von wo?«, fragt Hörður.

»Von Litla-Hraun«, sagt Vigfús. »Wir sollen Gísli Már von da holen. Er wird den ganzen Tag lang verhört.«

Hörður kann seine Zufriedenheit kaum verbergen. Das ist viel besser, als in der Kälte zu stehen und Knöllchen zu verteilen. Eine weite Dienstfahrt ist immer ein gefundenes Fressen, aber einen Mordverdächtigen aus dem Untersuchungsgefängnis abzuholen, ist seiner Einschätzung nach nicht weniger als ein Lottogewinn.

»Das ist super! Aber warum wir?«

Vigfús zuckt die Schultern. »Außer uns war keiner mehr im Haus.«

»Dann haben wir das also mir zu verdanken«, sagt Hörður, der seine gute Laune wiedergefunden hat.

»Mal halblang, Jungchen«, sagt Vigfús väterlich. »Wenn du nicht lieb bist, halte ich an keinem Kiosk.«

Sie fahren über den Suðurlandsvegur Richtung Osten, vorbei an der Hólmsheiði und hinauf zur Hellisheiði. Zu beiden

Seiten gibt es kaum anderes als Sand und Lava, und vor ihnen stehen die Bláfjöll vor einem rosafarbenen Hintergrund. Die Sonne geht langsam auf. Über dem Tiefland ist es noch dunkel, aber der Himmel ist rosarot und rötet sich zunehmend mehr. Angenehmes Fahrgeräusch füllt den Wagen und mischt sich mit zusammenhanglosem Geschwätz von Radio Saga. Es ist die Fragestunde für Hörer, und eine nervöse Tante ist in der Leitung, eine heimarbeitende Hausfrau, die sich große Sorgen macht wegen dieser Moschee, die die »Moslemisten« in bester Lage in der Innenstadt bauen wollen.

Hörður leert den halben Liter Coke, den er an der Tankstelle am Norðlingaholt gekauft hat. Er hat einen nicht zu stillenden Nachdurst und hätte noch zwei Flaschen mehr kaufen sollen. Aber er fühlt sich schon besser, die Cola beruhigt den Magen, und seine Kopfschmerzen lassen nach.

»Wollen wir nicht lieber Zweites Programm hören?«

»Hm.« Vigfús hält das Lenkrad mit beiden Händen und blickt konzentriert auf die Straße. »Nein, jetzt nicht. Ich höre zu.«

Hörður seufzt. Eines Tages wird er auf dem Fahrersitz sitzen und irgendein armer Frischling rechts neben ihm. Dann läuft den ganzen Tag *Das X*, und zwar in voller Lautstärke. Er schaut aus dem Seitenfenster auf die öde Landschaft und langweilt sich. Vielleicht hätte er ein Buch mit zur Arbeit nehmen sollen.

Moment, hat er nicht ein Buch bei sich?

Er öffnet das Handschuhfach, und da liegt es, das Buch, das er aus Mummis Hinterlassenschaft mitgenommen hat. *Wie hypnotisiere ich jeden*, vom vagabundierenden Hypnotiseur. Er schaltet das Licht über seinem Sitz ein, lehnt sich zurück und schlägt das Buch auf. Dessen Anliegen ist es, zu zeigen, dass nicht nur jeder Hypnotisieren lernen kann, sondern dass darüber hinaus auch nahezu jeder zu hypnotisieren ist, außer vielleicht Individuen in Panik, Hirngeschädigte und Minderbemittelte.

Dies ist ein How-to-do-Buch, schreibt der Autor auf einfache und leicht verständliche Weise. Zu Anfang schreibt er, Hypnosezustände seien überall bekannt und jeder Mensch habe welche erlebt, vielleicht ohne sich dessen bewusst zu sein. Er legt großen Wert auf den Umstand, dass man die Technik des Hypnotisierens zwar leicht erlernen könne, Hypnose selbst aber immer ein Geheimnis bleiben werde, das nicht zu begreifen sei.

Es scheint sich alles um Wissen einerseits und Technik andererseits zu drehen, findet Hörður. Beim Wissen geht es darum, wie der menschliche Verstand auf Wörter, Töne und den Einsatz der Stimme reagiert. Diese Grundlagen des Hypnotisierens zu kennen und sie sich anzueignen, die Technik, bildet den Schlüssel für den Zugang zum Gehirn anderer Menschen.

»Interessant«, murmelt Hörður und liest weiter. An manchen Stellen sind Wörter oder Sätze mit Bleistift unterstrichen.

Das Buch lehrt die Technik Schritt für Schritt. Erst muss die Aufmerksamkeit des zu Hypnotisierenden gefangen werden. Der Hypnotiseur benutzt dafür einen vorher in allen Details ausgetüftelten Text. Anfangs richtet sich die Aufmerksamkeit des Opfers auf verschiedene Gegenstände, die später reduziert werden. Dadurch steuert der Hypnotiseur, woran das Opfer denkt, und engt den Ausschnitt immer weiter ein, bis ein einzelner Punkt im Fokus ist. Das Bewusstsein des Opfers weicht zur Seite, und der Hypnotiseur spricht direkt mit dessen Unterbewusstsein. Jedes Wort, das er äußert, hat großen Einfluss, denn das Unterbewusstsein nimmt alles buchstäblich. Indem er direkt das Unterbewusstsein anspricht, umgeht der Hypnotiseur alle Kontrollinstanzen des Bewusstseins wie Urteilsvermögen und logisches Denken. Im Text des Hypnotiseurs sind indirekte Hinweise und direkte Anweisungen gemischt. Er spielt mit dem Gehirn des Opfers wie auf einem Instrument. Er bringt das Opfer dazu, sich vollkommen zu entspannen, und befiehlt ihm, in Trance zu fallen.

Besonderes Gewicht legt der Hypnotiseur auf den Einsatz der Stimme. Sie sollte sehr viel tiefer klingen als die Stimme des Opfers. Das Sprechen sollte tief, monoton und fließend klingen. Pausen des Schweigens sind wichtig. Zum Satzende hin sollte die Stimme fallen, keinesfalls steigen, besonders wenn sie Anweisungen gibt. Nach Aussage des Autors hätten sich ausgekochte Politiker diese Technik zu eigen gemacht. Das Denken wird nach innen geleitet, in die Weiten der eigenen Existenz. Hypnotisieren geschieht auf der Ebene des Geistes, obwohl die Technik an die Materie gebunden ist. Der Hypnotiseur spricht, und was er sagt, ist allgemein und undeutlich. Er schläfert das Opfer ein und bringt es dazu, ihm zu vertrauen.

Achte auf vier Dinge, die du im Zimmer siehst …

Vier Dinge.

Vielleicht betrachtest du, wie das Licht auf sie fällt …

Jetzt konzentrierst du dich auf drei Dinge … dann auf zwei … Am Ende nur noch auf eins.

Gut so … Jetzt ganz ruhig … Schließ die Augen … Achte jetzt auf vier Geräusche in deiner Umgebung … Fliegt draußen vielleicht ein Flugzeug vorüber … eine Uhr tickt … Jetzt hörst du nur auf drei Geräusche …

Der Motor des Wagens … die Rollgeräusche … die Stimmen im Radio …

Hörður schreckt auf, als Vigfús den Motor abstellt. Er zwinkert mit den Augen, lässt das Buch sinken und schaut verwirrt aus dem Fenster. Der Wagen steht auf einem großen geteerten Parkplatz neben einem doppelten Sicherheitszaun. Die äußere Umzäunung besteht aus einem engmaschigen Stahlnetz, bekrönt von Stacheldraht mit nach außen gerichteten messerscharfen Spitzen. Der innere Zaun ist wie ein Spiegelbild des äußeren, doch ist er zusätzlich unter Hochspannungsstrom gesetzt. Der Zwischenraum zwischen beiden beträgt etwa drei bis vier Meter.

Im Innern der doppelten Umzäunung steht das Gefängnis Litla-Hraun.

»Sind wir da?«

»Was denkst du denn?«, fragt Vigfús und öffnet die Tür. »Hast du geschlafen, oder was?«

»Nein, ich war bloß ...« Hörður verstummt, steigt aus und schließt die Wagentür. Was war er bloß? Tief in das Buch versunken? Mit den Gedanken woanders? Oder etwas ganz anderes?

Der Himmel ist klar und blassblau. In der Umgebung liegen Flächen mit kleinem Geröll und Wiesen, gelb wie auf Van-Gogh-Bildern. Rechts von ihnen liegt das Dorf Eyrarbakki. Die Häuser reihen sich an der Strandlinie auf und verschmelzen mit der einförmigen Landschaft. Auf einer eingezäunten Weide in der Ferne stehen regungslos vier Pferde.

Ein lauter Dieselmotor und schwere rhythmische Schläge durchbrechen die Stille und hallen zwischen den Gebäuden wider. An einer Ecke der Pferdekoppel steht ein Traktor mit einer Dampframme. Der Weg zum Südtor des Zauns ist an der Südostecke gesperrt. Eine Gruppe Arbeiter aus der Kommune hat den Weg aufgerissen und ist gerade damit beschäftigt, mit der Dampframme Felsplatten zu zerkleinern.

Vigfús blickt über die Schulter. »Kommst du?«

Hörður hat nicht mitbekommen, dass Vigfús losgegangen ist. Als ob er nicht ganz bei sich wäre. Er muss im Auto eingeschlafen sein.

Sie gehen am Zaun entlang zum Tor. Es gibt einen Fußweg zu einem eisernen Drehkreuz und ein massives Tor für Fahrzeuge. Am Drehtor ist eine Sprechanlage eingebaut.

Vigfús drückt einen Knopf und wartet. Hörður steht hinter ihm. Es ist sein erster offizieller Auftrag in Litla-Hraun, seit er in die Polizei eingetreten ist. Doch von der Polizeischule aus sind sie einmal zu einem Besuch im größten Gefängnis des Landes gewesen. Sie wurden von Wärtern begleitet und erhielten eine Führung durch die Anstalt.

Es knackt im Lautsprecher: »Pforte.«

»Polizei Reykjavík«, sagt Vigfús. »Wir sollen einen Untersuchungshäftling abholen.«

Nach einigen Sekunden klickt es, und das Türschloss wird entriegelt. Vigfús geht als Erster durch die Drehtür, Hörður quetscht sich nach ihm hindurch. Der Durchlass ist schmal und das Tor schwer. Er drückt mit beiden Händen gegen die massiven Stäbe und merkt erst da, dass er das Hypnosebuch in der Hand hält.

Nach der Drehtür gehen sie geradeaus zu einer anderen Tür mit der Aufschrift BESUCHER. Linker Hand steht die stattliche Sporthalle, ein eigener Bau. Das Gefängnis selbst besteht aus mehreren zusammenhängenden Gebäuden, alten und neuen. Auf dem jüngsten steht ein hoher Wachturm, blau und rundum mit vorgeneigten Scheiben verglast.

Hörður blättert in dem Buch. Im hintersten Teil gibt es Kapitel zum Einsatz der Stimme, zur Atmung und auch Vorlagen für Hypnosetexte. Hörður schlägt die Titelseite auf und betrachtet die Signatur.

Aron mit einem Kreis um das A.

Der Besitzer des Buchs sitzt innerhalb dieser Mauern. Der Anarchist Aron Beck. Der böse Geist, den nach eigenem Bekunden keine Wand aufhält. Der überall entwischt.

Hörður blickt schnell an der Fassade hinauf, bevor sie eintreten. Dicke Mauern, schmale Fenster. Das Gefängnis ist so etwas wie die Hoffnungslosigkeit und Depression in Stahl und Beton gegossen.

Der Schichtleiter empfängt sie im Überwachungsraum. Drei große Flachbildschirme hängen an den Wänden, jeder in kleinere Segmente unterteilt, von denen jedes das Bild einer

Überwachungskamera zeigt. Die Aufnahmen sind schwarzweiß und zeigen leere Flure und Räume oder Häftlinge bei der Arbeit in den Werkstätten oder beim Abhängen in Gemeinschaftsräumen.

Vor den Bildschirmen sitzt ein junger Wärter auf einem abgenutzten Bürostuhl und klimpert abwesend mit einem Schlüsselbund, während er hin und wieder einen Blick auf die Schirme wirft. An dem Bund hängen viele kurze Schlüssel und zwei lange. An der Wand über ihm hängen zwei weitere Schlüsselbunde an Haken, ein Haken dazwischen ist leer. Die Arbeit des Wachpersonals ist ebenso langweilig wie undankbar.

»Tragt euch hier ein«, sagt der Schichtleiter, ein Mann um die fünfzig. Er zeigt auf eine Zeile in einem großen Journal, das aufgeschlagen auf einem Schreibtisch liegt.

Sie tun, was er verlangt, und tragen Datum, Zeit und Zweck ihres Besuchs ein und unterschreiben. Auf dem Tisch liegen auch die Tageszeitungen, *Fréttablaðið* und *Morgunblaðið*. Beide machen auf der Titelseite mit derselben Nachricht auf, auch wenn die Aufmachung etwas anders aussieht. »MANN IN HAFT«, heißt es in Riesenlettern auf dem *Morgunblaðið*. »Ermittlungen verlaufen erfolgreich«, steht in kleineren Buchstaben über der Schlagzeile, darunter ist eine Aufnahme des Tatorts. Wo Þórólfur in seinem Blut lag, liegen viele Blumensträuße, die Menschen dort aus Anteilnahme abgelegt haben. Das Foto ist fast aus der Froschperspektive aufgenommen, man sieht Blumen im Vordergrund, hinter denen das Parlamentsgebäude wie ein unbesteigbarer Fels aufragt. Im *Fréttablaðið* heißt es: »DER TÄTER STELLTE SICH«. Auch hier auf Seite eins ein Foto vom Tatort, jedoch von oben aufgenommen, wahrscheinlich vom Balkon des Parlaments. Das Bild wurde am Vorabend gegen zwanzig Uhr aufgenommen, als an die zweihundert Menschen zusammengekommen waren, um des Toten zu gedenken. Man sieht ein kleines Mädchen, das zu dem schon entstandenen Haufen von Blumen einen Strauß hinzulegt.

»Eine große Tragödie«, sagt der Wachhabende.

»Das kann man wohl sagen«, pflichtet ihm Vigfús bei.

»Man möchte glauben, dass da irgendein Monster am Werk war«, sagt der Wachhabende mit trauriger Miene. »Und dann bringen sie uns diesen armen Jungen. Natürlich nehme ich Anteil an der Trauer der Familie des Ermordeten, aber mir tut auch dieser junge Mann leid. Es ist gewiss nicht leicht, eine so schwere Tat auf dem Gewissen zu haben.«

»Ja, schon«, sagt Vigfús zurückhaltend.

»Wie auch immer. Der Gefangene duscht gerade«, sagt der Wachhabende. »Kann ich euch einen Kaffee anbieten, während ihr wartet?«

Beide nehmen das Angebot an.

»Ich hole mal zwei Becher.« Der Wärter geht in die Cafeteria. Er spricht langsam und bewegt sich noch langsamer. In einem Gefängnis steht die Zeit still, niemand geht irgendwohin, keiner hat es eilig. Ein Gefängnis ist ein Kloster mit Gittern.

Vigfús nimmt das Morgenblatt, hockt sich auf einen Stuhl und schlägt die Zeitung auf. Hörður beobachtet aufmerksam die Bildschirme. Auf einem sieht man zwei Häftlinge in einem kleinen Raum Tischtennis spielen. Der eine dreht der offensichtlich in der Ecke montierten Kamera halb den Rücken zu. Er ist schlank, dunkel und beweglich, er trägt eine schwarze Trainingshose und ein schwarzes T-Shirt. Den Schläger hält er in der rechten Hand, der linke Arm ist von den Knöcheln bis zum Ellbogen eingegipst. Er spielt unbeholfen, hat seine liebe Not, die Bälle des anderen abzuwehren, und am Ende haut er über den Ball. Darauf macht er einen Satz, schmeißt den Schläger zu Boden und tritt wütend gegen die Tischtennisplatte. So schnell, wie er ausgerastet ist, beruhigt er sich auch wieder, missmutig bewegt er die Schultern und wirft einen raschen Blick in die Kamera, grinsend und provozierend.

»Ist das etwa …« Hörður tritt einen Schritt näher. »Ist das Aron Beck? Der mit dem Gipsarm?«

»Richtig«, sagt der junge Wärter.

»Hat er den Arm gebrochen?«

»Korrekt«, sagt der Wärter. »Er hat beim Gießen von Betonplatten gearbeitet und hatte einen Unfall. Handgelenk gebrochen. Er wird wohl die Gefängnisleitung verklagen.«

»Wirklich?«, fragt Hörður.

»Das sagt er jedenfalls«, meint der Wärter. »Aber es ist nicht gesagt, dass er seinem großen Maul auch Taten folgen lässt.«

Hörður kratzt sich am Kopf, dann zeigt er dem Wärter das Buch, das er in der Hand hält. »Komischer Zufall, aber das hier gehört Aron. Vigfús und ich haben es in einem Haufen Zeug gefunden. Lange Geschichte. Aber wo ich es nun gerade bei mir habe, kann ich ihm sein Buch auch zurückgeben.«

Der Wärter zuckt die Schultern. »Ich habe nichts dagegen.«

»Was redest du da für einen Stuss, Mann?«, mischt sich Vigfús ein. »Hier wird kein Buch zurückgegeben. Wir sind hier, um einen Mann abzuholen. Punkt.«

»Dauert doch nicht lange, stell dich nicht so an«, sagt Hörður. »Es ist nun mal sein Buch. Außerdem ist der Typ interessant. Ich habe gestern ein Interview mit ihm gelesen, und ich würde gern herausfinden, ob er wirklich so verrückt ist, wie es scheint.«

Der Wärter steht von seinem Stuhl auf. »Der ist vollkommen durchgeknallt, das kann ich euch sagen. Aber er macht keine Probleme. Hier drinnen wenigstens nicht. Er ist kein Musterknabe, aber auch bei Weitem nicht der Schlimmste.«

»In welchem Gang ist er?«

»Drei«, antwortet der Wärter und hebt den Schlüsselbund, den er in der Hand hält. »Ich bringe dich zur blauen Tür und lasse dich durch.«

»Das kommt nicht infrage!« Vigfús erhebt sich langsam wie ein Saurier von seinem Stuhl. »Wir sind hier in einem offiziellen Auftrag und nicht, um irgendwelchen Geistesgestörten Bücher zurückzugeben. Begreifst du das nicht?«

»Jetzt beruhig dich mal, Mann«, sagt Hörður verärgert. »Was spielt das schon für eine Rolle?«

Vigfús breitet die Hände aus. »Das tut es! Ich will nicht, dass du losziehst und diesen Idioten aufsuchst.«

»Setz dich auf deinen Hintern und halt die Klappe«, sagt Hörður. »Ich darf vielleicht nicht entscheiden, welchen Sender wir hören, aber ich werde wohl noch selbst entscheiden dürfen, was ich mache, während wir hier herumsitzen und nichts tun. Es ist gerade mal Viertel vor neun. Wir haben noch viel Zeit.«

»Ewig diese Aufsässigkeit!« Vigfús lässt sich auf seinen Stuhl fallen, Hörður betritt in Begleitung des Wärters einen langen Gang. Rechts und links von ihnen liegen Zellen mit Stahltüren, linker Hand außerdem ein Raum, in dem Häftlingen Urinproben abgenommen werden können, ein Raum mit Kleiderspenden vom Roten Kreuz und ein Untersuchungszimmer für den Arzt. Rechts ein Sprechzimmer und ein Raum, in dem die Häftlinge bei ihrer Einlieferung durchsucht werden.

Hörður und der Wärter bleiben vor einer verschlossenen blauen Stahltür stehen. In Augenhöhe ist ein ebenfalls geschlossener Spion eingelassen. Mit einem der beiden großen Schlüssel schließt der Wärter auf und öffnet die Tür. »Von hier einfach geradeaus und dann links. Wenn du fertig bist, klingelst du, und ich öffne dir die Tür.«

»Danke sehr!« Hörður betritt Gang 3 und bekommt eine Gänsehaut, als sich die blaue Tür hinter ihm schließt. Er wirft rasch einen Blick über die Schulter zurück. Auf der Tür sind zahllose Kratzer und Dellen und ein graues Fenster mit schusssicherem Glas. Das Fensterchen ist dunkel, weil die Klappe auf der anderen Seite geschlossen ist.

Gang 3 ist gelb gestrichen und riecht nach Schweiß und Zigaretten. Zu beiden Seiten liegen Zellen, einige Türen stehen offen, andere sind zu. Sie bestehen aus massivem Holz und werden abends mit Stahlriegeln und Vorhängeschlössern versperrt. Vom Ende des Gangs ist schnelles Klacken und das Quietschen von Schuhsohlen zu hören.

Der Gemeinschaftsraum ist weder groß noch ansehnlich. Es gibt einen Fernseher, ein Dreisitzersofa mit Beistelltisch und eine Tischtennisplatte. Auf dem Tisch stehen Kaffeebecher und zwei Aschenbecher. In einem von ihnen glimmen zwei Zigaretten, die Luft ist von Rauch gesättigt. Arons Gegner ist klein und dick, er beißt sich vor Konzentration leicht auf die Zungenspitze, wenn er den Ball übers Netz schlägt.

Hörður bleibt stehen.

Die beiden Häftlinge stellen das Spielen ein und schauen ihn an. Der Ball titscht auf den Boden und rollt unter das Sofa.

»Wer, zum Teufel, bist du denn?«, fragt Aron Beck. Er legt den Schläger auf die Platte und kommt auf den Polizisten zu. Er misst den rothaarigen Riesen von Kopf bis Fuß und mustert zum Schluss kurz das Buch, das er in der Hand hält.

»Mein Name ist Hörður. Ich bin Polizist.«

»Darauf wäre man kaum gekommen«, sagt Aron und grinst. »Was hast du hier zu suchen? Ich kann mich nicht erinnern, ein Gespräch mit dir gebucht zu haben.«

»Ich mache bloß einen Höflichkeitsbesuch«, erwidert Hörður. Er blickt dem Gefangenen gerade in die Augen, und der weicht dem Blick nicht aus. Aron ist etwa einen Kopf kleiner als Hörður, breitschultrig und athletisch, ohne wie ein Bodybuilder auszusehen. Er strahlt etwas aus, das entweder Selbstsicherheit oder Irrsinn ist, oder ein bisschen von beidem.

Er hat Löcher in den Ohren, trägt aber keine Ohrringe. An einigen Stellen hat er Narben wie von Messerstechereien, zum Beispiel am linken Auge und am rechten Mundwinkel. Um den Hals hängt etwas an einem weißen Lederriemen.

Aron hat nur zwei sichtbare Tätowierungen. Auf der linken Halsseite das Anarchisten-A im Kreis und auf dem rechten Unterarm ein gleichschenkliges Dreieck mit einem Totenkopf darin. Das Dreieck zeigt zum Ellbogen, und auf jeder seiner Seiten sind kleine Zeichen angebracht, Buchstaben oder Runen.

»Einen so anzugaffen, ist aber nicht höflich, Bulle«, sagt Aron. Er will entspannt wirken, doch seine Halssehnen zucken wie zustoßbereite Schlangen, und seine halb geschlossenen Augen sprühen Funken.

Hörður lässt die Beleidigung an sich abprallen. Stattdessen betrachtet er eingehend den Anhänger am Hals, einen durchlöcherten Knochen. Er sieht nach einem Fingerknochen aus, in den eine Rune oder eine Zauberrune gebrannt wurde, ähnlich einem Hakenkreuz.

Aron umfasst den Anhänger mit der linken Hand. »Das ist ein Knochen von einem Seehund. Ein Talisman. Verleiht mir in schwierigen Situationen Kraft.«

Hörður nickt, hält dann das Buch hoch und lächelt.

»Ich habe ein Buch von dir. Ich dachte, du möchtest es vielleicht wiederhaben.«

Aron zwinkert mit den Augen. Er kennt diesen Polizisten nicht und ist daher misstrauisch. Es könnte eine Falle sein.

»Das ist alles«, sagt Hörður und zuckt die Schultern.

Aron schaut zur Überwachungskamera, die ihn über die Schulter des Polizisten hinweg beobachtet. »Gehen wir in meine Zelle.«

»Hören wir auf?«, fragt der Dicke, der noch neben der Tischtennisplatte steht.

»Ja, Bibbi«, schnauzt Aron.

»Dann bleibt es bei einem drei zu null für mich«, sagt Bibbi stolz.

»Lass es dir auf ein Shirt drucken, dann hast du länger was davon«, faucht Aron. Dann geht er vor Hörður in Zelle 8. Es gibt zehn Zellen in diesem Gang. »Wenn ich den Gips los bin, stopfe ich diesem geborenen Schwachkopf den Hals mit Pingpongbällen. Und den Arsch auch.«

Hörður bückt sich, als er in die Zelle tritt. Sie ist weder groß noch üppig, vielleicht zwei Meter breit und vier Meter lang. Die Tür auf der einen Schmalseite, das Fenster in der gegenüberliegenden. An der einen Längswand ein Bücherregal, ein Schreibtisch und ein weiteres Regal mit Stereoanlage und einem Spielecomputer. An der anderen ein schmaler Kleiderschrank und ein nicht gemachtes Bett. Auf dem Schreibtisch steht ein Achtundzwanzig-Zoll-Bildschirm, davor ein Stuhl. Zwischen Bett und Schreibtisch bleiben kaum fünfzig Zentimeter Abstand. Im Bücherregal stehen ein paar abgegriffene Taschenbücher, überwiegend Thriller, und ein Haufen CDs, DVDs und Computerspiele. Oben auf dem Regal stehen ein paar Teelichte, ein Totenschädel aus Plastik in Originalgröße und Räucherstäbchen in einem Ständer.

Aron setzt sich aufs Bett und schiebt dem Polizisten mit dem Fuß den Stuhl zu.

»Nimm Platz! Fühl dich wie zu Hause.«

Hörður setzt sich.

Aron zündet sich eine Zigarette an, schlägt die Beine übereinander und legt den Gipsarm auf dem Knie ab. Er legt den Kopf schief und betrachtet den Polizisten, dabei lässt er den Rauch aus einem Mundwinkel entweichen.

Seine Haltung und wie er sich bewegt haben etwas Feminines an sich, viel mehr noch etwas Schwules.

»Was würdest du tun, wenn du für einen Tag eine Frau sein dürftest?«, fragt er Hörður mit einem spöttischen Grinsen auf den Lippen, als hätte er dessen Gedanken gelesen.

Hörður wird verlegen. »Ich schätze, die Gefahr, dass das eintritt, ist ziemlich gering.«

»Unangenehme Frage?«, hakt Aron nach und lächelt breit. »Nicht für mich. Ich würde mich auf den Rücken legen, die Beine breit machen und mich den ganzen Tag vögeln lassen.«

Hörður räuspert sich. »Ich habe gehört, du willst die Gefängnisleitung verklagen?«

»Du wechselst das Thema? Was kommt dann als Nächstes? Das Wetter?« Aron stößt einen Rauchkringel aus. »Aber ja, hier wird nicht für unsere Sicherheit gesorgt. Wir werden hier behandelt wie Sklaven. Es ist doch nicht normal, dass man sich bei der Arbeit den Arm bricht, oder?«

Hörður grinst ihn breit an. »Ist es nicht irgendwie schräg, wenn ein erklärter Anarchist formell den Rechtsweg beschreitet? Suchst du da nicht bei genau dem System Schutz, das du bekämpfst?«

Aron schüttelt den Kopf. »Solange ich eine Sozialversicherungsnummer habe und Steuern bezahle, bin ich Teil des Systems, ob mir das passt oder nicht. Ist das dein geheimer Auftrag, mich davon abzubringen, den Knast zu verklagen? Das Buch nur ein Vorwand, wie?«

»Nein, absolut nicht.« Hörður reicht ihm das Buch. »Ich bin lediglich gekommen, um es zurückzugeben. Das ist die Wahrheit.«

Aron nimmt das Buch und besieht es von allen Seiten.

»Das ist mir gestohlen worden. Wo hast du es gefunden?«

»In einem Möbellager«, sagt Hörður. »Es war unter den Hinterlassenschaften von Mummi.«

Aron wird stocksteif, als er den Namen seines Freundes hört. »Ach was, wirklich? Verstehe. Aber wie ich gesagt habe, das Buch ist mir gestohlen worden. Ich hab's nicht vermisst. Steht nur Blödsinn drin. Aber trotzdem danke, dass du es mir gebracht hast.«

»Da waren noch mehr Bücher«, sagt Hörður. »Ich habe aber nicht nachgesehen, ob die auch dir gehören.«

»Sicher nicht.« Aron zieht die Nase hoch. »Mummi hatte jede Menge Bücher. Er war ein kluges Kerlchen. Er besaß auch eine Bibel und irgendein Wörterbuch. War das vielleicht auch dabei?«

Hörður runzelt die Brauen. »In der Tat, ja.«

Aron zuckt die Schultern. »Wie ich gesagt habe, das gehörte Mummi. Die Bibel auch. Ich bin nicht so der Wörterbuchtyp, verstehst du? Und an Gott glaube ich auch nicht.«

Hörður nickt. Er versucht, das Tattoo mit dem Totenkopf genauer zu sehen. Die Zeichen auf den Seiten des Dreiecks sind Buchstaben: L, J und E.

Aron stößt den Rauch durch die Nase aus. »Mach ein Foto, Bulle, dann hast du länger was davon.«

Hörður blickt auf und lächelt. »Was hat dieses Tattoo zu bedeuten?«

Aron zuckt die Schultern. »Alles. Nichts. Know your enemy.«

»Wer ist der Feind?«, fragt Hörður. »Die Gesellschaft? Das System? Die Polizei?«

»Ist das ein Verhör?«, fragt Aron kalt zurück. »Falls ja, hast du mich weder über meine Rechte aufgeklärt noch mir Gelegenheit gegeben, meinen Anwalt anzurufen.«

Hörður hebt die Arme zum Zeichen, dass er sich ergibt. »Entschuldige, ich interessiere mich nur so für Tattoos und Totenköpfe.«

»Ach was, echt?«, knurrt Aron.

»Unter Mummis Sachen war auch ein Totenschädel.« Hörður dreht sich ein Stück um und zeigt auf den Kunststoffschädel auf dem Bücherregal. »Sah ungefähr aus wie der da, nur dunkler. Ist das eine Nachbildung?«

»Klar.« Aron tippt die Asche in einen Aschenbecher auf der Stereoanlage. Da stehen auch zwei Spraydosen 8x4-Deo. »Ich habe den Bausatz zusammengebastelt und dann mit Farbe gesprayt. Man hat hier reichlich Zeit, musst du wissen. Wir puzzeln, spielen Spiele und bauen Modelle zusammen. Es ist hier wie in einem Ferienlager.«

»Wirklich?«

Aron presst die Lippen zusammen und läuft um die Augen rot an. Er drückt die Zigarette aus und erhebt sich schnell vom Bett.

»Du hast das Buch zurückgebracht. War sonst noch was?«

»Nein, eigentlich nicht.« Hörður steht ebenfalls auf und schiebt den Stuhl unter den Schreibtisch.

»Ihr müsst zurzeit doch alle Hände voll zu tun haben«, sagt Aron. »Das Attentat und all das. Man sieht das ja im Fernsehen. Große Aufmerksamkeit der Medien, verständlicherweise.«

»Genau«, sagt Hörður.

»Aber man hat schon jemanden verhaftet, richtig? Da könnt ihr Bullen doch aufatmen.«

»Ja, das stimmt.«

»Weißt du, was der größte Nachteil in Island ist?«, fragt Aron mit einem spöttischen Funkeln in den Augen. »Abgesehen von der Lage, dem Wetter und der geringen Bevölkerung.«

»Nämlich?«

»Morde werden viel zu schnell aufgeklärt. Das hängt natürlich auch mit der geringen Einwohnerzahl zusammen«, sagt Aron. »Die Folge davon ist, dass wir nie einen richtigen Serienmörder bekommen. Sie werden immer schon geschnappt, bevor sie in der Gesellschaft richtig was anrichten können.«

»Die meisten würden das wohl eher als Vorteil und nicht als Nachteil betrachten«, sagt Hörður.

»Die meisten sind auch so geistlos und unkreativ wie Amöben«, sagt Aron voller Verachtung. »Anders als die Serienmörder. Die sind kreativ und haben Stil. Sie führen aus, während andere bloß träumen.«

Hörður seufzt. »Du bist ein fauler Apfel. Das und nichts anderes.«

Aron achtet nicht auf das, was er sagt. »Ich habe unzählige Bücher über Massenmörder gelesen. Geschichten über ihre Taten und auch Studien über ihr Vorgehen und ihren Charakter.«

Das hat Hörður auch; deshalb spitzt er die Ohren.

»Einer, ich weiß nicht mehr, wie er hieß, war anfangs völlig normal«, sagt Aron. »Dann hatte er einen Motorradunfall und erlitt schwere Kopfverletzungen. Am Tag, an dem er das Bewusstsein wiedererlangte, wurde ihm klar, dass etwas nicht stimmte, er wusste nur nicht, was. Ich habe in einem Buch von einem Psychiater über ihn gelesen.«

Hörður nickt zustimmend. Er kennt den Fall, erinnert sich aber auch nicht an den Namen des Mannes, der nicht zu den ganz bekannten gehört.

»Kurz nachdem man ihn aus dem Krankenhaus entlassen hatte, fing er an, Frauen zu vergewaltigen«, fährt Aron fort. »Erst ist er über seine Alte hergefallen wie ein geiler Hund, und als ihm das nicht mehr reichte, hat er draußen weitergemacht. Sein Sextrieb war nicht zu beherrschen. Seine Wut ebenso wenig. Denn in ihm kochte eine Wut, die er nicht bezähmen konnte. Er versuchte es bei mehreren Psychologen und Psychiatern, die konnten aber nichts feststellen, nichts, was sich irgendwie messen oder diagnostizieren ließ. Er war einfach böse geworden und tötete schließlich die Frauen, nachdem er sie vergewaltigt hatte.«

»Und er endete in einem Todestrakt in Florida, wenn ich mich recht erinnere«, sagt Hörður.

Aron strahlt auf vor Freude. »Stimmt genau. Du bist gar nicht so blöd, wie du aussiehst, Bulle.«

Hörður weiß nicht, ob er beleidigt oder stolz sein soll.

»Übrigens«, sagt Aron, »der Typ eignete sich bestens als Studienobjekt, weil er sowohl normal als auch unzurechnungsfähig war, außerdem war er um vieles intelligenter als der übliche Kriminelle. In einem der Gespräche, die der Autor des Buchs, das ich gelesen habe, mit dem Mann in der Todeszelle in Florida führte, ging es genau um seine Mitsträflinge. Nach Ansicht des Mannes waren sie allesamt Monster, Tiere und keine Menschen. Er machte den Psychologen darauf aufmerksam, dass es im Todestrakt keine Fenster gab und man daher unmöglich wissen konnte, ob draußen Tag oder Nacht war, Neumond oder Vollmond. Und trotzdem heulten die Mörder in den Todeszellen jedes Mal bei Vollmond. Sie fühlten es.«

Aron schaut den Polizisten mit einem Grinsen auf den Lippen und einem drohenden Funkeln in den aufgerissenen Augen an.

»Und weiter?«, fragt Hörður. Am liebsten möchte er vor dem Anarchisten ausreißen, aber er kann sich beherrschen. Er weiß, dass ihm von dem Häftling keine wirkliche Gefahr droht, keine körperliche Bedrohung, heißt das, aber er spürt in seiner Gegenwart etwas wirklich Unangenehmes und Bedrohliches.

Etwas Unerklärliches, auf das sich nicht leicht der Finger legen lässt. Etwas *Böses*.

Aron grinst von einem Ohr zum anderen. »Am Sonntag ist Vollmond, Bulle.«

Hörður zuckt die Schultern. »Und? Was bedeutet das schon?«

Aron zwinkert ihm mit verschwörerischer Miene zu.

»Also, mach's gut!« Hörður bückt sich, als er die Zelle verlässt, dann geht er nach links zurück zur blauen Tür. An der Wand zu seiner Rechten ist ein Knopf.

»Mach's auch gut, Bulle!«, ruft Aron und lacht leise. »Ich habe meine Meinung übrigens geändert, by the way. Du bist doch so blöd, wie du aussiehst.«

Wut kocht in Hörður hoch, doch er bezähmt sich und geht weiter, als hätte er nichts gehört. Wenn er dem Gefangenen auch nur ein Haar krümmte, würde er in Teufels Küche landen. Er könnte sogar seinen Job verlieren.

»Schönen Gruß an die Frau!«, ruft ihm Aron nach. »Oder hast du gar keine Frau? Zumindest trägst du keinen Ring. Hat dich keiner lieb? Bist du ganz allein? Keiner versteht den rothaarigen Riesen?«

Hörðurs Mund wird trocken, sein Herz rast. Die Worte sollen ihn verletzen, und genau das erreichen sie auch. Er fühlt sich elend. Es ist wie ein Nahkampf mit radioaktivem Abfall – oder mit dem schieren Bösen.

»Fucking Loser!«, schreit Aron.

Hörður erreicht die Stahltür und hält es kaum noch aus, den Knopf zu drücken und Gang 3 zu verlassen. Der Wärter soll sich bloß beeilen. Er weiß, dass Aron vor seiner Zelle steht und jede seiner Bewegungen beobachtet. Er spürt, wie sich der stechende Blick des Anarchisten wie glühender Eisendraht in seinen Nacken bohrt.

Als Hörður in den Überwachungsraum zurückkommt, wird ihm dort gesagt, Vigfús warte im Wagen auf ihn, zusammen mit dem Untersuchungsgefangenen.

»Und was hat unser Mann so gesagt?«, erkundigt sich der Wachhabende.

»Ach, der war gut drauf.«

Hörður bedankt sich und geht durch dieselbe Tür, durch die sie hereingekommen sind. Er wirft einen Blick zurück und schüttelt sich. Aron Beck ist wie ein Gefängnis aus Fleisch und Blut, bedrückend und schädlich. In seiner Nähe fühlt es sich an, wie Sand und Zement einzuatmen. Das Blut wird vergiftet, die Muskulatur gelähmt, und das Atmen fällt schwer.

Der Mann ist eine giftige Kröte.

Außerhalb der dicken Mauern atmet Hörður tief die reine Luft ein. Am liebsten würde er sich auf die Erde legen, die Augen schließen und einfach eine Viertelstunde lang wieder Kraft sammeln. Aber das geht wohl kaum.

Er zwängt sich durch das Drehkreuz in die Freiheit. Auf dem Parkplatz stehen nur wenige Fahrzeuge, davon nur eins mit laufendem Motor: Streifenwagen 213 von der Polizeidirektion der Hauptstadt. Am Steuer sitzt Vigfús mit finsterer Miene, auf dem Rücksitz ein unauffälliger junger Mann mit in die Stirn gezogener Mütze und den Händen im Schoß.

»Es ist spät«, murrt Vigfús verdrossen, als sich sein Kollege auf den Beifahrersitz schwingt.

»Es hat doch gar nicht lange gedauert«, sagt Hörður. Er schnallt sich an, dreht sich dann halb um und mustert den Untersuchungshäftling. Gísli Már trägt neue Joggingschuhe, enge Jeans und einen Blouson mit Bündchen, eine sogenannte Bomberjacke. Die Kappe trägt das Logo der New York Yankees. Der Gefangene ist blass und scheint noch unter Schock zu stehen, was vielleicht auch wirklich der Fall ist. Er blickt abwechselnd zur Seite oder auf seine gefesselten Hände.

»Wie geht es dir dahinten?«

Gísli Már scheint die Frage nicht zu hören, dann zuckt er leicht die Schultern.

»Lass ihn in Frieden«, sagt Vigfús. Dann setzt er zurück und fährt den Wagen in einem großen Bogen nach links zur Straße, die Hveragerði, Stokkseyri und Eyrarbakki miteinander verbindet.

Hörður wirft durch das Seitenfenster der Fahrerseite einen schnellen Blick auf die Barriere, die die schmale Straße in den Ort sperrt, auf den Graben und den Traktor mit der Dampframme.

Die Arbeiter sind nirgends zu sehen, und die Baumaschine ist abgestellt. Es ist ein rot-grauer Massey-Ferguson-Traktor mit Führerhaus und Allradantrieb.

»Was hat dein Freund gesagt?«, erkundigt sich Vigfús.

»Wenig«, antwortet Hörður.

»Aha«, sagt Vigfús.

»Er meinte, das Wörterbuch, das du genommen hast, gehöre ihm nicht.«

Vigfús umklammert das Lenkrad so fest, dass seine Knöchel weiß hervortreten. »Warum hast du ihn überhaupt danach gefragt?«

»Habe ich gar nicht.« Hörður setzt die Ray-Ban-Sonnenbrille auf, denn die Herbstsonne strahlt intensiv. »Er hat's mir von sich aus gesagt. Warum er das eigens erwähnt hat, ist mir ebenso ein Rätsel wie dir.«

Vigfús wirkt erleichtert. »So ist das, wenn man mit Idioten spricht.«

Sie fahren Richtung Þorlákshöfn, Sandhügel und trockenes Gras auf der einen, endlose Kiesflächen auf der anderen Seite. Vigfús will offenbar über den Þrengslin-Pass zurückfahren.

Hörður schaut sich noch einmal den Gefangenen an, der bedrückt und hilflos auf dem Rücksitz kauert und vor Verzweiflung dem Weinen nahe ist.

»Muss er denn wirklich Handschellen tragen?«, fragt Hörður leise.

Vigfús nickt. »Das ist Vorschrift.«

»Ja, ich weiß, aber …« Hörður hat, das muss er zugeben, Mitleid mit diesem Jungen. »Das ist doch kein Geldeintreiber. Nur ein ganz normaler Junge. Er ist doch nicht gefährlich.«

»Sag das mal dem Ermordeten«, knurrt Vigfús.

Hörður wendet sich an den Gefangenen: »Hast du einen Anwalt?«

Gísli Már räuspert sich. »Ja, einen, den mein Vater kennt. Er hat mir frische Sachen, Zahnbürste und so gebracht.«

»Das ist gut«, sagt Hörður. »Er wird sicher sein Bestes tun. Du brauchst dir keine unnötigen Sorgen zu machen.«

Gísli schweigt. Hörður denkt an den Abend im Ölver und wie wenig darüber bekannt ist, was sich dort abgespielt hat.

»Du hast ausgesagt, du hättest im Ölver zwei Glas Cola getrunken. Stimmt das?«

Gísli nickt.

»Wir dürfen keine Zeugen vernehmen«, mahnt Vigfús.

»Ich verhöre ihn nicht«, sagt Hörður. »Ich zitiere nur, was er bei Verhören bereits ausgesagt hat.«

»Ist doch dasselbe«, meint Vigfús. »Wir dürfen uns nicht mit dem Untersuchungshäftling unterhalten. Am allerwenigsten über seinen Fall.«

»Ja, ja.« Damit wendet sich Hörður wieder dem Gefangenen zu. »Wie viel Zeit ist vergangen, nachdem du das erste Glas getrunken hattest, bis du das zweite bestellt hast?«

»Hörður!«, sagt Vigfús mit Nachdruck.

»Jetzt gib mal Ruhe, Mann!«, sagt Hörður.

Gísli Már räuspert sich wieder. »Eine Viertelstunde vielleicht oder etwas mehr. Ich bin nicht sicher.«

Hörður nickt nachdenklich. Seine Freunde trinken Bier, Gísli aber Coke, weil er noch fahren muss. »Bist du zur Theke gegangen, um dir ein neues Glas zu holen?«

Gísli schüttelt den Kopf. »Nein, das war Benni, mein Kumpel. Er ging und holte drei Bier und für mich eine Cola.«

»Verstehe.« Hörður kratzt sich am Kopf. Dieser Benni geht also an die Bar und bestellt vier Getränke, drei Bier und ein Glas Cola. Er wartet, bis der Wirt die Bestellung ausgeführt hat, beobachtet ihn aber nicht dabei, sondern dreht der Theke den Rücken zu, um das Spiel zu sehen. Der Wirt stellt die Gläser auf ein Tablett und kassiert das Geld von Benni, der aber mit den Gedanken beim Spiel ist. Wie alle, auch der Wirt. Alle bis auf zwei dubiose Gestalten an der Theke. Hätte es jemand mitbekommen, wenn sie den Inhalt einer Ampulle oder Spritze in eins der Gläser geleert hätten?

»Du kannst dich an die Ereignisse des Abends nicht mehr erinnern?«, fragt Hörður.

Gísli Már schüttelt den Kopf.

»Hast du gestanden?«

»Nein«, sagt Gísli. »Aber vielleicht sollte ich es einfach tun. Sie sagen, ich hätte es getan. Ich weiß nicht, ob ich die Kraft für noch mehr Verhöre habe. Ich habe nichts zu sagen, ich kann nichts sagen.«

»Du musst stark sein«, sagt Hörður. »Und du darfst auf keinen Fall gestehen. Wie kannst du etwas gestehen, von dem du nicht weißt, ob du es gewesen bist? Das wäre ein falsches Geständnis.«

»Würdest du jetzt bitte endlich aufhören?!«, sagt Vigfús wütend. »Es geht nicht, dass du …« Er bricht ab, weil sein Handy klingelt. »Verdammter Mist!« Er wird langsamer, lenkt mit einer Hand und klopft mit der anderen auf seine Taschen. »Wird man denn nie in Ruhe gelassen?«

»Du wirst doch wohl nicht während des Fahrens telefonieren?«, fragt Hörður grinsend.

»Kümmer dich um deinen eigenen Scheiß!« Vigfús findet sein Handy und wirft einen Blick auf das Display, bevor er das Gespräch annimmt. »Was will der Mistkerl … Ja, hallo?«

Hörður dreht sich zu dem Gefangenen um. »Mir erscheint es nicht ausgeschlossen, dass man dir etwas in die Cola getan hat. Dass dir in dein zweites Glas im Ölver heimlich Buttersäure gekippt wurde. Das könnte deinen Gedächtnisverlust erklären.«

»Buttersäure?«, fragt Gísli.

Hörður nickt.

»Heute? Nicht am Abend?«, fragt Vigfús ins Handy. »Aber … Ja. Na gut. Ja, ich höre wieder von dir. Bis dann.«

»War das dein Verwandter, der dir die Briefmarken abkaufen will?«, fragt Hörður.

»Was?« Vigfús stopft das Handy in die Tasche und konzentriert sich wieder auf den Verkehr. »Ja, genau. Der war's.«

»Aber wer sollte mir Buttersäure verabreichen?«, fragt Gísli Már.

»Was redet er denn da?«, fragt Vigfús.

»Nichts«, sagt Hörður. Er dreht sich zu dem Gefangenen um und gibt ihm ein Zeichen, still zu sein.

»Ich habe dich doch gebeten, nicht mit dem Untersuchungshäftling zu sprechen«, sagt Vigfús gebieterisch. »Für solche Transporte gelten klare Regeln, und an die haben wir uns zu halten.«

»Wir dürfen auch nicht beim Fahren telefonieren«, gibt Hörður sauer zurück. »Außerdem sollen wir im Dienst keine Privatgeschäfte erledigen. Wenn ich zu entscheiden hätte, würden Handys im Dienst ganz verbot…« Er bricht ab, als sein eigenes Handy klingelt.

»Was wolltest du sagen?«, fragt Vigfús und grinst.

»Liebe Güte«, murmelt Hörður, zieht sein Handy aus der Brusttasche seiner Jacke und guckt auf das erleuchtete Display. Da steht eine ihm unbekannte Handynummer.

»Willst du nicht rangehen?«, fragt Vigfús hämisch.

»Nein.« Hörður drückt den Anruf weg und steckt das Handy in die Tasche zurück. »Bestimmt falsch verbunden. Außerdem bin ich im Dienst.«

»Tss«, macht Vigfús. »Versteh mich nicht falsch, aber manchmal nimmst du die Arbeit ein bisschen zu ernst. Manche sind Polizisten und manche Polizeiclowns. Ein Polizist weiß, wann er als Polizist auftreten muss und wann es in Ordnung ist, ein bisschen locker zu sein. Ein Polizeiclown ist *immer* Polizist, er hat einen Spazierstock verschluckt und Recht und Gesetz auf die Stirn tätowiert. Verstehst du, was ich meine?«

Hörður nickt. »Klar. So wie du eben, als du mir verbieten wolltest, mich mit dem Gefangenen zu unterhalten.«

»Nein, du verstehst es nicht«, knurrt Vigfús. »Denen gegenüber, die keine Polizisten sind, treten wir immer als Polizisten auf. Aber unter uns sind wir keine Bullen, sondern einfach Menschen, kapiert? Ein Bulle, der nicht einmal fünf gerade sein lassen kann, ist nicht auszuhalten. Wir sind doch nicht die Leibwächter des Präsidenten. Nein, wir sind einfache Diener des Gesetzes und entsprechend schlecht bezahlt. Ich wünsche mir einfach nur, dass du mir und den anderen Kollegen gegenüber etwas lockerer bist und kein Clown.«

»Keine Sorge, ich bin locker.« Hörður lehnt sich im Sitz zurück, verschränkt die Arme und schaut durch die staubige Windschutzscheibe auf die endlose Straße. Die Herbstsonne wirft einen rötlichen Schimmer über die monotone Landschaft, die zu dieser Zeit am ehesten an Tatooine erinnert, den Heimatplaneten von Luke Skywalker.

Vigfús parkt den Wagen auf dem Hof hinter dem Präsidium, dann führen sie den gefesselten Häftling durch die Hintertür. Gísli Már ist totenbleich und niedergeschlagen. Sie betreten einen Aufzug und Vigfús drückt den Knopf für die zweite Etage. Der Aufzug steht in der Ebene –1.

»Soll er gleich ins Schwimmbad?«, fragt Hörður. Das Vernehmungszimmer der Kriminalpolizei ist ein fensterloser blaugrüner Raum, der von allen Schwimmbad genannt wird.

»Ja«, bestätigt Vigfús. Die Tür schließt sich, und der Aufzug setzt sich in Bewegung.

»Mit Sicherheit warten sie da auf uns.«

Hörður drückt auf 1. Er möchte Engilbert an einem Tag nicht zweimal begegnen. »Wenn es dir nichts ausmacht, möchte ich gern im Netz noch etwas nachgucken. Ich sehe dich, wenn du nach unten kommst.«

»Wie du willst«, sagt Vigfús.

Die Aufzugstür öffnet sich im Erdgeschoss. Im Aussteigen klopft Hörður Gísli Már auf die Schultern.

Im Großraumbüro geht Hörður gleich zur Telefonanlage neben Drucker und Kopierer, drückt die 0 für eine freie Leitung und dann eine dreistellige Nummer.

»Hier 118, was kann ich für Sie tun?«, fragt eine freundliche Frauenstimme.

Hörður klemmt den Hörer zwischen Ohr und Schulter, zieht sein Handy aus der Tasche und öffnet das Verzeichnis für eingegangene Anrufe. Ganz oben steht ein verpasster Anruf.

»Ich wüsste gern, wem folgende Nummer gehört.« Er liest die Nummer vom Display vor.

»Die Nummer ist eingetragen auf Ester Guðmundsdóttir, Birkimelur 10.«

Bíbí? Hörður verspürt ein leichtes Kribbeln im Bauch. Warum hat sie versucht, ihn zu erreichen? Um ihn zu beschimpfen?

»Soll ich mit der Nummer verbinden?«, fragt die Dame von der Auskunft.

»Nein, auf keinen Fall.« Hörður legt auf. Er hätte Bíbí nie zu dieser Verabredung einladen sollen. Man bleibt am besten allein. Liebesaffären machen nur Probleme. So ist es einfach. So kann er von jetzt an zum Beispiel nicht mehr zum Haareschneiden in den Klapparstígur gehen.

Das Allerbeste ist, man unternimmt überhaupt nichts. Davon ist Hörður überzeugt. Man sollte sein Leben nach festen Routinen leben und dabei bleiben. Punkt. Ein glückliches Leben besteht darin, immer wieder dieselben alltäglichen Dinge zu tun und zufrieden in der Schönheit der Wiederholung zu ruhen. Dann kommt das Dasein in einen angenehmen

Rhythmus, wird zu Musik, die man bald auswendig lernt und im Verlauf des Tages mitsummen kann.

Jede Abweichung stört den Rhythmus und bringt das Leben aus dem Gleichgewicht. Die, die Überraschungen lieben und andauernd etwas Neues ausprobieren und erleben wollen, sind auf dem Holzweg, und außerdem handelt es sich meist um entwurzelte und unglückliche Menschen, die ewig auf der Suche nach etwas sind, das sie niemals finden werden, weil sie andauernd davonrennen und suchen, was nie verloren war.

Leb wohl, Bíbí, sagt sich Hörður. Lebt wohl, Frauen! Dieser Bulle braucht niemanden.

Mittags gehen die Kollegen wie immer ins Múlakaffi, wenn sie Tagschicht haben und nichts Außergewöhnliches dazwischenkommt. Die Donnerstage sind gute Tage im Múlakaffi, dann gibt es immer etwas Besonderes zu essen. Diesmal panierte Lammkoteletts, Salzkartoffeln, Rotkohl, grüne Bohnen und zerlassene Butter. Anders als gedacht, hat Hörður Riesenhunger, denn Lammkoteletts mag er besonders gern. Nicht einmal Vigfús' Schmatzen kann ihn nachhaltig stören.

Sie sitzen kaum wieder im Wagen, als das Funkgerät knackt. »Zentrale an Wagen 213, kommen!«

Vigfús antwortet: »Hier Wagen 213, over.«

Hörður schüttelt eine Zigarette aus dem Päckchen und zündet sie an, dann kurbelt er das Seitenfenster halb herunter.

»An der Melaskóli wird eine halb tote Katze gemeldet. Ist wahrscheinlich angefahren worden. Könnt ihr euch die Sache mal ansehen?«

Hörður zieht ein Gesicht und stößt den Rauch durch die Nase aus. Vigfús räuspert sich, ehe er antwortet: »Machen wir, over and out.«

»Wir werden dem armen Vieh wohl den Rest geben müssen«, brummt Hörður.

»Wird sich zeigen«, sagt Vigfús.

»Das ist vielleicht ein Scheißjob«, sagt Hörður. Wenn ihm etwas unangenehm ist, dann ist es, Tieren den Gnadentod geben zu müssen. Das und zu Wohnungen gerufen zu werden, in denen es mit Alkohol und Gewalt drunter und drüber geht, heulende Kinder zu sehen, die in ständiger Angst leben und nie die Unbeschwertheit einer glücklichen Kindheit erleben.

»Kein Tag ist wie der andere«, sagt Vigfús philosophisch und fährt los. »Ich habe das schon so oft gesagt und werde es noch oft sagen. Kein Tag ist wie der andere.«

Hörður verdreht die Augen. »Als hätten wir das noch nie gehabt. Es ist wenigstens die vierte halb tote Katze, seitdem ich in den Dienst eingetreten bin.«

»Das hat nichts zu sagen«, beharrt Vigfús stur.

»Vielleicht«, sagt Hörður um des lieben Friedens willen. Obwohl die Arbeit sicher abwechslungsreich ist, ist sie doch auch mehr oder weniger vorhersagbar. Die Tage sind vielleicht nicht völlig identisch, bleiben aber doch innerhalb gewisser Rahmen und Bahnen, die ebenso zuverlässig sind wie der Sonnenlauf. Frühstück, Verkehrsüberwachung vor Schulen, Geschwindigkeitskontrollen an festgelegten Standorten. Mittagspause im Múlakaffi, dann irgendein alltäglicher Einsatz: verdächtiger Gegenstand gefunden, Autoeinbruch oder überfahrene Katze. Bericht schreiben. Fertig.

Vigfús fährt über die Miklabraut Richtung Weststadt.

Hörður kratzt sich am Kopf. »Findest du es eigentlich nicht komisch, wie oft wir irgendeinen beliebigen Einsatz im selben Augenblick bekommen, in dem wir uns nach der Mittagspause wieder ins Auto setzen?«

»Worauf willst du hinaus?«, fragt Vigfús.

»Auf nichts weiter. Aber so ungefähr jedes dritte Mal, wenn wir vom Múlakaffi wieder in den Wagen steigen, werden wir von der Zentrale gerufen. Ich frage mich, ob der Zentrale wirklich immer gerade um diese Zeit Vorfälle gemeldet werden oder ob die Zentrale bei solchen Bagatelleinsätzen wartet, bis wir aufgegessen haben.«

»Gute Frage«, sagt Vigfús und denkt nach. »Ich denke, es ist das Letztere, sie warten, bis sie uns rufen.«

Hörður nickt. Er ist derselben Meinung. Falls es so sein sollte, bestärkt das seine Ansicht, dass Alltagsroutinen wichtig sind. Dass Polizisten im Dienst in Ruhe ihre Mittagsmahlzeit beenden können und in dieser Gewohnheit Ruhe finden, ist wichtiger, als einen Autoeinbruch sofort oder zwanzig Minuten nach der Meldung aufzunehmen. Kleinere Straftaten dieser Art werden sowieso so gut wie nie aufgeklärt.

Bei Miklatún klingelt Vigfús' Handy. Er flucht leise, guckt aufs Display und fragt: »Was willst du?«

Hörður schüttelt missbilligend den Kopf.

»Jetzt?«, fragt Vigfús. »Kann das nicht warten …? Na gut … Ja, das finde ich.«

»Was war denn?«, fragt Hörður.

»Ach, nur mein Verwandter.« Vigfús blinkt und biegt in die Ausfahrt, die an der Kreuzung von Snorrabraut und Hringbraut endet.

»Wo fährst du hin?«, fragt Hörður. »Wir müssen doch in die Weststadt.«

»Ich muss ihn jetzt treffen«, sagt Vigfús entschuldigend. »Tut mir leid.«

»Machst du Witze?«, fragt Hörður entrüstet. »Du willst deinem Verwandten ein paar *Briefmarken* verkaufen. Kann das nicht warten?«

»Nein«, knurrt Vigfús und biegt nach Norden in die Snorrabraut ein. »Es muss jetzt sein. So ist es nun mal.«

»Wir sind im Einsatz.«

»Die Katze kann warten«, murrt Vigfús verdrießlich.

»Nein, sie ist erst halb tot, noch nicht ganz«, sagt Hörður erzürnt. »Das Tier leidet in diesem Moment.«

»Es dauert nicht lange, verdammt noch mal«, sagt Vigfús wütend. Sein Gesicht ist rot, und seine Stimme zittert. »Was willst du denn machen? Mich anscheißen? Mir die interne Ermittlung auf den Hals hetzen?«

»Beruhige dich, Mann«, sagt Hörður. »Du brauchst kein Drama draus zu machen. Aber du weißt, dass du Mist baust, sonst würdest du dich nicht so aufregen.«

Vigfús schnaubt.

»Außerdem haben wir kein Dezernat für interne Ermittlung, oder?«, fragt Hörður sauer.

»Nein, ich glaube nicht«, sagt Vigfús.

Wir sind wie ein altes Ehepaar, denkt Hörður mit Schaudern. Er weiß sehr wohl, dass die meisten, wenn nicht alle Kollegen bei der Polizei sich so oder ähnlich von Zeit zu Zeit in die Haare geraten, alles andere wäre unnormal. Allerdings hat er den Eindruck, unter den anderen Kollegen herrsche mehr Gleichberechtigung als in seinem Fall. Wahrscheinlich liegt es am Altersunterschied. Vigfús ist sicher noch kein alter Mann, aber er erweckt den Anschein, als könne er es nicht erwarten, in Pension zu gehen. Den Dienst hat er seit Langem satt, und dieser Überdruss macht ihn bitter und unausstehlich im Umgang. Er ist wohl das beste Beispiel für Demotivierung und Frustration im Job, das Interesse ist weg, und mit ihm haben sich Engagement und Freude an der Arbeit aufgelöst.

Vigfús biegt nach rechts in die Hverfisgata ein. Rechts steht das mächtige Polizeipräsidium, aber Vigfús scheint sich alle Mühe zu geben, den weiß und blau gestrichenen Bau zu ignorieren. Jedenfalls vermeidet er es, in seine Richtung zu blicken, wie ein Sünder, der so tut, als sähe er die Kirche nicht.

Hat er irgendwas auf dem Gewissen?

Hörður schaut aus dem Seitenfenster und lässt die Gedanken schweifen. Soll er vielleicht seine Versetzung beantragen, darum bitten, einem anderen Kollegen zugeteilt zu werden? Nein, besser nicht. Vigfús wäre zutiefst verletzt, und das ist es doch nicht wert.

Aber irgendwann wird er sich bei der Kriminalpolizei bewerben. Dann würde er von einem Dezernat zum anderen wechseln und nicht bloß von einem Streifenwagen in einen anderen. Dann bekäme er einen zivilen Dienstwagen zur Verfügung gestellt und neue Kollegen. Außer wenn er allein ermittelte. Nicht alle Kripoleute haben einen Teamkollegen. Einige arbeiten auch allein.

Vigfús wird langsamer und beobachtet die Hausnummern auf der anderen Straßenseite, dann parkt er nahe der Einmündung des Vitastígur halb auf dem Bürgersteig. Er zieht die Handbremse an und öffnet die Tür. »Bin gleich wieder da.«

»Okay«, sagt Hörður. Er hört sich an wie ein junger Bengel, merkt es und ärgert sich so darüber, dass er schreien möchte. Irgendwie hat sich ihr Verhältnis dahin gehend entwickelt. Vigfús ist der stinkige alte Vater und Hörður der Sohn, der ihn permanent enttäuscht, ein ungezogener Junge, der davon träumt, von zu Hause abzuhauen, weil der Alte so unausstehlich ist.

Was für Rollenklischees! Er könnte kotzen.

Vigfús geht hinter den Wagen und öffnet den Kofferraum. Die Sonne steht tief, an einigen Stellen beleuchtet sie Hauswände oder spiegelnde Fenster, an anderen liegen tiefe und lange Schatten.

Hörður zündet sich eine Zigarette an und öffnet das Fenster einen Spalt. Ob die arme Katze noch am Leben ist? Er sieht das arme Vieh vor sich, wie es mit gebrochenen Hinterbeinen im Rinnstein liegt und vor Schmerzen schreit. Drumherum stehen weinende Schulkinder aus der Melaskóli. Ein Junge will die Katze mit einem Stock anstupsen, doch ein Mädchen aus seiner Klasse hält ihn davon ab. Es hockt sich hin und möchte die Katze streicheln, die aber faucht es an. Ein Lehrer taucht auf und treibt die Kinder auf den Schulhof zurück, er wirft einen mitleidigen Blick auf die Katze und fragt sich, wieso die Polizei noch nicht da ist.

Vigfús klappt den Kofferraumdeckel zu. Er hält etwas mit einer Hand, das er unter der Jacke versteckt, wirft Blicke zu beiden Seiten und verschwindet in einer dunklen Toreinfahrt.

Was hat er bei sich? Eine Briefmarkensammlung? Hörður stößt den Rauch aus. Warum versteckt er etwas unter der Jacke? Hörður schaut zum Himmel auf und die Straße hinab. Es regnet jedenfalls nicht, so viel steht fest.

Hörður betrachtet die Toreinfahrt. Wohnt Vigfús' Verwandter im Hinterhaus? Irgendwas an diesem Handel ist nicht koscher. Man könnte meinen, die Briefmarken seien geklaut. Durch den Fensterspalt schnippt er die Asche von der Zigarette.

Er hat diese Briefmarken nie zu sehen bekommen. Ob sie in einem Album stecken? Warum hat Vigfús ihm die Sammlung nicht gezeigt? Hatte er sie schon seit Längerem im Kofferraum liegen? Hörður kann sich nicht erinnern, sie da gesehen zu haben.

Vigfús hat das Wörterbuch in den Kofferraum gelegt; daran kann er sich erinnern. Das Wörterbuch aus den Habseligkeiten des toten Mummi. Das Wörterbuch, von dem Aron Beck behauptet, es gehöre nicht ihm. Warum hat er das überhaupt so betont?

Wieso erinnerte er sich dann an das Wörterbuch?

Hörður zieht an der Zigarette. Das ist alles etwas seltsam. Als er Vigfús fragte, warum er das Wörterbuch behalten wolle, war der verlegen geworden. Und richtig wütend, als er erklärte, Aron das Hypnosebuch zurückgeben zu wollen, als wollte er auf keinen Fall zulassen, das Hörður mit dem Anarchisten sprach. Dann erwähnt Aron aus irgendeinem Grund das Wörterbuch. Und Vigfús steht vollkommen unter Strom, als Hörður ihm das sagt.

Was hat es nur mit diesem verdammten Wörterbuch auf sich?

Hörður steigt aus, wirft die Zigarette weg und geht zum Heck des Wagens. Er öffnet den Kofferraum. Darin ist alles, wie es sein soll, aber kein Wörterbuch. Er kann sich nicht erinnern, dass Vigfús es mit nach Hause genommen hat. Das wäre ihm aufgefallen. Hat er es gerade eben mitgenommen?

Hat er das Wörterbuch unter seiner Jacke versteckt?

Hörður schließt den Kofferraum und geht in die Toreinfahrt, die voller Graffiti ist und nach Katzenpisse stinkt. Sie führt in einen zugemüllten Hinterhof. An einer roten Mauer lehnt ein kaputtes Fahrrad, im welken Gras liegt ein abgefahrener Autoreifen. Ein geplatteter Weg endet hinter einem blauen Hinterhaus an einer eingetieften Kellertür. Sie steht offen. Hörður geht leise die gesprungenen Treppenstufen hinab und bleibt an der Türöffnung stehen. Drinnen ist es fast dunkel. Stimmen und ein Duftgemisch aus Räucherstäbchen und Haschisch dringt heraus.

»Mach voran, ich hab's eilig«, hört Hörður Vigfús sagen. Sein Gesprächspartner antwortet etwas Unverständliches.

Was zum Teufel läuft da?

Hörður wartet nicht länger, tritt durch die Tür in die Kellerwohnung und bleibt auf einem der türkischen Teppiche stehen, die den Boden bedecken. Seine Augen brauchen ein paar Sekunden, um sich an das Halbdunkel zu gewöhnen, und er selbst, um aufzufassen, was er sieht. Das Zimmer ist dunkel gestrichen, vor den Fenstern hängen Hemden, Schleier und Tücher. Auf einem mit vielen Decken bedeckten breiten Sofa hockt, barfuß und langhaarig, ein schlaksiger Hippie um die dreißig mit einem Lederstirnband um den Kopf und in eine Dschellaba gekleidet.

Vigfús dreht Hörður den Rücken zu. Er steht schräg vor dem Hippie und verfolgt, die Hände in die Hüften gestemmt, ungeduldig jede seiner Bewegungen.

Der Hippie beugt sich über einen langen Couchtisch und blättert aus einem dicken Bündel einen Tausendkronenschein nach dem anderen auf den Tisch, langsam, in aller Seelenruhe. Alle möglichen Gegenstände liegen oder stehen auf dem Tisch, darunter eine schöne Wasserpfeife, ein großer Klumpen Haschisch und ein schmutziges Taschenmesser.

Und das Wörterbuch. Aufgeschlagen liegt es neben dem wachsenden Geldstapel auf dem Tisch. Es ist innen ausgehöhlt, die Seiten bilden einen vielleicht einen Zentimeter breiten Rand. In der Höhlung liegt ein zusammengerolltes Plastiktütchen, das etwas Blaues enthält. Blaue Pillen.

Ecstasy, schätzt Hörður.

»Was zum Teufel geht hier vor?«, fragt er mit leiser, dunkler Stimme. Er ist innerlich unsicher und nervös, aber auch so voller gerechtem Zorn, dass er sich fühlt, als könnten ihn nichts und niemand aufhalten.

Vigfús erstarrt, der Hippie aber blickt seelenruhig auf und schaut Hörður fragend an wie ein Schaf, so beduselt und benebelt in der Birne, dass er nicht klar genug denken kann, um erschrocken zu sein, geschweige denn, um zu verstehen, was hier ganz offensichtlich im Gang ist.

»Hörður, was …?« Vigfús wird knallrot und weicht zögernd zur Seite, als sein Kollege mit großen Schritten auf den Tisch zugeht.

Hörður nimmt das Buch und holt die Tüte aus der Höhlung. Es sind Ecstasytabletten darin, wie er vermutet hat, zwischen dreihundert und fünfhundert Stück, schätzt er, blaue mit einem fünfzackigen Stern.

»Was'n los, Mann?«, säuselt der Hippie und sieht Vigfús an.

»Hörður.« Vigfús greift nach dem linken Arm seines Kollegen.

Hörður schüttelt ihn ab, dreht sich ihm zu und schaut ihm direkt in die Augen. »Was denkst du dir eigentlich dabei? Hier den Hehler für gestohlene Ware zu machen? Bist du eigentlich noch zu retten?«

»Was hat dein Kumpel denn?«, fragt der Hippie.

Hörður sieht ihn an, dann stößt er einen Schrei aus und wirft mit solcher Wut den Tisch um, dass die Wasserpfeife gegen die Wand fliegt und zerbricht und Geldscheine durch den Raum wirbeln.

Vigfús tritt ein paar Schritte zurück und hebt ergeben die Arme.

»He!« Der Hippie erhebt sich. »Was machst'n du, Mann?! Du bist hier unerlaubt eingedrungen. Ich zeige dich an.«

»Willst du vielleicht die Polizei rufen, Arschloch?«, brüllt Hörður ihn an. »Ich bin die Polizei, du Schwachkopf. Zeig mich nur an! Mein Name ist Hörður Grímsson.«

Der Hippie zeigt mit dem Finger auf ihn. »Jawohl, ich werde ...«

»Mach's Maul zu, Fribbi!«, sagt Vigfús mit zitternder Stimme.

Hörður schnaubt wie ein Stier, dann stürmt er aus dem Raum und die Stufen hinauf, das Buch in der einen Hand, die Tüte mit den Pillen in der anderen. Er ist schon durch die Toreinfahrt, als er Vigfús hinter sich hört: »Hörður, warte!«

Er tut, als höre er ihn nicht. Er setzt sich ans Steuer des Streifenwagens und knallt die Tür zu. Vigfús kommt ihm nachgelaufen, bleibt vor dem Wagen stehen und schaut Hörður durch das Seitenfenster fragend an. Hörður blickt wütend zurück und macht ihm ein Zeichen, sich zur Beifahrerseite zu begeben. Vigfús gehorcht.

Hörður sitzt stumm auf dem Fahrersitz, das geschlossene Wörterbuch auf dem Schoß.

»Hörður, ich …« Vigfús bricht ab, holt tief Luft und fängt noch einmal von vorne an. »Setz dich mal nicht so aufs hohe Ross, junger Mann! Du solltest besser ruhigere Töne anschlagen. Ich mache diesen Job schließlich schon sehr viel länger als du. Was du eben gesehen hast, ist kein Einzelfall. So läuft das hier. Finde dich einfach damit ab.«

Hörður tippt mit dem Zeigefinger auf das Buch. »Weißt du, was das für Pillen sind?«

»Ob ich das weiß? Klar, das sind E-Pillen. Die sind überall im Umlauf. Ob die Lieferung hier vernichtet wird oder nicht.«

»Es sind die gleichen Tabletten, wie sie Gísli Már am Tag nach dem Mord in seiner Jackentasche gefunden hat«, sagt Hörður. »Blau und mit einem fünfzackigen Stern. Diese Tabletten hier gehören in die Ermittlungen zu dem Mordfall. Sie bringen den Anarchisten Aron Beck in Verbindung mit dem Attentat auf den Abgeordneten Þórólfur Hannesson.«

»Echt?« Vigfús weiß nicht, wie er sich drehen und wenden soll. »Und was willst du jetzt mit ihnen machen?«

»Sie der Kripo übergeben natürlich.«

»Und was wirst du denen sagen?«, fragt Vigfús und wird wieder rot.

Hörður seufzt. »Ich werde vergessen, was ich gerade gesehen habe. Unter einer Bedingung.«

»Und die wäre?«

Hörður blickt seinen Kollegen mit strenger Miene an. »Dass etwas Ähnliches nicht noch einmal vorkommt, solange wir zusammenarbeiten.«

»Abgemacht«, murmelt Vigfús.

»Mir ist scheißegal, was du tust«, sagt Hörður und fährt vom Bordstein. »Aber ich lasse nicht zu, dass du meinen Ruf ruinierst.«

Vigfús schnaubt. »Als ich bei der Polizei angefangen habe, war ich genau wie du, ein Clown, der an Recht und Gesetz glaubte. Aber eines Tages, wenn die Arbeit dein Leben verseucht hat wie Schimmel ein Haus, dann wirst du denken wie ich.«

»Ganz bestimmt«, sagt Hörður kalt.

»Dich erwartet nichts anderes als Enttäuschungen, Gegenwind und Scherereien. Glaub mir, Junge.«

Hörður wendet an der nächsten Kreuzung.

»Wo fährst du hin?«, fragt Vigfús.

»Zum Präsidium, wohin sonst?« Hörður gibt Gas und rast die Hverfisgata entlang.

»Und die Katze?«, fragt Vigfús betreten.

»Frag Schrödinger.« Hörður setzt seine Ray-Ban-Sonnenbrille auf.

»Wen?«

»Vergiss es.« Eine Hand am Steuer, fährt Hörður schneller als hundert und schaut konzentriert auf die Straße. Die Sonne spiegelt sich auf seinen schwarzen Gläsern wie ein glühender Mond in dunkler Nacht.

Auf der zweiten Etage des Polizeipräsidiums tritt Hörður aus dem Aufzug und eilt mit langen Schritten den Flur entlang zum Kriminalkommissariat, Schweißperlen auf der Stirn und das Wörterbuch von Jón Hilmar Jónsson in der Hand. Plötzlich bleibt er stehen, runzelt die Brauen und kratzt sich am Kopf.

Ist er nicht etwas zu eifrig bei der Sache? Er ist in einer wichtigen Angelegenheit unterwegs. Was er der Kripo präsentieren will, ist ein großes Ding. Etwas, das nicht nur Einfluss auf die Ermittlungen im Mordfall haben wird, sondern auch auf seine eigene Karriere bei der Polizei.

Sollte er sich nicht ein bisschen besser vorbereiten? Alle Punkte geklärt haben? Am besten schwarz auf weiß. Und sie damit aufsuchen.

Ja.

Hörður holt tief Luft. Er macht auf dem Absatz kehrt, geht in den Aufzug und drückt auf erste Etage. Sein Herz klopft heftig in der Brust, Schweiß läuft ihm unter den Achseln und den Rücken hinab. Er schließt die Augen, versucht, sich zu entspannen, ruhig zu werden. Nur keine Aufregung.

Logisch denken, professionell vorgehen.

Im Gemeinschaftsbüro setzt sich Hörður an einen freien Computer, knackt mit den Fingergelenken und legt dann ein Blatt Papier und einen Stift zurecht. Er möchte Akten durchsehen und Indizien sammeln und alles notieren, was er findet. Details zusammentragen und daraus ein Gesamtbild erstellen. Er möchte wie ein Kriminalist denken, wie ein Kriminalist arbeiten und den Kriminalisten in der zweiten Etage am Ende gleichwertig entgegentreten. Er möchte etwas Substanzielles zu den Ermittlungen beitragen und sich zugleich selbst als findiger Ermittler empfehlen.

Mit einigen Tatsachen fängt er an. Gísli Már hatte Ecstasypillen bei sich, blau mit einem fünfzackigen Stern. In den Hinterlassenschaften des toten Mummi fanden sich Pillen der gleichen Art. Darin befand sich auch ein Aron Beck gehörendes Buch über Hypnose. Die Ecstasypillen verbinden Aron Beck mit dem Mord an Þórólfur Hannesson. Gísli Már kann sich an die Tat nicht erinnern und scheidet als Täter wahrscheinlich aus, obwohl es als erwiesen gilt, dass er dem Opfer die tödlichen Stiche beigebracht hat. Er kann sich an nichts erinnern, und in seinem Blut fanden sich Spuren von etwas, das Buttersäure sein könnte.

Hörður unterstreicht das Wort *Tatsachen*. Als Nächstes schreibt er das Wort *Hypothesen* hin und setzt einen Doppelpunkt dahinter. Er kaut leicht auf seiner Unterlippe, überlegt und schreibt dann hin, was er denkt:

Hat man Gísli Már K.o.-Tropfen verabreicht? Ist es denkbar, dass er hypnotisiert wurde? Steckt der Anarchist Aron Beck hinter dem Attentat? Wenn ja, wer sind seine Helfershelfer? Warum ein Abgeordneter? War das Zufall? Hat es eine eigene Bedeutung?

Damit lässt Hörður es fürs Erste bewenden. Er schaltet den Computer ein, öffnet den Browser und lädt noch einmal das Interview mit Aron Beck. Er geht es noch einmal Satz für Satz durch und schreibt alles auf, was ihm auffällt.

Er kommt zu dem Abschnitt, in dem sich Aron gegen das System wendet, die »dreiköpfige Hydra, die für Unterdrückung, Ungerechtigkeit und Gewalt steht«.

»Meinst du die drei Gewalten?«, fragt der Journalist.

Das schreibt Hörður auf: dreiköpfige Hydra – drei Gewalten. Welche sind es noch? Sind es nicht die gesetzgebende, die rechtsprechende und die ausführende Gewalt? Er schreibt die drei Begriffe nebeneinander. Unter gesetzgebende Gewalt schreibt er Parlament, da stellen sich ihm die Nackenhaare auf. Er ist auf dem richtigen Weg, das fühlt er.

Was, wenn es sich nicht um eine Einzeltat handelt, sondern um eine Anschlagsserie gegen alle drei Gewalten? Ist dann die Justiz als Nächste an der Reihe? Und was bedeutet das? Dass in den nächsten Tagen ein Richter ermordet werden soll?

»Ich spreche vom großen Feind«, sagt Aron im Interview. »Es ekelt einen an, mit anzusehen, wie das einfache Volk in diesem Land dieses Monster füttert und es gleichzeitig nicht zu sehen scheint. Es ist die Demokratie in Gestalt eines Ungeheuers. Das Parlament hält die Unterdrückung und die ungerechte Verteilung in der Gesellschaft aufrecht, die Gerichte fällen ungerechte Urteile, als wäre es ihnen ein teuflisches Vergnügen, und die Bullen knüppeln jeden nieder, der es wagt, gegen dieses widerwärtige Treiben zu opponieren.«

»Die Dreiteilung der Macht«, flüstert Hörður. Er schließt die Augen und lässt sein Gespräch mit Aron Revue passieren. Er sieht ihn vor sich, auf seinem Bett in der Zelle sitzend. Er richtet seine Aufmerksamkeit auf die Tattoos, auf das Dreieck mit dem Totenkopf. Welche Buchstaben standen da noch mal? L, J und E, richtig? Legislative, Judikative und Exekutive. Was hatte Aron noch auf seine Nachfrage geantwortet? Erst wich er aus, doch dann sagte er: »Know your enemy.« War es nicht so? Doch. Kenne deinen Feind. Den Feind mit großem F. Die dreiköpfige Hydra!

Hörður schnippt mit den Fingern. Das kann kein Zufall sein! Und Aron ist sicher nicht allein. Das ist ausgeschlossen. Er sitzt hinter Schloss und Riegel. Hörðurs Aufmerksamkeit richtet sich auf das Foto, das dem Interview beigefügt ist und das die Gruppe schwarz gekleideter Anarchisten zeigt. Wenn Aron Komplizen hat, dürften sie wahrscheinlich in diesem unappetitlichen Haufen zu suchen sein.

Kaum hat er das Bild betrachtet, als es ihn durchzuckt und er eine Gänsehaut bekommt. Wieso hat er das nicht früher bemerkt? Einer der Anarchisten hat am Hals ein Spinnennetz eintätowiert. Wie einer von den beiden verdächtigen Typen, die er im Ölver gesehen hat. Ihm kommt es so vor, als sei der zweite Mann auch auf dem Bild, aber ganz sicher ist er sich nicht.

Hörður liest die Bildunterschrift. Auf dem Foto, von links nach rechts: Orri, Hákon, Guðmundur Vífill, Aron Beck, Tryggvi Leó, Þorsteinn und Egill Þór.

Er notiert die Namen und druckt das Interview aus, dann geht er auf die Homepage des Gerichts und sucht das Urteil für die Hausbesetzer heraus. Da findet er die Vatersnamen aller Beteiligten. Tryggvi Leó Helgason und Egill Þór Birgisson. Sein Herz klopft wieder schneller, er ist auf einer Spur, auf einer brandheißen Spur! Richter in der Sache war Aðalsteinn Kvaran. Hörður druckt auch das Urteil aus.

Seine Theorie vervollständigt sich. Hörður holt tief Luft, dann schreibt er eine Zusammenfassung dessen, was er weiß und was er vermutet, und führt beides zu einer glaubwürdigen Hypothese zusammen. Dann holt er seine Ausdrucke aus dem Drucker, legt die Blätter ordentlich übereinander und verlässt den Arbeitsplatz mit dem Wörterbuch in der einen und dem Stapel Papier in der anderen Hand.

Die Tür zum Kriminalkommissariat ist wie immer zu. Hörður checkt die Wandtafel und sieht, dass Engilbert drinnen ist. Er klopft, drückt das Kreuz durch und räuspert sich. Engilbert selbst öffnet.

Er sieht den Streifenpolizisten kühl an, und in seinen blutunterlaufenen Augen glimmt etwas auf, das unangenehm an Wut erinnert.

»Hallo!« Hörður möchte ruhig und gefasst erscheinen, obwohl er nervös und eingeschüchtert ist. »Ich hätte da mal etwas, das mit dem Mordfall zu tun hat. Ich denke, es ist dringend, sonst würde ich dich nicht behelligen.«

Engilbert sagt nichts, er tritt zur Seite und bedeutet Hörður, ins Allerheiligste einzutreten. Seine Miene ist steinern, förmlich, unbewegt wie die eines Butlers in einer englischen Fernsehserie.

Hörður zieht beim Eintreten den Kopf ein. »Hier war ich noch nie.«

Er hat gehört, dass die Mitarbeiter der Kripo ihre Abteilung »die Höhle« nennen, weiß aber nicht, woher die Bezeichnung kommt. Der Raum ist lang und breit, aber die Luft ist ziemlich verbraucht, und die Gardinen vor den Fenstern sind zugezogen. Grau melierter Teppichboden und lange Neonröhren an der Decke. Der Raum ist in zwölf Nischen unterteilt, jede ein Arbeitsplatz für einen Beamten. Sieben oder acht von ihnen sitzen vor ihren Computern und arbeiten. Keiner schaut auf.

»Ich werde dem Chef dein Kommen melden.« Engilbert klopft dreimal an eine dunkle Holztür am Ende des Raums. »Er hat bestimmt großes Interesse daran, dich kennenzulernen.«

»Der Chef?«, staunt Hörður. »Sprichst du von …«

»Herein!«, sagt eine dunkle Stimme hinter der Tür. Hörður verstummt fassungslos mitten im Satz.

Engilbert öffnet die Tür und macht Hörður ein Zeichen voranzugehen. Zögernd tritt Hörður ein. Er hat zittrige Knie und einen Knoten im Hals, denn er ist doch überhaupt nicht darauf vorbereitet, dem Mann gegenüberzutreten, den er seit bald zehn Jahren heimlich bewundert. Den Mann, der für ihn der Traum von einem Chef wäre.

Das Büro ist groß, dunkel und kalt und lässt viel mehr an eine Höhle denken als das Großraumbüro davor. An den Wänden stehen dunkle Bücher- und Aktenschränke, und das einzige Licht kommt von einer Lampe mit grünem Schirm auf einem riesigen Massivholzschreibtisch am Ende des Zimmers. Hinter dem Schreibtisch sitzt auf einem Lederstuhl mit hoher Lehne der Steppenwolf persönlich.

»Ich melde Hörður Grímsson von der Schutzpolizei, Dienstnummer 9909«, sagt Engilbert und schubst Hörður leicht vorwärts. Der geht gefasst zum Schreibtisch, vor dem zwei niedrige Ledersessel stehen.

»Genau den wollte ich gerade zu mir bitten«, sagt Axel M. Axelsson und setzt die Lesebrille ab. Er ist breitschultrig und bullig, trägt ein weißes Hemd, schwarze Krawatte und einen dunklen Anzug, am linken Handgelenk eine goldene Uhr. Er ist sonnengebräunt und sieht sportlich aus, sein Haar wird schütter und zeigt hohe Geheimratsecken. Axel ist der erfahrenste Polizist des Landes. Er ist in Großbritannien und den USA ausgebildet worden und hat persönliche Kontakte zu FBI und Interpol.

Er wollte mich zu sich rufen lassen, denkt Hörður. Wozu? Bedeutet das etwas Gutes oder Schlechtes? Irgendwie ist ihm nicht ganz wohl bei der Angelegenheit.

Er tritt an den Schreibtisch, steckt das Wörterbuch unter den linken Arm und streckt die rechte Hand vor. »Hallo!«

Axel sieht ihn an wie einen missratenen Gegenstand und bedeutet ihm dann mit einer Geste, Platz zu nehmen. Hörður zieht schnell die Hand zurück, seine Beine geben nach und er plumpst auf einen Sessel. Engilbert setzt sich auf den zweiten Sessel, lehnt sich bequem zurück und schlägt die Beine übereinander.

Das Schweigen ist unerträglich.

Hörður räuspert sich. »Ja, also, der Grund, weshalb ich gekommen bin – danke auch dafür, dass ich vorgelassen wurde –, ist der, dass ich eine eindeutige Verbindung entdeckt habe zwischen …«

Er verstummt, als Axel eine Hand von der Größe des Wörterbuchs hebt, das auf Hörðurs Schoß liegt.

»Mir wurde eine Beschwerde gemeldet«, sagt Axel M. Axelsson. Dann schaut er dem rothaarigen Riesen schweigend in die Augen.

»Eine Beschwerde?«, wiederholt Hörður verblüfft.

Axel gibt Engilbert ein Zeichen.

Der Kommissar holt Luft. »Du und dein Kollege Vigfús hattet den Auftrag, einen Untersuchungsgefangenen von Litla-Hraun hierher zu holen, richtig?«

»Ja, das …«

»Gísli Már Brynjarsson«, fährt der Kommissar fort, »der wegen des Verdachts, den Althingabgeordneten Þórólfur Hannesson ermordet zu haben, in Untersuchungshaft genommen wurde.«

»Ja, wir …«

»Hast du dich unterwegs mit dem Gefangenen unterhalten?«, fragt Engilbert kühl.

»Ja, kurz.« Hörðurs Stimme klingt vor Nervosität heiser. Er schaut zu Boden, um dem Blick des Chefs der Kriminalpolizei auszuweichen. »Wir haben ein paar Worte gewechselt.«

»Ein paar Worte?«, schnaubt Engilbert. »Du hast dem Gefangenen nicht bloß den Gedanken eingegeben, ihm seien im Ölver K.o.-Tropfen verabreicht worden, du hast ihn auch noch davon *überzeugt*, dass er, der Verdächtige, die Tat gar nicht gestehen *könne*. Stimmt das, was ich sage?«

Hörður schluckt. »Das Erste ist eine höchst glaubwürdige Hypothese, und das zweite ist technisch oder wissenschaftlich korrekt, denn wenn …«

»Ja oder nein?«, schnappt Engilbert.

Hörður nickt. »Es trifft zu, aber …«

»Kennst du nicht die Regeln, die beim Transport von Häftlingen gelten?«, fragt Axel mit dunkler Stimme. »Warst du nicht auf der Polizeischule? Oder hast du die Prüfung nicht bestanden?«

Hörður nickt noch einmal. »Ich kenne sie. Aber das ist ein ganz spezieller Fall, der …«

Axels Faust kracht so laut auf die Tischplatte, dass es wie ein Schuss knallt und die Schreibtischlampe einen Satz macht.

Hörður erstarrt auf seinem Sessel und wagt kaum zu atmen.

»Es kommt dir nicht zu, einzelne Fälle zu beurteilen«, herrscht Axel ihn an. »Und es steht dir schon gar nicht zu … *to interfere* …«, er sieht Engilbert an. »Dich einzulassen«, übersetzt der Kommissar. »Dich mit Gefangenen oder Zeugen einzulassen oder dich in die Ermittlungen einzumischen. Ist das klar, Schutzpolizist Nummer 9909?«

»Ja«, sagt Hörður kleinlaut.

»Wir stehen bei diesem Fall unter ungeheurem Druck«, sagt Axel. »Vonseiten der Presse und vonseiten der

Öffentlichkeit, vom Parlament und vom Polizeipräsidenten. Ein Parlamentsabgeordneter wurde auf offener Straße ermordet. Das ist ohne Beispiel. Es reicht nicht, dass wir jemanden verhaftet haben, wir brauchen ein Geständnis, am besten gestern.«

Hörður nickt.

Axel holt tief Luft. »Du erhältst eine Abmahnung. Welche Konsequenzen das für dich hat, steht zur Stunde noch nicht fest. Zeitweilige Suspendierung ist nicht ausgeschlossen.«

Hörður wird ganz anders. Er fühlt sich, als wäre er in einem kafkaesken Albtraum eingeschlossen. Er kann nicht glauben, was hier passiert.

»Warst du dir des Ernstes der Lage bewusst?«, fragt der Steppenwolf.

»Vollkommen«, antwortet Hörður mit gebrochener Stimme.

»Das war dann alles, für den Augenblick«, sagt Axel M. Axelsson. »Du verrichtest bis auf Weiteres Dienst, bis du von der Polizeidirektion vorgeladen wirst. Du kannst gehen.«

Axel setzt seine Lesebrille wieder auf und richtet seine Aufmerksamkeit auf den Bericht, der vor ihm auf dem Schreibtisch liegt.

Engilbert erhebt sich, doch Hörður bleibt sitzen. Der Kommissar stößt ihn an, doch Hörður rührt sich nicht. Er betrachtet seine Hände, die das Wörterbuch und seine Papiere halten.

Jetzt oder nie.

Der Kripochef schaut über den Rand seiner Lesebrille und mustert den Polizisten. »Du bist noch hier?«

Hörður räuspert sich. Hat er noch irgendwas zu verlieren? Er ist sich nicht sicher. »Gísli Már ist im Ölver flüssige Buttersäure verabreicht worden. Dann wurde er von zwei Männern von dort entführt. Ihre Namen sind Tryggvi Leó und Egill Þór. Sie haben Gísli Már an einen abgelegenen Ort gebracht. Dort hat man ihn hypnotisiert und ihm klare Anweisungen eingeflüstert. Dann wurde er in der Innenstadt abgesetzt, wo er den ihm erteilten Befehl ausgeführt hat, nämlich, einen Abgeordneten umzubringen. Hinter allem steckt Aron Beck, der in Litla-Hraun einsitzt. Ob Gísli Már die Tat gesteht, ist in diesem Zusammenhang von untergeordneter Bedeutung, was man auch von meinen Ausführungen halten mag.«

»Was redest du denn da?«, fragt Engilbert erregt.

Axel blickt Hörður scharf an. »Hast du dafür irgendetwas in der Hand?«

Hörður legt das Wörterbuch auf den Schreibtisch und klappt es auf. Die Tüte mit den Ecstasypillen kommt zum Vorschein.

»Ist das die gleiche Sorte, die Gísli Már bei sich hatte?«

Engilbert nimmt das Tütchen und betrachtet den Inhalt. »Woher hast du das?«

»Vigfús und ich wurden Dienstag zu einem Einsatz gerufen. In einem Möbellager auf Grandi haben wir einen Totenschädel gefunden. Der Schädel ist alt und unwichtig. Die Dinge in dem Lager gehörten Mummi litli. Unter ihnen fanden wir neben anderen Büchern auch dieses Wörterbuch. Außerdem ein Lehrbuch für Hypnose, das den Namen von Aron Beck als Eigentümer trug.«

»Ihr findet am Dienstag E-Pillen und kommt damit erst jetzt?«, fragt Engilbert.

Hörður sieht Axel an. »Wir haben das Wörterbuch erst jetzt geöffnet. Darf ich fortfahren?«

Axel nickt.

»Das Ecstasy bringt Aron Beck in Verbindung mit dem Mord an Þórólfur«, sagt Hörður. »Er muss ihn in irgendeiner Art von psychotischem Zustand ausgeführt haben. Das ist die einzig logische Erklärung. Warum hätte Gísli Már den Abgeordneten umbringen sollen? Er hat sich bisher nichts zuschulden kommen lassen, und er hat auch kein Motiv. Wir sollen glauben, dass er unter Drogen stand. Und wir sollen ebenso glauben, dass die Spuren in seinem Blut von Ecstasy stammen, obwohl ihm in Wahrheit Buttersäure eingeflößt wurde.«

Engilbert schüttelt den Kopf. »Es können alle mit Vermutungen aufwarten, wir aber brauchen Beweise.«

»Du hast vorhin Namen genannt«, sagt Axel. »Woher hast du die?«

»Ich war an dem Abend im Ölver«, sagt Hörður.

»Ach«, macht Axel und sieht Engilbert an. »Hast du das gewusst?«

Der Kommissar nickt zustimmend.

»Da habe ich diese beiden Männer gesehen.« Hörður legt das Gruppenfoto auf den Tisch. Er zeigt auf Tryggvi Leó und auf Egill Þór Birgisson. »Bei Tryggvi bin ich mir hundert Prozent sicher, bei dem anderen ziemlich sicher.«

»Lass nach ihnen fahnden«, weist Axel Engilbert an. »Wir müssen die beiden vernehmen.«

»Selbstverständlich«, sagt der Kommissar mit säuerlicher Miene.

Hörður bekommt Oberwasser. »In diesem Interview spricht Aron Beck von einem großen Feind, einer dreiköpfigen Hydra, und damit meint er sicher die drei Gewalten Legislative, Judikative und Exekutive. Das sitzt fest in seinem Gehirn.«

»Du behauptest, er stecke hinter dem Ganzen«, sagt Axel. »Ich begreife aber nicht, wie das sein kann.«

»Da sind wir schon zwei«, murmelt Engilbert.

»Es hört sich natürlich nach einer Verschwörungstheorie an«, gibt Hörður entschuldigend zu. »Ich glaube allerdings nicht nur, dass Aron der Kopf hinter dem Attentat auf den Abgeordneten ist, sondern dass er einen noch umfassenderen Plan verfolgt, dass er noch weitere Morde plant. Noch zwei, um genau zu sein.«

»Moment!« Axel hebt die Hand. »Sag mir erst, wie er das Attentat auf Þórólfur ausgeführt haben soll.«

»Er hat es geplant«, sagt Hörður. »Er hat Hypnose studiert und muss seinen Komplizen die Technik beigebracht haben. Sie verpassen einem Unschuldigen Buttersäure und bringen ihn an einen abgelegenen Ort, wie ich schon gesagt habe. Die Buttersäure macht aus Menschen willenlose Werkzeuge. Ein solches war auch Gísli Már, nachdem er die mit Buttersäure versetzte Cola getrunken hatte. Dann hypnotisieren sie ihn und setzen ihn am Parlament ab.«

Axel überlegt.

»Ich weiß nicht«, wendet Engilbert ein. »Buttersäure macht Menschen willenlos, aber auch träge. Jemand mit Buttersäure im Leib hat weder die Kraft noch die Konzentration, eine solche Tat auszuführen.«

»Nehmen wir einmal an, es stimmt«, sagt Axel. »Warum glaubst du, dass noch weitere Morde folgen werden?«

»Ich nehme an, es sollen drei werden«, sagt Hörður. »Ich gehe davon aus, dass Aron die dreiköpfige Hydra attackieren und so überall Chaos und Angst auslösen will – Anarchie. Der Abgeordnete war ein Vertreter der gesetzgebenden Gewalt. Als Nächstes kommt die rechtsprechende und als Letztes die ausführende Gewalt an die Reihe.«

»Als Nächstes wird also ein Richter umgebracht?«, fragt Axel mit verwirrtem Gesicht. »Wann denn, wenn ich fragen darf?«

»Wann, weiß ich nicht, ich fürchte aber, bald«, antwortet Hörður. »Und ja, ich vermute, das nächste Opfer wird ein Richter sein.«

Axel lacht freudlos auf. »Gesetzt den Fall, das alles sei richtig. Was können wir tun? Das Gerichtsgebäude bewachen, ja. Aber alle Richter im Bereich der Hauptstadt? Allein im Amtsgericht haben wir achtunddreißig. Nein, es sind jetzt dreiundvierzig.

Und im Obersten Gericht sitzen noch einmal elf. Dafür haben wir nicht genug Personal, nicht einmal für vierundzwanzig Stunden.«

»Ich weiß«, sagt Hörður. »Aber wenn ich etwas zu entscheiden hätte, würde ich alles auf einen Namen setzen.« Er blättert in seinen Unterlagen, findet das ausgedruckte Urteil und den Namen, nach dem er gesucht hat. »Amtsrichter Aðalsteinn Kvaran.«

»Warum er?«, fragt Axel.

»Aðalsteinn hat Aron zu seiner Gefängnisstrafe verurteilt«, antwortet Hörður. »Damit ist nicht sicher, dass er ins Visier genommen wird, aber die Wahrscheinlichkeit ist groß. Aron hat ihn sicher im Gedächtnis.«

Axel richtet sich an Engilbert, der offensichtlich voller Zweifel ist. »Was sagst du zu alldem?«

»Das sind alles Vermutungen, nichts als Vermutungen. Ich bezweifle, dass an dieser Hypothese etwas dran ist. Dazu ist sie zu sehr an den Haaren herbeigezogen. Und wie ich gesagt habe, ein Mann mit Buttersäure im Leib ist außer Gefecht gesetzt.«

»Vielleicht verwenden sie nur eine schwache Dosis oder eine neue Variante von Buttersäure«, wirft Hörður ein. »Das Einzige, dessen ich mir sicher bin, ist, dass man Gísli etwas gegeben hat.«

»Du findest und verhörst diese beiden Männer«, befiehlt Axel Engilbert. »Die Burschen, die im Ölver waren. Sie sollen erklären, wann sie wo gewesen sind. Es liegt noch vieles im Dunkeln in diesem Fall.«

»Sicher«, murmelt Engilbert.

»Gísli Már ist schuldig, aber es fehlt ein Motiv, wie er sagt. Das mit der Buttersäure klingt überzeugend und auch wieder nicht. Was ich von der Hypnose halten soll, weiß ich nicht. Aber wir können die Möglichkeit nicht ausschließen, dass der Junge nicht wusste, was er tat. Irgendwas stinkt an diesem Fall.«

»Das finde ich auch«, stimmt ihm Hörður zu.

»Was die Richter angeht, bin ich mir unsicher.« Axel atmet vernehmlich. »Ich trage es auf alle Fälle dem Polizeipräsidenten vor. Dann sehen wir, was wir tun können. Aber eins muss sonnenklar sein.« Er sieht Hörður direkt an. »Kein Wort von dem, was hier besprochen wurde, gelangt außerhalb der Wände dieses Gebäudes. Nicht ein einziges verdammtes Wort! Ist das klar?!«

Hörður liegt in seiner Kellerhöhle auf dem Bett und liest. Nach der Schicht fuhr er in die Schwimmhalle und legte sich für bald zwei Stunden in einen Hot Pot, um die Anspannung aus dem Körper zu bekommen. Das hatte er auch nötig. Der Tag ist eine halbe Achterbahn gewesen. Doch obwohl er zurechtgewiesen wurde und möglicherweise eine Abmahnung am Hals hat, ist er mit sich keineswegs unzufrieden. Die Begegnung mit Axel hat schlecht begonnen, aber dann ist es ihm gelungen, die Initiative zu ergreifen und seine Überlegungen vorzutragen. Und man hat ihm zugehört, in gewissem Umfang jedenfalls.

Er greift nach seinem Kaffeebecher auf dem Stapel CDs auf der Kommode und nimmt einen Schluck von dem heißen, starken Mokka. Anstatt in der Vitabar zu essen, hat er sich aus einem Thai-Restaurant am Laugavegur Essen mit nach Hause genommen. Er hatte zwar Hunger auf einen Hamburger, doch weil er an diesem Abend nicht trinken wollte, fand er es sicherer, die Bar zu meiden. Außerdem ist das Thai-Essen sicher nahrhafter als das fette Zeug in der Vitabar.

Es rauscht in den Wasserleitungen im Bad, und die Seiten rascheln, wenn er umblättert. Er liest *Schlachthof 5* von Kurt Vonnegut, eins seiner Lieblingsbücher neben *Herz der Finsternis* von Conrad, *Pan* von Hamsun und *Der Fremde* von Camus. Die hat er alle mehr als einmal gelesen und öfter als zweimal, und von Mal zu Mal gefallen sie ihm besser, als würde er bei jedem Lesen tiefer in die Texte und ihre Gedankenwelt eindringen.

Schlachthof 5 ist keine Ausnahme. Es handelt von einem amerikanischen Soldaten namens Billy Pilgrim, der Kriegsgefangener der Deutschen ist, als die Alliierten gegen Ende des Zweiten Weltkriegs Dresden bombardieren. Die Stadt, die militärisch nicht wichtig war, wurde in ein loderndes Inferno verwandelt, das Gebäude und Menschen vernichtete. Die Kriegsgefangenen aber überlebten, weil sie im Betonblock eines ehemaligen Schlachthofs eingesperrt waren. Was das Buch tiefer und unterhaltsamer macht, ist der Umstand, dass Billy lange nach dem Krieg von Außerirdischen entführt und mit zu ihrem Heimatplaneten genommen wird. Nach dieser Erfahrung springt Billy zwischen den Abschnitten seines Lebens hin und her, wie man im Fernsehen die Sender wechselt. So wechselt er aus dem Zweiten Weltkrieg in seine Ehe nach dem Krieg oder zum Planeten Tralfamadore, auf dem er gefangen gehalten wurde. Das Buch ist wie Billys Leben: Es ist keine lineare Erzählung, die konsequent fortschreitet, sondern eine scheinbar willkürliche Anhäufung von guten wie schlechten Erinnerungen, die zusammen ein Bild ergeben, das eher objektiven Erlebnissen als einem gelebten Leben ähnelt. Objektiv sind die Erinnerungen, weil Billy alles zuvor erlebt hat, er weiß im Voraus, wie die Ereignisse enden werden, und das distanziert ihn von ihrem emotionalen Kern. Er ist ohne Spannung, ohne Furcht oder Verlockung und hat sich von seinem eigenen Leben entfernt, das jenseits von Ort und Zeit abläuft. Es ist nicht an Geburt und Tod, Anfang und Ende gebunden, sondern besteht seinem Charakter nach aus unvorhersehbaren Wiederholungen.

Billy Pilgrim ist ein ganz normaler Mensch, weder übermäßig intelligent noch irgendeine Art von Held, und das macht die Geschichte witzig, realistisch und interessant; der Leser kann sich leicht mit dem Protagonisten identifizieren. Die Zeitsprünge verleihen dem Buch Tiefe und eine Art höherer Bedeutung. Nach Ansicht von Hörður Grímsson enthält es die Schlüssel zu einigen der größten Geheimnisse des Weltalls, Antworten auf die Fragen nach Leben auf anderen Planeten, einem Leben nach dem Tod, nach der Seele, der Zeit und der Ewigkeit.

Hörður schlürft den Kaffee, seufzt vor Wohlbehagen und versenkt sich noch tiefer in den Text des Meisters Vonnegut. Die Worte werden zu Bildern, Tönen, Suggestionen, er ist hingerissen von den Zauberkünsten des Autors und schwebt in zeitloser Glückseligkeit, als das Telefon klingelt und der Zauber wie ein Fingerschnippen zerstiebt.

»Wer, zum Donnerwetter?« Er steckt ein Lesezeichen ein, legt das Buch beiseite und setzt sich auf.

Wer ruft da an? Er wird nie angerufen. Er weiß eigentlich gar nicht, wozu er ein Handy besitzt.

Es liegt auf dem Boden, verbunden mit dem Ladegerät, das an eine Steckdose irgendwo unter dem Bett angeschlossen ist.

Hörður schaut aufs Display. Es ist Bíbí. Schon wieder. Was will sie eigentlich von ihm? Er will erst rangehen, bekommt dann aber einen Knoten im Bauch und lässt es. Nein, er hat ihr nichts zu sagen.

Er stellt das Klingeln leise, legt das Handy auf den Boden zurück und macht es sich wieder auf dem Bett bequem. Er schlägt sein Buch auf, findet die Stelle, an der er war, und liest weiter. Doch seine Konzentration ist dahin, der Text stockt und will nicht wieder zum Leben erwachen. In seinem Kopf summen willkürliche Gedanken durcheinander wie in einem Bienenstock, und sein Körper spielt verrückt: Halsschmerzen, Kribbeln in den Füßen, juckende Kopfhaut, und dann muss er ganz plötzlich aufs Klo.

»Diese dämliche Störung!« Er springt aus dem Bett, knackt mit den Halswirbeln und geht ins Bad. Er hat kaum gepinkelt, da klopft jemand an die Wohnungstür.

An einem Ecktisch in der Kaffibar sitzen drei Freundinnen und trinken Bacardi Breezer. Sie heißen Edda, Jóna und Sólrún und sind vierundzwanzig Jahre alt. Seit dem ersten Jahr in der Handelsschule sind sie dicke Freundinnen und treffen sich jeden Donnerstag nach der Arbeit, nehmen zwei oder drei Drinks, reden zusammen und tanzen. Edda studiert BWL an der Universität Islands, Jóna und Sólrún arbeiten, Jóna verkauft in einem Modegeschäft im Einkaufszentrum Smáralind, Sólrún ist stellvertretende Geschäftsführerin in einem Schuhgeschäft in der Kringla-Mall.

Es sind noch nicht viele Gäste in der Kaffibar, meist Stammkunden. Nach neun wird es allmählich voller, und die letzten anderthalb Stunden ist der Laden brechend voll. Werktags schließt er um ein Uhr in der Nacht.

»Aber ihr kennt euch nicht gut, oder?«, fragt Edda gerade.

»Nein, nicht wirklich«, sagt Sólrún. Sie ist schlank und blond, trägt schwarze Stiefel mit hohen Absätzen, Strumpfhose, schwarzen Lederrock und eine rote Bluse. Ihr schwarzer Wollmantel hängt zusammen mit ihrer Handtasche über der Stuhllehne. »Wir sind uns schon oft begegnet, auf Weihnachtsfeiern und Beerdigungen und so. Im Sommer kam er auch zum fünfzigsten Geburtstag meines Vaters, aber da habe ich kein Wort mit ihm geredet.«

Sie sprechen über einen Verwandten, der wegen Mordverdachts in U-Haft sitzt.

»Wie seid ihr überhaupt miteinander verwandt?«, fragt Jóna.

»Ach, ich weiß es gar nicht so genau«, sagt Sólrún. »Oder doch, ich glaube, seine Mutter ist die Schwester meines Großvaters.«

»Von dem Pastor?«, fragt Edda vorsichtig nach, denn der Großvater ist ein verurteilter Sexualstraftäter.

Sólrún nickt. »Als Kinder haben wir uns gekannt. Einmal ist er vom Fahrrad gefallen und hatte eine Gehirnerschütterung und eine Platzwunde auf der Stirn. Er hat geblutet wie ein Schwein.«

»Autsch«, sagt Jóna und zieht die Luft ein. »Manche scheinen vom Pech verfolgt zu sein. Ich meine, denen passiert eine Katastrophe nach der anderen.«

»Echt wahr«, sagt Edda.

»Vielleicht hat er einen Dachschaden zurückbehalten«, schlägt Jóna vor. »Ich meine, so ein Schlag auf den Kopf kann Folgen haben. Vielleicht …« Sie bricht ab, als Sólrún ihr einen bösen Blick zuwirft.

»Unser Gísli ist völlig okay«, sagt sie. »Ich meine, er ist nicht wie mein Opa. Ich war total überrascht, als ich gehört habe, dass man ihn verhaftet hat. Ich kann auch nicht glauben, dass er es gewesen sein soll. Es muss sich um ein Versehen handeln.«

Ihre Freundinnen nicken, sehen aber nicht sehr überzeugt aus.

Der DJ scratcht gerade heftig mit den Platten. Um diese Zeit ist Daft Punk angesagt. Jeder Tisch ist besetzt, und einige Leute sind auf der Tanzfläche.

»Wollen wir tanzen?«, fragt Edda.

»Ja!«, sagt Jóna.

»Von mir aus«, sagt Sólrún und grinst. »Dazu sind wir doch hergekommen, oder?«

Sie stehen auf, lassen Mäntel und Taschen auf den Stühlen zurück, nehmen aber die Flaschen mit. Sie suchen sich einen Platz zwischen einem rechteckigen Pfeiler und der Kabine für den DJ, stellen sich im Dreieck auf und zappeln los. Ihren Tisch haben sie im Blick. Ab und zu werfen sie ein Auge darauf.

Um den Pfeiler läuft in Brusthöhe ein Bord, und darauf stehen drei halb leere Biergläser. Edda nimmt einen Schluck aus ihrer Flasche und stellt sie dann auf dem Bord ab. Jóna und

Sólrún tun das Gleiche. Sobald sie die Flaschen los sind, tanzt es sich leichter. Sie schlenkern mit den Armen, drehen sich im Kreis und lachen laut. Der Alltagsstress ist vergessen, ihre Eltern, ihre Partner und alle weltlichen Sorgen auch.

Sie haben einen Riesenspaß, überlassen sich ganz der dröhnenden Musik und vergessen sich selbst beim Tanzen. So bekommen sie auch nicht mit, wie zwei schwarz gekleidete Männer kleine Spritzen mit einer durchsichtigen Flüssigkeit hervorzaubern und sie in ihre Flaschen entleeren, aber das passiert auch in der Zeit eines Wimpernschlags.

Der Boden schwingt, Lichter zucken, Bässe dröhnen. Sie tanzen im selben Rhythmus, sehen sich in die Augen, lachen und genießen ihr Leben in vollen Zügen. Zwischendurch trinken sie ihre Flaschen leer. Die Kohlensäure kitzelt im Hals, der Geschmack bringt sie zum Lächeln, und der Alkohol geht schnell ins Blut über. Die Buttersäure auch.

Es klopft jemand.

Was ist denn los? Hörður stellt das Urinieren ein, wäscht sich blitzschnell die Hände, eilt zur Tür und reißt sie so heftig auf, dass die Person, die davorsteht, zusammenfährt.

Es ist Bíbí.

»Oh!« Sie fasst sich ans Herz und weicht einen Schritt zurück.

Hörður ist so überrascht, dass er zunächst keine Worte findet. Er starrt Bíbí an, als sei sie ein Geist.

»Wie hast du mich gefunden?«, fragt er dann.

»Du stehst im Telefonbuch«, sagt sie. Ein Fehler, denkt Hörður.

»Und wie bist du ins Haus gekommen?«

»Sorry, aber ein Nachbar hat mich eingelassen. Ich habe versucht, dich telefonisch zu erreichen, und ich habe auch geklingelt, aber du hast nicht reagiert.«

»Ist kaputt«, murmelt Hörður. Das Licht im Treppenhaus erlischt, und Bíbí wird von der Dunkelheit verschluckt.

»Darf ich vielleicht reinkommen?«, fragt sie. »Ich bleibe nicht lange. Ich möchte nur kurz mit dir reden.«

»Na gut.« Hörður lässt sie in das schmale Zimmer ein und schließt die Tür. »Aber eigentlich bin ich beschäftigt.«

Bíbí blickt sich um, und was sie sieht, gefällt ihr nicht. »Wohnst du wirklich in … dem hier?«

Hörður wird vor Scham und Verärgerung rot. Ihre Worte verletzen ihn, machen ihm aber auch seine Wohnsituation und Unordnung bewusst. Die Wohnung ist winzig und riecht nach Zigaretten, Müll, Schweiß und Kaffee. Es stehen volle Mülltüten herum; seit er eingezogen ist, hat er weder aufgeräumt noch geputzt, schmutzige Wäsche liegt im Zimmer verstreut, auf dem Fußboden und an den Wänden gibt es Kaffeeflecken.

»Das ist mein Zuhause«, murmelt er mürrisch und beleidigt. »Ist vielleicht nicht das feinste der Stadt, aber für mich ist es gut genug.«

»Entschuldige, ich wollte dich nicht verletzen, wirklich nicht«, sagt Bíbí. Sie schaut sich nach einer Sitzgelegenheit um, sieht aber nichts anderes als das Bett. »Ich hab's nicht böse gemeint. Aber diese … Wohnung ist nun echt an der Grenze dessen, was man noch eine menschliche Behausung nennen kann.«

»Wie ich gesagt habe«, erklärt Hörður eingeschnappt, »für mich ist sie gut genug. Bist du gekommen, um über mein Leben herzuziehen, oder war sonst noch was?«

»Du glaubst bestimmt, ich sei ein schrecklicher Mensch, aber das ist nicht so.« Bíbí möchte vor Nervosität alles anfassen. Sie nimmt die Espressokanne von der Platte, dreht sie in der Hand und stellt sie wieder ab.

Hörður guckt ängstlich die Kanne an, die nicht wieder exakt an derselben Stelle steht wie vorher. Er will sich zurückhalten, streckt die Hand dann aber doch vor und verschiebt die Kanne um anderthalb Zentimeter.

Bíbí registriert es.

»Wozu bist du gekommen?«, fragt Hörður unruhig. Er fühlt sich, als sei ein Tyrannosaurus bei ihm eingebrochen. In dem Kellerloch ist außer für ihn für keinen weiteren Menschen Platz. Es fühlt sich an, als würde diese kleine, süße, wohlriechende Friseurin den ganzen Raum ausfüllen und sprengen. Sie ist überall, vor allem so nah bei ihm, so nah bei allem, was er besitzt.

»Du hast mich gestern sitzen lassen«, sagt sie. »Nicht nur einmal, sondern gleich zweimal. Ich verstehe, dass du mit deinem Kollegen etwas zu besprechen hattest, aber wir waren miteinander verabredet, und ich saß eine ganze Weile allein am Tisch. Dann bist du noch einmal zu ihm gegangen und hast dir etwas zu trinken bestellt. Ich habe draußen in der Kälte gewartet und dich durchs Fenster beobachtet. Du hattest mich offensichtlich vergessen, und deshalb bin ich gegangen.«

»Ich weiß«, sagt Hörður betreten. »Das hätte so nicht passieren dürfen, aber ich war beruflich gerade in einer schwierigen Situation.«

»Solange deine Aufmerksamkeit bei mir war, war das ein nettes Treffen«, sagt Bíbí. »Ich habe mich wirklich gern mit dir unterhalten. Du bist nicht wie alle anderen. Ich hätte dich gern wiedergesehen. Darum war ich so enttäuscht, als du dich so komplett ausgeklinkt hast. Du hattest mich vollkommen vergessen.«

Hörður nickt. »So sind Polizisten. Manchmal vergessen sie alles andere. Das ist einfach so.«

»Aber besteht das Leben aus nichts anderem als der Arbeit? Hast du keine anderen Interessen? Möchtest du dein Leben nicht mit einem Menschen teilen? Ein Heim gründen, vielleicht Kinder haben?«

Hörður kratzt sich mit sturer Miene am Kopf. »Nicht unbedingt. Mir gefällt mein Leben so, wie es ist. Mir fehlt nichts.«

»Aber warum hast du dich dann mit mir verabredet?«, fragt Bíbí. »Du warst so verlegen, als du noch mal ins Geschäft gekommen bist, um mich einzuladen. Das war so nett, richtig süß. Es war dir anzusehen, dass es dir etwas bedeutete. Darum habe ich Ja gesagt.«

»Vielleicht aus Mitleid?«

»Wofür sollte ich dich bemitleiden?«, fragt sie zurück.

»Keine Ahnung«, brummt Hörður. »Sind nicht alle Frauen auf der Suche nach irgendeiner armen Socke, die sie retten wollen?«

»Ich nicht«, sagt Bíbí.

»Aha, dann eben nicht«, sagt Hörður und öffnet die Tür ins Dunkel. »Und ich suche überhaupt niemanden. Mach's gut.«

Bíbí zuckt zusammen, als hätte er sie mit kaltem Wasser übergossen.

»Ich glaube, dass du ein guter Kerl bist, Hörður Grímsson. Aber ich glaube auch, du gestehst dir das Gute nicht zu, das du verdienst.«

Damit verlässt sie den Kellerraum und verschwindet im Dunkel.

Hörður schließt die Tür und lehnt sich dagegen. Es tut ihm schon leid, sich so verhalten zu haben, aber er konnte nicht anders. Es war ihm wirklich zu viel, sie in seiner Wohnung zu haben. Ihre Abwesenheit jetzt ist aber noch zehnmal schlimmer. Die Stille ist tiefer, die Einsamkeit nagt an ihm, und die Wohnung wirkt nur noch halb so groß wie vorher.

Am liebsten würde er schreien.

Auf der Tanzfläche herrscht dichtes Gedränge, es ist heiß, und Schweiß hängt in der Luft. Die Bässe dröhnen, der Boden bebt unter den Füßen der Anwesenden, und die Augen werden von

Lichtblitzen geblendet. Die Stimmung ist wie immer gut, doch Edda, Jóna und Sólrún sind aus dem Takt gekommen und tappen umher wie Schlafwandler auf der Suche nach ihrem Bett. Mit starrem Blick greifen sie um sich, ihr Mund steht offen, ihre Augen sind dunkle Höhlen.

Jemand ergreift Sólrúns Hand und sagt ihr laut ins Ohr: »Komm! Du gehst jetzt mit mir! Wir müssen hier raus.«

»Aber ...« Sie will nicht gehen, doch dieser Mann scheint Macht über sie zu haben.

»Geh nicht!«, ruft Edda. Sie hält sich an Jóna fest und will nach Sólrún greifen, bekommt sie aber nicht zu fassen. Ein Mann in Schwarz führt sie von der Tanzfläche, sie verschwinden in der Geräuschkulisse, im Licht, in der Trunkenheit.

»Ihr werdet hier warten«, befiehlt der Schwarzgekleidete. Er hält sie fest und spricht zu beiden. »Ihr werdet nirgendwo hingehen. Nicht so bald.«

»Nein«, sagt Edda, nickt aber dazu. Sie möchte nicht länger bleiben, weiß aber nicht, wie sie nach draußen kommen soll. Sie hält sich an Jóna fest, und beide stehen still in einer Menge undeutlicher Gesichter und Leiber, die vor ihren Augen wimmeln wie ein Haufen Würmer.

Die schwarz gekleideten Männer sind verschwunden. Sólrún ebenfalls. Sie entschwebte in die Dunkelheit. Edda und Jóna stecken fest in einem heißen Nebel, der in Kreisen wallt und ihnen die Sicht nimmt.

Schwarzes Auto

Die Bjarkargata gehörte schon immer zu den gefragtesten Adressen der Stadt. Dort zu wohnen, gilt als etwas Besonderes, denn die Lage ist einzigartig. Und da die Straße zudem kurz ist, sie ist eine der kürzesten überhaupt, ist das Privileg derer, die dort wohnen, noch größer. Die Straße liegt zwischen Hringbraut und Skothúsvegur mit stattlichen Häusern zur einen Seite und einem kleinen Hain im Westteil des Orchesterpavillonparks zur anderen. Die Häuser sehen sehr einheitlich aus, denn sie wurden alle zur gleichen Zeit erbaut, vor etwa sechzig Jahren. Zwei Stockwerke, Keller und Dachgeschoss. Steile Dächer, Steintreppen führen zur Haustür hinauf, am Ende einer langen Einfahrt steht eine Garage. Große Fenster, manche bogenförmig, die Häuser stehen nahe an der Straße, auf der Rückseite jeweils ein kleiner Garten.

Es ist ein Uhr nachts, nur noch wenige Menschen sind unterwegs, es fahren kaum noch Autos, nur auf der Hringbraut ist immer ein wenig Verkehr. Der Orchesterpavillonpark ist dunkel und stumm, die Vögel darin schlafen, Katzen schleichen zwischen den Bäumen. In der Bjarkargata parken etliche Autos, eins davon mit laufendem Motor. Es ist ein Streifenwagen der Polizei, der in südlicher Richtung vor einem bestimmten Haus in der Mitte der Straße parkt. Drinnen sitzen zwei Polizisten und trinken Kaffee aus Pappbechern.

Der Stadtweiher ist spiegelblank, über ihm steht ein Mond, der in drei Tagen voll sein wird.

Ein schwarzer Wagen fährt in westlicher Richtung durch den Skothúsvegur und über die Brücke, die den Weiher in zwei Hälften teilt. Es ist ein zehn Jahre alter, aber gut gepflegter BMW. Darin sitzen zwei Männer in Schwarz, einer fährt, der andere sitzt auf dem Beifahrersitz. Hinten sitzt eine junge Frau, schlank, blond, Stiefel mit hohen Absätzen, Strumpfhose, schwarzer Lederrock, rote Bluse und schwarzer Wollmantel. Sie hält ihre Handtasche fest und blickt konzentriert nach vorn.

Der Fahrer biegt, ohne zu blinken, in die Bjarkargata ein und bremst abrupt, als er den Streifenwagen sieht. Einige Augenblicke passiert nichts, dann öffnet sich die hintere rechte Tür, und die junge Frau steigt aus. Sie schließt die Tür, hängt sich die Tasche über die linke Schulter und tritt auf den Bürgersteig. Der Fahrer setzt zurück auf den Skothúsvegur, und der BMW jagt in Richtung Zentrum davon.

Die junge Frau geht den Bürgersteig entlang zu dem Haus, das die Polizisten bewachen. Sie wackelt auf ihren Absätzen, als ob sie sturzbetrunken wäre. Mit der einen Hand hält sie die Handtasche fest, mit der anderen stützt sie sich manchmal an den Mauern ab, die die Grundstücke von der Straße trennen.

Die Polizisten beobachten sie im Rückspiegel und grinsen.

Die Frau bleibt an ihrem Wagen stehen und schaut zu dem dunklen Haus. Es trägt eine Hausnummer. Sie öffnet das Tor und betritt das Grundstück. Der Polizist auf der Beifahrerseite sieht seinen Kollegen an. Der zuckt die Schultern. Die Frau geht die Treppe auf der Nordseite hinauf, an der Haustür bleibt sie stehen und drückt die Klingel. Drinnen ist ein lautes Klingeln zu hören. In die massive Holztür ist ein schmales Fenster eingelassen.

Als niemand kommt, klingelt die Frau noch einmal. Im Hausflur geht ein Licht an, dann wird die Haustür geöffnet. In der Öffnung erscheint ein großer grauhaariger Mann um die sechzig. Richter Aðalsteinn Kvaran. Er ist barfuß in Pantoffeln und im Schlafanzug unter einem seidenen Bademantel.

»Ich dachte, es wäre die Polizei«, sagt er, schaut nach draußen und sieht das Heck des Streifenwagens. »Und wer bist du?«

»Die Polizisten schicken mich«, antwortet die Frau. Mit glänzenden und zugleich leeren Augen blickt sie den Richter starr an. Ihre Stimme klingt brüchig und vage, als sei sie betrunken und habe sich möglicherweise heiser geschrien. »Lass mich rein, du musst mich ins Haus lassen.«

Der Richter zögert, dann tritt er zur Seite. »Ich verstehe nicht. Die Polizei schickt dich? Weshalb? Bist du eine Bekannte meines Sohnes? Kommst du wegen Bjarki?«

»Schließ die Tür«, sagt die Frau. »Es kommt so kalte Luft herein.«

»Ich …« Der Richter seufzt, dann tut er, was die junge Frau ihm sagt. »Ich weiß nicht, was das soll, aber wenn du wegen Bjarki gekommen bist, der wohnt im Keller …« Er bricht ab, als die Frau ihn mit der Rechten an der linken Schulter packt. Sie starrt ihm in die Augen, während ihre linke Hand in die Tasche fährt und ein Messer zieht, ohne dass der Richter es sieht.

Der Trageriemen rutscht von der Schulter, die Tasche fällt zu Boden und die linke Hand holt nach hinten aus. Die Augen der Frau sprühen Funken, und ihr Gesicht verzieht sich vor Wut.

»Hör mal zu, junge Frau, ich …« Der Richter verstummt, als die Frau ihm mit voller Wucht das Messer in den Bauch rammt, dann stößt er einen erstickten Schrei aus. Seine Beine geben nach, doch bevor er zu Boden fällt, stößt die Frau noch zweimal zu.

»Stirb, du Schwein«, stößt sie hervor, zitternd vor Erregung und unsicher auf den Füßen. Das Messer fällt ihr aus der Hand und rutscht über den gefliesten Boden. Der Richter liegt gekrümmt in seinem Blut, hält sich den Bauch und wimmert vor Schmerzen.

»Aðalsteinn?«, ruft eine Frauenstimme aus dem Innern des Hauses. »Steini?«

Die junge Frau geht ins Hausinnere und biegt nach rechts. Die Frau des Richters kommt die mit Teppich ausgelegte Treppe herabgestürzt. Sie bemerkt die junge Frau nicht, die in das dunkle Wohnzimmer gegangen ist. Die Frau des Richters bleibt stehen und stößt einen gellenden Schrei aus.

Freitag

Es ist halb acht am Morgen. In der Bjarkargata herrscht Hochbetrieb. Die Straße ist an beiden Enden mit Streifenwagen und gelbem Flatterband abgeriegelt. Nur die Anwohner dürfen zur Arbeit oder in die Schule. Im Skothúsvegur stehen Übertragungswagen der Fernsehsender, überall schwärmen Reporter und Fotografen umher, auch im Hain jenseits der Straße, wo manchmal Blitze von Kameras aufzucken. Mehr als zwei Dutzend Polizisten riegeln das Haus ab, auf das sich alle Aufmerksamkeit richtet. Es ist von außen und im Innern erleuchtet, und Kriminalpolizei und Mitarbeiter der KTU hasten ein und aus. Der Amtsarzt hat seine Arbeit vor drei Stunden beendet, kurz darauf wurde die Leiche abtransportiert.

Hörður und Vigfús sind an der Einmündung Skothúsvegur postiert, innerhalb des gelben Absperrbands, das am Tor des Eckhauses befestigt ist. Die Außentemperatur beträgt drei Grad. Sie tragen Mütze und Handschuhe, stampfen mit den Füßen auf und träumen von heißem Kaffee und Gebäck. Vigfús hat die Ruhe weg, doch Hörður ist ganz aufgeregt. Er lag nicht nur damit richtig, dass als Nächster ein Richter ermordet würde, er hatte sogar den Namen des Richters richtig geraten, der vermutlich das nächste Opfer sein würde. Er wäre fast in Ohnmacht gefallen, als er hörte, was passiert war, ihm war glühend heiß geworden und er hatte alles wie in einem Nebel gesehen.

»Ätzende Tagschichten«, schimpft Hörður. »Immer verpasst man alles. Ich kann es gar nicht erwarten, wieder auf Nachtschicht zu kommen.«

»Jedem das Seine«, kommentiert Vigfús säuerlich. Sie haben nicht weiter über die Ecstasytabletten gesprochen und das, was sonst noch am Vortag aufgeflogen ist, aber es ist auch nicht vergessen.

Hörður blickt über die Schulter zum Haus des Richters. Er möchte ums Verrecken gern den Tatort sehen und *beteiligt sein*, statt hier nur Wache zu stehen. Aber das steht wohl kaum zur Debatte. Er klopft sich warm. Zwei Morde in drei Tagen. Unglaublich! Am Dienstag standen sie beide noch am anderen Ende der Straße und hielten die Radarpistole auf die Hringbraut gerichtet. Es war der Tag mit dem tödlichen Verkehrsunfall, der sich ihm in Gestalt eines Schattens angekündigt hatte.

Im Nachhinein kündigte der Schatten vielleicht noch mehr und anderes an als nur einen Unfall mit Todesfolge.

»Verzeihung, meine Herren«, sagt einer der Reporter, der um sie herumschleicht, seit sie ihren Posten eingenommen haben. Es ist ein Mann um die dreißig, einer der Moderatoren des *Brennpunkts* im staatlichen Fernsehen.

Soweit sich Hörður erinnert, heißt er Haukur, Habicht. Er hat auch etwas von einem Habicht an sich, mit zurückgekämmtem Haar und gebogener Nase. Ein richtiger Nachrichtenhabicht.

»Wir geben keine Interviews«, sagt Vigfús knapp.

»Nein, das weiß ich«, sagt der Fernsehjournalist. Er trägt einen schwarzen Wollmantel und hat weder Mikrofon noch Aufnahmegerät bei sich. Auch der Kameramann, der ihn begleitete, ist nicht zu sehen. »Ich habe mich nur, wie die gesamte

Öffentlichkeit, gefragt, was sich hier in der Nacht eigentlich abgespielt hat.«

»Wir wissen auch nicht mehr als du selbst«, sagt Vigfús. »Ein Mann wurde nach einem Überfall mit dem Krankenwagen abtransportiert. Mehr können wir zum gegenwärtigen Zeitpunkt nicht sagen.«

»Könnt oder dürft ihr nicht?«, hakt der Journalist nach.

»Du kennst die Antwort«, sagt Vigfús und tritt vom Bürgersteig auf die Straße, wo sich ein paar Schüler aus dem Gymnasium vor dem gelben Band versammelt haben. Er scheucht sie mit ein paar passenden Worten fort. Zwei weitere Polizisten kommen ihm zu Hilfe.

»Er war tot, stimmt's?«, fragt der Reporter halblaut. »Richter Aðalsteinn Kvaran.«

Hörður nickt.

Der Reporter tritt nah an ihn heran. »Die Anwohner sagen, die ganze Nacht über habe ein Polizeiwagen vor dem Haus gestanden, auch zu dem Zeitpunkt, zu dem der Mord geschah. Ein Streifenwagen mit zwei Polizisten darin. Ist das richtig?«

Hörður räuspert sich. »Du weißt doch ganz genau, dass wir uns zum gegenwärtigen Zeitpunkt nicht über den Fall äußern dürfen. Es wird später bestimmt eine Presseerklärung geben.«

»Warum wurde das Haus bewacht?«, fragt der Reporter. »Ist der Richter bedroht worden?«

Hörður wirft einen Blick zu Vigfús hinüber, der noch immer mit den Schülern beschäftigt ist. Sie kommen mit Sicherheit zu spät zum Unterricht. »Nicht direkt, aber indirekt schon.«

»Indirekt? Wie meinst du das?« Der Reporter fragt keineswegs aufdringlich, eher so, als würde er über das Wetter reden.

Hörður zuckt die Schultern.

»Gibt es da etwa einen Zusammenhang mit dem Attentat auf den Abgeordneten?«, fragt der Journalist weiter in demselben Tonfall, den Leute anschlagen, wenn sie fragen, ob's heute noch regnen wird. Hinter dem Skothúsvegur liegt Tjörnin, der Stadtteich, mit dem Rathaus und dem alten Theater und dem Kulturzentrum Iðnó. Zwischen ihnen ist die Rückseite des Parlaments zu sehen. Die beiden Verbrechen wurden in einem Radius von weniger als tausend Metern verübt.

Hörður beißt sich auf die Unterlippe. Die Gedanken schießen ihm durch den Kopf wie Vögel in einem Käfig. Er weiß zu viel, darf aber nichts sagen. Sein Kopf ist wie ein Schnellkochtopf, in dem der Dampfdruck steigt und der pfeifen muss, bevor er auseinanderfliegt.

»Wenn du mich fragst, ja«, sagt er schließlich. Der Mann vom Fernsehen nickt wissend mit dem Kopf. »Erst ein Parlamentarier, dann ein Richter. Sieht nach einer Verschwörung gegen Menschen in offiziellen Positionen aus, wie? Erst die Legislative, dann die Justiz. Gab es Drohbriefe?«

Hörður schüttelt den Kopf.

»Hat hier jemand eins und eins zusammengezählt?«, fragt der Reporter.

»Schon möglich«, brummelt Hörður.

»Du vielleicht?«

»Ich darf mich zu Einzelheiten des Falles nicht äußern.«

»Nein, natürlich nicht.« Der Reporter zieht unbekümmert die Nase hoch. »Habt ihr die Häuser aller Richter überwacht? Oder nur das von Aðalsteinn?«

Hörður geht in die Defensive: »Du stellst zu viele Fragen.«

»Das Haus wird von der Polizei bewacht«, sagt der Journalist nachdenklich. »Aber der Richter wird trotzdem umgebracht. Vor den Augen der Polizei. Das sieht nicht gut aus.«

»Ganz und gar nicht«, bestätigt Hörður. »Aber wie ich gesagt habe, es gab keine Drohbriefe oder Ähnliches. *Wenn* das Haus bewacht wurde, wozu ich mich nicht äußern kann, dann handelte es sich lediglich um eine Art Sicherheitsmaßnahme.«

»Und dann latscht einfach jemand hinein und killt den Richter?«, fragt der Journalist. »Eine junge Frau, wenn ich richtig gehört habe.«

»Ich weiß nicht, was passiert ist«, murrt Hörður. »Aber wenn man mehr auf das gehört hätte, was *verschiedene Leute* gesagt haben, dann wäre es wahrscheinlich nie passiert.«

»Jemand hat also die Polizei gewarnt«, schließt der Journalist, »aber die Warnung wurde in den Wind geschlagen. Sehe ich das richtig?«

»Nein, nicht wirklich«, sagt Hörður. »Das Haus stand unter Beobachtung, das ist korrekt. Aber die, die es bewachen sollten, haben offenbar gepennt.«

»Es liegen also Versäumnisse vor?«, erkundigt sich der Reporter mit Anteilnahme.

»Ich habe schon zu viel gesagt«, brummt Hörður.

»Erst ersticht ein talentierter Sportler und vorbildlicher Schüler einen Abgeordneten, und jetzt ermordet eine junge Frau einen Richter«, resümiert der Reporter. »Das ergibt doch keinen Sinn. Es war zu hören, Gísli Már habe Ecstasy bei sich gehabt. Könnte es um gefährliche Drogen gehen?«

»Mehr kann ich nicht sagen«, erklärt Hörður.

»Du musst meine Neugier entschuldigen«, sagt der Mann vom Fernsehen. »Ich überlege nur laut. Ein junger Kerl zieht mit Freunden los, um ein Fußballspiel zu gucken, und dann hat er auf einmal jemanden umgebracht. Er hatte nicht einmal was getrunken. Da fehlt doch etwas. Verstehst du, was ich meine?«

Hörður nickt. »Tatsächlich war ich da, im Ölver. Nicht im Dienst, sondern privat. Mir erscheint es nicht unwahrscheinlich, dass Gísli etwas verabreicht wurde.«

»Ach!«

»Es hielten sich einige verdächtige Personen dort auf«, sagt Hörður mit geheimnisvoller Miene. »Mehr darf ich nicht sagen.«

»Natürlich nicht«, pflichtet ihm der Reporter verständnisvoll bei. »Aber du wirst vermutlich deinen Vorgesetzten davon berichtet und deine Informationen weitergegeben haben.«

»Selbstverständlich.«

»Und wie war noch dein Name?«

»Mein Name tut nichts zur Sache«, sagt der rothaarige Riese.

»Hörður Grímsson!«, ruft da jemand.

Hörður dreht sich um. Mit schnellen Schritten kommt Engilbert auf ihn zu. Sein aufgeknöpfter Trenchcoat umweht ihn. Er streift ein Paar Einmalhandschuhe ab und bedeutet Hörður, ihm zu folgen.

»Aber ich …«

»Du kommst mit mir«, sagt Engilbert und bückt sich unter dem gelben Absperrband hindurch. »Das ist ein Befehl von oben.«

Hörður setzt sich in Bewegung. Der Fernsehreporter schaut ihm konzentriert nach. Hörður folgt dem Kommissar zur Kreuzung an der Tjarnagata. Dort steigt Engilbert in einen zivilen Ford Explorer, weiß, mit getönten Scheiben.

Hörður zögert, steigt dann jedoch ebenfalls ein und nimmt auf dem Beifahrersitz Platz. »Wohin fahren wir?«

»Hverfisgata. Wohin sonst?« Engilbert lässt den Motor an, steckt sich aus einer kleinen Schachtel ein Minzbonbon in den Mund und fährt los. »Axel erwartet uns.«

Der Kommissar steht offensichtlich unter großem Druck. Er ist blass, seine Augen haben dunkle Ringe und sind blutunterlaufen, das Haar ist fettig, Schuppen zieren die Schultern seines Trenchcoats. Das Pfefferminzbonbon, auf dem er kaut, kann eine Fahne nicht überdecken.

»Was kannst du mir über das sagen, was letzte Nacht passiert ist?«, fragt Hörður.

»Es hat unangenehme Ähnlichkeit mit dem Mord an dem Abgeordneten.« Engilbert fährt den Skothúsvegur hinab, vorbei an der Absperrung an der Bjarkargata und auf die Brücke zu. »Das Mädchen heißt Sólrún Davíðsdóttir, arbeitet in der Kringla, keine Vorstrafen. Sie hatte blaue E-Pillen bei sich. Das Messer ist exakt das gleiche. Das Opfer erhielt drei Stiche in den Bauch, mit großer Kraft ausgeführt. Die Frau des Richters hat ihn gefunden, da war er noch am Leben. Sie ließ ihn zurück, um die Polizei zu rufen. Als der Krankenwagen kam, war der Richter tot.«

Engilbert biegt nach links in den Fríkirkjuvegur ein.

»Und die Frau?«, fragt Hörður.

»Zuerst war sie wie vom Erdboden verschluckt. Dann fand man sie im Wohnzimmer des Richters. Sie saß zusammengekrümmt da, als würde sie beten oder so. Als einer der Polizisten sie rüttelte, schlug sie die Augen auf und hatte keine Ahnung, wo sie sich befand und was passiert war.«

»Wo ist sie jetzt?«

»Sie kam noch in der Nacht gleich ins Krankenhaus, Blutprobe und weitere Untersuchungen«, sagt Engilbert. »Da ist sie völlig ausgerastet. Man musste ihr eine Beruhigungsspritze geben. Ich nehme an, sie steht unter Schock, aber ich hoffe, ich kann sie heute noch verhören. Auch wenn ich nicht glaube, dass dabei etwas Verwertbares herauskommt. Leider.«

Hörður nickt nachdenklich. »Weiß man etwas darüber, wo sie vor der Tat gewesen ist?«

»Ja.« Engilbert biegt in die Hverfisgata. »Wir haben zwei Freundinnen von ihr aufgetrieben, die mit ihr in der Kaffibar waren. Jafet nimmt gerade ihre Aussagen zu Protokoll. Wahrscheinlich wurde allen dreien etwas eingeflößt. Sie können sich an kaum etwas erinnern.«

Hörður kratzt sich am Kopf. »Es stimmt, das ähnelt alles sehr dem Tathergang am Dienstag. Weißt du, ob das Mädchen das Messer mit der linken oder mit der rechten Hand hielt?«

»Links«, sagt der Kommissar. Hörður reißt fragend die Augen auf.

»Sie ist Linkshänderin«, fährt Engilbert fort. »Ich habe sie gebeten, ihren Namen auf ein Blatt zu schreiben. Ob rechts oder links, ist nicht wichtig.«

»Verstehe«, sagt Hörður. Er hört zu. Er lernt. Er will keine Fehler machen. »Ich dachte nur an den Mord an dem Abgeordneten. Gísli hat mit der Linken zugestochen, obwohl er Rechtshänder ist.«

»Es gibt öfter Details, die nicht ins Bild zu passen scheinen«, sagt Engilbert. »Aber meistens stellt sich heraus, dass sie nicht von Bedeutung sind.«

»Aron ist Linkshänder«, sagt Hörður. »Denke ich jedenfalls. Seine Linke ist nach einem Arbeitsunfall eingegipst. Gestern hat er Tischtennis mit der rechten Hand gespielt, und das ist ganz klar seine schlechtere.«

»Aron sitzt im Bau«, sagt Engilbert gereizt.

»Ja, in der Tat«, seufzt Hörður.

»Wir dürfen uns den Kopf nicht mit Nebensächlichkeiten vollstopfen«, sagt der Kripobeamte. »Es kommt immer wieder vor, aber wir sollten es vermeiden.«

»Ja, sicher«, stimmt Hörður zu.

»Fakten. Beweise. Gesamtbild«, sagt der Kripobeamte. »Wer, wie, warum.«

»Ich verstehe durchaus«, sagt Hörður, »aber hier läuft etwas höchst Verwunderliches. Ich war noch nie so unzufrieden damit, richtiggelegen zu haben. Es wäre mir viel lieber, wenn das Attentat auf den Abgeordneten nur ein Zufall gewesen wäre.«

»Kann ich mir denken«, sagt Engilbert. »Aber nun scheint es doch geplant gewesen zu sein, und die Verbindungen scheinen auf diesen Anarchisten hinzuweisen. Darum will Axel dich mit im Team haben.«

Mit im Team! Es fällt Hörður schwer, nicht von einem Ohr zum andern zu grinsen. Das ist die große Chance, von der er geträumt hat.

Er räuspert sich. »Was ist mit den Kollegen, die das Haus des Richters bewacht haben? Haben die nichts gesehen?«

»Das Mädchen kam in einem schwarzen Wagen, BMW«, sagt der Kommissar.

»Sie wurde zwei oder drei Häuser vor dem des Richters abgesetzt, der Wagen setzte zurück auf den Skothúsvegur und verschwand. Die Kollegen haben weder den Fahrer noch die Nummer gesehen.«

»Was ist mit den beiden aus dem Ölver, Tryggvi Leó und Egill Þór?«

Engilbert hält vor der roten Ampel an der Kreuzung mit der Snorrabraut. Dahinter ist das Präsidium in Sicht. »Ja, die beiden. Da sie gestern nicht ans Telefon gegangen sind, wurde zunächst inoffiziell nach ihnen gefahndet. Bisher erfolglos. Jetzt werden sie offiziell zur Fahndung ausgeschrieben, und die Suche nach ihnen wird ausgeweitet.«

»Dann saßen sie in dem BMW«, sagt Hörður. »Habt ihr mit den Mitarbeitern der Kaffibar gesprochen?«

»Wir hatten Kontakt mit einem Kellner und mit einem der Türsteher und haben ihnen Fotos von Tryggvi, Egill und Sólrún gezeigt«, erläutert Engilbert. »Der Kellner erinnert sich an die drei Freundinnen und an zwei Männer in Schwarz, ist aber nicht sicher, ob einer von ihnen am Hals ein Tattoo hatte. Er hat die Männer aber nicht mit den Frauen zusammen gesehen. Der Türsteher glaubt, Sólrún habe den Laden in Begleitung von zwei Männern verlassen, ist sich aber nicht sicher. Es herrschte viel Betrieb, und es war drinnen wie draußen dunkel.«

»Verstehe«, sagt Hörður. Er saugt jedes Wort des Kommissars auf wie ein Schwamm. Sie betreten Seite an Seite das Gebäude und nehmen den Aufzug in die zweite Etage.

»Wenn wir Tryggvi und Egill haben, ist der Fall gegessen. Dessen bin ich mir sicher«, sagt der Kommissar. »Aber die Umstände sind kompliziert, und darum müssen wir auch alle Einzelheiten klären. Verdächtige zu verhaften, ist eine Sache, sie auch verurteilt zu bekommen, eine andere. Die Vorbereitung der Anklage muss vollkommen wasserdicht sein.«

»Natürlich«, sagt Hörður altklug.

Engilbert schaut auf seine Uhr, eine Golduhr mit Lederarmband von Gilbert. »Axel erwartet uns im Operationsraum.«

Hörður nickt, als wisse er, wovon der Kommissar spricht. Operationsraum. Wow! Er fühlt sich wie ein Kind, das zum ersten Mal Disneyland besuchen darf. Er sieht eine hohe Wand mit einer Karte der Hauptstadt und ihrer Umgebung vor sich. Auf der Karte sind mit Stecknadeln Bilder und Post-its angepinnt und mit roten Fäden Punkte miteinander verbunden. An den Seiten weitere Fotos und Zettel, hier und da ins Auge fallende Fragezeichen.

Die Leitzentrale für Aktionen ist ein Konferenzraum im Innersten des Kriminalkommissariats, im täglichen Umgang Operationsraum genannt oder einfach nur der Raum. Dort steht ein Tisch mit sechs Stühlen auf jeder Längsseite und einem am Kopfende bei der Tür. Über dem Tisch hängt ein Beamer. Am hinteren Ende des Raums eine große weiße Tafel.

Als Engilbert und Hörður den Raum betreten, dreht Axel M. Axelsson ihnen den Rücken zu und schreibt etwas auf eine obere Ecke der Tafel. Er dreht sich um und steckt die Kappe auf den grünen Filzstift. Sein Sakko hängt über der Lehne des Stuhls am Kopfende, der Chef der Kriminalpolizei hat die Krawatte gelockert und die Hemdsärmel aufgekrempelt.

»Hallo, Jungs«, sagt Axel. Über seiner rechten Schulter ist zu lesen, was er an die Tafel geschrieben hat. Es ist ein lateinischer Satz:

Semper Ubique Prima.

»Gibt's was Neues?«, fragt Engilbert. Er zieht den Mantel aus und legt ihn über eine Stuhllehne.

»Ja und nein«, antwortet Axel. »Im Blut der jungen Frau wurden Spuren von Buttersäure gefunden. Die Ecstasypillen aus ihrer Tasche sind von der gleichen Sorte wie die von Gísli Már. Sie enthalten allerdings keine Buttersäure. Ich vermute, alle diese Pillen stammen aus derselben Packung, aus der in dem Buch aus dem Möbellager.«

Hörður nickt zustimmend mit dem Kopf. Er nimmt die Mütze ab und legt sie auf den Tisch, dann zieht er die Jacke aus und hängt sie über eine Lehne.

»Außerdem hatte sie einen Einstich auf dem rechten Unterarm«, sagt Axel. »Ein frischer Einstich, rot umrandet. Wir wissen nicht, wer ihr was gespritzt hat. Wir können mithin nicht ausschließen, dass sowohl Sólrún als auch Gísli Már Buttersäure oder ein ähnliches Betäubungsmittel injiziert wurde.«

Hörður reißt die Augen auf. »Wurden ihnen die K.o.-Tropfen nicht in die Getränke gekippt?«

Axel zuckt die Schultern. »Doch. Es sei denn, es wurden beide Methoden angewendet. Diese Einstiche sind uns ein Rätsel.«

Hörður nickt zustimmend.

»Gísli Már hat in den Tagen vor dem Attentat auf den Abgeordneten keine Spritzen bekommen«, sagt Engilbert. »Er ist auch nicht zuckerkrank. Da Sólrún nun ebenfalls Spuren von einem Einstich hat, muss es einen Zusammenhang mit den Morden geben.«

»Zweifellos«, sagt Axel.

»Wissen wir etwas über die Messer? Woher sie stammen?«, fragt Engilbert.

»Die KTU tendiert dahin, dass es sich um Fleischermesser handelt«, sagt Axel. »Solche, wie man sie in Schlachthöfen zum

Zerlegen benutzt. Es ist so gut wie unmöglich, ihre Herkunft zu klären, aber wir hören uns um.«

Hörður runzelt die Brauen. Fleischverarbeitung? Das lässt irgendwelche Glöckchen klingeln.

»Wann kann ich die junge Frau verhören?«, fragt Engilbert.

»Ich denke, noch heute, etwas später«, sagt Axel. »Sie liegt auf der Intensivstation im Städtischen Krankenhaus, dem Borgarspítali. Man hat ihr in der Nacht ein paar Spritzen gegeben. Wir bekommen sie, sobald sie aufwacht.«

»Und die Freundinnen?«, fragt Engilbert.

»Sie trafen sich zum Tanzen in der Kaffibar, wie sie es wohl jeden Donnerstag tun«, sagt Axel. »Haben Bacardi Breezer aus der Flasche getrunken. Nach eigener Aussage waren sie noch bei den ersten Drinks. Ließen sie stehen, als sie tanzten. Was dann geschah, ist nicht ganz klar. Einer der Türsteher hat sie angeblich mit einem Taxi nach Hause geschickt. Er sagt, sie seien total betrunken gewesen. Sie bestreiten das. Eine von ihnen hat sich zu Hause übergeben und ist anschließend ohnmächtig geworden. Ihr Freund hat einen Krankenwagen gerufen. Blutproben von beiden werden momentan analysiert. Sie können sich an so gut wie nichts erinnern. Eine aber behauptet, ein Mann habe Sólrún abgeschleppt und sie sei ihn nicht losgeworden. Es sei wie in einem schlechten Traum gewesen.«

»Ein schlechter Traum! Das kann man wohl sagen«, meint Engilbert.

»Ich möchte am liebsten annehmen, es handelt sich um ein Verbrechen, das im Zustand von Unzurechnungsfähigkeit begangen wurde, der auf den Genuss gepanschter Drogen zurückzuführen ist«, erklärt Axel. »Die Hypothese steht aber auf wackeligen Füßen. Es sieht einerseits so aus, als habe man Unschuldigen irgendwas eingeflößt, was sie sonst niemals anrühren würden. Es sei denn, sie haben sich selbst etwas gespritzt. Das wäre natürlich denkbar. Andererseits wissen wir, dass jemand das Mädchen in die Bjarkargata gefahren und dort abgesetzt hat. Es deutet einiges darauf hin, dass es bei dem Attentat auf den Politiker ähnlich abgelaufen ist. Beides spricht nachdrücklich dafür, dass beide Morde von einem unbekannten Täter oder unbekannten Tätern geplant wurden.«

»Was bedeutet, dass die vermeintlichen Täter gleichzeitig auch Opfer sind«, sagt Engilbert mit Resignation in der Stimme. »Was für ein Albtraum!«

»Traum oder nicht Traum.« Axel wirft Hörður den Stift zu, der fängt ihn geschickt auf. »Wir müssen auf jeden Fall aufwachen, Jungs. So viel ist sicher.«

Hörður guckt fragend den Stift an, dann Engilbert, der die Schultern zuckt, und schließlich Axel, der zur Seite tritt und auf die Tafel zeigt: »Sie gehört dir, großer Mann. Wir stehen noch am Anfang. Dieser Fall ist Tabula rasa, und du bist am Zug.«

Hörður zögert, geht dann aber an die Tafel. Sein Mund wird trocken, und sein Herz klopft schneller. Was soll er schreiben? Er ist so aufgeregt, dass er kaum klar denken kann. Das Einzige, was ihm momentan einfällt, ist Engilberts Mahnung im Auto, sich nicht in Details zu verheddern.

Er nimmt die Kappe vom Stift, räuspert sich und unterteilt die Tafel mit senkrechten Strichen in drei Spalten. Er überschreibt sie mit: *Wer – Wie – Weshalb*.

Er unterstreicht die Überschriften und füllt dann die Spalten. Er spricht beim Schreiben, das erleichtert ihm die Konzentration, und schaut ab und zu auf Axel, der jeder seiner Bewegungen folgt.

»Wie ich gestern gesagt habe, glaube ich, dass Aron Beck die treibende Kraft ist, derjenige, der die Verbrechen im Hintergrund plant und seinen Helfershelfern Anweisungen erteilt. Bei denen handelt es sich um Tryggvi Leó und Egill Þór. Sie sind die eigentlichen Täter, die Hände, die ausführen, was das Hirn ihnen sagt. Gísli Már und Sólrún sind Opfer, da stimme ich zu. Nach dem jetzigen Stand der Dinge wird man sie wegen Mordes anklagen, bestenfalls wegen Totschlags. Um das Morden zu beenden, müssen wir Tryggvi und Egill finden. Um aber den Hauptschuldigen statt unschuldiger Bürger und nebensächlicher Handlanger hinter Gitter zu bringen, müssen wir seine Verbindung zu Tryggvi und Egill nachweisen und schwarz auf weiß klarlegen, wie er es fertiggebracht hat, ganz normale Leute Morde verüben zu lassen.«

Unter die Rubrik *Wer* hat er die drei Namen geschrieben, den Arons zuoberst. Er stellt sich vor die zweite Spalte: *Wie*.

»Eine Frage«, sagt Axel. »Warum diese Hervorhebung von Aron? Sie waren alle in dieser Anarchistenclique. Können nicht auch Tryggvi oder Egill die führenden Köpfe, die Hauptverantwortlichen sein, und nicht Aron?«

»Doch, theoretisch schon«, sagt Hörður. »Das Interview in *DV* wurde aber allein mit Aron geführt. Da tritt er nicht nur als der Sprecher der Anarchisten auf, sondern wirklich als ihr Kopf. Er stellt sie als denkende Oppositionelle und organisierte Aktivisten dar, die eine klare eigene Weltanschauung vertreten. Man könnte sie glatt für Philosophen halten. Sie haben gemeinsame Züge mit Sekten und radikalen Gruppen, sind aber im Grunde militante Nihilisten. Ihr ganzes Gedankengebäude kommt von Aron. Ich kann in der Gruppe keinen anderen von seinem Kaliber sehen, auch wenn ich diese Behauptung nicht beweisen kann.«

Engilbert räuspert sich. »Ich habe gestern Abend zwei Stunden damit zugebracht, mir die Strafregister von Tryggvi und Egill anzusehen, und muss dem Kollegen von der Schutzpolizei zustimmen. Die beiden sind keine geistigen Leuchten, und ich halte es für ausgeschlossen, dass sie etwas Komplexeres planen können als die Einbrüche und Ladenüberfälle, für die sie schon verknackt wurden. Sie sind typische Kleinkriminelle.«

»Aber es gibt noch mehr Mitglieder in dieser Anarchistenzelle, oder nicht?«, fragt Axel. »Was ist mit den anderen? Können die nicht auch alle mit drinhängen?«

Hörður läuft rot an. »Wie gesagt, habe ich Tryggvi und Egill im Ölver gesehen. Ich habe nicht in Betracht gezogen, dass außer ihnen noch andere an der Sache beteiligt sein könnten, außer Aron natürlich.«

»Ich aber schon.« Engilbert holt einen Notizblock hervor. »Die drei bisher nicht Genannten heißen Orri, Hákon und Þorsteinn. Orri arbeitet als Tellerwäscher im Hotel Borg. Er hat gestern und am Dienstag bis nach eins in der Nacht gearbeitet. Hákon und Þorsteinn arbeiten beide auf einem Fischkutter in Grindavík. Ich habe mit dem Vater von einem gesprochen. Er hat mir mitgeteilt, dass sie am Montag ausgelaufen sind und nicht vor nächstem Montag wieder an Land kommen. Ich habe bei der Reederei angerufen, und da wurde mir bestätigt, das Schiff ist auf See.«

Hörður atmet auf.

»Gut«, sagt Axel und gibt Hörður ein Zeichen. »Mach weiter!«

Hörður wendet sich wieder der Tafel zu. »Soweit wir wissen oder zu wissen glauben, wurde den Opfern, den vermeintlichen Tätern, in Bars und Kneipen Buttersäure verabreicht. Um nichts durcheinanderzuwerfen, sollten wir diese vermeintlichen Täter vorläufig Objekte nennen. Die Anarchisten sind die Täter. Nachdem ein Objekt durch Buttersäure willenlos gemacht wurde, wird es abgeholt, an einen abgelegenen Ort gebracht und dort hypnotisiert.«

»Warum an einen abgelegenen Ort?«, wirft Engilbert ein. »Warum nicht in eine Wohnung oder einfach in ein Auto?«

»Ein Auto kommt durchaus in Betracht, das ist richtig«, sagt Hörður. »Dass man ein Objekt in eine Wohnung und wieder hinaus bringt, erscheint mir unwahrscheinlich. Das Risiko wäre zu groß, gesehen zu werden und bei Augenzeugen Verdacht zu wecken, die dann die Polizei rufen.«

»Einverstanden«, sagt Axel.

»Ein Auto kommt aber durchaus infrage.« Hörður trägt in die Spalte *Auto* ein, unter *abgelegener Ort.* »Ich bin einmal Arons Hypnoselehrbuch durchgegangen. Es enthält, in allgemeinverständlicher Sprache für jeden geschrieben, Anleitungen von A bis Z. Darin heißt es, die Umgebung spiele eine Rolle, das Objekt solle sich wohlfühlen und so weiter. Um jemanden zu hypnotisieren, braucht man Ruhe und eine passende Umgebung. Das Objekt sitzt auf einem Stuhl oder liegt auf einem Sofa. Es schaut auf einen Gegenstand oder in ein Licht und konzentriert sich, während der Hypnotiseur zu ihm spricht. Darum spreche ich von einem abgelegenen Ort. Der Laderaum eines Lieferwagens wäre allerdings auch eine Möglichkeit. Der Rücksitz eines schwarzen BMW erscheint mir unwahrscheinlich, aber nicht ausgeschlossen.«

»Wenn diese Vollpfosten zu blöd sind, um irgendetwas Größeres auf die Beine zu stellen, wie sollten sie da jemanden hypnotisieren können?«, wirft Axel ein.

»Genau das habe ich mich auch gerade gefragt«, sagt Engilbert.

»Der anonyme Verfasser des Buchs behauptet, jeder könne Hypnotisieren lernen«, sagt Hörður, »sofern er sich an die Anleitungen hält, es eben erlernt. Außerdem muss es geübt werden. Beides erfordert ein Mindestmaß an Intelligenz, Fleiß und Ausdauer. Es ist unwahrscheinlich, aber nicht ausgeschlossen, dass sie sich die entsprechenden Techniken angeeignet haben. Ich neige zum Ersten. Aber wenn es richtig sein sollte, ist die große Frage, wie sie es anstellen.«

»Hast du eine Antwort?«, fragt Axel.

»Vielleicht«, sagt Hörður. »Aber erlaube mir erst eine Frage: Wie hoch ist die Wahrscheinlichkeit, dass Aron in seiner Zelle ein Handy hat?«

»Geht gegen Null«, sagt Engilbert.

»Sehr unwahrscheinlich«, meint Axel. »Die Zellen werden regelmäßig durchsucht, und ich glaube, es ist leichter gesagt als getan, da ein Handy und ein Ladegerät zu verstecken.«

»Na gut, Aron hypnotisiert das Objekt nicht durch ein Telefon«, sagt Hörður. »Aber Tryggvi und Egill könnten eine Aufnahme mit seiner Stimme einsetzen. Das finde ich nicht bloß näherliegend, es wäre auch besser für die Aufklärung des Falls.«

»Wie das?«, fragt Engilbert.

»Um Aron seine Beteiligung an den Verbrechen nachzuweisen, brauchen wir handfeste Beweise. Zum Beispiel ein Manuskript mit Anleitungen zum Hypnotisieren, am besten von seiner Hand geschrieben, oder, noch besser, eine Aufnahme mit seiner Stimme, in der er ein nicht näher bestimmtes Objekt hypnotisiert.«

Axel stöhnt. »Wir haben die Wohnungen von beiden schon durchsucht, aber nichts dergleichen gefunden.«

»Sie könnten es bei sich haben«, sagt Hörður. »Am wahrscheinlichsten ist es, dass solche Beweise in ihrem Auto zu finden sind oder in ihrem angenommenen Versteck. Eine schriftliche Anleitung etwa, eine Aufnahme, Buttersäure, E-Pillen und hoffentlich weitere Messer.«

»Wir müssen sie finden«, sagt Engilbert.

»Aber wozu?«, fragt Axel und zeigt auf die dritte und letzte Spalte. »Warum diese Morde? Was ist das Motiv?«

»Um Unruhe zu stiften. Um die Gesellschaft in Angst und Schrecken zu versetzen und Chaos auszulösen«, sagt Hörður. »Wie ich gestern gesagt habe, haben die Anarchisten den einen großen Feind, die dreiköpfige Hydra, für die ich mit Sicherheit die dreigeteilte Gewalt halte, die Grundlage der Demokratie.«

Axel seufzt. »Na schön. Das Wichtigste ist jetzt, diese Typen zu finden. Ich persönlich glaube, dass sie hinter allem stecken. Von dieser Hypnosetheorie bin ich nicht überzeugt. Das ist für meinen Geschmack zu viel Hokuspokus. Noch können wir zufällige Verbrechen unter Drogeneinfluss nicht ausschließen. Die Theorie, dass Aron der Kopf der Bande sei, ist schön, aber ziemlich weit hergeholt. Ich werde ihn aber im Lauf des Tages verhören lassen. Vorläufig hat er den Status eines Zeugen. Für mehr habe ich zum jetzigen Zeitpunkt nicht genug gegen ihn in der Hand. Wollen wir sagen, um zwei Uhr?«

»Um Punkt zwei Uhr?«, fragt Hörður.

Engilbert nickt. »Von mir aus.«

»Dann ist das abgemacht«, verkündet Axel. »Ich rufe die Gefängnisleitung an und finde jemanden, der den Teufel in Menschengestalt abholt. Wir drei vernehmen ihn um zwei. Zur selben Zeit wird seine Zelle auf den Kopf gestellt. Wer weiß, ob wir nicht doch etwas finden, das ihn in Zusammenhang mit den Morden bringt.«

»Wir drei?«, fragt Hörður.

Axel nickt. »Es ist eher die Ausnahme als die Regel, dass der Chef der Abteilung dabei ist. Aber das hier ist ein besonderer Fall. Es geht nicht nur um einen Doppelmord, die Opfer sind auch nicht irgendwelche simplen Junkies. Das sollte eigentlich keine Rolle spielen, tut es aber doch. Wir stehen mächtig unter Druck, und das Ansehen der Abteilung steht auf dem Spiel. Ich leite die Abteilung und trage daher die Verantwortung für alles, was wir tun. Wenn es schiefgeht, werde ich gefeuert. So einfach ist das.«

»Verstehe«, sagt Hörður. »Aber du hast gesagt, wir drei. Heißt das, ich bin bei der Vernehmung dabei?«

»Deine Theorie, dein Mann.« Axel guckt auf seine goldene Armbanduhr. »Du wirst dabei sein und uns verstärken. Aber ich möchte, dass du vorbereitet bist. Sehr gut vorbereitet. Bis dahin sind noch ein paar Stunden Zeit. Das sollte reichen. Ich möchte unter anderem, dass du noch einmal in dieses Möbellager fährst und es haargenau durchsuchst.«

»Dazu könnte es zu spät sein«, wendet Hörður ein. »Könnte sein, dass der Hausmeister es schon ausgeräumt hat.«

»Dann hast du keine Zeit mehr zu verlieren, oder?«, fragt Axel spöttisch.

»Nein, wirklich nicht.« Hörður wirft sich in die Jacke und setzt die Dienstmütze auf. »Wer soll mich hinfahren? Der Streifenwagen von mir und meinem Kollegen Vigfús steht im Skothúsvegur.«

»Leih ihm dein Auto«, sagt Axel zu Engilbert, der ein verärgertes Gesicht aufsetzt.

»Mach mir bloß keine Kratzer rein!«, sagt er und wirft dem rothaarigen Riesen die Schlüssel zu.

Hörður eilt mit großen Schritten in den Hof und zu dem weißen Explorer. Er entriegelt ihn mit der Fernsteuerung und setzt sich ans Steuer. Er lässt den Achtzylinderbenziner an und schiebt den Ledersitz einen halben Meter zurück, klappt die Lehne weiter nach hinten. Dann stellt er die Rückspiegel ein, dreht die Heizung auf höchste Stufe, schaltet das Radio ein und sucht »Das X«.

Er setzt rückwärts aus der Parklücke, fährt vom Hof zur Kreuzung Sæbraut und hält vor der roten Abbiegerampel. Der kräftige Motor brummt unter der Motorhaube, die Heizung bläst warme Luft auf die Windschutzscheibe. Hörður grinst mit stolzer Miene von einem Ohr zum anderen und kneift gegen die starke Herbstsonne die Augen zusammen. Das Einzige, was ihm fehlt, ist seine Ray-Ban-Sonnenbrille, die im Handschuhfach des Streifenwagens liegt. Aber das macht nichts, nichts kann dieses Gefühl trüben, allein in einem Zivilfahrzeug der Kriminalpolizei zu sitzen, unterwegs zu einem Einsatz, der Teil einer Ermittlung in einem Mordfall ist. Nichts!

Die Ampel springt auf Grün. Hörður schaltet die Automatik auf Drive und gibt Gas. Der Motor brüllt laut auf, der Jeep schießt derart los, dass Hörður ihn gerade noch um die Kurve kriegt. Was für eine Power! Dann liegt die Sæbraut vor ihm, er richtet den Wagen geradeaus und tritt das Gaspedal durch. Der Motor stößt einen Kriegsschrei aus und bringt den Wagen in Sekundenschnelle fast auf hundert. Im Radio endet ein Lied und ein neues setzt ein: »Chop Suey« von System of a Down. Hörður dreht die Lautstärke voll auf, öffnet das Seitenfenster und streckt den Ellbogen raus.

Als er hinaus nach Grandi kommt, fährt er langsamer. Der Wagen ist kochend heiß, aber nicht ins Schnaufen gekommen; er hat über 300 PS und anscheinend grenzenlose Kraft. Hörður fährt auf den Parkplatz vor dem Möbellager, stellt den Motor ab und steigt aus in die kühle Seebrise.

Er findet den Hausmeister in seinem Büro im Erdgeschoss.

»Erinnerst du dich an mich?«

Guðjón schaut von irgendwelchen Papieren auf.

»Was hatte es denn mit dem Totenschädel auf sich?«

»So gut wie nichts. Wie sich herausgestellt hat, war er schon steinalt«, antwortet Hörður. »Sind die übrigen Sachen noch da?«

Guðjón schüttelt den Kopf. »Ich habe den Raum am Mittwoch ausgeräumt.«

»Und was ist aus dem Krempel geworden?«, fragt Hörður. »Hast du Angehörige ausfindig gemacht?«

»Die wollten das Zeug nicht.« Guðjón zeigt mit dem Daumen über die Schulter. »Ich hab's zur Recycling-Sammelstelle hier hinten gebracht.«

Hörður flucht im Stillen. »In welchen Container?«

»Die Klamotten in den vom Roten Kreuz, der Rest ist beim Guten Hirten gelandet, die Kommode, die Bücher und das Übrige. Warum fragst du?«

»Ist egal«, sagt Hörður, eilt zum Wagen und fährt die zwei Minuten zum Recyclinghof. Es ist geschlossen. Ein Schild verkündet, dass nicht vor 12.30 Uhr geöffnet wird.

Hörður sieht, dass sich hinter dem Tor etwas bewegt. Er drückt lange auf die Hupe und steigt dann aus. Ein Mann in hellgrüner Arbeitskleidung nähert sich auf der anderen Seite dem Tor. »Geschlossen.«

»Ich muss jetzt rein«, sagt Hörður. »Polizeiliche Ermittlung.«

»Was für eine polizeiliche Ermittlung?«, fragt der Mann.

»Am Mittwoch hat jemand hier Hausrat abgegeben. Laut seiner Aussage hat er es in einen Container getan, der zum Guten Hirten geht. Ist der Container noch hier?«

Der Mann schüttelt den Kopf. »Wurde gestern Morgen abgeholt.«

»Vom Guten Hirten?«

»Ja«, bestätigt der Mann. »Da machen sie aber erst um zwölf auf.«

»Das wollen wir mal sehen«, knurrt Hörður und steigt in den Geländewagen. Er ist jetzt geladen und nicht in der Stimmung, sich von etwas so Gewöhnlichem wie Öffnungszeiten aufhalten zu lassen.

Hörður fährt den Wagen in die schmale Gasse hinter dem Grundstück des Guten Hirten. Zur einen Seite befindet sich eine Mauer, auf der anderen stehen offene und geschlossene Container. Hörður steigt aus, lässt seine brennende Zigarette auf den Asphalt fallen und tritt sie aus, dann geht er zur fensterlosen Hintertür. Er klopft einige Male laut gegen die grün gestrichene Eisentür. Während er darauf wartet, dass jemand öffnet, wirft er einen Blick in einen nahen Müllcontainer, der zur Hälfte mit ausrangierten Möbelstücken gefüllt ist. Darunter eine alte Teakholzkommode mit schmalen Füßen und Brandflecken.

Er klettert in den Container, schiebt einen Schreibtisch beiseite und zieht die Schubladen in der Kommode des verstorbenen Mummi auf. Wie erwartet, sind sie leer. Im gleichen Moment öffnet sich die rückwärtige Tür und ein Mädchen im Teenageralter in grünem Kittel guckt in den Hof. Erst sieht sie nichts, dann reißt sie die Augen weit auf, als sie den rothaarigen Riesen entdeckt, der in dem Müllcontainer wühlt und Teakholzmöbel in Schulterhöhe stemmt.

»Hi, Sweetheart«, grüßt er. »Weißt du vielleicht, wo der Inhalt dieser Kommode gelandet ist?«

»Äh, nein«, sagt die junge Frau. »Was für Sachen sollen es denn gewesen sein?«

Hörður lässt die Kommode fallen, springt aus dem Container und klopft sich den Staub ab. »Kerzen, Räucherstäbchen, Duftöl und solches Zeug. Auch eine Voodoopuppe. Vor allem Bücher. Fantasy und Ähnliches, aber auch Bücher auf Englisch über Spirituelles, Hypnose und so. Die interessieren mich besonders.«

Die Verkäuferin bittet ihn ins Haus. »Du darfst dich gern drinnen umsehen. Ist es dienstlich?«

»Ja.« Hörður schaut sich um. Er steht in einem großen Raum, fast einer Halle, in der alles sortiert wird, was hier hereinkommt. Zuerst wird Unbrauchbares von noch Brauchbarem getrennt. Letzteres wird dann nach verschiedensten Warengruppen sortiert: Möbel, Bilderrahmen, Bücher, Kleidung, Spielzeug, Geschirr, Elektrogeräte und so weiter. Der aussortierte Müll landet in Abfallbehältern und solchen Containern wie dem, in dem Hörður gestöbert hat.

Außer der Verkäuferin halten sich noch zwei weitere Mitarbeiter in grünen Kitteln in der Halle auf, eine Frau und ein junger Mann.

»Weißt du, wann diese Kommode bei uns abgegeben wurde?«, fragt die Verkäuferin. Hörður nickt. »Am Mittwoch. Sie kam in einem Container vom Recyclinghof auf Grandagarður.«

»Dann ist er noch am selben Tag oder am Morgen darauf ausgeräumt worden. Was noch verwertbar war, ist dann jetzt vorne im Laden. Sieh dich dort ruhig um. Der Rest ist im Müll gelandet wie die Kommode.«

»Ich sehe mich dann mal ein wenig um.« Hörður geht in den Laden, der ebenfalls recht groß und noch, spärlich beleuchtet, menschenleer ist. Hörður war bereits einmal in dem Laden und weiß ungefähr, wo die verschiedenen Abteilungen sind, also nimmt er gleich Kurs auf die Bücherregale in der Mitte. Es gibt etliche Regalmeter voller Bücher, deren Zahl eher in die Tausende als in die Hunderte geht. Das Regal zum Thema Spirituelles ist allerdings nicht so groß. Darin stehen jede Menge Anleitungen zur Selbsthilfe und New-Age-Publikationen, aber keins der Bücher aus der Kommode.

Zwischen den wehleidigen und den mit positivem Denken überladenen New-Age-Schriften steht auch ein abgegriffenes Exemplar von Matthías Viðar Sæmundssons *Hexerei in Island*. Hörður nimmt es aus dem Regal und blättert darin. Das Buch ist zum einen eine historische Abhandlung, in der ausführlich die Geschichte der Hexerei in Island dargelegt wird, zum anderen handelt es von dem berühmten isländischen Buch der Hexerei, einem Pergamentband aus dem siebzehnten Jahrhundert, der verboten war und von Staat und Kirche als so gefährlich eingestuft wurde, dass man allein für den Besitz dieses Buches auf dem Scheiterhaufen verbrannt wurde.

Auf einer der Seiten entdeckt Hörður Abbildungen von zwei Zauberrunen, von denen ihm eine bekannt vorkommt. Sie war in schwarzer Farbe auf die Fassade des besetzten Hauses im Vatnsstígur gesprayt worden. Laut Buch ist ihr Name Ginfaxi, verwandt mit einer anderen Rune namens Gapaldur, und sie soll durch die enthaltene Rune Þurs »Trollkräfte« verleihen.

»Da ist ein bisschen was schiefgegangen«, murmelt Hörður vor sich hin. Er blättert ein paar Seiten zurück und liest den Anfang des ersten Kapitels:

»Warum sind Menschen von purer Bosheit fasziniert, obwohl das gegen ihre eigenen Bedürfnisse und frommen Wünsche geht? Aus welchen Tiefen entspringt diese zweischneidige und gefährliche Neigung, dieser innere Teufel, der aus jeder Öffnung des Körpers hervorbricht und einen in ein Scheusal mit Giftpfeilen an jedem Finger verwandelt und dich dazu bringt, dir ausgerechnet das sehnlichst herbeizuwünschen, was dir sonst am meisten widerstrebt?«

»Gute Frage«, brummt Hörður und liest weiter: »Es scheint sich um einen sehr ursprünglichen Drang zu handeln, denn die Verehrung des Bösen scheint in menschlichen Gesellschaften schon immer existiert zu haben. Die Erklärung dafür sollte offenkundig sein, obwohl man sie auf den ersten Blick schwer erkennen mag.«

Aha. Hörður klappt das Buch zu und stellt es an seinen Platz zurück. Er schaut auf und sieht die zweite Verkäuferin.

»Entschuldige«, sagt er. »Mittwoch oder Donnerstagmorgen wurden hier einige Bücher angeliefert. Können die schon alle verkauft sein?«

»Schon möglich«, sagt die junge Frau. »Besonders, wenn es sehr gesuchte Bücher sind. Es gibt viele Sammler, die hier täglich vorbeikommen. Um welche Bücher geht es denn?«

»Zum Beispiel die Satansbibel oder das *Necronomicon*, ein Handbuch für Teufelsanbeter, *The Anarchist Cookbook* und einige über Hypnose und solches Zeug.«

»Wenn sie nicht da stehen, sind sie schon weg«, sagt die Verkäuferin. »An eine Satansbibel kann ich mich nicht erinnern, aber vor Kurzem haben wir eine unbrauchbare Bibel bekommen. Sie ist in dem Abfallkarton dahinten.«

»Okay, danke.« Hörður geht zur Tür zurück, die in die Lagerhalle führt. Daneben hängen gerahmte Bilder, leere Rahmen und Spiegel. Einer ist von einem verschnörkelten Rahmen eingefasst. Es ist der Spiegel aus dem Möbellager, Hörður erkennt ihn wieder.

Er dreht um und geht zu dem Karton mit den unbrauchbaren Büchern. Darin liegt die Bibel aus der Kommode. Auch sie ist innen hohl wie das Wörterbuch. Er kramt in dem Karton, findet aber keine weiteren Bücher aus dem Möbellager. Er denkt noch einmal an den Spiegel. In einem der Kartons befanden sich auch gerahmte Bilder. »He!«, ruft er. »Was macht ihr mit gerahmten Fotos?«

Der junge Mann blickt auf, dreht sich langsam halb um und zeigt auf eine Holzkiste auf dem Boden. Obwohl er noch so jung ist, macht er schon den Eindruck eines Faultiers.

»Sind das hier Arbeitsplätze für Behinderte, oder was?«, knurrt Hörður unwillig. Er geht zu der Holzkiste, hebt sie auf einen Tisch und wühlt in den Stapeln von Fotos. Schnell findet er, was er gesucht hat, das Foto von Mummi litli im Schlachthof. Gleich springen ihm die Messer ins Auge. An der Wand des Schlachthauses hängt waagerecht eine Leiste, auf die ein Gummischlauch genagelt ist, der als Scheide für die Schlachtermesser dient. Soweit er erkennen kann, hängt dort die gleiche Sorte Messer, wie sie bei den Morden benutzt wurden.

»Bingo!«, sagt Hörður mit einem Grinsen auf den Lippen. Er schaut sich um und sieht noch eine weitere Holzkiste auf dem Boden. Darin liegen gebrochene Bilderrahmen. Er schaut nach und findet darin den Rahmen mit dem dunkel getönten Glas, den schwarzen Spiegel aus Mummis Hinterlassenschaft.

Sein Gesicht erscheint darauf wie ein Gespenst aus der Dunkelheit.

Er neigt das Bild, pustet den Staub vom Glas und betrachtet den Rahmen auf beiden Seiten. Wie er noch in Erinnerung hatte, sieht es so aus, als sei das Glas auf der Innenseite schwarz gestrichen worden. Sonst ist an dem Rahmen nichts Auffälliges zu sehen, aber er nimmt ihn zusammen mit dem Foto trotzdem mit.

Hörður setzt sich an einen freien Tisch im Gemeinschaftsbüro, dreht und streckt die Schultern und holt tief Luft. Neben ihm liegt ein unordentlicher Stapel Papier, Ausdrucke von Gerichtsurteilen, Interviews und Zeitungsartikeln, dazu handschriftliche Notizen und kurze Zusammenfassungen, die außer ihm niemand entziffern kann. Oben auf dem Stapel liegen die drei Dinge, die er aus dem Guten Hirten mitgenommen hat, die Bibel, das Foto und die gerahmte Dunkelheit.

Das Foto liegt zuoberst, weil das, was es zeigt, seiner Meinung nach in direktem Zusammenhang mit den Verbrechen steht. Er muss nur noch eine Verbindung zwischen Aron und dem Schlachthof finden. Sollte der Anarchist in seiner Jugend ebenfalls dort gearbeitet haben, dann hat er zweifellos gelernt, mit solchen Messern umzugehen, und sollte Hörður das Glück günstig sein, dann hat Aron die Messer sogar von dort mitgehen lassen.

Zuerst schlägt er die Gelben Seiten des Telefonbuchs auf und sucht nach Fleischverarbeitungsbetrieben. So schrecklich viele dürfte es davon im Bereich und im Umland der Hauptstadt nicht geben. Er sollte Zeit genug haben, sie alle der Reihe nach anzurufen und zu fragen, ob sie vielleicht noch zehn Jahre zurückreichende Verzeichnisse ihrer Mitarbeiter aufbewahren. Es gibt sechzehn solcher Betriebe, davon liegen sechs außerhalb der Stadt. Bleiben noch zehn, die meisten in Reykjavík, zwei oder drei in Hafnarfjörður und Kópavogur.

Hörður nimmt den Telefonhörer in die Hand und will gerade die erste Nummer wählen, als sein Blick auf den zweiten Betrieb auf der Liste fällt: Einar A. Beck, Fleischverarbeitung.

Er reißt die Augen auf. Kann es wirklich so einfach sein? Er tippt die Nummer ein und wartet. Es klingelt lange, dann nimmt ein älterer Mann ab.

»Fleischverarbeitung, Einar am Apparat.«

»Guten Tag! Hier Hörður Grímsson von der Polizei. Kann es sein, dass du mit einem Aron Beck verwandt bist?«

Keine Antwort.

Hörður presst den Hörer ans Ohr. »Einar, bist du noch dran?«

»Ist er … gestorben?« Einar hört sich nicht mehr nach einem alten Mann an, sondern als liege er selbst im Sterben.

»Nein, keineswegs«, sagt Hörður. »Ich bin nur mit Ermittlungen in einem Fall befasst, mit dem er möglicherweise zu tun haben könnte. Wie seid ihr miteinander verwandt?«

»Es trifft wohl leider zu, dass ich sein Großvater bin. Der Junge ist eine Quelle von Leid und Unglück. Ich habe angenommen, er sei gestorben, jemand hätte ihn vielleicht umgebracht. Und das Schlimmste ist, ich war erleichtert.«

»Ach so, tja«, räuspert sich Hörður. »Könntest du mir bitte noch eins sagen? Hat er jemals bei dir in der Fleischerei gearbeitet?«

»Das trifft wohl zu, ja«, bestätigt Einar. »Er und sein Freund Mummi waren ein oder zwei Sommer hier. Mummi war ein anständiger Kerl. Aber er war in schlechter Gesellschaft. Aron hat nie einen Handschlag getan, außer wenn er etwas kaputt machen und verderben konnte.«

»War er fasziniert von den Messern?«

»Rufst du mich etwa an, um das zu fragen?«, erkundigt sich Einar müde.

»Sind damals Messer verschwunden?«, fragt Hörður. »Schlachter- oder Filetiermesser?«

»Es ist andauernd etwas verschwunden. Geld, Fleisch, Werkzeug.«

»Und Messer?«

»Alles, was nicht niet- und nagelfest war«, sagt Einar. »Weiter kann ich dir nicht helfen. Es ist so lange her. Und meinem Enkel kann ich auch nicht helfen.«

»Du hast mir sehr geholfen, vielen Dank«, sagt Hörður und legt auf. Das Telefonat mit dem alten Mann war nicht gerade munter, aber Hörður lächelt zufrieden vor sich hin. Er hat bekommen, was er brauchte. Es hätte nicht besser laufen können.

Hörður schaltet den Computer ein und knackt mit den Knöcheln, dann wirft er schnell einen Blick auf die Uhr. Es bleibt ihm noch genug Zeit, um eine kurze Zusammenfassung zu schreiben, bevor er sich zum Mittagessen mit Axel und Engilbert in der Kantine trifft.

Wo soll er anfangen?

Wie wäre es, eine Aufstellung über die Gegenstände in Mummis Möbellager zu machen? Er schaut auf den Stapel Papier und versucht, ein paar Blätter herauszuziehen, eine Kopie des Berichts über den Schädelfund, ohne die Bibel und den Bilderrahmen zu entfernen. Aber die Bibel rutscht auf die Tastatur und der Rahmen mit dem geschwärzten Glas fällt auf den Boden. Das Glas zerbricht, und zwei klingenförmige Scherben rutschen über den Linoleumbelag.

»Scheiße!« Hörður läuft vor Wut und Scham rot an. Musste das verdammte Ding unbedingt kaputtgehen? Was für ein ungeschickter Tollpatsch er aber auch war! Er hebt die Scherben auf und wirft sie in den Abfallkorb, dann betrachtet er den Rahmen, der sonst weiter keinen Schaden genommen zu haben scheint.

Aber was ist das denn?

Hinter dem Glas steckt ein Bild. Wo die herausgebrochenen Scherben waren, werden schlanke Beine und weiße Turnschuhe sichtbar.

Hörður dreht den Rahmen um, löst den Rücken und nimmt ihn ab. Dann hebt er das Bild heraus und dreht es um. Es ist ein altes Farbfoto. Auf ihm steht ein vielleicht elfjähriger Junge an einem isländischen See. Es ist der kleine Mummi. Hörður kennt den Augenausdruck. Im Hintergrund sind unscharf ein Wäldchen und einige Jungen zu sehen, die einen Kajak zu Wasser lassen. Mummi trägt eine kurze Hose und ein T-Shirt, auf dessen Brust das Abzeichen des CVJM gestickt ist. Er blickt direkt in die Kamera, lächelt aber nicht.

Sommerzeltlager in Vatnaskógur?

Hörður parkt Engilberts Geländewagen auf einem Parkplatz vor einer Reihenhauszeile in der Oststadt. Laut Einwohnermelderegister soll der Pastor in der Hausnummer 16 wohnen. Sofern Ingimar noch Pastor ist, heißt das, und man ihm nicht Amt und Talar genommen hat. Als verurteilter Sexualstraftäter und all das.

Der Parkplatz liegt am Ende der Häuserzeile, die in ein begrüntes und ruhiges Vorstadtviertel ragt. Vor einem halben Jahrhundert gab es hier noch keine Bebauung, höchstens den einen oder anderen Pferdestall oder ein kleines Bauernhaus. Aber es ist auch noch nicht so sehr lange her, dass auf dem ansonsten leeren Skólavörðuhügel eine Windmühle stand und durch die Lækjargata ein stinkender Bach floss. Damals war die Hauptstadt ein winziges Nest, und eigentlich ist sie das immer noch.

Hörður lässt Jacke und Mütze im Auto zurück. Er geht ein paar Stufen hinauf und dann einen gepflasterten Weg an der Vorderfront der Häuser entlang. Das Haus des Pastors steht am Ende der Zeile im Schatten eines großen Ahorns.

Auf der verwitterten Haustür ist ein dunkler Abdruck, wo früher ein Schild mit dem Namen der Bewohner hing.

Warum mag das Schild abgeschraubt worden sein? Hörður klingelt, das Klingeln ist drinnen laut zu hören. Er wartet, tritt schließlich ein paar Schritte zurück und blickt an der Fassade des zweigeschossigen Hauses hinauf. Die Fenster sind dunkel, es kommt niemand zur Tür.

Es ist kalt im Schatten.

Auf der Rückseite der Reihenhäuser liegen eingezäunte Gärten. Dort scheint die Sonne hin, und Hörður geht auf lautlosen Gummisohlen nach hinten. Jedes Haus besitzt eine Tür zum Garten mit einer sonnenbeschienenen Terrasse davor. Im Obergeschoss gibt es einen kleinen Balkon vor einem Zimmer, das Hörður für das größte hält. Ein Garten ist schöner als der andere, grün, der Rasen frisch gemäht, es gibt Rosensträucher und Sommerblumen.

In allen bis auf einen.

Der Garten des Pastors ist ungepflegt und zugewuchert, die Büsche wurden seit Langem nicht mehr beschnitten, es wachsen keine Sommerblumen, auf der Wiese steht ein halber Wald von Hahnenfuß und Löwenzahn. Auf der ausgebleichten Terrasse hängt Wäsche auf einem Wäscheständer, ausschließlich Männerkleidung. Die Sonne knallt auf die staubigen Scheiben, die Gardinen dahinter sind sorgfältig zugezogen.

Hörður blickt sich um, dann steigt er über den niedrigen Zaun in den Garten. Er watet durch das Unkraut und springt auf die Terrasse. Die Tür ins Haus ist verschlossen. Erfolglos versucht er, durch die Fenster zu spähen.

Was tut er eigentlich? Wonach sucht er? Er kann sich nicht sicher sein, ist aber überzeugt, dass der Pastor ein wichtiger Stein in dem Puzzle ist, das er zusammensetzen will. Was damals im Vatnaskógur vorgefallen ist, könnte eine Art Anfangspunkt sein, zumindest ist es nicht undenkbar, dass der mutmaßliche Missbrauch, dessen Opfer der kleine Mummi damals wurde, der Auftakt zu seinem traurigen Ende war.

Neben der Terrassentür steht ein schmales, hohes Fenster offen. Hörður schaut über die Schulter zurück, dann schiebt er den linken Arm durch das Fenster und versucht, die Verriegelung der Tür zu erreichen. Er schafft es fast, aber nicht ganz.

Auf der Wäscheleine hängt ein hellblaues Hemd auf einem Drahtbügel. Er legt das Hemd über den Ständer, nimmt den Kleiderbügel und schiebt ihn durch das Fenster. Er stochert ein wenig mit dem Bügel, schafft es, ihn über den Riegel zu bugsieren, und zieht den Riegel zurück.

Voilà!

Die Tür steht offen. Aber will er wirklich illegal in das Haus eindringen? Hörður schiebt juristische Bedenken und gesunden Menschenverstand beiseite, zieht die Tür auf und tritt ein. Jetzt ist es getan. Es gibt kein Zurück mehr.

Er steht in einem abgedunkelten Wohnzimmer, das weitestgehend leer ist. Ein Sessel, ein Zeitungsständer und ein Fernseher sind die einzigen Möbel in dem großen Raum. Weder ein Bild an der Wand noch eine Stehlampe. Auf dem Teppichboden sind Abdrücke einer Sitzgruppe und von Schränken zu sehen, an den hellen Wänden gibt es Flecken, wo vorher einmal Bilder hingen.

Das Zimmer wurde offensichtlich ausgeräumt. Jemand ist ausgezogen. Wahrscheinlich ist der Pastor geschieden, seine Frau dürfte ihn verlassen haben, und das nicht erst gestern oder vorgestern. Vermutlich ist es Monate her, wenn nicht Jahre. In diesem Haus ist lange nicht mehr Staub gewischt und Staub gesaugt worden.

Hörður schleicht weiter und steigt zwei Stufen hinauf auf ein Podest, das vielleicht einmal als Essplatz diente. Daneben befindet sich eine Vertiefung in der Mitte des Hauses, jenseits davon der Hauseingang mit der Tür, vor der er vor einigen Minuten stand, auf der anderen Seite eine unaufgeräumte kleine Küche. Zwischen Flur und Küche führt eine steile Treppe ins Obergeschoss. Unter der Treppe ist eine kleine Tür, die Hörður öffnet. Dahinter eine dunkle Treppe in den Keller. Ein Geruch nach Schimmel, Waschmittel und Abwasser steigt von dort herauf.

Soll er unten oder oben anfangen?

Hörður schließt die Tür und steigt die Treppe hinauf – etwas zieht ihn dorthin, Instinkt oder Intuition. Oben erwartet ihn ein kurzer Flur mit jeweils zwei geschlossenen Türen zu beiden Seiten. Die erste Tür links gehört zu einem kleinen Zimmer, das wohl einmal ein Kinderzimmer war, jetzt aber wie ein leerer Abstellraum aussieht. Rechts ist das Bad, in dem es nach Urin riecht. Die nächste Tür links öffnet sich zu einem Schlafzimmer mit breitem Ehebett, von dem augenscheinlich nur eine Hälfte benutzt wird. Es ist warm und stickig darin und riecht nach Altersheim. Gegenüber liegt das Büro des Pastors, nach dem Hörður gesucht hat.

Er tritt ein und schaut sich um. Es gibt einen Schreibtisch, auf dem ein PC steht, einen Bücherschrank, einen Aktenschrank, eine Liege und eine große hölzerne Truhe. An den Wänden hängen ein Kruzifix, Heiligenbilder und mehrere gerahmte Fotos.

Hörður betrachtet die Liege. Hat er darauf den Jungen vergewaltigt? Er schaltet den alten PC ein, der lange braucht, um hochzufahren. Was wird er auf der Festplatte finden? Buchhaltung oder Kinderpornografie? Während der PC noch hochfährt, öffnet Hörður die Schreibtischschubladen, findet aber nichts weiter als einen Stift, Büroklammern und weiße Kerzen. Die Truhe ist abgeschlossen. Was mag wohl drin sein?

Fotos von nackten Männern oder Knaben? Sextoys? Soll er sie aufbrechen? Oder von Axel einen Durchsuchungsbescheid erbitten?

Hörður schaut sich nach etwas Geeignetem um, mit dem er den Truhendeckel aufstemmen könnte. Dabei fällt sein Blick auf eines der Fotos an der Wand … nein, auf mehrere. An einer Wand hängt eine ganze Bilderserie von sehr ähnlichen Fotos, alle zu verschiedenen Zeiten am selben Ort aufgenommen.

Er geht hin und besieht sie genauer.

Auf allen sitzt oder steht eine Gruppe Jugendlicher vor einer Hütte oder einem Sommerhaus. Die Jungen tragen kurze Hosen und T-Shirts, alle mit dem Abzeichen des CVJM auf der Brust.

Die Sommerlager im Vatnaskógur.

Hörður betrachtet die Aufnahmen und ihre Jahreszahlen genau, grenzt die Suche ein und findet bald die richtige mit dem Jungen, nach dem er gesucht hat. Da ist er. Guðmundur Vífill Marínósson im Alter von etwa zehn oder elf Jahren. Mummi sitzt in der vordersten Reihe, auffällig klein und schmächtig. Der Junge hinter ihm hat ihm die Hand auf die Schulter gelegt. Ein schlanker Junge mit schwarzen Haaren, hohen Wangenknochen und stechenden Augen: Aron Beck.

Mit auf dem Bild ist ein junger Mann in Pfadfinderkluft. So etwas wie ein Gruppenführer. Hinter ihm steht halb im Schatten des Hauses ein erwachsener Mann. Blond, sonnengebräunt, Bart, in grauem Anzug und schwarzem Haar mit weißem Priesterkragen.

Séra Ingimar Jósefsson.

Hörður lässt den Blick über die Jungengruppe gleiten, über die Reihe unschuldiger Gesichter, von denen einige schon lebenserfahren wirken, andere traurig und noch andere gequält. Was für Erinnerungen haben sie von diesen Sommeraufenthalten mit nach Hause genommen?

Hörður glaubt, auch Tryggvi Leó und Egill Þór identifiziert zu haben, ist sich noch nicht ganz sicher. Dann waren sie anscheinend alle da, die späteren Anarchisten, vielleicht nicht alle. Ob der Pastor sie alle missbraucht hat? Oder nur einige von ihnen?

Macht das einen Unterschied?

Hörður nimmt den Rahmen von der Wand und staubt ihn ab. Er legt ihn mit dem Gesicht nach unten auf den Schreibtisch, öffnet die Rückseite und nimmt das Foto heraus. Der Computer gibt ein bekanntes Piepen von sich. Hörður blickt auf den Bildschirm. Da steht die Frage nach einem Passwort.

Na klar, hätte man sich denken können!

Hörður schaltet den Computer aus. Im selben Moment fliegt unten die Haustür auf. Hörður stellen sich die Nackenhaare auf, sein Blut stockt in den Adern.

Pastor Ingimar ist nach Hause gekommen.

Hörður hört Schritte, das Klimpern von Schlüsseln und ein unterdrücktes Husten. Was soll er tun? Was *kann* er tun? Aus dem Haus rennen? Sich verstecken?

Sein Herz hämmert in der Brust, Schweiß bricht ihm aus. Er ist in ein Haus eingebrochen und wird gerade in flagranti ertappt. Was hat er sich bloß dabei gedacht?

Von unten dringt das Geräusch von laufendem Wasser herauf, dann klappert Geschirr. Der Pastor ist in der Küche, trinkt ein Glas Wasser oder setzt Kaffee auf.

Hörður beißt sich auf die Lippe.

Soll er auf Gedeih und Verderb abwarten oder die Initiative ergreifen?

Er schaut auf die Uhr. Ihm läuft die Zeit davon. Er darf sich nicht aufhalten lassen. Er ist Polizist, und er ist im Dienst. Einbruch hin oder her, Durchsuchungsbeschluss oder nicht, er wird sich nicht von einem alten Sexualverbrecher einschüchtern lassen!

An diesem Vorsatz richtet er sich auf, verlässt das Büro mit dem Foto in der Hand und trampelt die knarrende Treppe hinunter wie ein Zirkuselefant auf dem Weg in die Manege.

In der Küche fällt ein Glas zu Boden, dann schaben Stuhlbeine über den Fußboden. Der Pastor hat den ungebetenen Eindringling bemerkt, der ihn schon mit Autorität in der Stimme ruft, bevor er im Türrahmen erscheint.

»Ingimar Jósefsson!«

Der Pfarrer antwortet nicht. Er kommt aus der Küche gestürmt, bleibt aber wie angewurzelt stehen, als er den rothaarigen Riesen erblickt, der ihn überragt.

»Wer bist du?«, schnappt der alte Mann. »Und was hast du hier zu suchen?«

Hörður mustert ihn, gibt aber keine Antwort.

Ingimar ist selbst relativ groß. Sein Haar ist weiß, und er trägt einen schlecht getrimmten Vollbart, der um den Mund gelblich ist. Das Gesicht ist blass und aufgedunsen, die Nase blau geädert, die Augen sind blutunterlaufen. Er war wohl einmal kräftig, aber die Zeiten sind vorbei.

»Reicht es denn noch nicht?«, keift der alte Pfarrer. »Wann hört die Polizei endlich damit auf, mich und meine Angehörigen zu verfolgen? Wann ist endlich Schluss damit?«

»Wovon redest du?«, fragt Hörður. Dann fällt ihm ein, dass Gísli Már ein Neffe des Pastors ist.

»Das ist mein Haus!« Ingimar schäumt vor Wut. Oder ist es Angst? Er bemerkt das Foto. »Was hast du da?«

»Ich bin von der Polizei«, antwortet Hörður.

»Das ist ja nicht zu übersehen. Aber du hast trotzdem kein Recht, hier zu sein.«

»Die Terrassentür stand offen«, sagt Hörður.

Ingimar wirft einen Blick über die Schulter. »Das ist eine Lüge. Ich …«

Hörður bringt ihn zum Schweigen, indem er die linke Hand hebt. »Du kannst vielleicht kleine Jungen einschüchtern, aber nicht mich.«

Der Pastor will etwas erwidern, bricht aber ab. Er sieht den Polizisten mit einer Mischung aus Bosheit und Widerwillen an.

Hörður zeigt ihm das Foto. »Ich bin gekommen, um Beweismaterial für einen Fall zu sichern, in dem ich ermittle. Dieses Foto nehme ich mit. Es ist ein Beweismittel.«

»Hast du einen Durchsuchungsbeschluss?«, fragt Ingimar. »Wenn nicht, zeige ich dich an wegen Hausfriedensbruchs und Diebstahls.«

»Willst du einen Beschluss mit Brief und Siegel?«, fragt Hörður. »Meinetwegen. Kannst du haben. Dann will ich aber auch einen Blick in die Truhe oben im Büro werfen und die Festplatte deines Computers durchsuchen.«

Der Pfarrer öffnet den Mund und klappt ihn wieder zu. Er riecht aus dem Mund, in seinen glaukomgeschädigten Augen liegen dunkle Schatten und in seinen Mundwinkeln hängt gelbliche Spucke. Der Mann ist ein Monster. Ein widerliches altes Monster.

Hörður empfindet Ekel. Wohin hat er wohl die Jungen in Vatnaskógur abgeschleppt? Auf sein Zimmer? In die Kapelle?

»Was hast du mit den Jungen angestellt?«, fragt Hörður kalt. »Hast du sie betatscht? Oder hast du dich von ihnen befingern lassen? Wie weit bist du gegangen?«

»Das Verfahren wurde eingestellt«, sagt Ingimar heiser.

Hörður schnaubt, geht dann in den Flur und öffnet die Haustür. »Das Foto bekommst du wieder.«

»Wann?«, fragt der Pastor aggressiv.

Hörður dreht sich in der Türöffnung noch einmal um, als ihm ein Einfall kommt. »In den persönlichen Sachen von Guðmundur Vífill habe ich ein Foto gefunden. Eine Aufnahme von ihm in Vatnaskógur, als er noch ein Junge war. Weißt du, wer das Bild gemacht hat? Waren das seine Eltern?«

Der Pastor sieht ihn an, als sei er der Teufel persönlich, gibt ihm aber keine Antwort.

»Warst du es etwa?«, fragt Hörður.

»Fahr zur Hölle!«, knurrt Ingimar.

»Ich bin ja nicht deinesgleichen«, antwortet Hörður, bevor er die Tür hinter sich zuschlägt. Er schüttelt sich und eilt zum Parkplatz. Er hat einen schlechten Geschmack im Mund und möchte ihn gern loswerden. Als er sich in den Wagen setzt, steckt er sich erst einmal eine Zigarette an.

In Momenten wie diesen wünscht er sich besonders innig, dass es einen Gott geben möge, ein Himmelreich – und eine Hölle. Dass es Sinn und Gerechtigkeit auf der Welt gäbe und einen weit entfernten Ort irgendwo in der Schöpfung für Menschen wie Pfarrer Ingimar Jósefsson.

Hörður geht auf dem Gang vor dem »Schwimmbad« auf und ab, dem Vernehmungsraum der Kripo. Er hält einen Stapel loser Blätter in der einen Hand und das ausgehöhlte Wörterbuch in der anderen. Schweißperlen stehen ihm auf der Stirn, und er hat ein flaues Gefühl im Bauch. Er wartet auf Axel und Engilbert, die er nicht gesehen hat, seit sie an einem Ecktisch in der Kantine zusammen ein Fleischcurry gegessen haben. Dabei berichtete er ihnen von seiner Arbeit am Vormittag und übergab ihnen eine schriftliche Zusammenfassung, die sie jedoch kaum beachteten. Den Besuch bei Ingimar unterschlug er allerdings, und er hofft inständig, dass der Pastor ihn nicht wegen Hausfriedensbruchs anzeigt. Er erzählte den beiden, das Foto aus dem Vatnaskógur habe er beim Guten Hirten gefunden, was nicht ganz der Wahrheit entsprach, aber auch nicht ganz falsch war. Das größte Interesse hatten Axel und Engilbert an der möglichen Herkunft der Fleischermesser gezeigt, sie wollten einen Streifenbeamten schicken, um die Messer aus Einars Schlachterei abzuholen und sie vergleichen zu lassen. Das geringste Interesse zeigten sie für die Spur in den Vatnaskógur und den Umstand, dass Gísli Már das Enkelkind des Mannes war, den Mummi wegen sexuellen Missbrauchs angezeigt hatte. Zu schwach, zu weit hergeholt, ihrer Ansicht nach.

Sie würden als Nächstes Aron verhören wegen seiner Verbindungen zu den mutmaßlichen Tätern und zu den beiden Morden. Aus diesem Grund müsse der Fokus ganz auf diesen Verbindungen liegen, und zwar ganz besonders und ausschließlich auf *physischen* Verbindungen, wie Axel es ausdrückte.

Damit hatten sie Hörður wieder nach unten geschickt, damit er sich noch besser vorbereiten konnte – sollte heißen, um sämtliche Lücken zu schließen und die Anklage nicht weniger als absolut wasserdicht zu machen, um noch einmal Axel zu zitieren. Hörður erhielt für seine Arbeit nicht das kleinste Lob, nicht einmal andeutungsweise durch die Blume, geschweige denn eine Anerkennung, ein Lächeln oder einen Schlag auf den Rücken. Seine einzige »Beförderung« bestand darin, dass er sich zu ihnen an den Tisch in der Ecke setzen durfte, Axels Tisch.

Allerdings vertrug Hörður das Currygericht nicht besonders, er war mehr der Typ, dem gekochter Schellfisch und Kartoffeln zusagen, und anstatt sich konzentriert mit den ihm übertragenen Aufgaben zu beschäftigen, hat er die letzten anderthalb Stunden damit zugebracht, alle sieben Minuten das Klo aufzusuchen und dort schwitzend zuzuhören, wie sich seine Därme und sein Verdauungstrakt geräuschvoll entleerten.

Er schaut auf die Uhr. Es ist drei Minuten nach drei, und soweit er weiß, wartet Aron Beck in Begleitung zweier Polizisten im fensterlosen Vernehmungsraum. Obwohl er kaum mehr als achtzig Kilo auf die Waage bringt und einen gebrochenen Arm hat, steht der Anarchist ganz oben auf der Top-Ten-Liste der gefährlichsten Verbrecher des Landes. Er ist sowohl skrupellos als auch unberechenbar und sitzt wegen Verbrechen gegen die Staatsgewalt in Haft.

Hörður atmet tief durch und versucht, seine Nerven und seine Eingeweide zu beruhigen. Er fühlt sich wie ein Schauspieler fünf Minuten vor Beginn der Premiere. Er hat noch nie zuvor jemanden verhört, bloß trockene Protokolle wegen Verkehrsverstößen und Trunkenheit verteilt. Jetzt kommt die ganz große Bühne, Ermittlungen in Mordfällen und ein ausgekochter Verbrecher, der clever und mit allen Wassern gewaschen ist.

Hat die Vernehmung etwa schon begonnen? Hörður will schon anklopfen, als er Schritte hört. Axel M. Axelsson und Engilbert Gústafsson kommen mit schnellen Schritten, genauso cool und konzentriert wie Fußballprofis, obwohl sie völlig unterschiedlich aussehen und auftreten. Axel ist wie aus dem Ei gepellt, als wollte er in die Kirche gehen, und er duftet nach gutem Aftershave. Engilbert ist unrasiert und verknittert wie der Held in einem Raymond-Chandler-Krimi. Seine Augen sind rot gerändert, und er hat ein Streichholz zwischen den spröden Lippen.

»Na dann«, sagt er.

Axel drückt Hörður eine dünne Aktenmappe mit Gummiband in die Hand. »Für deine Unterlagen. Damit die Papiere nicht auf dem Boden landen.«

»Danke.« Hörður ist vor Stress ganz heiser. Er klemmt das Wörterbuch zwischen die Knie, öffnet die Mappe, stopft seinen Stoß Unterlagen hinein und lässt das Gummi zuschnappen.

»Die Ergebnisse der Laboranalysen von den Blutproben der drei Mädchen sind gekommen«, sagt Axel. »Viel Brauchbares lässt sich damit natürlich nicht anfangen, weil die Proben erst zwölf Stunden nach ihrem Betreten der Kaffibar genommen wurden. Immerhin gehen die Ergebnisse eindeutig in dieselbe Richtung. Das ist schon mal positiv. In allen Proben fanden sich Reste von Alkohol und winzige Mengen von Buttersäure, kaum messbar.«

»Aber doch winzige Mengen«, sagt Hörður.

»Ja, und das ist viel besser als nichts«, sagt Axel. »Das Gute ist, dass dadurch ihre Aussage bestätigt wird, sie hätten nicht übermäßig viel getrunken.«

»Sollen wir?« Engilbert zeigt auf die geschlossene Tür.

»Betti und ich führen das Verhör«, erklärt Axel. »Ich sitze dem Zeugen gegenüber, du sitzt rechts neben mir. Manchmal werde ich dir das Wort erteilen. Bleib ruhig und nimm dir die Zeit, die du brauchst. Die Zeit ist auf unserer Seite. Wir sprechen langsam, wir legen Kunstpausen ein und schweigen, wenn es angebracht ist. Wir ziehen die Sache schön in die Länge. Anstatt den Zeugen unter Druck zu setzen, spannen wir ihn auf die Folter und versuchen, ihn zum Reden zu bringen, indem wir ihm indirekt das Wort erteilen. Nur wenige halten ein Schweigen über längere Zeit aus. Kannst du mir folgen?«

Hörður nickt. Er saugt jedes Wort auf. Er ist hier in der kriminalistischen Meisterklasse und will nichts verpassen.

»Dann legen wir los.« Axel öffnet die Tür und lässt Engilbert und Hörður vor sich eintreten.

Die Kulisse ist grünblau. Die Farbe erinnert an das Wasser in einem Schwimmbad, und der Raum wirkt dadurch größer, als er ist. Man hat das Gefühl, in die Wände hineinschwimmen zu können und in die Tiefe zu verschwinden. Mitten im Raum steht ein einfacher Tisch, viereckig, auf Stahlbeinen. Aron Beck sitzt am Kopfende, je ein Polizist in Uniform zu beiden Seiten, und beobachtet grinsend den Einmarsch des Triumvirats. Er trägt eine schwarze Jogginghose und ein glänzendes schwarzes Trikot, das so eng anliegt, als sei es ihm auf den Oberkörper geklebt. Er hat sich die Haare und die Augenbrauen abrasiert. Sein Kopf ist so haarlos und glatt wie ein Kinderpopo. Seine geweiteten Nasenlöcher lassen an eine Schlange denken, und seine starrenden Augen scheinen größer geworden zu sein. Um den Hals trägt er das Knochenstück mit der Rune. Sein linker Unterarm ist noch immer in Gips, auf dem etwas geschrieben steht.

Auf der ihm gegenüberliegenden Tischseite stehen drei leere Klappstühle aus Metall. Auf dem Tisch ein Aufnahmegerät, ein Notizblock und Bleistifte.

»Ein dreiköpfiges Aufgebot, nicht schlecht«, sagt der Anarcho. »Und der Steppenwolf persönlich an der Spitze, frisch rasiert und fein gemacht. Man erweist mir Ehre, das lässt sich nicht leugnen. Ich kann mich nicht beklagen.«

Aron grinst breit und tut ganz gelassen, doch seine Muskeln zucken, und in seinen Augen kann man Misstrauen und mit Wut gemischte Angst lesen.

»Danke, dass du gekommen bist«, sagt Axel und nimmt auf dem mittleren Klappstuhl Platz. Engilbert und Hörður setzen sich zu seinen Seiten. »Wie dir zweifellos bekannt ist, bist du als Zeuge vorgeladen. Es ist eine offizielle Vernehmung, aber du bist hier nicht in Haft. Bis auf Weiteres jedenfalls.«

»Das hier müsst ihr entschuldigen«, sagt Aron und zeigt auf den Gips. »Es stammt von meinem Kumpel Bibbi.«

Auf dem Gips steht mit schwarzem Filzstift geschrieben: BULLEN SIND SCHWEINE.

»Sehr erwachsen«, brummt Engilbert.

»Hast du gestern was getrunken, Betti?«, fragt Aron spöttisch. Der Kommissar geht wortlos darüber hinweg.

Hörður legt die Aktenmappe und das Wörterbuch vor sich auf den Tisch. Aron wirft einen Blick auf das Wörterbuch, und es geht ein Zucken durch seinen Unterkiefer.

»Es steht dir zu, einen Anwalt beizuziehen«, sagt Axel. »Wünschst du einen?«

»Ich bin gut und rein«, antwortet Aron. »Ich habe nichts verbrochen und nichts zu verbergen.«

»Schön«, sagt Axel.

Aron mustert sie einen nach dem anderen. »Sagt, wäre es nicht besser gewesen, wenigstens eine Frau dabei zu haben? So wegen der Quote, meine ich. Das sieht hinterher im Protokoll gar nicht gut aus.«

»Ich denke, hier stellen wir die Fragen.« Axel schaltet das Aufnahmegerät ein, nennt das Datum, den Namen des Zeugen und die der Vernehmenden.

»Zeuge?« Aron sieht den Leiter der Kripo herausfordernd an. »Zeuge wessen, wenn ich fragen darf?«

»Wir stellen die Fragen.« Axel räuspert sich. »Sind dir Tryggvi Leó Helgason und Egill Þór Birgisson bekannt?«

Aron zwinkert. »Ich kenne sie, ja. Das weißt du doch.«

»Sie werden gesucht wegen des Verdachts, an zwei Morden beteiligt zu sein«, sagt Axel. »Du hast sicher davon gehört, dass sie gesucht werden. Und die Morde werden dir kaum entgangen sein.«

Aron zuckt die Schultern und zwinkert mit den Augen.

»Hast du keine Meinung dazu?«, fragt Engilbert. »Nach deinen Freunden wird wegen Mordverdachts gefahndet. Lässt dich das völlig kalt? Glaubst du, sie sind schuldig? Oder sind sie unschuldig?«

Aron antwortet nicht. Er sieht den Kommissar bloß an wie eine langweilige Fernsehserie.

Hörður rutscht unruhig auf seinem Stuhl herum. Er hat den Eindruck, dass dieses Verhör nicht gut anfängt und Axel sein ursprüngliches Konzept aus der Hand genommen wird. Vielleicht hat der alte Steppenwolf seinen Talisman verloren.

»Sie werden gefasst werden«, verkündet Axel. »Und sie werden wegen zweifachen Mordes und gemeinschaftlicher Planung eines dritten verurteilt werden. Wir werden bei ihnen dafür Beweise finden, die nicht nur sie belasten, sondern auch dich, den eigentlichen Anstifter und Drahtzieher hinter den Anschlägen.«

»Ach ja?« Aron tut, als müsse er gähnen. »Ihr seid echt cool. Was für Beweise sollen das denn sein, wenn ich fragen darf?«

»Die Messer, mit denen die Attentate verübt wurden, stammen aus der Fleischerei deines Großvaters«, sagt Axel, »in der du und dein Freund Guðmundur Vífill als Jugendliche gejobbt habt.«

Aron schnaubt. »In jedem Fleischverarbeitungsbetrieb benutzen sie die gleichen Messer. Du machst wohl Witze. Glaubst du etwa, du findest *meine* Fingerabdrücke auf diesen Messern? Falls du es noch nicht wissen solltest: Ich sitze im Bau.«

»Im Prozess wird das nicht gut aussehen«, sagt Axel in aller Ruhe. »Für die Anklage spielen alle solche Verbindungen eine große Rolle. Sie erhöhen die Glaubwürdigkeit der Anklage und schwächen gleichzeitig die Position der Verteidigung.«

Aron seufzt. »Ich habe keine Ahnung, was Tryggvi und Egill in den letzten Wochen und Monaten so getrieben haben. Aber ihr könnt mir keine Verbrechen anhängen, die verübt wurden, während ich im Knast saß. Solche Anschuldigungen werden vor Gericht niemals gut aussehen, alter Mann.«

»Die Messer sind nicht alles«, sagt Axel.

»Ach, wirklich?«, höhnt Aron.

»Hörður, könntest du mal weitermachen?« Axels Frage ist natürlich ein Befehl.

Aron mustert Hörður. »Ich kenne dich doch. Sind wir uns nicht schon begegnet?«

Der Polizist räuspert sich. Er wird knallrot, und das flaue Gefühl in seinem Bauch macht sich wieder bemerkbar. »Wie Axel schon gesagt hat, bringen dich nicht nur die Messer mit den vermeintlichen Tätern und den beiden Morden in Verbindung. Letzten Dienstag hatte ich einen Einsatz. Ich wurde zu einem

Möbellager draußen auf Grandi gerufen, weil man in einem Aufbewahrungsraum einen menschlichen Schädel gefunden hatte. Außerdem fand sich da ebenfalls dieses Wörterbuch hier, das innen ausgehöhlt ist. In der Aushöhlung steckte eine Tüte mit blauen Ecstasytabletten. E-Tabletten der gleichen Art hatten die Menschen bei sich, die die Attentate verübten.«

»Richtig!«, sagt Aron. »Ihr habt die beiden Attentäter ja schon. Warum sucht ihr denn da noch nach Tryggvi und Egill?«

»Dazu kommen wir noch«, sagt Engilbert. »Mach weiter, Hörður!«

»Ja. Wie gesagt.« Hörður wischt sich den Schweiß von der Stirn. »Man hat also E-Tabletten gleichen Typs gefunden und ...«

Aron fällt ihm ins Wort. »Du hast gesagt, das Gerümpel habe Mummi gehört. Was hat dieses E-Zeug mit mir zu tun?«

»Es gab andere Dinge von dir in seiner Hinterlassenschaft«, sagt Hörður. »Bücher, die mit deinem Namen gezeichnet waren. Zumindest ein Buch. Über Hypnose. Du kennst es, richtig?«

Aron sieht ihm direkt in die Augen. »Nein. Ich habe niemals ein solches Buch besessen.«

Hörður muss lächeln. »Das kannst du nicht abstreiten. Ich habe dir das Buch gestern zurückgebracht.«

»Nein, hast du nicht«, sagt Aron. »Aber jetzt erinnere ich mich an dich. Du bist gestern im Gefängnis rumgeschlichen.«

»Du hast ihm das Buch zurückgegeben?«, fragt Axel ungläubig.

»Ja. Ich ...« Hörður räuspert sich noch einmal. »Ich wusste natürlich nicht, dass es sich um ein Beweismittel handelte.«

Aron breitet die Arme aus. »Ich habe keine Ahnung, von welchem Buch ihr redet.«

»Im Moment wird gerade deine Zelle durchsucht«, wirft Engilbert ein. »Die Wärter werden das Buch sicher finden.«

Aron grinst. »Nein, weil kein Buch da ist.«

»Es gibt Zeugen«, sagt Hörður rau. »Mein Kollege Vigfús hat das Buch gesehen und der Wärter, der mich in den Zellengang eingelassen hat, ebenfalls.«

»Welcher Wärter war das?«, fragt Aron.

Hörður wird rot. »Weiß ich jetzt nicht. Er hat sich nicht vorgestellt. Es war ein junger Mann. Ich würde ihn wiedererkennen.«

Aron schüttelt den Kopf. »Tut mir leid, das sagen zu müssen, Jungs, aber in eurem Gebäude steht kein Stein auf dem anderen.«

Axel stöhnt leise.

»Die E-Tabletten sind ein Fakt«, sagt Hörður. »Sie bringen dich in Verbindung mit …«

»Sachte, sachte!« Aron hebt die Hand und bringt Hörður zum Schweigen. »Du sagst, ihr hättet die E-Pillen am Dienstag gefunden, aber als du gestern mit mir gesprochen hast, hast du sie nicht erwähnt. Warum nicht?«

»Das Wörterbuch wurde am Dienstag gefunden, die Tabletten erst gestern, nachdem wir in Litla-Hraun waren.«

»Das hört sich sehr merkwürdig an«, stellt Aron fest.

Engilbert räuspert sich, als würde er dem Zeugen zustimmen. Axel flucht im Stillen.

»Erklär mir noch eins«, sagt Aron. »Hat eine offizielle Durchsuchung des Möbellagers stattgefunden? Wurden das Wörterbuch und damit die E-Pillen offiziell als Beweisstücke vom Fundort entfernt und als solche registriert?«

Hörður läuft flammend rot an. »Nein, da wussten wir ja noch nicht …«

»Was für ein alberner Zirkus ist das?«, fragt Aron wütend. »Wollt ihr mich verarschen? Oder seid ihr einfach bloß so verdammt unfähig?«

»Pass auf, was du sagst!«, schnappt Axel.

»Die Sache verhält sich folgendermaßen«, sagt Hörður mit vor Aufregung zitternder Stimme, »deine Kumpane flößen unschuldigen Menschen Buttersäure ein, hypnotisieren sie anschließend und befehlen ihnen, einen Mord auszuführen. Hypnotisiert werden diese Menschen gemäß deinen Anleitungen oder mithilfe von Tonbandaufnahmen deiner Stimme. Ihr habt einen Abgeordneten des Parlaments und einen Richter umgebracht, als Nächster ist wahrscheinlich ein Polizist an der Reihe, denn ihr attackiert den Großen Feind, von dem du in einem Interview mit *DV* gesprochen hast, die dreiköpfige Hydra, die ein Symbol für die drei Teilgewalten ist, die du dir auf deinen Arm tätowiert hast, L, J und E – Legislative, Judikative und Exekutive.«

Aron lacht höhnisch auf. »Was für eine Fantasie! Aber, erstens, sitze ich hinter Schloss und Riegel und hatte keinerlei Kontakt zu Menschen außerhalb davon. Zweitens kann ich gar nicht hypnotisieren und habe es nie gekonnt. Drittens ist dieses Interview, das du anführst, vollkommener Quatsch von A bis Z. Und viertens steht da kein J und kein E, sondern ein S und ein D, also LSD und nicht, was du hier verzapfst, Bulle.«

»Bullshit!«, platzt Hörður der Kragen. Er beugt sich vor und betrachtet das Tattoo. »Es stimmt nicht, was du sagst. Da steht kein S und kein D. Selbst wenn es so wäre, stünden sie in der verkehrten Reihenfolge, und es hieße LDS, aber nicht LSD.«

»Einer von euch Bullen hat gestern versucht, dem hirnlosen Fribbi eine Tüte blauer E-Pillen anzudrehen«, sagt Aron plötzlich aus heiterem Himmel. »Warst du das? Oder dein Kollege? Ist das der Grund, weshalb ihr die Dinger vorher nicht erwähnt habt? Wolltet ihr ein bisschen dealen?«

Hörður wird blass. »Woher willst du das wissen? Einer, der weggesperrt ist. Hast du vielleicht ein Telefon in deiner Zelle?«

Aron blickt zur Seite. »Nein. Aber so was spricht sich rum. Man hat es mir geflüstert. Durch den Wind, wie man so sagt.«

»Wovon redet er?«, fragt Axel.

»Er spuckt nur Gift und Galle.« Hörður hat Angst, ist aber auch wütend, und er lässt seiner Wut die Zügel schießen, um die Angst zu ersticken. »Achtet nicht auf den Dreck, den diese Schlange verspritzt. Dieses ausgekochte Arschloch glaubt …«

»Hörður«, mahnt Axel väterlich.

»Entschuldige!« Hörður holt tief Luft. »Er provoziert uns bloß. Er wollte mich wütend machen und …«

Aron grinst breit.

»Mach mal eine kurze Pause«, sagt Axel mit leiser Stimme. »Engilbert und ich führen die Vernehmung fort.«

»Ist klar.« Hörður erhebt sich und wirft dabei ungeschickt seinen Klappstuhl um, stellt ihn wieder hin und stapft eilig zur Tür. Erst nachdem er sie von außen geschlossen hat, merkt er, dass er die Mappe auf dem Tisch vergessen hat.

Aber das macht jetzt nichts. Es macht überhaupt nie mehr irgendwas. Er hat's versaut. Er hat die goldene Gelegenheit vermasselt.

Hörður fährt in den zweiten Stock, zur Kantine. Bis auf das Personal, das noch mit dem Abwasch beschäftigt ist, ist sie leer. Am liebsten möchte er ein ganzes Glas Schlaftabletten schlucken, aber vorläufig muss das Gegenteil davon reichen: abgestandener, pechschwarzer Kaffee. Mit einem Becher davon latscht er über den frisch geputzten Fußboden und lässt sich auf einen Platz am Fenster fallen.

Aron Beck ist besser vorbereitet zum Treffen erschienen als er selbst. Er hat ihm sämtliche Waffen aus der Hand geschlagen, seine Glaubwürdigkeit unterhöhlt, ihn übertrumpft und ihn völlig aus der Fassung gebracht.

Hörður verbirgt sein Gesicht in den Händen. Warum hat er das nicht vorhergesehen? Wie konnte er nur so dumm sein?

Er ist vollkommen betäubt, hat einen trockenen Mund und einen erhöhten Puls wie nach einem Unfall oder unter Schock. Und das ist er auch. Eine solche Gelegenheit kommt nie wieder. Nie. Sein Traum von einer Aufnahme in die Kriminalpolizei hat sich in einen Albtraum verwandelt.

Beförderung? Eine bessere Stellung? Das kann er vergessen.

Hörður trinkt von dem eklig bitteren Kaffee. Er schaut aus dem Fenster und versucht, auf andere Gedanken zu kommen. Die Aussicht gibt nicht viel her: Der Busbahnhof am Hlemmur, Asphalt, Busse, der Rauðarárstígur. Das einzige ansehnliche Bauwerk in Sichtweite ist das alte Gaswerk – wie eine Blaubeere in der Hölle unter all den geistlosen Betonklötzen. Der Busterminal Hlemmur ist eines der hässlichsten Gebäude des Landes. Reykjavík ist eine überwiegend hässliche Stadt, schlecht geplant, kalt und zugig. Nicht bloß zugig, sondern so stürmisch und kalt, dass die Einwohner ihre Häuser am liebsten gar nicht verlassen. Wenn sie es dennoch tun müssen, dann am liebsten gleich im Auto direkt aus der Garage.

Beton, Kälte und Staub.

Nekropolis – Stadt der Toten.

Hörður trinkt den Kaffee, der mehr Teer ist als alles andere, flüssige Finsternis. Auch er steckt voller Finsternis. Bald werden die kurzen, dunklen Tage mit voller Macht anbrechen. Dann wird es mehr oder weniger den ganzen Tag über dunkel sein. Jeden Tag.

Frost, Dunkelheit und Depression. Herrlich.

Er schmatzt den teerigen Kaffee und guckt uninteressiert aus dem Fenster. Mann, würde er jetzt gern eine rauchen. Ein blauer Pkw parkt vor dem Präsidium ein, gleich beim alten Gaswerk. Ein etwa zwanzig Jahre alter Volvo. Ein alter Mann steigt aus, graue Haare, Vollbart, heller Mantel. Er öffnet die hintere Tür und nimmt eine rote Sporttasche vom Rücksitz.

Der Alte schlägt die Tür zu und schließt den Wagen ab, dann blickt er an der Fassade des Gebäudes hinauf, bevor er auf den Haupteingang zugeht.

Hörður reißt die Augen auf. Teufel noch mal, das ist doch kein anderer als Pastor Ingimar. Was will der denn?

Ihn etwa wegen Hausfriedensbruchs anzeigen?

So gestresst, dass er alles wie durch einen Nebel sieht und fast das Gleichgewicht verliert, steht Hörður auf. Er verlässt die Kantine und fährt mit dem Fahrstuhl ins Erdgeschoss. Er hört Ingimar schon, bevor er die Tür zur Eingangshalle öffnet. Der alte Mann redet lauthals auf den Beamten hinter dem Schalter am Eingang ein: »… und ich verlange eine verbindliche Erklärung«, fordert er gerade wütend.

Hörður schließt die Tür und geht zögerlich auf den Schalter zu.

»Entschuldigung, kann ich behilflich sein?«

Ingimar dreht sich um. »Du?«

Der alte Mann ist sehr aufgebracht, und es sieht so aus, als wolle er auf Hörður losgehen, der mit allem rechnet.

Der Beamte hinter dem Schalter breitet ratlos die Arme aus. »Ich verstehe gar nicht, worum es geht.«

»Ich will eine Erklärung!«, schreit Ingimar in höchster Aufregung. Seine Augen quellen vor, und er zittert vor Wut. »Wofür soll meine Familie eigentlich büßen? Erst wird mein Neffe verhaftet und jetzt meine Enkelin. Mordverdacht? Was soll dieser Schwachsinn?«

»Moment.« Hörður traut kaum seinen Ohren. »Ist Sólrún deine Enkelin?«

»Sie ist die Tochter meines Davíð, ja«, sagt Ingimar ungeduldig. »Ich habe hier ein paar Sachen für sie. Am liebsten möchte ich sie mit mir nach Hause nehmen, aber ihr wollt sie ja nicht freilassen. Was geht eigentlich in euch vor?«

»Ich hab's eilig.« Hörður öffnet mit seiner Karte die Tür, verlässt den Eingangsbereich und schließt die Tür hinter sich. Der Pastor keift ihm etwas nach, aber er versteht es nicht mehr.

Er geht ins Großraumbüro, holt das Foto aus dem Vatnaskógur und nimmt dann den Aufzug in den zweiten Stock. Er läuft den Flur entlang und klopft an die Tür zum Schwimmbad, bevor er sie öffnet und ungebeten eintritt.

Die Luft im Raum ist heiß und stickig. Aron schaut mit arroganter Miene auf und schießt einen giftigen Blick auf Hörður ab.

»Was soll das?«, reagiert auch Axel wütend. »Man platzt nicht einfach so mitten in eine Vernehmung!«

»Ich bitte um Entschuldigung«, sagt Hörður und setzt sich wieder auf den Klappstuhl. Das Foto legt er mit dem Gesicht nach unten vor sich auf den Tisch. »Aber es gibt einen Grund für die Unhöflichkeit. Einen sehr guten Grund.«

»Und der wäre?«, fragt Axel.

»Ich habe neue Erkenntnisse. Wichtige Erkenntnisse«, sagt Hörður und fasst Aron fest ins Auge, der den Blick senkt und auf seinem Stuhl herumrutscht, als sei ihm plötzlich heiß geworden. Er erinnert einen an eine Schlange, die sich zusammenringelt, wenn sie bedroht wird.

»Ich weiß nicht, ob das eine gute Idee ist.« Axel schlägt mit gerunzelten Brauen seine kräftigen Arme übereinander.

»Vertrau mir!«, sagt Hörður. Er löst das Gummiband um die Mappe, nimmt die Unterlagen heraus und zieht das Interview aus dem Stapel. Er räuspert sich, bevor er einen kurzen Auszug vorliest: »›Die Reichen werden noch reicher, Privateigentum ist nichts anderes als in Gesetze gekleidete Gewaltanwendung, der Besitz des Volkes wird zu Ausverkaufspreisen an einige Auserwählte verscherbelt, Anzeigen wegen Vergewaltigung von Minderjährigen werden wegen Verjährung niedergeschlagen!

Dagegen frage ich: Wann verjährt die Scham, wann verjähren die Verletzungen, wann verjährt der Schmerz?‹ – Kennst du das?«

Aron schnaubt.

»Das war ein wörtliches Zitat aus einem Interview in *DV*«, erklärt Hörður. »Aron benennt hier, was seiner Meinung nach faul ist an unserer Gesellschaft. Drei Kritikpunkte zählt der Anarchist hier auf, und die Schuld an all diesen Übeln gibt er der dreigeteilten Gewalt, besonders der Rechtsprechung und der Exekutive. Die ersten beiden Kritikpunkte sind eher allgemeiner Art, der dritte aber, der sich auf sexuellen Missbrauch von Kindern bezieht, erscheint mir emotionaler und persönlicher. Der Reporter fragt auch dementsprechend nach, ob der Interviewte an einen konkreten Fall denke. Aron hat damals geantwortet, und dazu jetzt noch ein wörtliches Zitat: ›Ja und nein. So etwas ereignet sich tagtäglich. Und es ist ganz gleich, ob Frauen oder Männer deswegen Anzeige erstatten. Kinder tun das nicht, sie sind verängstigt, außerdem leiden sie fortgesetzt unter Gewaltandrohungen der Täter. Doch wenn sie älter werden, wenn sie reifer und mutiger geworden sind, dann trauen sie sich womöglich aufzustehen, aber nur, um aufs Neue gedemütigt zu werden. Die Vergewaltiger laufen weiterhin unbehelligt herum, gehen weiter zur Arbeit, unterrichten und verkünden Gottes Wort. Mögen sie alle in der Hölle brennen, wenn es eine Hölle gibt.‹«

»Ja, und?«, fragt Aron gereizt.

»Und verkünden Gottes Wort«, wiederholt Hörður.

»Wäre es nicht das Beste, du würdest dem Zeugen erklären, worauf du mit dem Zitat hinauswillst?«, fragt Engilbert.

»Vor dreizehn Monaten haben drei junge Männer Pfarrer Ingimar Jósefsson wegen Vergewaltigungen angezeigt, die stattgefunden haben sollen, als die drei als Jugendliche an einem Sommerlager im Vatnaskógur teilnahmen«, erläutert Hörður.

»Die Namen der drei lauten: Guðmundur Vífill, besser bekannt als Mummi litli, Tryggvi Leó und Orri Atlason.«

Aron blinzelt.

Hörður tippt mit dem Finger auf das Foto, das dem Interview beigefügt ist.

»Dieselben Männer gehörten zu den Hausbesetzern im Vatnsstígur. Sie sind Aron Becks Kumpane, sie sind Mitglieder seiner Anarchistenzelle.«

»Na und?« Aron Becks Gereiztheit schlägt allmählich in Wut um. Engilbert zeigt Anzeichen von Unruhe, aber Axel gibt ihm ein Zeichen, still zu bleiben. Die Neugier des Steppenwolfs ist augenscheinlich erwacht.

Hörður dreht das Foto aus dem Vatnaskógur um. »Sie waren natürlich auch zusammen im Vatnaskógur, aber nicht nur sie, sondern auch unser Zeuge Aron Beck und Egill Þór, der andere, nach dem wegen der Attentate auf den Abgeordneten und den Richter gefahndet wird.«

Aron lacht kühl. »Worauf willst du eigentlich mit dem ganzen Quatsch hinaus, kleiner Bulle?«

»Ich ersuche den Zeugen, auf Fragen zu antworten, ansonsten aber zu schweigen«, sagt Axel. »Mach weiter, Hörður.«

»Danke! – Pastor Ingimar ist wegen Missbrauchs eines Jungen rechtskräftig verurteilt worden und darum vermutlich auch im Fall der zurückgewiesenen Klagen nicht unschuldig. Ich schließe nicht aus, dass er sich an noch mehr Jugendlichen als den dreien, die ihn anzeigten, im Vatnaskógur vergangen hat. Möglicherweise wurden auch Egill Þór und Aron missbraucht.«

Aron läuft vor Wut rot an, und seine Augen sprühen Funken. »Ich weigere mich, mir solchen ausgemachten Stuss noch weiter anzuhören!«

»Bleib ruhig, Junge«, sagt Axel väterlich.

»Es sind lediglich Vermutungen«, sagt Hörður. »Tatsache ist hingegen, dass die beiden heute Morgen und Dienstagabend verübten Anschläge nicht in erster Linie gegen die Staatsmacht gerichtet waren, sondern gegen Ingimar Jósefsson.«

»Wie bitte?«, rutscht es Engilbert heraus.

»Fahr fort«, sagt Axel.

»Nicht die Opfer sind das eigentliche Ziel, sondern die willenlosen Medien, die das Messer führen«, sagt Hörður. »Gísli Már ist ein Neffe Pastor Ingimars, und Sólrún ist seine Enkelin.«

Engilbert fällt das Streichholz aus dem Mund. Axel kann seine Überraschung etwas besser verbergen.

Hörður nickt. »Sie wurden nicht etwa zufällig ausgewählt, sondern wegen ihrer Verwandtschaft mit Séra Ingimar. Sie haben Buttersäure bekommen, sie wurden entführt und hypnotisiert. Man ließ sie die Morde ausführen, um Ingimar Jósefsson Leid zuzufügen.«

Aron lacht kalt. »Warum sollte jemand irgendwelche Leute in der Stadt umlegen, um sich an jemandem zu rächen? Warum diesen Ingimar nicht gleich kaltmachen?«

»Gute Frage«, sagt Hörður. Er greift nach dem Interview. »Und hier steht die Antwort aus deinem eigenen Mund. Ich zitiere: ›Das System ist wie ein böses Kind, das Fliegen nur deshalb die Flügel ausreißt, um zu sehen, wie sie leiden. Das wird nicht vergessen werden. Wenn die Revolution kommt und die Unterdrückten die Macht ergreifen, werden die Unterdrücker nicht wie die Kröten zerquetscht werden, sondern man wird ihre eigenen Methoden gegen sie anwenden.‹ Zitat Ende.«

Aron breitet die Arme aus. »Dieses Interview beweist gar nichts. Ich bin im Gefängnis. Ich bin nie auch nur in der Nähe der Dinge gewesen, derer ihr mich beschuldigt. Wenn ihr mit diesen Verleumdungen nicht aufhört, werde ich euch anzeigen wegen … Verleumdung.«

»Bleib mal ganz ruhig, Junge«, sagt Axel mit tiefer Stimme.

»Eine Frage.« Aron holt tief Luft. »Wenn die Auswahl der sogenannten Medien nicht zufällig erfolgt ist, wie, zum Teufel, haben die Typen, nach denen jetzt gefahndet wird, nur innerhalb weniger Tage genau die Richtigen finden können? Das klingt doch verdammt unwahrscheinlich.«

»Hörður?«, erteilt Axel ihm das Wort.

»Klingt unwahrscheinlich, ja, ist es aber gar nicht, wenn man genauer hinsieht. Gísli Már ist aktives Mitglied im Fanklub von Arsenal; daher war es nicht schwer, im Voraus zu wissen, dass er am Abend eines wichtigen Spiels im Ölver zu finden sein würde, wie immer. Und soweit ich weiß, gingen Sólrún und ihre Freundinnen gewöhnlich donnerstags in die Kaffibar zum Tanzen. Richtig?«

»Stimmt«, bestätigt Engilbert mit einem Kopfnicken.

»Tja.« Hörður schiebt seine Papiere zusammen und steckt sie in die Mappe. »Der Fall könnte nicht klarer liegen. Die Morde wurden auf die von mir beschriebene Weise von Aron Beck geplant und begangen. Die Absicht ist, vor allem Ingimar Jósefsson zu treffen und zu quälen, der früher diese jungen Männer gequält hat, aber auch einen Schlag gegen den Staat zu führen und Chaos und Auflösungserscheinungen in der Gesellschaft herbeizuführen.«

»Was für eine gequirlte Scheiße!«, schreit Aron Beck. »Dass man sich solchen Mist anhören muss. Das hängt mir zum Hals heraus. Bringt mich jetzt endlich nach Hraun zurück! Ich fühle mich beschmutzt und muss unbedingt unter die Dusche.«

»Das wird eine Weile warten müssen, junger Mann«, sagt Axel. Er lächelt den Zeugen entschuldigend an und richtet sich dann an die beiden uniformierten Polizisten, die neben ihm stehen: »Bringt den Mann nach unten und sperrt ihn ein. Ihr kennt die Prozedur.«

Aron zuckt zusammen. »He, Moment, was sagst du denn da, Mann?«

»Du genießt nicht mehr den Status eines Zeugen«, erklärt Axel. »Vielmehr wirst du wegen Mordes an Þórólfur Hannesson und Aðalsteinn Kvaran angeklagt werden und verdächtigt, weitere Morde geplant zu haben. Du wirst gleich einem Haftrichter vorgeführt werden. Ich werde vorläufig eine Woche Untersuchungshaft beantragen. Das war im Moment alles. Die Vernehmung ist beendet.«

»Aufstehen!«, befiehlt einer der beiden Polizeibeamten. Aron gehorcht zaudernd, dann werden seine Hände auf dem Rücken gefesselt.

»Du«, sagt der Anarchist. Er sieht Hörður mit Augen an, die vor Wut und Hass schwarz sind.

»Führt den Mann ab«, sagt Axel. Die Beamten gehorchen, der eine öffnet die Tür, der andere schiebt Aron vor sich her aus dem Raum.

»Das war noch nicht mein letztes Wort!«, schreit der Anarchist, bevor die Tür geschlossen wird.

Axel, Engilbert und Hörður sitzen schweigend und schauen ins Nichts. Erst als Aron Beck aus dem Raum geführt ist, wird ihnen bewusst, wie überwältigend seine Gegenwart ist, ob er nun redet oder schweigt. Einerseits ist er in seinen Worten und seinem Temperament aggressiv, gespannt wie eine Feder, und er verschlingt mit seinen Blicken alles und jeden wie ein mordlustiges Raubtier, andererseits wirkt er wie ein menschliches Schwarzes Loch, das alle Energie, alles Licht und alles Leben an sich zieht und aufsaugt.

»Anstrengender Bursche«, sagt Engilbert, um das Schweigen zu brechen.

Axel nickt, dann streckt er die Hand nach dem Aufnahmegerät aus und stellt es ab.

Hörður sieht auf die Uhr. Es ist fünf vor drei. Seine Schicht endet um drei. An diesem Tag aber ist er gern zu Überstunden bereit. Er hat sich aus der Klemme gerettet, und das mit Stil, und er will Vigfús heißen, wenn Axel ihn diesmal nicht lobt oder sonstwie auszeichnet.

»Das ist doch gut gelaufen«, sagt er, um etwas von sich zu geben.

»Da wäre ich mir nicht so sicher«, sagt Engilbert müde. »In Wahrheit haben wir kaum etwas gegen den Dreckskerl in der Hand.«

»Es hätte schlechter laufen können«, sagt Axel. »Aber auch besser. Uns fehlt noch eine Menge an Beweisen, das ist richtig.«

»Vielleicht ist er doch unschuldig«, sagt Engilbert. »Es ist doch nicht auszuschließen, dass Tryggvi und Leó allein die Taten verübten. Das mit der Hypnose ist weit hergeholt und schwach. Wir haben nicht einmal dieses dämliche Buch, geschweige denn mehr. In Wirklichkeit beruht die Anklage gegen Aron auf Mutmaßungen und nichts anderem.«

Axel seufzt. »Das stimmt.«

Hörður sinkt auf seinem Stuhl zusammen wie ein Ballon, dem die Luft ausgeht. Und er hatte angenommen, sie seien zufrieden, weil das Verhör nach Wunsch verlaufen sei und Aron nun in der Klemme stecke. Offenbar ist er noch grün hinter den Ohren.

»Wie hast du das mit Sólrún herausgefunden?«, fragt Axel. »Dass sie eine Enkelin von Pfarrer Ingimar ist?«

»Ingimar war vorhin unten an der Pforte«, antwortet Hörður. »Er brachte ein paar Sachen für Sólrún und beschwerte sich, wie die Polizei seiner Familie mitspiele.«

»Ich hoffe, er geht damit nicht zur Presse«, sagt Axel nachdenklich. »Am besten setze ich mich nachher mit ihm in Verbindung und versuche, ihn zur Räson zu bringen.«

»Was hat es mit den E-Pillen auf sich?«, fragt Engilbert. »Aron hat doch behauptet, ein Polizist habe versucht, dem hirnlosen Fribbi blaue E-Pillen zu verkaufen. Er meinte sicher Fribjörn von der Hverfisgata.«

Hörður stöhnt, als habe er einen Schlag in den Magen bekommen.

»Ist da etwas dran?«, fragt Axel vorsichtig nach.

»Ja, leider«, gibt Hörður heiser zu. »Ich habe den Deal aber unterbinden können. Ich weiß nicht, was Vigfús sich dabei gedacht hat, aber ich habe ihm versprochen, die Sache für mich zu behalten. Ihm war nicht klar, dass die Pillen mit den Morden in Zusammenhang stehen.«

»Was für ein Vollidiot ist das denn?«, fragt Engilbert.

»In jedem Fass gibt es einen faulen Apfel«, seufzt Axel. »Aber das ist echt Scheiße.«

»Was tun wir als Nächstes?«, fragt Hörður kleinlaut.

Engilbert räuspert sich. »Ich muss noch zwei von den Kellnern und einen der Türsteher vernehmen, die gestern Abend in der Kaffibar gearbeitet haben. Wir könnten überlegen, eine Reihe von Fotos zusammenzustellen, und sehen, ob sie unter zehn oder zwölf ähnlichen Gesichtern Tryggvi und Egill wiedererkennen. Ich werde auch versuchen, aus Sólrún etwas herauszubekommen, und dann muss ich noch ein paar Berichte schreiben. Aber als Erstes werde ich einmal in die Pathologie fahren und mir die Ergebnisse der Autopsie besorgen.«

»Ist die Deutsche im Land?«, fragt Axel.

Engilbert nickt. »Sie kam Mittwoch mit der Mittagsmaschine, um die Autopsie an Þórólfur vorzunehmen. Außerdem warteten noch zwei weitere Fälle auf sie, ein Selbstmord und ein im Krankenhaus Verstorbener. Sie wollte heute nach Hause, hat ihren Rückflug aber selbstverständlich verschoben.«

»Verstehe«, murmelt Axel.

»Die Deutsche?«, fragt Hörður.

»Unsere Gerichtsmedizinerin«, erklärt Axel. »Seit Jahrzehnten haben wir keinen isländischen Facharzt für Pathologie mehr. Darum ziehen wir Spezialisten aus dem Ausland zurate.«

»Ach so.«

Axel schaut auf seine goldene Uhr. »Also dann. Ich muss mich mit der Staatsanwaltschaft besprechen, bevor Aron dem Richter vorgeführt wird. Trotzdem werde ich vorher noch den Pfarrer anrufen. Am Abend soll ich live im *Brennpunkt* auftreten. Ich kann nicht gerade behaupten, dass ich darauf versessen wäre, aber in Anbetracht der Umstände konnte ich ihnen kaum absagen. Zum Glück kann ich wohl etwas sagen, das die Medien und die Öffentlichkeit etwas beruhigen dürfte. Ganz davon zu schweigen, wenn wir Tryggvi und Egill noch vor der Sendung kriegen würden.«

»Die werden wir schon finden«, sagt Engilbert.

»Und was ist mit Vigfús und den Ecstasypillen?«, fragt Hörður.

Axel flucht. »Wir werden in Zukunft ein Auge auf ihn haben. Diesmal lassen wir ihn offiziell noch mal davonkommen. Wenn wir eine Untersuchung einleiten, und das kommt an die Presse, schwächt das die Position der Anklage noch weiter und untergräbt die Vertrauenswürdigkeit der Polizei.«

»Verstehe«, sagt Hörður und ist erleichtert. »Ich bezweifle sehr, dass er Derartiges noch einmal tut.«

»Hoffentlich«, sagt Axel.

»Aber«, sagt Hörður zögernd, »ich könnte dich zu der Besprechung mit der Staatsanwaltschaft begleiten, wenn ich irgendwie von Nutzen wäre.«

»Nein, danke. Nicht nötig«, sagt Axel. »Deine Schicht ist für heute beendet. Aber danke, du hast dich wacker geschlagen. Die Besprechung ist reine Formsache. Ich setze den diensttuenden Staatsanwalt vom Stand der Dinge in Kenntnis, und dann nimmt alles Weitere seinen Lauf.«

Du hast dich wacker geschlagen. Hörður muss sich beherrschen, um nicht aufzustehen und loszujubeln wie ein Irrer bei einem Tor im Fußball. Nach der Messlatte des Steppenwolfs ist das sicher ein Lob der Größe sieben bis acht auf einer Skala von zehn. Am liebsten würde er sich den Satz auf ein T-Shirt drucken lassen.

Das Lob macht ihn forsch. »Ich hoffe, du missverstehst mich nicht, aber der Grund, weshalb ich dich gern zu der Besprechung begleiten würde, ist der, dass ich fürchte, die Staatsanwalt fixiert sich zu sehr auf die physischen Beweise beziehungsweise auf deren Mängel und übersieht dabei den großen Zusammenhang, den man gesellschaftlich nennen könnte und der auf Arons Gedankenwelt beruht, wie er sie in dem *DV*-Interview formuliert hat.«

»Gesellschaftlich?«, blafft Engilbert.

»Wovon redest du?«, fragt Axel.

»Die Morde sind einerseits eine Art Rachefeldzug wegen sexueller Delikte, denen die Täter in ihrer Jugend zum Opfer fielen«, legt Hörður dar. »Als vor dreizehn Monaten ihre Anzeigen abgewiesen wurden, kam der Ball ins Rollen, Rachedurst erwachte, und nach und nach entstand im Kopf des Ganzen, im Kopf des Opfers Aron Beck, ein Plan. Andererseits sind die Morde auch politisch motivierte Attentate, die sich aus der Ideologie des Anarchisten Aron Beck herleiten. Der Zündfunke ist persönlich, der Plan aber politisch, gesellschaftlich, motiviert, und die Folgen schaden der Gesellschaft, mit der der Anarchist im Zwist liegt. Der Staat ist in den Augen der Anarchisten ein Instrument der Gesellschaft, deren Grundlage die Demokratie ist. Sie hingegen wollen die Anarchie durchsetzen. Diese politische Perspektive ist in meinen Augen wichtig. Aron ist der geistige Kopf hinter allem, der Ideengeber und die treibende Kraft. Darauf würde ich das Hauptgewicht legen, denn eine Anklage, die sich allein auf die puren Morde konzentriert und nicht auf den ideologischen Hintergrund, ist zu eng gefasst und zu schwach, wie ihr selbst sagt. Auf beinharte Beweise können wir uns nicht stützen und müssen deshalb die

Anklage auf den gesellschaftlichen Anteilen aufbauen, auf einer politischen Verschwörung.«

»Du siehst zu viel fern«, sagt Engilbert.

»Ich verstehe, was du vorhast«, sagt Axel. »Aber ich kann dir schon im Voraus sagen, die Staatsanwaltschaft hat bei derart schwerwiegenden Vorwürfen weder Interesse an gesellschaftlichen Hintergründen noch die Zeit, eine so gefasste Anklageschrift für einen Richter auszuarbeiten, der es nicht abwarten kann, ins Wochenende zu fahren.«

»Na gut«, sagt Hörður. »Aber ist es nicht ziemlich vertrackt, jemanden des Mordes anzuklagen, der nicht direkt daran beteiligt war? Ich meine, ganz fachlich gesehen.«

»Überhaupt nicht«, erwidert Engilbert. »Jedenfalls nicht fachlich gesehen. Es sei denn, die Beweislage reicht nicht aus.«

»Etwas zu planen und die Ausführung einem anderen zu übertragen, ist genauso gravierend, wie die Tat selbst auszuführen«, erklärt Axel in belehrendem Tonfall. »Aron wird als Haupttäter wegen Mordes angeklagt. Sicherheitshalber werden wir ihn auch noch wegen Beteiligung an einem Mordkomplott anklagen. Tryggvi und Egill kommen wegen Mittäterschaft dran, zur Sicherheit werden sie auch als Haupttäter angeklagt. Juristisch wird ihnen ihr abgesprochenes und geplantes Vorgehen wahrscheinlich als gemeinschaftliche Täterschaft ausgelegt, was noch einmal strafverschärfend wirkt.«

»Verstehe«, sagt Hörður. »Aber wenn sich bei Tryggvi und Egill nichts findet, das Aron mit belastet? Das Hypnosebuch scheint er vernichtet zu haben. Vielleicht wurde in seiner Zelle nichts gefunden.«

»Wenn sich keine belastbaren Beweise finden, stehen wir auf dünnem Eis«, sagt Axel. »Dann sind wir auf Tryggvis oder Egills oder beider Geständnis angewiesen. Wir müssen versuchen, sie untereinander misstrauisch zu machen, sodass wenigstens einer in der Hoffnung auf Strafminderung das Maul aufmacht. Aber wenn sie standhaft leugnen oder sich selbst schuldig bekennen, fürchte ich, kann uns Aron aus den Händen entwischen. Er ist glatt wie ein Aal, und unser Netz hat leider etliche Löcher.«

»Irgendwas müssen wir doch finden«, murmelt Hörður. Er hasst sich selbst dafür, Aron das Hypnosebuch zurückgegeben zu haben. Was hat er sich bloß dabei gedacht?

»Eins muss ich jedenfalls gleich tun«, sagt Engilbert. »In Litla-Hraun anrufen und fragen, ob die Durchsuchung seiner Zelle was ergeben hat.«

»Ja, lassen wir diese Zeitverschwendung!« Axel steht auf, Engilbert und Hörður folgen ihm.

»Was den Pastor angeht«, sagt Hörður zögerlich. »Ich habe bei ihm dieses Gruppenbild aus dem Vatnaskógur gefunden. Aber ich habe es mir möglicherweise mit, wie soll ich sagen, unkonventionellen Mitteln beschafft.«

»Ohne Genehmigung also?«, seufzt Axel.

»Könnte man so sagen.«

Axel zuckt die Schultern. »Ich regle das. Mach dir keine Sorgen.«

»Danke«, murmelt Hörður.

Engilbert öffnet die Tür.

»Äh«, macht Hörður, während sie den Raum verlassen. »Besteht vielleicht die Chance, dass ich erfahre, wie es weitergeht? Ich bin ja jetzt auch irgendwie mit dem Fall befasst und, ehrlich gesagt, ziemlich gespannt.«

Axel nickt, dann klopft er Engilbert auf die Schulter.

»Wie wär's, wenn du Hörður gegen Abend anrufst, wenn wir mehr wissen?«

»Einverstanden«, sagt Engilbert unwillig. »Aber ich kann nichts versprechen.«

»Vielen Dank!«, sagt Hörður und hebt zum Abschied die Aktenmappe. In der Linken hält er das Wörterbuch.

Axel und Engilbert gehen den langen Flur entlang zu ihrer Abteilung. Hörður sieht ihnen voller Neid und Bewunderung nach, dann geht er zum Aufzug und fährt nach unten. Sie werden bis in die Nacht hinein in ihrem gelobten Land arbeiten, und er wird sich an der Stempeluhr ausstempeln wie jeder x-beliebige Schreibstubenhengst.

Als Hörður im Umkleideraum seinen Spind öffnet, merkt er erst, dass er noch die gelbe Mappe mit den Unterlagen in der Hand hat. Er betrachtet die Mappe und überlegt, was er mit ihr tun soll. Sie Axel bringen? Sie im Spind aufbewahren? Oder sie mit nach Hause nehmen?

Das Beste an Island ist das Wasser. Das Wetter ist widerlich. Die kurzen Tage sind höllisch. Und selbst wenn der Sommer ganz in Ordnung ist, ist er viel zu kurz, außerdem regnet es manchmal ohne Ende. Es herrscht eine kleinbürgerliche Mentalität vor, die Kultur passt in einen Sandkasten, und die geringe Bevölkerungszahl hat zur Folge, dass selbst die Bewohner der Hauptstadt in einem kleinen Dorf leben, in dem jeder alles von allen weiß. Das kalte Wasser aber fließt sauber und klar aus den Hähnen, und das heiße Wasser sprudelt buchstäblich aus der Erde!

Was für ein Friede, was für ein Luxus.

Hörður entspannt sich in seiner Lieblingsecke im heißesten Becken der Schwimmhalle, er macht die Beine lang und legt den Kopf zurück. Wenn er es sich derart gemütlich gemacht hat, bleibt in dem eigentlich geräumigen Becken nicht mehr viel Platz. Anders als sonst ist er erst eine Runde geschwommen, bevor er in den Hot Pot ging. Er hatte nur zweihundert Meter Brust schwimmen wollen, dann aber doch noch vierhundert Meter Kraul drangehängt. Danach war er noch in aller Ruhe zweihundert Meter auf dem Rücken geschwommen und zum Abschluss noch einmal zweihundert Meter Brust. Ein Kilometer insgesamt. Nicht schlecht.

Die Sonne geht langsam unter, der Himmel über der Oststadt ist schön rot mit einer dunklen Tönung. Das Wetter ist ruhig und kalt, aus den Hot Pots steigt Dampf auf. Das Wasser gluckert angenehm, und die Wärme tut gut.

Hörður hat das Wochenende frei. Eine lange, anstrengende Arbeitswoche liegt hinter ihm, und die Müdigkeit weicht langsam aus seinem Körper. Dabei hätte er gern noch weitergearbeitet. Er denkt an Axel und Engilbert, die sich sicher keine Ruhe gönnen werden, bevor sie in den Ermittlungen zu den beiden Morden nicht alle Steinchen zusammengetragen haben.

Wie mag die Sitzung bei der Staatsanwaltschaft gelaufen sein? Ob Tryggvi und Egill mittlerweile aufgespürt und festgenommen wurden? Sitzt Aron wieder in Untersuchungshaft? Wie mag es in der Leichenhalle aussehen? Was wird die Vernehmung von Sólrún bringen? Ob Axel sich gerade auf seinen Fernsehauftritt vorbereitet?

Hörður schließt die Augen und lässt die Ereignisse des Tages noch einmal Revue passieren, von dem Moment an, als er mit Engilbert den Tatort verließ, bis zum Ende seiner Schicht. Hat er keine gute Arbeit geleistet? Doch, es war ganz ordentlich. Hätte er besser sein können? Keine Frage. Der Besuch bei dem Pfarrer ist nicht ganz nach Lehrbuch verlaufen, und Aron hat ihn aus der Fassung gebracht. Aber er hat gerade noch einmal die Kurve gekriegt. Die Sache mit den Ecstasypillen war unangenehm, milde ausgedrückt.

Das Verhör von Aron ist auf eine Anklage hinausgelaufen. Das ist doch immerhin etwas, oder? Axel und Engilbert sind jedoch nicht so zufrieden gewesen wie er. Was er für einen Triumph gehalten hat, werteten sie lediglich als einen halben Defensiverfolg.

Es wird sich noch zeigen.

Und dann soll ihn Engilbert anrufen, um ihn über die weitere Entwicklung zu informieren. Ein Anruf von einem Kommissar der Kripo! Das ist nicht wenig. Hoffentlich denkt Betti auch daran. Aber das sollte er.

Hörður lächelt zufrieden. Doch, alles in allem war es ein guter Tag. Er beschließt, zur Abwechslung einmal mit sich zufrieden zu sein. Heimlich blickt er um sich und klopft sich dann unauffällig selbst auf die Schulter.

Er entspannt sich im heißen Wasser und lässt sich tiefer sinken, bis die Ohren unter Wasser sind. Stille breitet sich aus, ebenso schwer und tief wie das ihn umgebende Wasser. Er selbst ist schwerelos, liegt tief im Wasser und rollt langsam von einer auf die andere Seite, schwebt wie ein Astronaut im Weltall. Sein Herz schlägt langsam, sein Kopf leert sich, er fällt aus der Zeit, und solange das währt, ist er vollkommen glücklich.

Als Hörður aus dem Schwimmbad nach Hause kommt, beschließt er, sich ein Weilchen aufs Ohr zu legen; er ist angenehm müde. Er stellt das Handy auf lautloses Vibrieren, legt sich aufs Bett und das Handy auf seine Brust, setzt den Kopfhörer auf und drückt auf Abspielen. Mit »Sabbath Bloody Sabbath« von Black Sabbath in voller Lautstärke schläft er ein, versinkt in der schweren, melodischen Musik und träumt, er sei in einem dunklen, verschwitzten Konzert mit den alten Meistern. Zeit und Raum lösen sich in einem diffusen Glücksgefühl auf. Hörður lehnt sich an einen der Verstärker von Tony Iommi, dem legendären Gitarristen und Paten des Heavy Metal, und lässt den magischen Krach direkt in sein Herz fließen, während er zusieht, wie die Finger des linkshändigen Magiers über den Hals der Gitarre tanzen, die Saiten zupfen und schlagen. Die Musik strömt über ihn, durch ihn hindurch in jeden Nerv, jeden Muskel und jede Ader, und der Strom putscht sein Herz auf …

Bzzz! Bzzz! Bzzz!

Der Traum löst sich langsam auf, das Denken kehrt ins Bewusstsein zurück, dann fügt sich alles zusammen, und Hörður fährt erschrocken auf: Engilbert! Er reißt sich den Kopfhörer ab, setzt sich auf und kann gerade noch das Handy schnappen, bevor es zu Boden fällt.

Er drückt den grünen Knopf und hält das kleine Gerät ans Ohr.

»Hallo?«

»Habe ich dich geweckt?«, fragt der Kommissar, der sich selbst anhört, als wäre er kurz vor dem Einschlafen.

Hörður schaut auf die Uhr. Es ist zwanzig nach sechs.

»Nein, überhaupt nicht. Was gibt's?«

»Verschiedenes«, sagt Engilbert behäbig, als habe er keine Lust zu sprechen. »In Arons Zelle wurde nichts gefunden. Nicht einmal eine Staubflocke, geschweige denn ein Hypnosebuch oder ein Telefon.«

»Mist«, sagt Hörður.

»Ja, Mist. Gegen halb fünf wurde Aron dem Haftrichter vorgeführt. Es wurden vierundzwanzig Stunden U-Haft gegen ihn verhängt.«

»Vierundzwanzig Stunden. Nicht mehr?«

»Genau so viel Zeit hat uns der Richter gegeben, um Tryggvi und Egill festzunehmen und zu beweisen, dass sie Befehle von Aron entgegennehmen, entweder in Form von Geständnissen oder durch das Vorlegen stichhaltiger Beweise. Dass wir beide ausführende Täter haben, hat uns nicht weitergeholfen, verstehst du?«

»Sind Tryggvi und Egill noch nicht gefunden worden?«

»Sie haben sich vor einer Stunde selbst gestellt. Nach eigener Aussage, sobald sie erfahren hätten, dass sie gesucht würden. Sie waren zu Hause in Hveragerði und behaupten, sie hätten seit gestern Abend zusammen gepokert.«

»Ist das wasserdicht?«

»Ihre Kumpel bestätigen es, aber es hat eine Identifizierung auf Fotos gegeben. Einer der drei Kellner, die in der Kaffibar arbeiteten, hat Tryggvi Leó auf Bildern erkannt, war sich aber nicht ganz sicher und schon gar nicht, ob der, den er erkannt hat, ein Tattoo am Hals hatte, aber mit ziemlicher Sicherheit hätte er ein Tattoo auf einem Handrücken, was leider nicht passt. Einer der Türsteher zeigte auf Egill Þór, war sich aber auch nicht sicher. Wie gesagt, nichts Entscheidendes, aber genug, um das Alibi infrage zu stellen. Tryggvi und Egill geben auch zu, Dienstag im Ölver gewesen zu sein. Alles andere bestreiten sie. Auch, mit Aron in Kontakt zu stehen.«

»Hat man bei ihnen etwas gefunden? Im Auto oder …?«

»Nichts. Der schwarze BMW ist noch nicht aufgetaucht. Wahrscheinlich war er gestohlen. Sie kamen in einem alten Mazda, der Egill Þór gehört.«

»Mist! Wurden sie einem Richter vorgeführt?«

»Ja. Sie wurden zu vier Tagen U-Haft verdonnert. Für eine Verlängerung brauchen wir entweder ein Geständnis oder etwas, das sie direkt mit den Morden in Verbindung bringt, Zeugen oder wasserdichte Beweise. Es ist immer das Gleiche.«

Hörður überlegt. »Wir müssen den Ort finden, an dem die Hypnose durchgeführt wird.«

»Wenn es einen solchen Ort gibt«, sagt der Kommissar. »Morgen kommt es zur echten Gegenüberstellung. Hoffentlich erkennen die Kellner und Türsteher die beiden wieder. Darauf sind wir dringend angewiesen.«

»Wird das vor Gericht reichen?«, fragt Hörður. »Ich meine, es gab schon eine Identifizierung auf Fotos. Das heißt, die Zeugen haben die Verdächtigen nun schon vorher auf Bildern gesehen. Das lässt doch Zweifel aufkommen.«

Engilbert sagt nichts.

»Bist du noch da?«, fragt Hörður.

»Ich hasse diesen Fall«, sagt der Kommissar mit schleppender Stimme, als ob er betrunken sei. »Zwei Mörder festgesetzt, die sich an nichts erinnern, die ein sauberes Strafregister haben und die nichts gegen die Ermordeten hatten. Gísli Már hat einen regelrechten Nervenzusammenbruch. Er schwankt zwischen Schweigen und der Bereitschaft, alles Mögliche zu gestehen. Sólrún ist noch auf der Intensivstation der Psychiatrie, so zugedröhnt, dass sie kaum etwas mitbekommt. Katatone Schizophrenie, sagt der Arzt. Sie ist dabei, den Verstand zu verlieren, und es steht in den Sternen, ob sie sich jemals erholt. Es steht fest, dass sie die Morde ausgeführt haben, aber als Zeugen sind sie unbrauchbar, und kein gescheiter Richter würde etwas auf ein Geständnis von ihnen geben. Wenn alles schiefgeht, enden sie beide in der Rechtspsychiatrie in Sogn.«

»Ja, es ist wie verhext«, sagt Hörður, »aber wir dürfen nicht aufgeben.«

Engilbert lacht resigniert. »Wir dürfen uns aber auch nicht auf etwas versteifen, das nicht nur weit hergeholt ist, sondern auch noch unglaubwürdig und unmöglich zu beweisen. Natürlich geben wir nicht gleich auf, aber wir dürfen uns auch nicht zum Gespött machen. Die Anklage muss glaubwürdig sein. Sie muss mit Zeugen und Beweisen unterfüttert sein. Sonst wird das Ganze ein Medienzirkus, in dem die Kriminalpolizei den Clown spielt. Das darf nicht sein.«

»Was willst du damit sagen?«

»Ich denke bloß laut. Von zwei Übeln ist es das Kleinere, dass zwei überführte Attentäter für einige Jahre wegen Mordes hinter Gitter wandern, und besser, als dass die Abteilung sich selbst ans Messer liefert, indem sie eine gigantische Anklage zusammenstrickt, die auf wackeligen Füßen steht, weil sie sich auf eine Ideologie und vermeintliche Hypnose stützt, was schon von Weitem nach Paranoia und Verschwörungstheorie stinkt. Wir können alle unseren Job verlieren.«

»Wir dürfen nicht aufgeben«, wiederholt Hörður. »Es steht zu viel auf dem Spiel. Aron Beck darf einfach nicht davonkommen.«

»Die Verteidiger von Gísli und Sólrún werden auf vorübergehende Unzurechnungsfähigkeit infolge Vergiftung plädieren«, sagt Engilbert. »Und das ist die einzige Hypothese in dieser ganzen Sache, die einigermaßen sicher steht. Das Einzige, was wir haben, sind Ecstasypillen und zwei unwahrscheinliche Mörder, die sich womöglich irgendwelchen Scheiß gespritzt haben. Es könnte schlimmer sein. Sie werden nie im Leben harte Urteile bekommen. Aber der Schaden ist nun mal geschehen. Sie haben zwei Menschen umgebracht. Sie leiden jetzt schon.«

»Es könnte noch weitere Morde geben«, erinnert ihn Hörður. »Der Albtraum ist noch nicht unbedingt zu Ende.«

»Es ist vorbei«, sagt Engilbert. »Auch wenn es uns nicht gelingt, Tryggvi und Egill etwas nachzuweisen, sind sie doch aus dem Spiel. Falls sie schuldig sind, werden sie kaum so dumm sein weiterzumachen. Und Aron sitzt jetzt erst mal. Die Ruder einzuziehen, wäre das Schlauste, was sie jetzt tun könnten. Wenn wir es nicht schaffen, ihnen etwas nachzuweisen, sieht das für uns gar nicht gut aus, aber sie stehen automatisch als Opfer von Vorurteilen und Übereifer da. Darum gehe ich davon aus, dass es vorbei ist und so enden wird.«

»Hm, vielleicht«, murmelt Hörður.

»Win some, lose some«, sagt der Kommissar.

»Was sagt die Gerichtsmedizinerin?«, fragt Hörður.

»Nicht viel«, brummt Engilbert. »Ich war bei der Obduktion des Richters dabei. Es war …« Er bricht ab. Hörður läuft es kalt den Rücken runter, und seine Nackenhaare richten sich auf, als würde die Kälte, die er für den Obduktionssaal für typisch hält, durch das Telefon in ihn eindringen.

»Es hat im Grunde nichts Neues gebracht«, sagt Engilbert abschließend. »Die Deutsche war sogar der Meinung, es sei derselbe Täter gewesen. Weil sie kein Isländisch versteht, verfolgt sie auch keine Nachrichten.«

»Sahen sich die Einwirkungen so ähnlich?«, fragt Hörður.

»Anscheinend ja. Dabei wurden die Attacken etwas unterschiedlich ausgeführt. Bei dem Richter wurde fester, mit mehr Kraft zugestoßen. Ansonsten wurde bei beiden die gleiche Sorte Messer verwendet, und die Einstiche sahen sicher ziemlich gleich aus. Sie waren …« Der Kommissar unterbricht sich wieder. Hörður hört Papier rascheln. »Hier steht es: ›Die Einstichkanäle führen leicht von links nach rechts, was darauf hinweist, dass der Täter Linkshänder ist. Es hängt aber von der Position ab‹, unterstreicht sie. Wenn man drüber nachdenkt, ist es ja nicht verwunderlich, dass sich die Wunden ähnlich sehen: Gleiche Waffen und …«

»… die gleiche Hand«, vollendet Hörður.

»Genau. Aber nichts davon hilft uns.«

»Sehe ich dich nachher in der Vitabar?«, fragt Hörður. »Ich werde mal rübergehen, um etwas zu essen.«

Engilbert zieht die Luft ein. »Nein, ich glaube nicht. Bin zu müde. Und es ist noch zu viel zu tun. Was nicht gerade eine gute Mischung ist.«

»Nein, verstehe. Aber danke für den Anruf. Ich …« Es knackt in der Leitung. Der Kommissar hat aufgelegt.

In der Vitabar herrscht Hochbetrieb, Stimmengewirr und Gläserklirren füllen den Raum, der Ventilator verrührt Bratendünste mit Tabaksqualm, und es ist heiß wie im Maschinenraum eines Dampfschiffs.

Hörður sitzt auf seinem Stammplatz, trinkt dunkles Beck's aus einem Halbliterkrug und grunzt vor Wohlbehagen. Auf dem Teller vor ihm liegen geringe Reste eines Pfeffersteaks mit gebackenen Kartoffelspalten und Salat. Er hatte beschlossen, zur Feier des Tages einmal nett zu sich zu sein, schließlich ist er der Kriminalpolizei zur Hand gegangen, hat einen zivilen Geländewagen zur Verfügung gestellt bekommen und durfte am Verhör eines mutmaßlichen Mörders teilnehmen, als rechte Hand von Axel M. Axelsson, besser bekannt als Steppenwolf. Das sollten andere ihm erst einmal nachmachen! Ohne zu optimistisch sein zu wollen, hält er es für wahrscheinlicher, dass diese Zusammenarbeit noch fortgesetzt wird, als dass sie beendet ist. Zumindest wird er weiterhin an den Ermittlungen beteiligt sein, so viel steht fest. Alles Weitere hängt dann von seinem Erfolg insgesamt ab und vielleicht vom Ausgang der Sache. Wenn alles optimal verläuft, sollte das seiner Karriere bei der Polizei förderlich sein.

Er ist jetzt bekannt, hat ein Gesicht, verdammt noch mal! Axel weiß nicht nur, wer er ist, er hat ihm sogar eine Mappe übergeben und Engilbert angewiesen, ihn anzurufen. Vielen Dank! Wenn das nicht bedeutet, dass er jetzt einen Fuß in der Tür hat, wie sie in den Staaten sagen, was dann?

Er hebt sein Glas, prostet sich im Stillen selbst zu und leert das Glas in einem Zug. Das kann man doch ein Leben nennen!

Auf dem Tisch liegen die Zeitungen vom Tage, *Fréttablaðið, Morgunblaðið* und *DV*. Die Titelseite von *DV*, das erst im Lauf des Tages erscheint, füllen schon die beiden Attentate, während die beiden Morgenzeitungen noch viel Pulver auf den Mord an Þórólfur verschießen. Die Internetseiten der Medien bringen hingegen die neusten Meldungen und Gerüchte, und die Kommentarspalten sind voller Verschwörungstheorien. Die Polizei kommt am schlechtesten weg, aber am Nachmittag wurde eine Pressemitteilung veröffentlicht, der zufolge inzwischen fünf Verdächtige festgenommen wurden, unter ihnen beide Attentäter. Die Hypothese ihrer zeitweiligen Unzurechnungsfähigkeit durch vergiftetes Ecstasy ist die populärste, und *DV* wie *visir.is* spekulieren darüber, dass Anschläge auf einen Abgeordneten des Parlaments und einen Richter verübt wurden, was als nicht zufällig ausgelegt wird, zumal der Richter in seinem eigenen Haus ermordet wurde.

Die Schlagzeilen lauten unterschiedlich, sind aber meist als unangenehme Fragen formuliert:

GEFÄHRLICHE DROGEN IN UMLAUF? *(Morgunblaðið)*
DREI ANARCHISTEN VERHAFTET *(visir.is)*
WAREN ES GEPLANTE MORDE? *(visir.is)*
IST NIEMAND MEHR SICHER? *(DV)*
WER IST DER NÄCHSTE MÖRDER? *(dv.is)*

Die Öffentlichkeit ist sehr verunsichert – eine Verunsicherung, die die Medien durch unverantwortliche Spekulationen noch anheizen, und das Schweigen der Polizei wirkt da noch, als würde sie Öl ins Feuer schütten, das ist sonnenklar.

Zu seiner großen Überraschung piept Hörðurs Handy. Hat ihm etwa jemand eine SMS geschickt? Er bekommt doch so gut wie nie solche Mitteilungen.

Ob sie von Engilbert kommt? Er schaut nach. Die Message ist von Bíbí. Sein Magen verknotet sich.

»War Paul glücklich?«

Was meint sie damit? Erwartet sie eine Antwort? Hörður legt das Handy weg und schaut auf die Uhr. Es ist halb acht. In wenigen Minuten kommt der *Brennpunkt*. Hörður steht auf und kämpft sich zur Theke durch, wo er irgendwann den Barkeeper auf sich aufmerksam machen kann.

»Einen doppelten Highland Park mit Eis, bitte. Und eine Zigarre. Die beste, die du hast. Setz beides auf die Rechnung. Und kannst du bitte den Fernseher lauter stellen?«

Hörður nimmt einen Schluck, zündet die Zigarre an und lehnt sich gegen die Theke. Die Sendung fängt an, eine blonde Ansagerin kündigt das Thema an, hinter ihr sieht man zwei Männer an einem kleinen runden Tisch, Axel M. Axelsson und den jungen Fernsehjournalisten, der sich an der Ecke Bjarkargata/Skothúsvegur mit Hörður unterhalten hat.

Wie hieß er noch?

»… der *Brennpunkt* sprach mit einer ihrer Freundinnen, die ihren Namen nicht genannt haben möchte.«

Eine Freundin? Hörður hat verpasst, was die Moderatorin gesagt hat, aber er zählt zwei und zwei zusammen. Eine von Sólrúns Freundinnen müssen diese Schnüffler aufgespürt haben. Was mag sie zu sagen haben?

Auf dem Schirm erscheint eine junge Frau auf einem Stuhl in einer Wohnung in der Stadt, vielleicht bei sich zu Hause. Sie ist von hinten angeleuchtet, ihre Silhouette hebt sich schwarz gegen ein großes Fenster ab. Ihre Stimme ist leicht verzerrt, sie hört sich wie ein Roboter an.

»… und dann verliere ich das Bewusstsein. Allerdings kann ich mich daran nicht erinnern. Ich weiß noch, dass wir getanzt haben. Mein Freund ruft einen Krankenwagen. Ich kam in die Notaufnahme, und da hat man mir den Magen ausgepumpt.«

»Hat man eine Blutprobe genommen?«, fragt die Reporterin. »Ist dein Blut untersucht worden?«

»Nein, da noch nicht. Nicht in der Nacht«, antwortet die Freundin. »Das hat man erst am Morgen getan. Jemand von der Polizei rief an, und darauf hat man mich zur Blutabnahme geschickt.«

»Zwölf Stunden, nachdem euch das Gift verabreicht worden war?«

»Ja.«

»Hat dich dein Freund ins Krankenhaus begleitet?«

»Ja.«

»Hat er den Ärzten erzählt, dass ihr zu dritt wart? Hat er darum gebeten, die Polizei zu informieren? Wollte er, dass man Kontakt zu deinen Freundinnen aufnahm?«

»Ja.«

»Ist das auch passiert?«

»Nein, soweit ich weiß, nicht.«

Hörður verzieht das Gesicht. Was für eine Schlamperei! Wenn es denn so stimmt, wohlgemerkt.

»Habt ihr in der Kaffibar viel getrunken?«, fragt die Reporterin.

»Nein, gar nicht. Bloß einen Drink, soweit ich mich erinnere. Dann wurde alles schwarz.«

»Ihr habt euch unterhalten, und dann habt ihr getanzt, richtig?«

»Ja.«

»Worüber habt ihr geredet?«

»Zum Beispiel über diesen Gísli Már, der den Abgeordneten ermordet haben soll. Er ist ein Verwandter von Sólrún.«

»Shit!«, zischt Hörður. Sollte der *Brennpunkt* hinter den großen Zusammenhang gekommen sein? Dass einer der Männer, die jetzt in Haft genommen wurden, Sólrúns Großvater und Gíslis Onkel Ingimar wegen sexuellen Missbrauchs angezeigt hat? Kaum. Presseleute haben keinen Zugang zur Datenbank *Löke*. Sie können alte Gerichtsurteile recherchieren, aber keine Klagen, die abgewiesen oder noch nicht verhandelt wurden.

»Tatsächlich?«, fragt die Reporterin.

»Ja, aber sie kennt ihn nicht sehr gut. Sie meinte aber, sie würde ihn für unschuldig halten. Er sei ein netter Kerl.«

Schnitt. Es kommt wieder das Studio ins Bild, live. Der junge Fernsehjournalist begrüßt Axel. Haukur heißt er, richtig. Sein Name wird eingeblendet: Haukur Sólmundsson.

Hörður trinkt von seinem Whisky.

»Wir haben gerade einen Ausschnitt aus einem Interview mit einer Freundin von Sólrún Davíðsdóttir gesehen, die von der Polizei verhaftet wurde, weil sie des Mordes an Aðalsteinn Kvaran verdächtig ist«, sagt Haukur. »Wie es aussieht, wurde ihr und ihren Freundinnen am Abend des Attentats ein Medikament gegeben. Eine der Frauen landete bewusstlos in der Notaufnahme des Landesspitals. Warum hat man keine Nachforschungen nach dem Befinden der beiden anderen angestellt? Warum wurden ihnen in der Nacht keine Blutproben entnommen?«

»Zunächst einmal wissen wir nicht mit Sicherheit, ob ihnen etwas eingeflößt wurde oder nicht«, antwortet Axel. »Es gibt Reste von Giftstoffen in ihrem Blut, aber wir wissen nicht, woher sie stammen, ob sie unwillentlich eingenommen wurden oder nicht. Was die Entnahme von Blutproben betrifft, so gehört es nicht zur Routine in der Notaufnahme, Blutproben zur Untersuchung einzuschicken.«

»Aber hätten nicht irgendwelche Alarmglocken klingen müssen?«, fragt Haukur.

»Schon möglich«, sagt Axel, »aber das müsstest du jemanden vom Krankenhaus fragen.«

»Gut«, brummt Hörður und pafft an seiner Zigarre.

»Wie aus dem Interview hervorgeht, sind Gísli Már Brynjarsson und Sólrún Davíðsdóttir miteinander verwandt«, sagt Haukur. »Hältst du das für einen Zufall?«

»Wie gesagt wurde, sind sie entfernt miteinander verwandt, kennen sich aber kaum näher. Das wurde ebenfalls gesagt«, kommentiert Axel. »Es könnte also Zufall sein, ja. Aber wie ich schon gesagt habe, wissen wir nichts darüber, wie die Drogen eingenommen wurden. Wir haben bei beiden, bei Gísli Már und Sólrún, Ecstasytabletten derselben Sorte gefunden. Die große Frage ist: Woher stammen diese Tabletten?«

»Du meinst, sie könnten sie aus derselben Quelle haben?«

»Wie du weißt, kann ich hier keine Details aus den Ermittlungen bekannt geben«, antwortet Axel. »Aber sie verlaufen aussichtsreich. Wir haben bestimmte Personen in Gewahrsam genommen, und wir untersuchen die Herkunft dieser E-Tabletten.«

»Außer Gísli Már und Sólrún wurden drei weitere Männer verhaftet«, sagt Haukur. »Nach Informationen des *Brennpunkts* sind sie alle erklärte Anarchisten und Mitglieder einer Gruppe von Hausbesetzern, die vor anderthalb Jahren ein leer stehendes Haus im Vatnsstígur besetzt haben. Trifft das zu?«

»Wie gesagt, kann ich mich zu Details der Ermittlungen nicht äußern«, erklärt Axel trocken.

Er schlägt sich gut, denkt Hörður und bläst den Zigarrenrauch aus der Nase.

»Der Umstand, dass die Opfer ein Abgeordneter und ein Richter sind, weckt Fragen in eine bestimmte Richtung«, sagt Haukur. »Mit anderen Worten, das sieht nicht nach Zufall aus. Es gibt noch keine Erklärung, wie Gísli Már vom Ölver in die Innenstadt gekommen ist, aber nach Informationen des *Brennpunkts* wurde Sólrún gestern Nacht von einem Auto in die Bjarkargata gebracht. Was kannst du uns dazu sagen?«

»Wie schon gesagt …«

»Entschuldige, dass ich unterbreche«, sagt Haukur, »aber lagen der Polizei Erkenntnisse vor, dass ein Attentat auf den Richter geplant war?«

Axel zuckt. »Nein, keineswegs. Woher …«

»Wurde das Haus von Aðalsteinn Kvaran von der Polizei bewacht?«

Hörður wird blass. Axel ebenso.

»Wie ich gesagt habe …«

»Bestreitest du, dass Aðalsteinn Kvarans Haus bewacht wurde?«, hakt Haukur resolut nach.

»Ich kann weder etwas bestreiten noch bestätigen.«

»Wurde nur sein Haus bewacht, oder standen auch die Häuser anderer Richter unter Bewachung?«

»Verdammt noch mal«, knurrt Hörður.

»Darauf darf ich leider keine Antwort geben.«

»Mir liegen Informationen darüber vor, dass Aðalsteins Haus bewacht wurde, dass vor dem Haus zwei Polizisten in ihrem Streifenwagen saßen, als das Attentat verübt wurde«, sagt Haukur. »Diese Tatsache kann nur eins bedeuten: dass die Polizei ein Attentat auf den Richter befürchtete. Aber es hat nichts geholfen. Das bedeutet erstens ein vernichtendes Urteil für die Polizei, unter deren Augen Aðalsteinn ermordet wurde. Und es weckt zweitens Fragen nach der Art dieses Verbrechens und der Verantwortung der Polizei, die Erkenntnisse zurückgehalten zu haben scheint, die für die allgemeine Sicherheit relevant waren.«

»Auf welche Informationen beziehst du dich?«, fragt Axel gereizt. Hörður bekommt einen Knoten im Magen.

»Þórólfur Hannesson arbeitete an einer umstrittenen Gesetzesvorlage zum Alkoholverkauf, und Aðalsteinn galt als Richter, der Vergewaltiger eher milde behandelte, so hatte er zweimal ein Sondervotum abgegeben, in denen er Freisprüche forderte. Im Licht dieser Tatsachen frage ich: Handelt es sich um politische Morde, die von Anarchisten geplant wurden? Und falls das so ist, wer kommt dann als Nächster an die Reihe? Wird der Betroffene vorher gewarnt? Ist es ein Minister? Der Präsident? Hat die Polizei alle Beteiligten verhaftet? Oder sind noch immer Täter auf freiem Fuß? Und welche Rolle spielen die Ecstasytabletten?«

Axel poltert: »Ich kann und will Detailfragen nicht beantworten, die laufende Ermittlungen betreffen. Wir sind auf einem guten Weg, alle Tatverdächtigen sind verhaftet, und weder die Allgemeinheit noch sonst jemand schwebt zurzeit in Gefahr. Giftige E-Pillen können sich allerdings in Umlauf befinden. Sie sind blau und tragen einen fünfzackigen Stern. Sollte jemand solche Tabletten sehen, wird er gebeten, die Polizei zu kontaktieren.«

»Waren die Maßnahmen dem Polizeichef bekannt?«

»Welche Maßnahmen?«

»Mir ist aus Quellen bekannt, dass Aðalsteins Haus unter Bewachung stand. Warum? Hatte die Polizei einen Verdacht, dass er ermordet werden könnte? Warum wurde dieser Verdacht nicht der obersten Führung der Polizei gemeldet? Wer wusste davon? Diese Fragen musst du beantworten.«

Axel schlägt mit der flachen Hand auf den Tisch. »Auf welche Quellen berufst du dich?«

Haukur nimmt ein Blatt zur Hand und wirft einen raschen Blick darauf. »Ich habe am Morgen am Tatort mit einem Polizeibeamten gesprochen. Sein Name ist Hörður Grímsson. Er hat die Angaben bestätigt und außerdem behauptet, er habe diesen Verdacht seinen Vorgesetzten mitgeteilt.«

Hörður ist wie gelähmt. Er steht mit dem Whiskyglas in der einen und der Zigarre in der anderen Hand an der Theke und schnappt nach Luft wie ein Fisch auf dem Trockenen. Seine Augen sehen nichts, alles ist in Nebel gehüllt.

Der Lärm in der Vitabar wird zu einem in die Ohren schneidenden Brausen, ihm wird glühend heiß, und gleichzeitig bricht ihm kalter Schweiß aus.

Nein.

Das hat nicht stattgefunden. Er glaubt das nicht. Was hat er getan? Was hat er sich dabei gedacht?

Er ist erledigt.

Er hat sich erlaubt, zu einem Höhenflug abzuheben, fürchterlich hoch. Wie Ikarus hat er sich mit in Wachs getauchten Federn geschmückt, geborgten Federn, und ist damit der Sonne zu nah gekommen. Sein Sturz ist tief, schrecklich tief.

Und die Landung entsprechend katastrophal.

Dieser verfluchte Haukur! Warum hat er mit ihm geredet? Warum hat er so viel erzählt?

Warum musste er sich so groß aufspielen?

Hörður schließt kurz die Augen, dann stößt er sich von der Theke ab und versucht, Gleichgewicht und Konzentration wiederzufinden. Aber er schwankt wie ein Betrunkener und stößt gegen andere Gäste, verschüttet etwas aus seinem Glas, brennt mit seiner Zigarre Löcher in Jacken und Mäntel.

»Entschuldigung. Verzeihung. Tut mir leid.«

Hörður taumelt auf unsicheren Beinen weiter zu seinem Tisch, schwindelig und mit hämmerndem Puls. Er möchte in stilles Wasser, in einen sicheren Hafen kommen wie ein havariertes Segelboot in stürmischer See. Aber sein Tisch ist nicht mehr sein Tisch, vier Gymnasiasten sitzen daran und kauen Hamburger.

Was geht hier vor? Es ist, als gäbe es ihn nicht mehr. Er ist unsichtbar, nutzlos, überflüssig, ein Gespenst geworden, das niemand sieht. Dann erkennt er eine Hand im dichten Qualm. Eine winkende Hand, sie bedeutet ihm zu kommen. Jemand wirft ihm einen Rettungsring zu. Jemand sitzt in einer Ecke und grinst über einem halb leeren Bierglas. Ein schwarz gekleideter Vogel mit krummem Rücken, einem schiefen Grinsen im Gesicht und einem boshaften Funkeln in den Augen. Auf dem Tisch vor ihm ein Stift und ein Notizbuch.

Ein flugunfähiger Geier: der Nachwuchspoet Ófeigur.

»Grüß dich, mein Freund«, sagt Hörður bemüht gut gelaunt und lässt sich auf den Stuhl gegenüber dem Dichter fallen. Er nimmt einen Schluck Whisky, stößt paffend Zigarrenrauch aus und grinst großspurig, obwohl er sich so elend fühlt, dass er am liebsten sterben würde. Vielleicht grinst er gerade deswegen. Ihm bleibt doch nur eine Wahl: Entweder er überlässt sich der eigenen Qual und sieht seinen Fehlern, der eigenen Idiotie, ins

Auge und zerfleischt sich in Scham, Selbsthass und Kummer, bis er den Verstand verliert oder sich umbringt. Oder er entzieht sich allem, redet von anderen Dingen, tut so, als sei nichts geschehen, und überlässt sich dem Verdrängen, vernebelt das Hirn, betäubt die Gefühle und säuft sich bewusstlos, bis er ins Koma fällt.

»Grüß dich«, antwortet Ófeigur grinsend.

»Prost!«, sagt Hörður und hebt sein Glas. »Skál, auf ex!«

Sie lassen die Gläser klingen und saufen, bis sie leer sind. Ófeigur leckt sich die Lippen, Hörður verzieht das Gesicht und schnappt nach Luft. Der Whisky brennt bis hinunter in den Magen, und das Herz macht einen Satz.

Jeder Schluck ist ein Schritt auf das Schwarze Loch zu, das er anstrebt.

»Gibt es was zu feiern?« Ófeigur schüttelt eine Zigarette aus seinem fast leeren Päckchen und zündet sie an.

»Feiern?«, fragt Hörður. Er zieht an seiner Zigarre, betrachtet die Eiswürfel im leeren Glas, haut mit der flachen Hand auf die Tischplatte, dreht sich halb um und röhrt: »Bedienung! Wir brauchen Whisky. Whisky und Bier!«

Ófeigur lacht. »Du bist klasse, Mann!«

»Du bist auch nicht schlecht.« Hörður mustert den Dichter, diesen blutleeren jungen Mann, den er Anfang des Jahres kennengelernt hat, als er ihm ein Buch abkaufte, einen kurzen Roman, den sein Verfasser auf eigene Kosten drucken ließ und anschließend in Bars und Cafés verkaufte.

Hörður hat ein Exemplar erstanden, weil er diesen unscheinbaren armen Kerl bemitleidete, der von Tisch zu Tisch ging und sich ein Nein nach dem anderen abholte. Auch er war allein und vielleicht hat der Buchkauf die Anbahnung eines Kontakts eingeleitet. Vielleicht hat Hörður auch sich selbst in diesem bitteren und anscheinend erfolglosen Dichter gesehen. Doch dann las er das Buch und war davon sehr angetan. *Dunkelwerk* ist der

Titel. Es handelt von einem Mann, der seine Geschichte von seinen ersten Erinnerungen an bis zu dem Tag erzählt, an dem er kaltblütig ein Kind ermordet. Die Geschichte wird in der Ich-Form erzählt, knapp, kühl, aber mit einem melancholischen Unterton, der die Hauptperson auf eine traurige Weise menschlich macht. Hörður tat der gefühlskalte, fast roboterhafte Held leid, der in der menschlichen Gemeinschaft nie eine Chance hatte, genau wie der schwarz gekleidete Autor. Das Buch verkaufte sich nicht und bekam ziemlich schlechte Kritiken, sein Schicksal entsprach dem seines Protagonisten.

»In letzter Zeit an was gearbeitet?«, fragt Hörður den Dichter. Er ist von Natur aus nicht redselig, er findet es angenehmer und natürlicher zu schweigen, anstatt über alles und nichts zu schwadronieren. Aber er fürchtet, Ófeigur könne ihn nach seiner Arbeit fragen, und deshalb bricht er lieber selbst das Schweigen, bevor es der Schriftsteller tut.

»Ja, schon«, antwortet Ófeigur zurückhaltend. »Jedenfalls habe ich mir das eine oder andere notiert. Eine Idee, die noch reifen muss. Weiß noch nicht, was daraus wird. Vielleicht nichts. Oder vielleicht ein großer Roman.«

»Erzähl mir mehr davon!« Hörðurs Kehle fühlt sich trocken an. Er schmatzt und sieht über die Schulter: Wo bleiben die Getränke? Kommt der Kellner noch nicht? Hat er die Bestellung nicht gehört?

»Die Idee kam mir, als ich ein Interview mit dem ermordeten Abgeordneten las«, sagt Ófeigur. »Mit diesem Þórólfur.«

»Ah, ja«, sagt Hörður und trommelt ungeduldig auf die Tischkante. Im gleichen Moment taucht der Wirt persönlich mit den Getränken auf einem Tablett auf: zwei doppelte Whisky mit Eis und zwei dunkle Beck's.

»Bitte sehr.« Der Wirt ist dick und glatzköpfig, er trägt eine grüne Schürze um die Hüfte, schnauft wie ein Wal, und Schweiß glänzt auf seinem roten Gesicht.

»Besten Dank!«, ruft Hörður und klopft ihm auf den Rücken. »Das geht auf meine Rechnung. Bring das Gleiche in zwanzig Minuten noch mal, mein Freund! Nein, sagen wir, in einer Viertelstunde.«

»Geht klar«, sagt der Wirt und watschelt davon.

Hörður trinkt von dem Whisky, seufzt und spült den süßen Nachgeschmack mit dem frischen, schäumenden Bier hinunter.

»Ich verfolge ständig das Thema ›freier Verkauf von Alkohol in Geschäften‹, das ist nicht das Problem, wenn auch nur aus persönlichem Interesse«, sagt Ófeigur. »Den Zugang zu Alkohol zu erleichtern, fördert den Untergang der Gesellschaft und meinen eigenen Tod. Trinken ist der Selbstmord der Gedankenlosen, das passt mir gut. Es ist mehr dieses Freiheitsgeschwafel, das mir auf die Nerven geht.«

»Verstehe«, sagt Hörður.

»Das ist doch bloß vorgeschoben. Bei dem Gesetzesvorschlag geht es um das Recht des Handels, zu verdienen«, sagt Ófeigur. »Aber die Konservativen reden andauernd von Freiheit, das ist ihr Mantra, das selige Herz des Liberalismus. Nicht kaufen und verkaufen zu dürfen, was immer man will, nennen sie Unfreiheit. Das Volk soll die Freiheit der Wahl haben, den freien Zugang zu allem und die Freiheit, es mit Gewinn zu verkaufen. Freiheit, Freiheit, Freiheit.«

»Genau«, stimmt Hörður zu.

»Aber Freiheit gibt es in Wirklichkeit nicht, lediglich als Idee«, sagt Ófeigur. »Die Gesellschaft schränkt die Freiheit des Einzelnen ein, sie ist ein Vertrag, dass keiner tun und lassen kann, was er will, ein Vertrag über Unfreiheit. Wenn wir frei wären, dürften wir alles Mögliche tun, auf den Straßen rasen, besoffen zur Arbeit erscheinen oder gar nicht zur Arbeit kommen und jemanden umbringen, wenn uns danach ist. Alle Regeln und Gesetze haben ein Ziel: die Freiheit einzuschränken. Selbst wenn alles in Auflösung überginge, wäre die Freiheit immer noch eingeschränkt durch Raum, Zeit und die Naturgesetze. Die Schwächeren zum Beispiel wären immer unfreier als die Stärkeren. Ich kann nicht wieder ein Kind werden, ich kann weder kleiner werden noch weiterwachsen und ich kann nicht ewig leben. Ich kann das Atmen nicht einstellen, ohne zu sterben, ich muss essen und trinken, und um an Essen und Trinken zu kommen, muss ich was tun. Darüber möchte ich gern schreiben, das große Buch über die nicht existente Freiheit.«

»Das ist es doch«, sagt Hörður. »Und schreibst du's?«

»Ja, schon, aber ...« Ófeigur trinkt einen Schluck Bier. »Ich bin nur so verteufelt unfrei. Ich brauche Zeit, um zu schreiben, aber um Miete, Essen und Zigaretten bezahlen zu können, muss ich Geld verdienen. Aber wenn ich in der Druckerei acht oder zehn Stunden lang Sklavenarbeit verrichtet habe, habe ich keine Kraft mehr, kreativ zu sein, dann bin ich innerlich tot. Höre ich aber auf zu arbeiten, verliere ich meine Wohnung und habe keinen Ort mehr, an dem ich schreiben könnte. Ich bin wie Sisyphus, wälze immer denselben Fels den Berg hinauf und komme doch nie ganz oben an.«

Hörður pustet die Glut in seiner Zigarre an. »Du darfst nicht aufgeben. Du kannst gut schreiben, du bist klug. Du bist echt was. Widerstand macht dich nur härter.«

»Kann sein«, haucht Ófeigur. »Aber im Innersten möchte ich am liebsten aufgeben. Warum sich damit verrückt machen? Was macht schon ein Buch mehr oder weniger für einen Unterschied? Den Leuten sind Bücher völlig egal. Warum sollte ich den verdammten Stein diesen beschissenen Hang hinaufrollen? Warum setze ich mich nicht einfach auf meinen Arsch und gucke Löcher in die Luft?«

Hörður lächelt breit. »Camus hat Sisyphus als Symbol für die Absurdität des menschlichen Lebens benutzt. Nur der Tod erlöst uns aus der Knechtschaft. Aber überleg dir mal eins: Wenn Sisyphus den Fels auch nur einmal bis ganz nach oben bekommen hätte, dann hätten wir nie von ihm gehört. Doch dadurch, dass er nicht aufgab, hat er Ruhm und Unsterblichkeit gewonnen. Womöglich hat er einen Sinn im Sinnlosen gefunden. Das Leben ist vielleicht sinnlos, aber wenn der Mensch sich damit abfindet, ist es vielleicht nicht ganz so schlimm.«

Ófeigur grinst. »Du bringst uns Pessimisten ganz durcheinander, wenn du so redest, Polyanna Grímsdóttir.«

Hörður lacht. »Na, vielleicht. Ich wollte dich bloß ein bisschen aufmuntern. Ich möchte, dass du weiter den Fels wälzt und dieses Buch schreibst.«

»Vielen Dank!«, sagt Ófeigur. »Aber vielleicht wäre es bloß Zeitverschwendung. Derart nachdenkliche Bücher sind nicht gerade populär. Vielleicht sollte ich besser Krimis schreiben, die verkaufen sich sicher besser.«

»Man sollte tun, was man am besten kann«, sagt Hörður. »Davon bin ich jedenfalls felsenfest überzeugt.«

Ófeigur lächelt matt. »Ich kämpfe mich nicht nur mit einem großen Felsblock und einem Berg ab, Herr Polizist. Es liegen jede Menge Hindernisse auf dem Weg, Dinge wie die netten Leute, die Literaturelite und die Schule der Schmetterlinge.«

»Die Schule der Schmetterlinge?«, wundert sich Hörður und lacht.

Ófeigur zieht ein Gesicht. »Ja, die sensiblen Dichter, die lyrischen Kurzgeschichtenschreiber, die salbungsvollen Modernisten, die jammern wie die Landpastoren und *großartige* Bücher schreiben, die keiner lesen mag, die aber alle zu verstehen vorgeben.«

Hörður lacht laut auf. »Du bist deinem Alter weit voraus schon bitter und griesgrämig geworden.«

»So?«, sagt Ófeigur und greift mit säuerlicher Miene nach seinem Bierglas.

Hörður schnippt mit den Fingern. »Weißt du, was du eigentlich getan hast? Du hast Pappkameraden aufgebaut.«

Ófeigur schüttelt den Kopf. »Das sind keine bloß eingebildeten Feinde. Das sind reale Mächte, und sie achten sehr genau darauf, dass Leute wie ich niemals einen Zeh auf den Boden bekommen, wo sie schon ihren Fuß hingepflanzt haben. Sie hüten und bewachen ihre Fleischtöpfe.«

»Na gut.« Hörður nimmt einen Schluck Whisky, schluckt und schließt die Augen. Der Alkohol strömt durch die Adern, dämpft alle Wahrnehmungen und füllt den Kopf mit einem angenehmen Surren. Das Vergessen rückt näher. Was sind seine Pappkameraden, wenn er welche hat? Welche eingebildeten Gegner stellt er auf, wenn ihm der Wind ins Gesicht weht? Was hat er für Ausreden in petto, wenn ihm etwas misslingt oder das Leben ihm übel mitspielt?

»Im Übrigen höre ich dieser Tage viel Musik«, wirft Ófeigur ein. »Alten Blues aus Chicago, Muddy Waters, Buddy Guy, Little Walter, Robert Johnson und all die verrückten Schwarzen. Geiles Zeug.«

»Sehr gut.« Hörður greift nach dem Bier. Welche Mächte arbeiten gegen ihn, behindern ihn oder leiten ihn auf falsche Wege?

Das Erste, was ihm einfällt, ist seine verdammte Schwermut – dieser schwarze Hund, der ihm wie ein Schatten folgt und ihm alle Kraft, allen Lebenswillen entzieht, der nach seinen Fersen schnappt und ihn tot sehen will.

»Robert Johnson stammt übrigens nicht aus Chicago. Er ist ein Mann aus dem Mississippidelta.« Hörður pafft an der Zigarre, bis der Dichter in einer stinkenden Rauchwolke verschwindet.

Dann gibt es natürlich noch die Selbstzweifel und den Selbsthass, den Teufel, der ihm auf der Schulter sitzt und sich auf gutmütige Weise über ihn amüsiert oder ihn fertigmacht. Der Teufel, der darauf achtgibt, dass er um keine Beförderung ansucht und sich nicht mit einer Frau einlässt. Der Teufel, der ihm einflüstert, dass er nichts Gutes verdient, und Hörður glaubt ihm. Der Teufel will ihn ganz für sich haben, ebenso wie der schwarze Hund. Konkurrenz dulden sie nicht. Sie wollen nicht, dass Hörður stolz oder glücklich ist, denn dann besteht die Gefahr, dass er sie vergisst und nicht mehr auf sie hört, und dann stürzen sie von ihrem Podest und vergehen.

Doch sind das Pappkameraden oder wirkliche Gegner, überlegt Hörður; dann leert er sein Bierglas in einem einzigen langen Zug.

»Ist alles in Ordnung mit dir?«, fragt Ófeigur.

»Ja«, sagt Hörður. Nicht zu vergessen der teuflische Bacchus, der Gentleman mit dem schwarzen Herzen, der Lebemann, der ihm auf die Schulter klopft und ihn fragt, ob er sich nicht wenigstens *einen* Drink genehmigen wolle, ob er sich nicht *ein* kühles Bierchen verdient habe, ob er nicht ein bisschen abschalten und unter Leute gehen wolle und so weiter. Und dann kann er nicht aufhören, der Durst ist wie ein Jucken, das umso schlimmer wird, wenn er sich erst einmal zu kratzen anfängt.

Hörður schüttelt sich, dann kippt er den Whisky, schluckt ihn wie eine bittere Medizin. Das Schlimmste ist, dass er jedes Mal vergisst, wie schlecht es ihm nach dem letzten Absturz gegangen ist, wie schrecklich er sich am nächsten Tag fühlt: die Kopfschmerzen, das Kotzen, der kalte Schweiß, die Hitzeausbrüche …

Vom schlechten Gewissen und dem Bedauern gar nicht zu reden, mein lieber Mann!

Nie wieder, das schwört er. Dann vergehen zwei, drei Tage, alles ist vergessen, und ehe er sichs versieht, hat er wieder ein Glas in der Hand und das Leuchten in den Augen.

Nur ein Glas!

»Ober!«, ruft er. »Wir sitzen hier auf dem Trockenen.«

Es ist Nacht geworden.

Hörður taumelt über die Straße, so betrunken, dass er kaum das Gleichgewicht halten kann und so gut wie nichts sieht. Alles ist in Nebel gehüllt, es ist rabenschwarze Nacht, aber manchmal zieht eine Wolke ab und lässt den hellen Mond sichtbar werden.

Er findet das Haus, tastet an der Hauswand entlang und stößt auf die richtige Tür. Er stützt sich an der Wand ab und klopft die Taschen seiner grünen Armeejacke ab. Die Schlüssel! Wo ist der verdammte Hausschlüssel? Hat er die Schlüssel nicht mitgenommen? Zigaretten, Feuerzeug, verknitterte Geldscheine und Münzen, aber keine Schlüssel.

»Schei…!«

Hörður tritt von einem Fuß auf den anderen, packt den Türknauf und rüttelt daran, aber die Tür ist natürlich abgeschlossen. Er klopft dagegen, zerbricht fast die eingelassene Glasscheibe. Dann fixiert sein Blick die Klingeln, die weißen Namensschildchen neben den schwarzen Klingelknöpfen.

Wie heißt er noch? Dieser unangenehme … ja, genau der. Er kneift die Augen zusammen, alles verschwimmt, aber er drückt auf eine Klingel und hält sie gedrückt. Jetzt mach schon auf, du Blödmann!

»Hallo?«, fragt eine leise Stimme. Es ist Leifur, Hörðurs Nachbar.

Hörður lehnt sich an die Tür, beugt sich vor und spricht direkt in die Sprechanlage: »Ich bin's. Hörður.«

»Würdest du bitte gehen«, sagt Leifur mit zittriger Stimme. »Mir machst du nichts vor. Geh, oder ich hole Hörður. Er ist Polizist.«

»Nein, ich bin's doch!«, ruft Hörður, aber Leifur hat aufgelegt.

»Blödmann!«, knurrt Hörður. Er geht die Stufen hinab, fällt um ein Haar, kann gerade noch das Gleichgewicht halten, tritt fehl und landet der Länge nach auf dem Bauch.

»Au!« Er richtet sich auf alle viere auf und sieht etwas im Rinnstein glänzen. Was'n das, hä?

Er beugt sich vor, tastet mit der Hand und hebt seine Schlüssel auf. Hatte er sie doch bei sich?

Er geht wieder zur Haustür, versucht, den Schlüssel ins Schloss zu stecken, und schafft es schließlich auch.

Er schließt die Tür hinter sich, fällt die Treppe runter und landet im Keller auf dem Kreuz.

»Na, los!« Er dreht sich auf den Bauch, krabbelt über den gestrichenen Steinfußboden und schafft es aufzustehen, indem er sich an der Wand abstützt. Zum Glück hat er seine Wohnungstür nicht abgeschlossen, als er loszog.

Vor seinen Augen dreht sich alles.

Er lässt sich aufs Bett fallen und schläft schon, bevor er auf der Matratze landet.

Samstag

Bong! Bong! Bong!

Hörður erwacht von einem geträumten Glockenläuten, das sich anhört wie der teuflische Anfang von AC/DCs »Hell's Bells«. Dann bekommt er natürlich das Lied nicht mehr aus dem Kopf, es infiziert ihn, wie ein Virus das System übernimmt.

»I'm a rolling thunder, a pouring rain. I'm comin' on like a hurricane. My lightning's flashing across the sky. You're only young but you're gonna die.«

Er winselt vor Schmerz, kann aber weder wieder einschlafen noch den Krach in seinem zerbrechlichen Kopf loswerden. Im Keller herrscht ein schwül-heißes Halbdunkel, das ihn erstickt, die Herbstsonne beleuchtet die Gardinen vor dem Kellerfenster und das Licht brennt wie Säure. Er ist Graf Dracula und vergeht im Licht. Aua, aua!

»I won't take no prisoners, won't spare no lives. Nobody's putting up a fight. I got my bell, I'm gonna take you to hell. I'm gonna get you, Satan get you.«

»Oh, hör auf!«, flüstert Hörður gepeinigt und mit schlechtem Geschmack im Mund.

»Hell's bells. Yeah, hell's bells. You got me ringing, hell's bells. My temperature's high, hell's bells.«

Ja, ihm ist heiß, sein Mund ist ausgetrocknet, sein Kopf zerspringt, und in seinem Magen baut sich langsam dieser Druck von Unwohlsein auf, der aufwallt, hochsteigt und nur noch raus will. Nein! Hörður springt aus dem Bett, stürzt ins Bad, wirft sich auf die Knie und reihert laut in die Kloschüssel.

Nie wieder. Nie, nie wieder!

Er hockt auf dem Bett und raucht die erste Zigarette des Tages. Er ist verschwitzt, ihm ist kalt, es geht ihm dreckig und er zittert wie Espenlaub. Seine Haare sind verfilzt, seine Haut ist feuchtkalt, seine Augen sind blutunterlaufen und seine Lippen rissig.

Er wartet auf den ersten Kaffee. Das Mokkakännchen steht auf der Kochplatte.

Hoffentlich wird ihm von dem Kaffeegeruch nicht wieder schlecht. Die Kopfschmerzen wollen nicht nachlassen, sein Puls pocht ihm im Schädel wie eine weiche Axt, die im Sekundentakt Scheite spaltet. Er hat Magenschmerzen, und seine Nase ist von Rotz und Kotze verstopft.

Er hat zwei Paracodin, will sie aber nicht nehmen, bevor er sicher ist, dass er sie bei sich behalten kann.

Hat er keine Cola im Haus? Oder ein Bier? Er trinkt nicht mehr, braucht aber unbedingt ein Bier gegen den Kater. Sein Pegel steht nicht auf null, sondern im Minus. Er braucht etwas, um seinen Normalzustand zu erreichen.

Hörður öffnet den Kühlschrank, der so leer ist wie ein offenes Grab. Mist!

Das Wasser in der Mokkakanne kocht, es gurgelt darin, und aus ihrer Tülle steigt der Kaffeeduft auf. Ebenso wie die Übelkeit in Hörðurs Magen. Fuck! Er kann nicht noch mehr kotzen. Sein Magen ist leer, nach außen gestülpt. Beim letzten Mal kam nur noch brauner Schleim.

Gab es nicht noch irgendwo einen Rest Whisky?

Er legt die Zigarette ab, geht auf die Knie und guckt unter das Bett. Da liegt eine Flasche White Horse. So gut wie leer. Vielleicht noch ein Esslöffel voll übrig; den kippt er mit zittriger Hand in die Kaffeetasse. Der Kaffee ist fertig. Er nimmt die blubbernde Kanne und gießt die Tasse voll.

Der Duft des brodelnden Kaffees ist wundervoll, ihm läuft das Wasser im Mund zusammen, dann nimmt er ein Schlückchen. – Ah!

Hörður trinkt die Tasse aus, dann schluckt er die beiden Schmerztabletten und schenkt sich noch etwas Kaffee nach. In der Flasche sind auch noch ein paar Tröpfchen, die lässt er in die Tasse fallen. So, besser.

Jetzt braucht er nur noch abzuwarten, bis die Tabletten wirken. Dann ist alles wieder gut.

Hörður atmet erleichtert auf. Er wird den Tag überstehen. Er zieht an der Zigarette und stößt den Rauch durch die Nase aus.

Dann fällt sein Blick auf die gelbe Aktenmappe, und augenblicklich bricht ihm kalter Schweiß aus.

Ihm fällt schlagartig wieder ein, weshalb er überhaupt so abgestürzt ist. Das Interview mit Axel im *Brennpunkt*. Er hat den Chef der Kripo in Bedrängnis gebracht; der Steppenwolf wurde im Fernsehen live gegrillt.

Fuck!

Es steht ihm schon jetzt bevor, am Montag zum Dienst zu erscheinen. Aber vielleicht braucht er auch gar nicht mehr zu kommen. Könnte sein, dass er seinen Job los ist.

Und was macht er dann?

Hörður hat ausgiebig kalt geduscht, acht Zigaretten geraucht und drei Kannen Espresso getrunken. Er hat die Vorhänge aufgezogen und kräftig gelüftet. Er hockt auf dem Bett und geht noch einmal die Papiere aus der gelben Mappe durch, im Hintergrund läuft dazu »Exile on Main Street« von den Stones.

Hat er etwas übersehen?

Verzweifelt sucht er nach einem neuen Ansatz, einem Ausweg, einem Strohhalm, nach etwas Wichtigem, das die Fälle in ein neues Licht stellt und ihn womöglich aus seiner Klemme befreit.

Er kann seine kurze Laufbahn bei der Polizei nicht auf diese Weise beenden, mit einer Niederlage, mit Spott und Hohn. Er muss sein Vergehen wiedergutmachen, Farbe bekennen und retten, was zu retten ist. Aber wie oft er die Unterlagen auch durchgeht, er findet nichts Neues. Er blättert, er liest, guckt und starrt, aber nichts.

»Verdammte Scheiße!«, knurrt Hörður resigniert und wirft die Papiere auf den Boden.

Er schlägt die Hände vors Gesicht, streckt sich dann auf dem Bett aus und schließt die Augen. Sein Inneres ist leer, ein Schwarzes Loch, in dem Hoffnungslosigkeit und Elend widerhallen. Er versucht, seine Gedanken zu ordnen, aber die Ereignisse der letzten Tage von dem Ruf zum Möbellager bis zum Verhör von Aron Beck schießen ihm durch den Sinn wie ein Video in schnellem Vorlauf.

Hätte er doch …

Hätte er doch bloß am Dienstag nicht auf den Ruf aus der Einsatzzentrale reagiert! Wäre doch bloß irgendjemand anders in dieses verfluchte Lager gefahren! Dann ginge es ihm jetzt nicht so schlecht, dann wäre er jetzt nicht arbeitslos. Dann würde er am Montag zur Spätschicht erscheinen und wie jeder andere undankbare Holzkopf über die Monotonie der Arbeit meckern und es genießen, zu kleinen Einsätzen durch die Straßen der Stadt zu fahren, ohne unter der Verantwortung und den Sorgen eines Kriminalbeamten zu keuchen.

Warum …?

Warum hat er unbedingt bei der Kripo eine Duftmarke hinterlassen wollen? Warum konnte er nicht einfach seine Arbeit tun, und damit gut. Im Traum eines jeden Menschen ist auch sein Fall verborgen und all das.

Was für ein Fiasko!

Um es noch schlimmer zu machen, sieht er das Grinsen von Aron Beck wieder vor sich, als er in Gang 3 der Strafanstalt stand und ihm nachsah. Was hat er noch gesagt? »Ich habe übrigens meine Meinung geändert. Du bist doch so blöd, wie du aussiehst.« Ja, etwas in der Art.

Und davor? Da hat er etwas über den Mond gesagt. Richtig. Es ging um die Sträflinge im Todestrakt eines Gefängnisses in Florida, die bei Vollmond geheult und gejault hatten, ohne dass sie wissen konnten, wann Vollmond war. Dann hatte er irgendwie schmierig gegrinst und noch etwas gesagt, etwas, das damals bedeutungslos schien, es jetzt im Nachhinein aber nicht ist. Es war nicht so sehr, was er sagte, sondern wie er dazu gegrinst hat. In diesem arroganten Grinsen lag etwas versteckt, das zum Ausdruck brachte, dass er etwas anderes oder mehr andeuten wollte, als er sagte.

Was hat er gesagt? Hatte es nicht mit dem Mond zu tun? Hörður hat er mit Bulle angeredet. Etwas über den Mond, Bulle.

»Am Sonntag ist Vollmond, Bulle.« Ja, das war's. Am Sonntag ist Vollmond. Warum hat er das erwähnt? Es *ist* Vollmond am Sonntag, ja, und?

Es ist etwas, das alle wissen, die es wissen möchten. Und trotzdem hat er es erwähnt, und zwar so, dass es sich anhörte, als würde er von etwas anderem und von mehr reden als von der blanken Tatsache.

Vollmond. Sonntag. Der zweite Sonntag im Oktober. Ist das von Bedeutung? Hörður ist nicht sicher.

13. Oktober. Der 13. Oktober?

Irgendwas klingelt da. Hörður schlägt die Augen auf, setzt sich auf und sammelt die Blätter vom Boden auf. Kommt dieses Datum nicht irgendwo vor? Er blättert durch die Unterlagen, überfliegt hastig die Texte und sucht nach Zahlen. Als er findet, was er sucht, stellen sich ihm die Nackenhaare auf.

Es ist die Personenkennzahl von Mummi litli: 131077. Er hätte im Oktober Geburtstag, am 13. Er würde morgen fünfundzwanzig Jahre alt, wenn er noch am Leben wäre.

Vollmond an Mummis Geburtstag. Was hat das zu bedeuten?

Wenn die Morde etwas mit Rache zu tun haben und wenn sie sich gegen Séra Ingimar richten, wovon Hörður überzeugt ist, dann werden sie nicht bloß aus Rache für das verübt, was den Jungen angetan wurde, sondern vor allem als Blutrache für Mummi, der sich umgebracht hat, nachdem seine Klage abgewiesen worden war.

Sein Tod ist symbolisch. Ebenso wie die Rache. Drei geplante Morde innerhalb einer Woche. Der erste verübt am Dienstagabend, der zweite am Donnerstag nach Mitternacht, und der dritte und letzte soll also nach Samstagmitternacht und vor Mitternacht am Sonntag stattfinden – am Geburtstag des Märtyrers.

Ergibt das Sinn? Ja.

Warum hat er das nicht längst kapiert? Hörður ballt die Fäuste in seiner Wut.

So hat Aron es geplant. Aber jetzt ist sein Plan durcheinandergeraten, um es milde auszudrücken. Alle, die daran beteiligt sind, sitzen in U-Haft, es werden keine weiteren Unschuldigen mit Buttersäure gefügig gemacht, und es wird keine weiteren Anschläge zu Ehren von Guðmundur Vífill Marínósson geben.

Hörður legt sich wieder hin. Aber er muss doch jemandem davon erzählen, oder? Wenn diese Spekulationen zutreffen, sind sie für die Anklage hilfreich. Wenn er Glück hat, stellen sich diese Informationen sogar als sehr wichtig heraus, und er kann seinen Job behalten.

Nur, wen soll er anrufen? Engilbert oder Axel? Schon bei dem Gedanken wird ihm ganz anders.

Sie haben noch ein Hühnchen mit ihm zu rupfen.

Hörður schließt die Augen und wünscht sich, dass alles bloß ein Albtraum wäre, dass er bald aufwachen würde und alles wieder so wäre wie vorher, bevor sein Leben und seine Karriere zum Teufel gingen.

Die Wüste ist weit und endlos in alle Richtungen. Die Sonne steht hoch am Himmel, grellweiß und erbarmungslos. Die Hitze ist lähmend. Kein Lüftchen regt sich, die Stille lastet schwer wie Blei. Am Horizont flimmert eine Luftspiegelung.

Hörður sitzt auf einem Pferd und reitet langsam durch die ockergelbe Endlosigkeit. Er trägt einen Ledermantel und einen Cowboyhut auf dem Kopf. Das Wasser ist alle, und er vergeht vor Durst. Das Pferd trottet voran, Schritt für Schritt, dem Nichts entgegen.

Dann tauchen in der Luftspiegelung Schatten auf. Sind das Gebäude? Oder sieht er eine Fata Morgana? Er kneift die Augen zusammen, starrt in das Hitzeflirren. Ja, es sind Häuser. Da hinten muss eine kleine Ortschaft sein. Er treibt das Pferd an, das schneller wird und über die von der Sonne gebackene Erde töltet. Sie reiten an Kakteen und rötlichen Felsen vorbei.

Hörður reitet in den Ort. Die Hauptstraße ist leer, leichter Wind wirbelt Staub auf und rollt Tumbleweed die Straße entlang. Beiderseits der Straße stehen Häuser mit hohen Giebelwänden und Veranden, eine Post, ein Hotel und das Sheriffsoffice. Der Hufschlag des Pferdes wird lauter, in der Ferne krächzt eine Krähe.

Hörður steigt vor einem Saloon vom Pferd. Er bindet das Pferd an einen Holm, bei dem auch ein Trog mit Wasser steht. Das Pferd schnaubt und säuft dann viel Wasser. Hörður steigt die drei Stufen zur Veranda hinauf. Die Sporen an seinen Stiefeln klirren. Stimmen und Töne eines Pianos dringen aus der Tür. Über ihr hängt ein handgemaltes und verblichenes Schild mit der Aufschrift:

Saloon.

Hörður stößt die Pendeltüren auf und tritt in den dämmerigen Raum, in dem hier und da Dauergäste an runden Tischen sitzen. Das Piano verstummt, düstere Gesichter blicken von Gläsern und Spielkarten auf und mustern ihn. Er bleibt stehen, überblickt den Raum und geht anschließend geradewegs zur Theke. Das Pianogeklimper setzt wieder ein, und die Gäste trinken weiter und nehmen das Kartenspielen wieder auf.

»Whisky«, sagt Hörður rau. Er lehnt sich auf die Theke und stützt einen Fuß auf einer niedrig daran angebrachten Stange ab.

»Geht klar«, sagt der Wirt, ein mittelalter, schlaksiger Mann in weißem Hemd und Weste. Er nimmt eine Flasche ohne Etikett, zieht den Korken heraus und gießt Whisky in ein klobiges Glas.

Hörður trinkt es in einem Zug leer. »Noch einen.«

»Sicher«, sagt der Barkeeper, der kein gewöhnlicher Wirt ist, sondern Kommissar Engilbert Gústafsson.

»Betti?«, fragt Hörður überrascht.

»Richtig«, antwortet der Wirt.

»Na so was«, staunt Hörður und nimmt seinen staubigen Hut ab. »Wie steht's? Sind die beiden Outlaws, Tryggvi und Egill, noch immer nicht gefunden?«

»Doch, der Sheriff hat sie eingebuchtet«, sagt Betti. »Sie haben sich vor einer Stunde gestellt. Nach ihrer Aussage, sobald sie erfahren haben, dass nach ihnen gesucht wird. Sie waren in ihrem Haus in Nowhere Town und behaupten, sie hätten seit gestern Abend Poker gespielt.«

»Ist das bestätigt?«

Betti wischt mit einem Tuch die Theke trocken. »Freunde bestätigen ihre Behauptung. Aber mittlerweile hat einer der drei Kellner, die an dem Abend in der Kneipe arbeiteten, Tryggvi Leó auf Fotos erkannt. Allerdings war er sich nicht ganz sicher, und überhaupt nicht sicher war er sich hinsichtlich der Tätowierung am Hals, aber ziemlich sicher will er ein Tattoo auf dem Handrücken gesehen haben; das passt aber leider nicht. Einer der Türsteher hat Egill Þór identifiziert, aber auch nicht mit Sicherheit. Wie gesagt, alles nicht entscheidend, aber ausreichend, um die Alibis anzuzweifeln. Tryggvi und Egill geben immerhin zu, am Dienstag im Ölver gewesen zu sein. Alles andere streiten sie ab, auch, mit Aron in Kontakt zu stehen.«

»Hat man etwas bei ihnen gefunden? In der Kutsche vielleicht?«, fragt Hörður.

»Nichts. Die schwarze Kutsche wurde auch noch nicht gefunden. Vermutlich war sie gestohlen. Sie kamen auf einem alten Klepper, der Egill Þór gehört.«

Hinter der Theke hängt ein gerahmtes Bild von einem Dampfschiff in aufgewühlter See. Aus seinen Schornsteinen steigt Rauch.

Hörður leert sein Glas. »Shit! Aber wurden sie dem Richter vorgeführt?«

»Ja«, sagt Betti. »Er hat vier Tage Untersuchungshaft verhängt. Damit sie verlängert wird, brauchen wir ein Geständnis oder etwas, das sie direkt mit den Morden in Zusammenhang bringt, Zeugen oder stichhaltige Beweise. Läuft alles auf das Gleiche hinaus.«

»Dann *muss* ich etwas gegen sie finden«, sagt Hörður. »Diese Männer sollen hängen!«

»Es geht nicht nur um sie«, sagt Betti. »Da gibt es noch andere.«

»Was soll das heißen?«, fragt Hörður.

»Das Tattoo. Denk an das Tattoo! Nicht an die Person«, sagt Betti.

»Das Tattoo?«

Betti grinst. »Was es darstellt. Wo es ist.«

Hörður wacht auf. Sein Herz rast und er ist vollkommen verschwitzt. Er richtet sich auf und blickt um sich. Er ist bei sich zu Hause. Wo sonst?

War er eingeschlafen? Hat er geträumt?

Er schwingt die Beine aus dem Bett. Engilbert kam vor. Er hat etwas über Tätowierungen gesagt. Was sie darstellten, wo sie säßen.

Welche Tätowierung?

Hörður öffnet die Aktenmappe und geht noch einmal die Papiere durch, ohne zu finden, was er sucht. Er weiß aber auch nicht, wonach er sucht. Er versucht, sich an seinen Traum zu erinnern, doch am deutlichsten erinnert er sich an seinen Durst und an den Whisky, den er getrunken hat. Bei dem Gedanken wird sein Mund ganz trocken.

Für einen kleinen Whisky wäre er jetzt zu haben. Oder für ein kleines Bier, schäumend und eiskalt.

Aber er hat doch aufgehört, oder? Ja.

Konzentration! Er hat sich mit Engilbert unterhalten. Das Gespräch wiederholte etwas, über das sie in der Wirklichkeit schon gesprochen haben. Am Telefon? Was hat Engilbert ihm am Telefon berichtet? Er hat ihm mitgeteilt, dass sich Tryggvi und Egill gestellt haben, und außerdem noch, dass der Kellner sie nicht identifizieren konnte. Man hat ihm Fotos vorgelegt, und der Kellner zeigte auf Tryggvi, sagte aber, er habe eine Tätowierung an der Hand, aber nicht am Hals.

So ungefähr.

Was sie darstellt. Wo sie sitzt.

Tryggvis Tattoo zeigt ein Spinnennetz. Das stellt es dar. Und es sitzt an seinem Hals.

Der Kellner behauptet aber, der Mann, den er gesehen habe, habe ein Tattoo an der Hand gehabt. Er wusste aber nicht mehr, was es darstellte. Daran konnte er sich nicht erinnern.

Hörður stöhnt und legt die Hände vors Gesicht. Er begreift seinen Traum nicht und weiß nicht, wonach er suchen soll. Dann wird ihm mit einem Schlag alles klar, als habe jemand mit dem Finger geschnipst.

Na klar!

Schnell blättert er durch die Unterlagen, findet das Interview in *DV* und betrachtet das Foto der Anarchisten. Einer von ihnen hat eine auffällige Tätowierung auf dem Rücken der rechten Hand. Einen fünfzackigen Stern. Er geht die Namen in der Bildlegende durch:

Das Foto zeigt, von links nach rechts: Orri, Hákon, Guðmundur Vífill, Aron Beck, Tryggvi Leó, Þorsteinn und Egill Þór.

Der mit dem tätowierten Stern ist der Zweite von links: Hákon.

Hörður legt das Interview weg und zieht das Urteil im Fall der Hausbesetzung heraus. Darin steht Hákons vollständiger Name. Hákon Úlfarsson, wie Engilbert gesagt hat. Die anderen aus der Gruppe, die noch frei herumlaufen, heißen Þorsteinn Gunnarsson und Orri Atlason. Der Letztere ist Tellerwäscher im Hotel Borg, wenn sich Hörður recht erinnert. Nach dem, was Betti gesagt hat, befinden sich die anderen beiden auf See.

Oder?

»Es ist, verdammt noch mal, noch nicht vorbei«, knurrt Hörður und sucht in seinem Handy nach Engilberts Nummer. Er findet sie und drückt auf den grünen Knopf.

»Der Teilnehmer ist zurzeit nicht erreichbar …«

Hörður unterbricht die Verbindung. Scheiße!

Er ruft die Zentrale der Polizei an. Eine Männerstimme antwortet: »Polizei in Reykjavík.«

»Hallo, ich bin der Kollege Hörður Grímsson. Mit wem spreche ich?«

»Mit Daniel.«

»Ich glaube, wir kennen uns nicht, aber ich muss dringend mit Axel M. Axelsson sprechen, dem Leiter der Kripo. Kannst du mich mit ihm verbinden?«

»Ich darf nicht direkt zu Axel durchstellen«, antwortet Daniel.

»Es ist sehr wichtig und hat mit den gerade laufenden Mordermittlungen zu tun«, beteuert Hörður. »Ich habe neue Erkenntnisse.«

»Ich darf dich nicht mit Axel verbinden«, wiederholt Daniel.

»Aber kannst du mir seine Nummer geben?«

»Nein, tut mir leid.«

»Teufel noch mal!«, flucht Hörður. »Aber was ist mit Jafet? Darfst du die Nummer von Jafet Sigurðsson rausrücken?«

»Ja, einen Moment«, sagt Daniel. Er geht das Telefonverzeichnis durch und liest die Nummer vor. Hörður notiert sie mit einem Stift auf dem linken Unterarm.

Er ruft Jafet an. Es klingelt und klingelt, dann springt der automatische Anrufbeantworter an: »Dies ist der Anschluss von Jafet Sigurðsson. Hinterlass eine Nachricht nach dem Ton. Ich rufe zurück.« Piep.

»Ja, hallo! Kollege Hörður Grímsson hier. Engilbert hat sein Telefon ausgeschaltet, und ich habe Axels Nummer nicht. Es geht darum, dass ich wichtige Informationen zu den Ermittlungen in den beiden Mordfällen habe. Mir läge daran, wenn du diese Informationen an Axel weiterleiten könntest. Sag ihm, Tryggvi und Egill seien am Donnerstag *nicht* in der Kaffibar gewesen. Es scheint so, als sei die ganze Anarchoclique in die Attentate verwickelt. Es kann nicht sein, dass Hákon Úlfarsson und Þorsteinn Gunnarsson auf See sind; das muss überprüft und bestätigt werden. Ich halte es für sicher, dass Hákon in der Kaffibar war, entweder zusammen mit Þorsteinn oder mit Orri Atlason. Nach ihnen muss gefahndet werden. Wenn wir sie nicht finden, wird heute nach Mitternacht oder morgen ein dritter Mord stattfinden. Hast du alles mitbekommen? Danke! Wiederhören!«

Hörður legt auf, doch dann fällt ihm noch etwas ein, und er ruft noch einmal bei Jafet an.

Piep.

»Hier noch mal Hörður. Ich weiß, dass ein dritter Mord heute Nacht oder morgen verübt werden wird, weil alle diese Morde aus Rache für Mummi litli, Guðmundur Vífill, begangen werden, der morgen Geburtstag hat. Aron hat zu mir gesagt, wir hätten am Sonntag Vollmond, und das ist richtig. Er wollte damit aber noch mehr und anderes sagen und glaubte, ich würde den versteckten Hinweis nicht verstehen, das habe ich aber doch. Ich erkläre es Axel genauer, wenn er mich zurückruft. Sag ihm, er solle mich anrufen, okay?«

Mist! Er hat noch etwas vergessen.

Piep.

»Eins noch. Hier ist wieder Hörður. Wie Axel weiß, ist die Rache gegen Ingimar Jósefsson gerichtet. Darum müssen geeignete Maßnahmen ergriffen werden. Am besten würde Axel oder jemand anderer sich mit Ingimar oder jemandem aus der Familie treffen und ihn dazu bewegen, eine Liste seiner nächsten Angehörigen anzufertigen, besonders der jüngeren. Aron scheint junge Menschen als Medien zu bevorzugen, oder vielleicht kommt man mit ihnen am leichtesten in Kontakt. Dann müssen wir Verbindung zu diesen Leuten aufnehmen und sie warnen, sie bitten, zu Hause zu bleiben, bis die Mittäter verhaftet wurden. Das ist wichtig! Bye!«

Nein! »Hörður hier. Noch ein Letztes. Du glaubst sicher, ich sei geistesgestört, aber eins muss ich noch erwähnen: mögliche Opfer. Meiner Theorie zufolge wird es ein Angehöriger der Exekutivgewalt sein. Aron sitzt im Gefängnis, weil er auf einen Polizisten losgegangen ist. Daher glaube ich auch, dass das nächste Opfer ein Polizist oder ein Vorgesetzter in der Polizeiführung sein soll. Der Präsident gehört allerdings auch zur Exekutive, ebenso wie der Ministerpräsident und alle Minister. Ebenso die Landräte und die Notenbank. Es wäre nicht verkehrt, die Wachsamkeit um diesen Personenkreis zu erhöhen und die Polizisten zu warnen, vorsichtig zu sein. Das war's fürs Erste.«

Hörður legt das Telefon weg. Er zittert und hat einen völlig ausgetrockneten Hals. Hat er das Richtige getan? Ja. Bleibt nur noch zu hoffen, dass Jafet die Nachrichten abhört und sie weiterleitet.

Ob Axel ihn anrufen wird? Oder ist er wütend auf ihn wegen …

Das Telefon klingelt, und Hörður zuckt zusammen. Rasch nimmt er das Gespräch an, ohne vorher aufs Display zu gucken.

»Ja, Axel?«

»Nein, du Affe«, sagt Þórhildur Sverrisdóttir am anderen Ende.

»Oh, hi«, sagt Hörður. »Ich habe auf einen anderen Anruf gewartet, entschuldige!«

»Macht nichts«, sagt Þóra. »Ich wollte dich nur an die Hochzeit erinnern. Die Trauung beginnt um sechs Uhr.«

Hörður stöhnt. »O Gott, das hatte ich völlig vergessen.«

»Dachte ich mir«, kommentiert Þóra.

»Muss ich wirklich kommen?«, fragt er kleinlaut. »Meine gute Jacke habe ich mir neulich verdorben, und ich habe nichts anzuziehen.«

»Erstens bringe ich dich um, wenn du mich jetzt hängen lässt«, sagt Þóra streng. »Zweitens hole ich dich Punkt fünf ab, und drittens sollst du dieses Gejammer lassen und losziehen, um dir eine neue Jacke zu kaufen.«

»Ja, aber …« Er wirft einen Blick auf die Uhr. Es ist fünf Minuten vor vier. »Es ist Samstag. Die Geschäfte schließen um vier.«

»Worauf wartest du dann noch?«

Als Hörður durch die Tür von Kós im Laugavegur stürmt, ist es Schlag vier.

»Ist noch geöffnet?«, fragt er keuchend. Eine ältere Verkäuferin war gerade auf dem Weg zur Tür.

»Ja und nein«, sagt sie.

»Ich brauche eine Jacke«, sprudelt Hörður heraus. »Ein Notfall. Es geht auch bestimmt schnell.«

Die Verkäuferin seufzt. »Also gut. Woran hast du gedacht? Welcher Schnitt? Welche Farbe? Was für ein Leder? Geknöpft oder mit Reißverschluss?«

Hörður atmet den Duft von Lederfett ein und lässt den Blick über das vorhandene Angebot wandern. An einer langen Kleiderstange hängen Dutzende von Lederjacken, kurze, lange, enge und weite. Die Farbpalette reicht von Cremeweiß bis Tiefschwarz, die meisten Jacken sind braun in Tönen von Karamell über Cognac bis Schoko.

Außerdem verkauft der Laden auch Mäntel, Westen, Hüte, Gürtel und andere Accessoires.

»Vielleicht braun. Oder schwarz«, sagt Hörður, um einen Anfang zu machen. Er verschiebt Jacken auf der Stange und sieht sie durch. Die Auswahl ist für ihn zu groß, es fällt ihm schwer, sich zu entscheiden.

»Auf keinen Fall einen Blouson und eher geknöpft, glaube ich. Mehr weiß ich nicht. Ist Leder nicht gleich Leder?«

»Wir haben Rindsleder von Stieren, Kühen und Kalbsnappaleder«, erklärt die Verkäuferin. »Dickes Leder, dünnes Leder. Empfindliches und robustes Leder. Weiches und eher steifes Leder. Es gibt unterschiedliche Qualitäten, und danach richtet sich der Preis.«

»Verstehe«, sagt Hörður resigniert.

»Du bist nicht gerade klein geraten«, sagt die Verkäuferin. Sie zieht ein Maßband von der Schulter und nimmt Hörðurs Hand. »Lass mich bitte Maß nehmen. Ich schätze, für deine Größe kommen nicht viele Jacken infrage. Die meisten sind für Mittelgroße geschnitten. Aber wir sollten auch etwas für Riesen haben.«

Sie holt drei Jacken und bittet ihn, die anzuprobieren. Hörður zieht die Armeejacke aus und schlüpft in eine Lederjacke nach der anderen. Eine ist in der Taille zu eng, die zweite nicht lang genug, und bei der dritten sind die Ärmel zu kurz.

»Ich fürchte, mehr Jacken in deiner Größe habe ich nicht«, sagt die Verkäuferin.

»Wie ärgerlich«, brummt Hörður. Er hat immer Probleme, passende Kleidung zu finden. Immer wieder einmal hat er absolute Traumklamotten gefunden, aber die haben ihm nie gepasst. Es war immer dasselbe.

Traumklamotten?

Was hat er in seinem Wildwesttraum noch mal getragen?

Vor dem langen Haus in der Bergþóragata tritt Hörður von einem Fuß auf den anderen, raucht Kette und guckt häufig auf die Uhr. Es ist vier Minuten nach fünf. Natürlich ist Þóra wieder mal zu spät dran. Typisch! Erst macht sie ihm Beine, und dann lässt sie auf sich warten.

Er dagegen ist frisch rasiert, duftet nach Moschus und hat sich die Haare gegelt. Seine Motorradstiefel sind blank geputzt, er trägt eine schwarze Hose, weißes Hemd und ein lila Halstuch.

Und natürlich den neuen Ledermantel, rabenschwarz und sehr lang, schwer und glänzend. Er duftet noch nach Gerbmitteln und Lederfett.

Hörður raucht seine Zigarette bis zum Filter auf, lässt sie dann auf die Steinplatten fallen und tritt auf die Kippe. Er kauft sich nur selten neue Sachen und dann meist nur Ersatz für Teile, die er vorher schon getragen hat: eine neue schwarze Hose, ein neues weißes Hemd und so weiter. Die grüne Armeejacke hat er seit zehn Jahren und die Motorradstiefel seit sieben.

Er hat nie vergessen, wie unsicher und ängstlich er sich die ersten Tage in der Armeejacke gefühlt hat. Sie kam ihm so schrecklich *neu* vor, sie roch danach und war so auffällig. Er meinte, alle würden ihm nachgucken, und er wollte die Jacke schon wegwerfen. Das hätte er auch sicher getan, wenn er nicht die alte Jacke, die man seit Langem nicht mehr tragen konnte, schon weggeworfen gehabt hätte.

Doch wenn er sich in der Armeejacke schon unsicher gefühlt hat, dann ist ihm in dem nagelneuen Ledermantel erst recht unwohl in seiner Haut. Das Teil ist nicht bloß groß und auffällig, es ist obendrein auch noch ungewöhnlich und somit *originell*. Und das ist das Allerschlimmste. Das Letzte, was Hörður Grímsson möchte, ist, sich abzuheben, Aufmerksamkeit zu erregen oder – bei dem Gedanken könnte er fast ohnmächtig werden – als hip oder flippig zu gelten.

Was hat er sich bloß gedacht?

Hörður flucht im Stillen, dann zündet er sich noch eine an. Andererseits gefällt ihm der Mantel. Er sieht gut aus. Er ist cool und edel, ein Kleidungsstück mit Klasse. Es steht ihm auch gut. Oder? Doch. Zumindest fühlt er sich wohl darin. Der Mantel ist bloß so eine mächtige Ansage, das ist das Schlimmste. Er sagt: Hier bin ich, finde dich damit ab oder mach dich vom Acker.

Das ist tough. Nur zu Anfang ein bisschen schwierig. Er muss sich noch daran gewöhnen. Daran gewöhnen, aufzufallen, ein Typ zu sein, der den Mut hat, einen Ledermantel zu tragen, und dem es scheißegal ist, was andere dazu sagen.

Ja, genau. Er stößt den Rauch durch die Nase aus. Es muss ihm scheißegal sein. Darauf kommt's an. Scheiß auf andere und ihre Ansichten. Das ist sein Mantel, sein Stil, seine Ansage.

»Find dich damit ab, du Arsch«, knurrt er zornig.

»Was?«, fragt jemand hinter ihm. Hörður erstarrt, dann dreht er sich langsam um.

»Hast du mich gemeint?«, fragt sein Nachbar Leifur. Er trägt einen Trainingsanzug und ist außer Atem, war offensichtlich joggen.

»Nein, nein, ich habe nur laut gedacht«, sagt Hörður und setzt seine Ray Ban auf. Was will denn der komische Vogel hier? Wenn er eine Bemerkung über den Mantel macht, erwürge ich ihn mit bloßen Händen.

»Hast du heute Nacht den Drogensüchtigen mitbekommen?«, fragt Leifur.

»Welchen Drogensüchtigen?«

»Er hat bei mir geklingelt, gegen eins oder halb zwei. Ich hab schon tief geschlafen. Es war ein völlig durchgedrehter Drogenabhängiger. Wahrscheinlich auch kriminell. Er wollte ins Haus kommen. Wozu, wage ich mir gar nicht vorzustellen, geschweige denn mehr.«

»Ach?«

»Ja«, sagt Leifur. »Ein ganz ausgekochter Typ war das. Er hat gesagt, sein Name sei Hörður, aber ich habe mich nicht täuschen lassen. Ich habe ihm gesagt, er solle sehen, dass er weiterkomme, bevor es ihm schlecht ergehe. Ich sagte, ich würde Hörður rufen, den echten Hörður, wenn er nicht augenblicklich verschwinden würde.«

Hörður bricht kalter Schweiß aus. »Tatsächlich?«

»Glücklicherweise ist er dann abgezogen«, sagt Leifur, der von dem Vorfall wieder ganz aufgeregt wird. »Die Tür ist völlig zerkratzt, wie du siehst. Wahrscheinlich hat er versucht, sie mit einem Draht oder einem Dietrich zu öffnen.«

»Das ist ein unsicheres Viertel hier«, murmelt Hörður. Dann hebt er den Arm und winkt einem weißen Yaris, der gerade kommt wie vom Himmel geschickt. Schön, dass sie sich endlich blicken lässt!

»Das stimmt«, pflichtet ihm Leifur bei. »Deshalb habe ich auch schon überlegt, ob die Hausgemeinschaft nicht Überwachungskameras anbringen sollte und …«

Þóra hält, betrachtet ihren Kollegen und bricht in Lachen aus.

»Sorry, ich muss los«, sagt Hörður und tritt auf die Straße. »Ich komme zu spät zu einer Hochzeit.«

»Schöner Mantel«, sagt Leifur.

»Danke!« Hörður wirft die Zigarette weg, zwängt sich in den Kleinwagen und schließt die Tür. »Warum kannst du nicht ein Mal pünktlich sein? Und was ist so verdammt lustig?«

Þóra fährt los. »Nichts, aber seit wann bist du unter die Gothics gegangen?«

»Gothics?«, fragt Hörður erbost zurück.

»Die sind doch die Einzigen, die solche Mäntel tragen«, sagt sie spöttisch. »Abgesehen von SS-Offizieren und Kinderschändern.«

Hörður wird rot vor Zorn. »He, setz mich sofort hier ab! Ich habe keinen Bock, mit dir auf diese Hochzeit zu fahren, wenn du mich so daneben findest.«

»Immer mit der Ruhe«, sagt Þóra und tätschelt ihm den Oberschenkel. »Ich ärgere dich bloß ein wenig. Sei doch nicht so empfindlich. Der Mantel ist cool. Ich hätte nur nie erwartet, dass du dir so ein Teil zulegst, das ist alles.«

»Was für ein Teil?«, fragt er misstrauisch.

»Na, du weißt schon, etwas so Auffälliges.«

Hörður grunzt. Genau, was er sich gedacht hat. Er ist nicht cool, er ist kein Cowboy. Er ist nur der Leuchtturm von Garðskagi.

»Du bist tough, wirklich«, sagt Þóra, der es sichtlich schwerfällt, ein Grinsen zu unterdrücken. »Du wirst der coolste Typ der ganzen Feier sein. Keine Frage.«

»Meinst du wirklich?«, fragt er zweifelnd.

»Nein, meine ich nicht«, sagt Þóra, während sie die Ausfahrt nimmt und unter der Unterführung hindurch nach Osten auf die Miklabraut fährt. »Ich weiß es.«

»If you say so«, sagt Hörður leise, zufriedener, aber nicht überzeugt.

»In der Plastiktüte hinter dem Sitz ist Bier«, sagt Þóra. »Nimm dir eins und entspann dich.«

»Bier?«, freut sich Hörður und setzt sich gleichzeitig aufs hohe Ross. Hat er nicht aufgehört? Zumindest vorübergehend? Er sieht die Tüte, aus der die dunkelgrünen Hälse von Heineken lugen, seiner Lieblingsmarke.

»Danke, aber ich möchte jetzt kein Bier«, sagt er heiser.

»Nanu, was ist passiert?«, fragt Þóra.

»Nichts. Nur so.«

»Hast du von der Demo gehört?«, fragt sie.

»Welche Demo?«

»Vor dem Polizeipräsidium. Über dreihundert Teilnehmer. Organisiert durch Social Media. Es flogen Eier, und durch Steine gingen ein paar Scheiben zu Bruch. Die Demo sollte eigentlich friedlich sein, aber anscheinend haben sich ein paar Unruhestifter unter die Demonstranten gemischt.«

Hörðurs Magen zieht sich zusammen. »Wogegen wurde denn demonstriert?«

»Soweit ich weiß, wurde Axel gestern im *Brennpunkt* auseinandergenommen«, sagt Þóra. »Ich habe die Sendung nicht gesehen, aber soweit ich gehört habe, soll die Polizei gewusst haben, dass es einen Anschlag auf einen Richter geben sollte. Und sogar, dass es sich konkret um Aðalsteinn handelte. Es wurde behauptet, die Polizei habe sein Haus bewacht, aber die dafür abgestellten Beamten seien im Einsatz eingeschlafen. Hast du den *Brennpunkt* gesehen? Weißt du etwas darüber?«

»Nein«, antwortet Hörður. Er weiß, dass er seiner Freundin alles, was passiert ist, anvertrauen sollte, aber er bringt es nicht über sich. Er schämt sich so sehr, dass er kaum atmen kann.

Wenn er doch bloß alles vergessen könnte.

»Das war jedenfalls der Anlass«, fährt Þóra fort. »Die Demonstranten forderten, dass Axel zurücktritt und die Polizei die Öffentlichkeit informiert und warnt, wenn sich Gefährder herumtreiben oder wenn sie über bevorstehende Anschläge im Bilde ist.«

»Verdammte Scheiße!«, murmelt Hörður.

»In den Mittagsnachrichten gab es ein Interview mit dem Polizeipräsidenten. Er hat gesagt, die Polizei habe in den letzten Nächten den Park am Orchesterpavillon observiert, weil es Hinweise auf verdächtiges Treiben dort gegeben habe. Du weißt ja, dass in dem Park schon mehr als einmal Frauen vergewaltigt wurden. Darum habe ein Streifenwagen in der Bjarkargata gestanden, als der Richter ermordet wurde. Er meinte auch, es bestünde keine weitere Gefahr. Alle Beteiligten seien in Gewahrsam der Polizei.«

»Schön, wenn's so wäre«, sagt Hörður. Er zieht sein Handy und schreibt eine Nachricht an Jafet: Hast du meine Nachrichten bekommen?

Dann drückt er auf Senden.

»Trotzdem wurden die Demonstrationen nicht eingestellt«, sagt Þóra. »Die Leute sind wütend und verängstigt. Vielleicht verständlich. Zwei Morde innerhalb weniger Tage, und dann sieht es auch noch so aus, als seien die Täter irgendwelche

Normalbürger. Und es gibt zwischen ihnen und den Opfern keine Verbindungen. Vergiftetes Ecstasy ist im Umlauf. Wird Zeit, dass das alles aufhört, sonst, fürchte ich, haben wir ein Problem in der Gesellschaft.«

»Vielleicht nehme ich doch eins.« Hörður dreht sich um und fischt eine Flasche aus der Tüte, öffnet sie mit dem Feuerzeug und nimmt einen Schluck von dem schäumenden Bier.

»Bitte sehr!«

Hörðurs Handy piept. Jafet hat geantwortet, kurz und schmerzlos: Ja, habe es weitergeleitet.

»Ich denke, die Ermittlungen stehen vor dem Abschluss.« Hörður steckt das Handy ein. »Die Sache ist wirklich kompliziert und unangenehm, aber die Öffentlichkeit muss vor allem Ruhe bewahren. Chaos ist jedenfalls keine Lösung, so viel ist sicher.«

»Stimme dir zu, aber die Polizeiführung muss trotzdem Klartext reden und Presse und Öffentlichkeit umgehend über den Stand der Dinge informieren«, sagt Þóra.

»Ja, ja«, macht Hörður.

»Ich will bloß hoffen, dass die Sache mit dem Richter nicht stimmt, dass die Polizei Kenntnis von einem bevorstehenden Attentat auf ihn hatte.«

»Können wir von etwas anderem als der Arbeit reden?«, fragt Hörður und setzt die Flasche wieder an.

»Habe ich die richtige Marke gekauft?«, fragt Þóra grinsend.

»Ja.« Hörður ringt sich ein Lächeln ab. Er betrachtet seine Freundin genauer. Sie trägt eine Jeansjacke über einem kurzen Sommerkleid, dazu knöchelhohe Lederstiefeletten, ein rosa Halstuch, gleichfarbigen Lippenstift und goldene Ohrringe, zahllose Klämmerchen in den Haaren, aber, anders als sonst, keine Brille.

»Was glotzt du?«, fragt sie.

»Nichts«, sagt er. »Trägst du Kontaktlinsen?«

»Ja. Aber ich finde es so kompliziert, die Dinger einzusetzen. Ich lasse sie andauernd fallen oder treffe das Auge nicht richtig. Darum bin ich so spät gekommen.«

»Du siehst gut aus. Sehr schick.«

Þóra wird rot. »Danke! Das ist ja ein dickes Kompliment. Von einem Gothic, meine ich.«

Hörður lacht.

»Halt die Klappe!«

Als sie in der Heiðmörk ankommen, hat Hörður das dritte Bier geöffnet. Þóra fährt langsam den schlaglochübersäten Schotterweg entlang, der am Elliðagehöft endet. Auf der einen Seite liegt der See Elliðavatn, auf der anderen Seite eine Wiese und dahinter Wald. Vor dem Hof sind sämtliche Parkplätze besetzt und zusätzlich wurden viele Fahrzeuge am Straßenrand abgestellt.

»Ist das eine große Veranstaltung?«, erkundigt sich Hörður, dem bei der Vorstellung nicht wohl ist.

»Nein, nein«, sagt Þóra und parkt neben der Straße. »Vielleicht hundert Leute.«

Hörður öffnet die Tür. »Bleibt nur zu hoffen, dass das Essen gut ist und die Reden kurz ausfallen. Wir bleiben aber nicht bis in die Nacht, oder?«

»Hör auf zu meckern«, sagt Þóra und schließt den Wagen ab. Über die Wiese folgen sie einer Gruppe von anderen Gästen, die offenbar wissen, wo es langgeht. »Wie war denn deine Woche so?«

»Ach, unterschiedlich.« Hörður mustert das Aussehen der Gäste vor ihnen. Ihm scheint, dass es sich vor allem um gleichgeschlechtliche Paare handelt. Die Frauen tragen Kurzhaarfrisuren und sehen eher jungenhaft aus, die Männer sind auffallend bunt gekleidet, manche haben gebleichte Haare und Ohrringe.

»Danke, dass du mitkommst«, sagt Þóra und umarmt ihn; zumindest unternimmt sie einen Versuch in der Richtung. Aber Hörður ist kräftig gebaut, und der Ledermantel ist glatt.

Er murmelt etwas Unverständliches.

Sie nähern sich der Lichtung, die Gruppe wird größer, der Wind trägt ihnen Stimmen und Gelächter zu. Die Sonne geht unter, aus dem Wald kommt der Gesang von Vögeln, und die Luft duftet nach Erde und Birken.

Hörður beobachtet ein männliches Paar, das lacht und sich aufführt wie siebenjährige Mädchen.

»Sag mal, was für eine Art Hochzeit wird das überhaupt?«, fragt er, als sie die Lichtung betreten.

»Was meinst du mit Art?«, fragt Þóra zurück.

»Kommt näher, kommt näher!«, ruft eine Frau, die die Gruppe heranwinkt wie eine Kindergartenerzieherin. »Bildet einen Halbkreis und kommt näher heran, damit alle etwas sehen können.«

Alle rücken etwas näher, die Gruppe verteilt sich in beide Richtungen, und ehe er sichs versieht, stehen er und Þóra in dem sich bildenden Halbkreis ganz vorne. Am Ende der Lichtung stehen zwei mächtig zurechtgemachte Frauen. Die eine ist um die vierzig, schätzt Hörður. Sie ist kräftig und dick und eher hässlich, findet er. Die andere ist deutlich jünger, etwa in Þóras Alter. Sie sieht deutlich besser aus, hat aber die Haare kurz rasiert und Piercingstecker in den Augenbrauen und der Unterlippe und einen Nasenring. Bei den beiden steht eine dritte Frau, diejenige, die alle herangewinkt hat. Sie ist die Pastorin, die ein breites Lächeln aufsetzt und alle an diesem schönen Tag herzlich willkommen heißt, um sich zusammen mit dem sich liebenden Paar zu freuen, das an diesem Tag zusammengegeben wird und so weiter und so weiter.

»Lesben?«, flüstert Hörður vernehmlich.

»Psst!«, faucht Þóra.

»Welche ist der Bräutigam?«, fragt er ironisch. Þóra versetzt ihm einen Tritt.

»Ist deine Ex auch hier?«, wispert Hörður.

»Ja.«

»Wo?«

»Sie heiratet gerade«, flüstert Þóra zurück.

»Ach, echt?« Er mustert das Paar noch einmal. »Welche ist es, das Schlachtschiff oder die mit dem Schrott im Gesicht?«

»Die mit dem Schrott«, zischt Þóra, »und jetzt sei still, die Trauung fängt an.«

»Ist ja gut«, sagt Hörður und leert die Bierflasche. Dann lässt er den Blick über die Gäste wandern. Den Lesbierinnen fällt es schwer, cool zu bleiben, und den Schwulen kullern schon Tränen über die Wangen.

Hörður verdreht die Augen. Dann blickt er nach links, weil er das Gefühl hat, dass ihn jemand beobachtet. Als er sieht, wer es ist, erstarrt er und bekommt eine Gänsehaut. Bíbí! Sie steht an der Seite eines groß gewachsenen Mannes, schaut Hörður geradewegs in die Augen und lächelt ihm schwach zu.

Hörður ist so verblüfft, dass ihm die Kinnlade runterfällt. Er lächelt nicht zurück und grüßt auch auf keine Weise. Sie schaut weg und wendet ihre Aufmerksamkeit wieder der Zeremonie zu, Hörður aber ist so durcheinander, dass er nicht hört und nicht sieht, was auf der Lichtung vor sich geht.

Wieso ist sie hier? Und mit wem?

Hörður schaut noch einmal verstohlen zu Bíbí hinüber. Sie trägt geschnürte Springerstiefel und eine schwarze Lederjacke über einem roten Kleid, dazu feuerroten Lippenstift und Nagellack. Ihm wird ganz heiß. Shit, was für eine scharfe Frau!

Wie blöd war er eigentlich?

Hörður verflucht sich im Stillen. Heimlich beobachtet er Bíbí. Sie wischt sich eine Träne aus dem Augenwinkel, dann flüstert sie dem großen Mann etwas zu. Er hat einen Bart und schulterlanges schwarzes Haar, trägt einen schwarzen Anzug und einen Wollmantel über dem Arm. Er küsst Bíbí flüchtig auf den Kopf und legt dann den freien Arm um sie.

Hörður wird es innerlich kalt. Er möchte am liebsten, dass sich die Erde öffnet und er in die tiefste Dunkelheit stürzt.

Die Zeremonie ist vorüber, und die Versammlung begibt sich über die Wiese zu zwei großen Festzelten, die hinter dem Gehöft am flachen Seeufer stehen. Die Sonne ist untergegangen, aber der Himmel ist noch rot. Im Wald ist es dunkel, aber die Zelte sind erleuchtet und zwischen Pfosten und den Bäumen auf der Wiese spannen sich bunte Lichterketten.

»Ich kann hier nicht bleiben. Ich muss weg«, flüstert Hörður Þóra zu.

»Was redest du für einen Stuss? Wir sind doch eben erst gekommen. Du bleibst schön hier.«

Er sieht sich um, kann Bíbí aber nicht finden. »Es ist eine Frau hier, mit der ich letzte Woche ein Date hatte. Es ist nicht gut gelaufen. Am nächsten Tag tauchte sie bei mir zu Hause auf, und ich habe sie halbwegs rausgeworfen. Ich weiß nicht, was ich mir dabei gedacht habe.«

Þóra seufzt. »Du bist so was von einem ungehobelten Klotz!«

»Und jetzt ist sie hier«, sagt er. »Mit einem Typen. Ich halte das nicht aus.«

»Jetzt bleib mal ganz ruhig, mein Lieber. Eine der Bräute ist meine Ex. Was glaubst du, wie ich mich fühle?«

»Keine Ahnung«, murrt Hörður. »Warum gehst du denn hin, wenn du dich schlecht dabei fühlst? Und warum, zum Teufel, hat sie dich überhaupt eingeladen?«

»Sie ist eine von denen, die wollen, dass alle gute Freunde sind«, sagt Þóra. »Und ich musste kommen, damit sie nicht glaubt, ich würde ihr noch nachtrauern oder wäre sauer auf sie.«

»Trauerst du ihr noch nach?«

Þóra zuckt die Schultern.

»Verstehe«, sagt er.

Sie haben eins der Zelte erreicht. Drinnen sind drei lange Tische aufgebaut, und an jedem Platz steht ein Namensschild.

»Darf man sich nicht mal hinsetzen, wo man will?«, regt sich Hörður auf. Er zieht den Mantel aus und hängt ihn an einen frei stehenden Kleiderständer.

Þóra geht die Schilder durch. »Man könnte meinen, du bist noch nie auf einer Hochzeit gewesen.«

»Es ist in der Tat meine erste.«

»Im Ernst?«

Hörður nickt.

»Wir sitzen hier«, sagt Þóra. Dann nehmen sie ihre Plätze in der Mitte des Tisches ein, der dem Wald am nächsten steht.

Hörður findet es komisch und befremdlich zugleich, seinen Namen auf einem Schild auf der Hochzeit von ihm völlig fremden Personen zu lesen. Er sieht sich um, kann Bíbí aber nirgends entdecken. Vielleicht ist sie gegangen. Zu seiner Bestürzung ist er über ihre Abwesenheit mehr enttäuscht als erleichtert. Er ist in sie verknallt, das muss er sich selbst eingestehen.

Er ist ein solcher Idiot!

Er greift nach einer offenen Weinflasche und schenkt sich ein Glas ein. »Möchtest du auch?«

»Ja, danke«, sagt Þóra.

Hörður probiert den Wein. Im Nachbarzelt biegen sich die Tische unter den Gerichten. Der Duft von gebratenem Wild weht herüber. Hörður läuft das Wasser im Mund zusammen. Vielleicht wird es am Ende doch nicht so schlimm.

Þóra plaudert mit ihrem Tischnachbarn, einem dicklichen Mann mit grauem Bart. Hörður trinkt mehr Wein und betrachtet die Gäste, die schon Platz genommen haben, und die, die noch nach ihren Plätzen suchen. Die beiden Stühle links neben ihm sind noch frei. Er schaut auf das nächste Namensschild.

Ester Guðmundsdóttir.

Das darf doch nicht wahr sein! Ester, so heißt doch …

»Hallo, Hörður«, sagt Bíbí und nimmt neben ihm Platz.

»Hallo«, kann er hervorbringen.

»Bist du mit dem Brautpaar bekannt?«

»Nein«, sagt er. »Ich bin mit einer Bekannten hier. Sie ist die ehemalige Freundin von einer der beiden Lesben, der schlanken.«

»Ah.« Bíbí lächelt. »Ich bin auch mit einem Freund hier, Einar.«

»Verstehe.« Hörður äugt zu Einar, der sich gerade Wein einschenkt. Seine Jacke hat er über die Stuhllehne gehängt und trägt noch eine schwarze Weste über einem weißen Hemd und einer limonengrünen Krawatte.

»Möchtest du auch ein Glas?«, fragt er Bíbí mit sanfter Bassstimme.

»Ja, gern, danke!«, sagt sie fröhlich.

Hörður schaut weg und trinkt sein Glas in einem Zug aus. Er fühlt sich beschissen.

»Ich habe gestern im *Brennpunkt* deinen Namen gehört«, sagt Bíbí. Sie hätte ihm ebenso gut in den Bauch boxen können.

Hörður stöhnt, als hätte sie genau das getan.

»Du bist eine Berühmtheit«, sagt sie.

»Sag das nicht! Hast du den Zusammenhang mitbekommen? Ich habe den Chef der Kriminalpolizei in Schwierigkeiten gebracht. Man hat ihn vor laufender Kamera fast hingerichtet, und das war meine Schuld.«

»Das tut mir leid«, sagt Bíbí.

»Das kommt davon, wenn man sich auf seine Wichtigkeit etwas einbildet«, sagt Hörður traurig und bitter zugleich.

»Was meinst du damit?«

»Ach, nichts. Ich habe nur geglaubt, ich hätte etwas bei der Kripo verloren. Aber das war ein Irrtum.«

»Du hast nur behilflich sein wollen, oder?«, fragt sie.

»Ja, aber dann habe ich alles kaputt gemacht. Es bringt nichts, ehrgeizig zu sein und vermessenen Träumen nachzuhängen. Man sollte sich einfach mit den bestehenden Verhältnissen abfinden. Was man hatte, weiß man erst, wenn man's verloren hat.«

»Hast du etwa deine Arbeit verloren?«, fragt Bíbí.

»Das weiß ich noch nicht«, sagt er leise. »Ich habe versucht, meinen Fehler wiedergutzumachen, weiß aber noch nicht, ob es geklappt hat. Ich war in dem Fall auf der richtigen Spur. Bis mich dieser verdammte Fernsehjournalist reingelegt hat. Meine Eitelkeit hat mich zu Fall gebracht. Eitelkeit und Dummheit. Und ich habe geglaubt, solche albernen Schwächen wie Eitelkeit, Ehrgeiz und Überheblichkeit an mir nicht zu kennen.«

Bíbí tätschelt ihm leicht den linken Unterarm. »Du bist nicht dumm, Hörður Grímsson. Und Ehrgeiz ist keine Schwäche. Du hast lediglich einen Fehler gemacht. Das ist menschlich.«

»Ja, vielleicht.« Hörður sieht auf seinen Unterarm, auf die Stelle, die sie berührt hat. Er spürt noch ihre Finger, warm und weich.

»Wir sind alle nur Menschen«, setzt Bíbí noch hinzu und lächelt.

Hörður gießt sich Wein nach. »Das ist richtig. Aber was heißt das schon, Mensch zu sein? Sind wir nicht bloß plappernde Affen, die Kleidung tragen?«

Bíbí lacht. »Vielleicht.«

»Sollen wir anstoßen?«, fragt er.

»Warum nicht?«, fragt sie und hebt ihr Glas. »Worauf stoßen wir an?«

Hörður lächelt wehmütig. »Auf verpasste Gelegenheiten.«

»Na, dann«, sagt Bíbí.

Sie sehen sich in die Augen, stoßen leicht miteinander an und trinken. Bíbí zwinkert und schaut weg. Hörður bekommt ein Kribbeln im Bauch.

Jemand schlägt mit einem Messer gegen sein Glas. Es wird still am Tisch, und aller Augen richten sich auf den Zeremonienmeister, einen jungen Mann in einem hellroten Anzug.

»Die Antwort ist ja und nein«, flüstert Hörður in dem Augenblick, bevor der Zeremonienmeister alle begrüßt. Þóra versetzt Hörður einen Rippenstoß.

»Wie bitte?«, fragt Bíbí verwirrt.

»*Paul* ist weder glücklich noch unglücklich«, flüstert Hörður. »Er hat keine Ahnung, wie er sich fühlt.«

In der Næsta Bar in der Ingólfsstræti ist noch nicht viel Betrieb, aber es ist auch noch früh am Abend. In ein oder zwei Stunden werden sämtliche Tische und Stühle besetzt sein, und gegen Mitternacht wird ein Gedränge herrschen wie in einem Heringsschwarm. Um diese Zeit arbeiten erst zwei Barkeeper hinter der Theke, ein dritter beginnt seine Schicht um zehn. Sie tragen schwarze Hosen mit scharfen Bügelfalten, Hemd und Weste. Der eine Kellner ist groß und blond, der andere klein und dunkel. Der Blonde hat ein Piercing in der linken Augenbraue, der dunkle eine Tätowierung auf dem rechten Handrücken – einen fünfzackigen Stern.

An einem Tisch in der Ecke sitzen drei Männer, am Fenster trinken zwei Freundinnen Weißwein. Auf einem Barhocker sitzt ein junger Mann mit einer Kaffeetasse vor sich und unterhält sich mit dem blonden Barkeeper, der ein ehemaliger Klassenkamerad aus dem Gymnasium am Sund ist. Der dunkelhaarige Kellner räumt noch heiße und beschlagene Gläser aus der Spülmaschine.

Der Blonde heißt Benedikt Arnarsson, sein Klassenkamerad Elías. Der dunkelhaarige Kellner ist Hákon Úlfarsson. Er hat den ganzen Sommer in der Bar gearbeitet, bis er einen Job auf einem Fangschiff bekam. Wenn er Landurlaub hat, übernimmt er noch die eine oder andere Schicht in der Bar.

»Wann hast du sie das letzte Mal gesehen?«, erkundigt sich Elías.

»Das war am fünfzigsten Geburtstag meines Onkels Davíð«, sagt Benedikt. »Davíð ist Sólrúns Vater. Wir sind Cousin und Cousine, aber seit der Kinderzeit hatten wir nicht mehr viel Kontakt.«

Aus einer gläsernen Kanne mit frischem Kaffee schenkt er Elías nach. »Die Geburtstagsfeier war im Sommer, gegen Ende Juli. Ich bin sicher, dass Gísli Már auch da war. Aber ich habe bestimmt nicht mit ihm geredet. Sólrún kenne ich besser.«

»Wo war diese Feier?«, fragt Elías.

»Wo?«, wundert sich Benedikt. »In einem Saal irgendwo in Kópavogur. Warum?«

»Und was gab es zu essen?«, fragt Elías weiter. »Kalte Platten oder warme Gerichte? Hausgemacht oder von einem Cateringservice?«

»Es gab nur Schnittchen und so. Auch eine Suppe, soweit ich mich erinnern kann. Warum fragst du nach diesem Geburtstag?«

Hákon ist noch immer mit den gespülten Gläsern beschäftigt. Er hat es nicht eilig und tut so, als würde er dem Gespräch der beiden Freunde nicht zuhören.

»Weil irgendetwas faul ist an der ganzen Sache«, sagt Elías. »Weißt du, ob Gísli oder Sólrún eine Katze hat?«

»Nein, keine Ahnung«, sagt Benedikt. »Wozu willst du das wissen?«

»Ist einer von den beiden in den letzten Wochen oder Monaten ins Ausland verreist? Zum Beispiel nach Frankreich?«

»Ist das ein Verhör, oder was? Warum fragst du mich all diese komischen Dinge?«

Elías beugt sich vor und senkt die Stimme. »Toxoplasma gondii.«

»Toxowas?«, fragt Benedikt. Er wirft einen Blick hinüber zu Hákon, der aber tief in seine Arbeit versunken scheint.

»Das sind Würmer, Parasiten«, sagt Elías. »Sie werden von Mäusen und Ratten auf Menschen übertragen, mit Katzen als Zwischenwirten. Es heißt, dass dreißig bis fünfzig Prozent aller Menschen weltweit von Toxoplasma gondii befallen sind. Den höchsten Anteil gibt es in Frankreich mit vierundachtzig Prozent.«

»Ja, und?«

»Der Schmarotzer übernimmt und steuert die Hirnfunktion des Wirts«, sagt Elías. »Ratten, die infiziert sind, verlieren alle Vorsicht und gehen sogar auf Raubtiere los, darunter Hauskatzen. Der Parasit steuert sie, er *will*, dass die Katze die Ratte fängt und frisst, denn so kommt der Schmarotzer in einen größeren Wirt und dem Menschen wieder einen Schritt näher, der sein letztes Ziel darstellt. Die Katze erkrankt, ist nicht mehr stubenrein und pinkelt auf Anweisung des Parasiten in die Wohnung. Die Besitzer der Katze kommen in Berührung mit der Katzenpisse und, voilà, der Parasit geht auf den Menschen über.«

Benedikt lacht laut auf. »So eine Geschichte habe ich ja noch nie gehört. Hast du das gewusst, Hákon?«

»Was?«

»Ein Parasit, der Ratten und Katzen steuert«, sagt Benedikt. »Irgendein Toxoplasma. Wird durch Katzenpisse übertragen … und dann weiter?«

»Es übernimmt die Kontrolle über Menschen«, sagt Elías ernsthaft. »Der Wirt bekommt alle möglichen Krankheiten, zum Beispiel Typhus oder Schizophrenie. Der Parasit übernimmt die Steuerung des Gehirns und lässt den Wirt alles Mögliche tun, das Ziel ist aber immer das gleiche: in Kontakt mit immer mehr Menschen zu kommen und am Ende die Weltherrschaft zu übernehmen.«

Benedikt schüttelt den Kopf. »Entschuldige, aber es fällt mir sehr schwer, das zu glauben. Was meinst du, Hákon?«

»Hört sich ziemlich weit hergeholt an«, antwortet der.

»Schizophrenie, Benni. Überleg doch mal!«, sagt Elías. »Ein Cousin und eine Cousine von dir verüben Attentate. Beide haben niemals etwas Böses getan, und dann ermorden sie beide eines Tages urplötzlich kaltblütig Menschen. Was ist denn unglaublicher, dass sich deine Verwandten über Nacht beide in Mörder verwandeln oder dass ein bekannter Parasit die Kontrolle über ihr zentrales Nervensystem übernommen hat?«

Benedikt seufzt. »Ich weiß nicht. Willst du behaupten, auf Davíðs fünfzigstem Geburtstag sei irgendwas im Essen gewesen?«

»Möglich«, sagt Elías. Er guckt auf seine Tasse und schiebt sie zur Seite. »Du solltest dich jedenfalls sicherheitshalber untersuchen lassen.«

»Waren die nicht auf E?«, wirft Hákon ein.

»Soweit ich weiß, ja«, antwortet Benedikt. »Was mich sehr überrascht. Gísli zum Beispiel ist Sportler. Der rührt kaum einen Tropfen Alkohol an. Bei Sólrún weiß ich nicht.«

»Der Parasit hat sie dazu gebracht, Ecstasy zu nehmen«, sagt Elías. »Vielleicht wollte er, dass sie tanzen gehen, wobei sie in Kontakt mit vielen fremden Menschen kommen und der Parasit leicht auf die übergehen kann. Jetzt sitzen sie im Untersuchungsgefängnis. Der Schmarotzer kann da die Polizisten und die Leute im Krankenhaus befallen haben. Womöglich ist bald der ganze Apparat infiziert, alle Angestellten im öffentlichen Dienst. Dann dauert es nicht mehr lange, bis das ganze System entgleist.«

»Das wäre irre«, sagt Hákon grinsend. »Würden dann alle irgendwie geisteskrank durch die Gegend laufen? Wie in einem Zombiefilm?«

»Ungefähr so«, murmelt Elías.

»Du warst ja schon immer für Verschwörungstheorien zu haben«, sagt Benedikt und lächelt Elías an. »Ich weiß noch, wie du von Aliens besessen warst, nachdem du einen Artikel über den Fund von Langschädeln in Südamerika gelesen hattest.«

»Die Paracasschädel in Peru sind keine menschlichen«, behauptet Elías stur. »Das ist wissenschaftlich bewiesen.«

»Von mir aus, aber das mit den Schmarotzern kaufe ich dir nicht ab. Das halte ich eher für Zufall, ein seltsamer Zufall, ein sehr unangenehmer Zufall, aber trotzdem ein Zufall.«

Hákon nickt. »Das glaube ich auch.«

»Es ist alles viel zu seltsam, um Zufall zu sein«, erwidert Elías und steigt von seinem Barhocker. »Ich muss los, meine Freundin wartet zu Hause. Danke für den Kaffee, Benni.«

»Nichts zu danken.« Benedikt stellt die unangerührte Tasse weg. »Komm mal wieder vorbei.«

»Mache ich.« Elías geht in die abendliche Dunkelheit. Benedikts Handy vibriert in der Westentasche. Er schaut auf das Display, kennt aber die Nummer nicht, eine Festnetznummer. Er steckt das vibrierende Handy wieder in die Tasche.

Hákon wischt die Theke ab. »Soll ich uns nicht zwei Kaffee fürs Personal machen?«

»Doch, gute Idee.« Benedikt schiebt den Vorhang zur Seite und geht mit der Tasse in den hinteren Raum. Dort gießt er den Kaffee in ein stählernes Spülbecken und stellt die Tasse in den Korb für schmutziges Geschirr. Das Handy vibriert noch immer. Benedikt zieht es wieder aus der Tasche und geht ran. »Hallo?«

Vorne im Schankraum schenkt Hákon Kaffee in zwei Tassen ein und gießt für den sogenannten Personalkaffee zwei

Schuss Grand Marnier dazu. Er behält den Vorhang zwischen Bar und dem hinteren Raum im Auge, dann fischt er eine kleine Ampulle mit einer klaren Flüssigkeit aus der Westentasche und gibt ihren Inhalt in eine der beiden Tassen. Die leere Ampulle verstaut er wieder in der Tasche und rührt den Kaffee mit einem Teelöffel sorgfältig um.

Als Benedikt wieder erscheint, reicht Hákon ihm die Tasse mit der Buttersäure: »Ein Personalkaffee, bitte schön!«

»Nein, danke!«, murmelt Benedikt. Er hält seine Jacke in der Hand und ist in Gedanken woanders.

»Ist irgendwas?«, fragt Hákon.

»Die Polizei hat angerufen«, sagt Benedikt. »Sie wollen, dass ich sofort nach Hause fahre und mich telefonisch wieder bei ihnen melde, sobald ich angekommen bin. Es hat etwas mit diesen Morden zu tun, aber ich habe keine richtige Antwort bekommen.«

»Aber du musst doch arbeiten«, sagt Hákon.

Benedikt zuckt die Schultern und streift die Jacke über. »Ich muss fahren, sorry.«

Hákon schüttelt den Kopf. »So ein Murks! Kannst du nicht wenigstens noch eine halbe Stunde bleiben?«

Benedikt blickt sich im Schankraum um. »Nichts zu machen.«

»Trink wenigstens noch den Kaffee mit mir«, sagt Hákon. »Ich habe schon den Likör eingeschenkt.«

»Ich muss fahren«, sagt Benedikt, geht um die Theke herum, durch den Raum und hinaus in die abendliche Kühle.

»Scheiße!«, knirscht Hákon. Er leert beide Tassen ins Spülbecken, nimmt sein Handy und wählt eine Nummer mit der Schnellwahltaste.

»Ich bin's«, sagt er, als der Angerufene abnimmt. »Die Bullen haben Wind bekommen, sie haben Benedikt gewarnt.«

»Sieh zu, dass du da wegkommst«, sagt eine Männerstimme am anderen Ende. »Und tauch unter! Wir reden später.«

Hákon drückt das Gespräch weg und blickt auf. Einer der drei Gäste steht an der Theke.

»Ja?«

»Eine Runde Helles«, bestellt der Mann.

»Augenblick«, sagt Hákon. Er schiebt den Vorhang beiseite und verschwindet in dem hinteren Raum.

Der Gast wartet an der Theke. Der Barkeeper kommt nicht zurück. Dafür treten zwei Polizisten ein und stellen sich neben den Mann. Er nickt ihnen zu.

»Ist keine Bedienung da?«, fragt einer der beiden Beamten.

»Ist eben nach hinten gegangen.«

»Warte hier«, sagt der eine Polizist zu seinem Kollegen. Dann geht er um die Theke und in das Hinterzimmer. Da ist niemand. Aber der Polizist sieht, dass es eine Hintertür gibt, die ein Stück weit offen steht. Er geht hin und schaut nach draußen. Die Tür geht auf einen leeren Innenhof, der nach Abfall und Urin riecht. Hákon Úlfarsson ist in der Nacht verschwunden.

Am Elliðavatn ist es stockfinster, aber die Festzelte sind erleuchtet, und von ihnen schwingen sich bunte Lichterketten von Pfosten zu Pfosten bis in die Bäume. Die Tische wurden entfernt, bis auf die erhöhte Tafel, an der das Brautpaar sitzt, und einen weiteren Tisch, der als Theke fungiert. Die Stühle wurden entlang der Zeltwände aufgestellt, und an einem Ende des Zelts spielt eine Band alte und neue Hits.

Hörður sitzt abseits, trinkt Dosenbier, hört mit einem Ohr der Musik zu und sieht den anderen Gästen beim Tanzen zu. Er hat den Mantel übergezogen, weil es kühl geworden ist, obwohl die Zelte mit mächtigen Gasheizstrahlern ausgestattet sind. Þóra tanzt mit zwei Freundinnen und will Hörður lautstark animieren mitzumachen. Er schüttelt den Kopf und lächelt entschuldigend. Eher setzt er sich in einem Spandex-Outfit aufs Rad, als vor Publikum zu tanzen.

Bíbí hat er aus den Augen verloren, was vielleicht ganz gut ist. Er mag sie nicht mehr die ganze Zeit im Kopf und ein Kribbeln im Bauch haben, sobald er sie sieht. Wahrscheinlich ist sie nach Hause gefahren. Etwa mit diesem Einar? Ob die beiden …? Hörður will nicht darüber nachdenken. Der Gedanke, dass sie etwas mit einem anderen Mann haben könnte, macht ihn eifersüchtig.

Shit! Die Sache mit Bíbí hat er genauso vermasselt wie alles andere. Das ist sein Schicksal. Alles, was er anfasst, verwandelt sich in sein Gegenteil. Mordermittlungen werden zu einer Farce und romantische Rendezvous zu griechischen Tragödien.

Darauf prost! Hörður hebt die Bierdose und trinkt das lauwarme Bier. Er schluckt noch, als plötzlich wie hingezaubert Bíbí vor ihm steht.

»Haben wir nicht noch einen Tanz gut?«, fragt sie rot werdend und unbeholfen und streckt ihre schmale Hand aus.

Hörður verschluckt sich, er hustet mit geschlossenem Mund, bis ihm das Bier durch die Nasenlöcher quillt.

»Soll ich das als ein Ja verstehen?«, fragt Bíbí mit spitzbübischem Grinsen.

Hörður zögert, dann nickt er und steht auf. Mit dem linken Handrücken wischt er sich das Bier ab, wirft die Dose fort und ergreift Bíbís Hand; sie ist warm und weich.

»Schön«, sagt sie und zieht ihn auf die Tanzfläche. Im selben Moment gibt der Schlagzeuger den Takt für ein neues Lied vor: »Careless Whisper« von Wham. Der Sänger verkündet, es sei ein Lieblingslied des Brautpaars.

»Ich warne dich, ich bin ein grauenhafter Tänzer«, sagt Hörður und legt seine rechte Hand auf Bíbís Rücken.

»Das wollen wir mal sehen«, sagt sie, nimmt seine Linke und flicht ihre Finger in die seinen, dann legt sie den Kopf gegen seine Brust. So tanzen sie langsam und eng, so langsam, dass sie sich kaum von der Stelle bewegen.

»I'm never gonna dance again. Guilty feet have no rhythm.«

Hörður's Herz pocht so heftig, dass er fürchtet, Bíbí damit zu erschlagen. Sie muss es in seinem Brustkorb schlagen spüren. Er atmet den Duft ihres Haares ein und legt seinen Kopf vorsichtig auf ihren Scheitel. Er sieht sich an, wie sich seine riesenhaften Pranken um ihre zierlichen Finger schließen, und fühlt die Wärme dieser kleinen Hand, die wie ein Spatz in der Umarmung eines Löwen ruht.

Er kann kaum glauben, dass er wirklich tanzt. Er tanzt doch nie. Sie hat ihn überrumpelt, er war nicht auf der Hut und hat Ja gesagt, bevor er sich hundert Ausreden ausdenken konnte, um Nein zu sagen. Aber er ist froh, ihre Aufforderung angenommen zu haben. Es ist schön, mit Bíbí zu tanzen, und fühlt sich gut an. Mehr als gut. Es ist wunderbar. Er wünscht sich, dass das Lied niemals aufhören möge, er möchte bis in alle Ewigkeit so tanzen. Seine Füße bewegen sich langsam und von allein, er folgt ihnen lediglich. So drehen sie sich langsam um sich selbst; zwei Körper, die sich aufeinander einstellen, zwei Seelen, die in langsamem Tanz miteinander verschmelzen und eins werden.

Þóra tanzt eng mit einer jungen Frau. Sie lächelt Hörður freundlich zu. Er lächelt zurück, schließt wieder die Augen und trinkt Bíbís Wärme, atmet ihren Duft ein, verschmilzt mit der Musik und geht ganz im Augenblick auf.

»I'm never gonna dance again …«

Er empfindet Glück und Freude. Er schwebt auf einer Wolke und tanzt zwischen den Sternen am Firmament. Sie sind allein im Universum, das Universum ist allein in ihnen.

Hörður ist vollkommen glücklich, einen Augenblick nach dem anderen, Herzschlag nach Herzschlag. Er erlebt reine Freude, die Freude der Unsterblichkeit.

»We could have been so good together. We could have lived this dance forever.«

Füße bewegen sich, Herzen schlagen im Takt. Dann klingt das langsame Lied aus, der Tanz endet. Sie lösen sich voneinander, sehen sich in die Augen, applaudieren der Band.

Hörður wird wieder schüchtern, aber er möchte mehr. Noch einen Tanz, egal was. Und bevor einer von ihnen ein Wort sagen kann, fängt der nächste Song an: »Love Me Do« von den Beatles. Hörður versteift sich, er ist keineswegs sicher, ob er sich solche Musik zutraut. Das Einzige, was er kann, ist ungelenkes Wange-an-Wange-Schunkeln.

»Gestatten?« Bíbís Freund Einar wartet eine Antwort gar nicht ab, sondern nimmt ihre Hand und lässt sie eine Pirouette drehen, bevor sie loswackeln und -zappeln.

Hörður sieht Bíbí entschuldigend an, sie hebt die Schultern und zieht ein Was-kann-man-machen-Gesicht.

Hörður geht von der Tanzfläche an die Bar. Er fischt eine Bierdose aus einem Eimer mit Eis und geht hinaus unter freien Himmel. Wir hätten so gut miteinander auskommen können. Wir hätten diesen Tanz ewig tanzen können.

Wir hätten … Aber die Gelegenheit wurde verpasst.

Er geht zum Waldrand, setzt sich auf einen umgestürzten Baumstamm und schaut über den dunklen See Richtung Stadt, die in der Ferne leuchtet. Darüber wölbt sich der Nachthimmel mit abertausend Sternen und einem hellen Mond, der die Umrisse des Waldes nachzeichnet, auf dem Wasser glänzt, und der morgen voll sein wird. Hörður dreht der Feier den Rücken zu, aber ihr Lärm dringt noch an sein Ohr. Das Wasser kräuselt sich, als ein Fisch aufwacht, aus dem Wald kommt leises Rascheln.

Hörður trinkt und denkt an Bíbí. Ja, er hat sich in sie verliebt, das bekennt er vor sich selbst, aber er weiß auch sehr genau, dass er eine solche Frau nicht verdient und dass sich eine

Frau wie sie niemals wirklich mit einem Mann wie ihm einlässt. Sie ist warm und lieb, er ist kalt und distanziert. Sie wird einen Mann wie diesen Einar bekommen, den sie mitgebracht hat, einen gut aussehenden Mann mit Geschmack und Stil, der sich nicht ständig volllaufen lässt und weiß, wie man sich in Gesellschaft benimmt. Er selbst wird ganz sicher allein bleiben, vielleicht in einer Hütte im Wald, womöglich mit Hund und Flinte wie Leutnant Glahn in Hamsuns *Pan*.

Er ist nicht das, was Frauen wie Bíbí suchen.

Sie will einen normalen Mann, der ein normales Leben führen will. Einen Mann, mit dem sie ein Haus baut und Kinder bekommt. Einen Mann, der Freunde hat und Golf oder Bridge spielt und am Wochenende grillt. Einen Mann, der zu ihr steht und sie stützt. Keinen Mann, der schweigsam und verschlossen ist. Keinen Mann, der das zweite Gesicht hat, der sich mit der Gegenwart nicht abfinden kann und glaubt, dass früher alles besser war. Keinen Mann, der vor zweihundert Jahren hätte leben sollen oder vor zweitausend.

Nein, ein Hörður Grímsson ist kein Märchenprinz. Er ist ein Einzelgänger, einer von diesen schweigsamen Typen, den Frauen vielleicht anfangs faszinierend finden, den sie dann aber schnell wieder verlassen. Wie Humphrey Bogart in den alten Hollywoodfilmen. Frauen sind ihm nachgelaufen, und doch war er am Ende immer allein, bitter, sich vernachlässigend, drei Tage unrasiert und einen Whisky im Glas.

Frauen! Was sind sie anderes als Ärger und Theater? Sie sehen attraktiv aus, geschenkt, aber davon abgesehen sind sie haltlos und unberechenbar. Wenn man nicht gewisse Bedürfnisse hätte, würde sich kein denkender Mann mit ihnen einlassen.

»Besser ein leeres Bett als ein schlecht besetztes«, brummelt Hörður. Wenn es sein Schicksal sein soll, für den Rest seines Lebens allein zu sein, dann wird er nicht dagegen ankämpfen.

Er ist viel allein, aber niemals einsam. Dazwischen besteht ein großer Unterschied. Er langweilt sich nie in seiner Gesellschaft, weiß Gott nicht. Er hat die Bücher und die Musik und seine eigenen Gedanken. Er schätzt die Ruhe und den Frieden, die das Alleinwohnen mit sich bringt. Kein Theater. Nur unreife Persönlichkeiten können es nicht schätzen, mit sich allein zu sein. Er braucht es nicht nur und genießt es – er kann nur so leben.

Alleinsein ist kein Gift. Es ist ein Elixier, der Alkohol für die Seele. Genau! Hörður hebt die Bierdose, stößt im Stillen mit sich selbst an und trinkt das lauwarme Bier.

»Gibt es noch Platz für einen zweiten Hintern auf diesem Stamm?«

Hörður erschrickt, er verschluckt sich, spuckt das Bier aber diesmal nicht wieder durch die Nase aus. Er schluckt es runter und sieht dann überrascht Bíbí, die sich lächelnd neben ihn setzt.

»Störe ich?«, fragt sie.

Er schüttelt den Kopf. »Ich musste mich nur mal kurz abkoppeln. Brauchte frische Luft, wollte etwas die Stille genießen.«

Sie nickt. »Ich genauso. Partys sind eine feine Sache, aber es wird einem auch leicht zu viel. Was da alles auf einen einstürmt, die Stimmen, die Blicke, die Musik. Manchmal verdrücke ich mich einfach.«

Hörður sperrt fragend die Augen auf. Meint sie wirklich, was sie sagt? Oder sagt sie nur, was er hören möchte?

Sie schweigen eine Weile. Dieses Schweigen ist weder angespannt noch unangenehm.

Am Ende ist es Hörður, der es bricht: »Diese Herbstabende sind schön.«

Bíbí nickt.

Er räuspert sich. »Als du mir am Dienstag die Haare geschnitten hast, hattest du eine Frage, auf die ich keine Antwort gegeben habe.«

»Warum du zur Polizei gegangen bist?«

Hörður nickt. »Manche behaupten, es sei eine Berufung, andere sagen, es ist lediglich eine Ausbildung, es braucht sicher beides. Am Anfang muss man wohl ein gewisses Interesse haben, aber warum sich Menschen letztlich für diesen Beruf interessieren, ist und bleibt ein Geheimnis. Am Gehalt liegt es jedenfalls nicht, so viel steht fest. Die Arbeitszeiten und das, womit man es zu tun hat, auch nicht, noch viel weniger das Ansehen, das der Beruf heutzutage genießt. Wir erledigen die ganze Drecksarbeit und bekommen so gut wie keinen Dank dafür. Nein, es lässt sich wirklich nicht leicht erklären, warum ein geistig gesunder Mensch heute Gesetzeshüter wird, und genau darin liegt vielleicht die Erklärung: Wir sind eben geistig nicht gesund; und wenn wir es irgendwann einmal gewesen sein sollten, so sind wir es jedenfalls nicht mehr, wenn wir diesen undankbaren Job eine Zeit lang ausgeübt haben. Alles in allem betrachtet, halte ich es für eine Tatsache, dass es immer eher möglich ist, einem Bullen das Menschsein abzugewöhnen als einem Menschen den Polizeiinstinkt. Ausbildung hin oder her, es ist, hol's der Teufel, ein Geburtsfehler.«

»Eine gute Antwort«, sagt Bíbí.

Er zieht die Nase hoch. »Ich muss mich aber noch bei dir entschuldigen.«

»Ach ja?«

»Unsere Verabredung ist nicht ganz so gelaufen, wie ich mir das vorgestellt hatte«, sagt Hörður. »Ich gebe zu, ich habe mich ablenken lassen. Du hast es aufgegeben, und das verstehe ich gut. Es tut mir leid, wie ich mich dir gegenüber benommen habe.«

»Schon in Ordnung«, sagt Bíbí. »Du hattest auf der Arbeit viel um die Ohren. Mord kommt nicht alle Tage vor. Du hattest an anderes zu denken. Das kommt selbst bei den Besten vor.«

»Und bei den Übrigen auch.«

Bíbí lächelt. »Du bist bestimmt nicht perfekt. Aber ich glaube nicht, dass du ein schlechter Mensch bist.«

»Kommt drauf an, wie man's sieht. Du hast schließlich noch eine zweite Entschuldigung bei mir gut«, sagt Hörður. »Als du neulich abends bei mir warst, habe ich mich auch nicht gerade nett verhalten.«

Bíbí nickt. »Es war dir unangenehm, dass ich so unangemeldet aufgetaucht bin, nicht wahr?«

»Ja«, sagt Hörður.

»Das habe ich gemerkt«, sagt sie sanft. »Du magst es nicht, Besuch zu bekommen. In deiner Privatwohnung. Das verursacht dir Erstickungsgefühle. Noch schlimmer findest du es, wenn Besucher bei dir zu Hause Gegenstände anfassen oder sie gar verrücken. Das ist so etwas wie ein kleiner Weltuntergang. Du willst, dass die Dinge dort stehen, wo du es am besten findest. Dann fühlst du dich sicher. Dann geht es dir gut.«

Hörður bleibt vor Staunen der Mund offen stehen. »Woher weißt du das? Ich hätte es selbst nicht besser beschreiben können. Bist du … eine Hellseherin?«

Bíbí lacht. »Nein, ganz und gar nicht. Aber … – du darfst mich jetzt nicht missverstehen – ich habe einen autistischen Verwandten. Ich sage nicht, dass du autistisch seist, überhaupt nicht, aber du fällst, wie so viele andere, schon in das autistische Spektrum. Es ist nichts Schlimmes, es erklärt nur manches.«

Er runzelt die Brauen. »Willst du sagen, ich hätte Asperger?«

»Ist doch egal, wie man es nennt«, sagt sie und klopft ihm auf den breiten Rücken. »Das Einzige, was ich sage, ist, dass es dir unangenehm ist, unangemeldeten Besuch zu bekommen, und das ist weder krank noch falsch. Es darf dir ohne Weiteres unangenehm sein.«

»Aha. Gut«, sagt Hörður. »Dennoch habe ich mich dir gegenüber ziemlich unhöflich benommen. Und das tut mir leid. Du hast das nicht verdient. Diese Woche war allerdings auch wirklich schwierig. Falls das als Entschuldigung dienen kann.«

Bíbí nickt. »Ja, eine schwierige Woche. Aber du hattest es schon schwerer im Leben. War dein Leben nicht insgesamt schwierig? Hast an einem einzigen Tag deine sämtlichen Angehörigen verloren und warst nicht einmal zwanzig. So etwas hat Folgen.«

Hörður nickt zustimmend.

»Hast du irgendwelche Hilfe bekommen?«, erkundigt sie sich. »So etwas wie Krisenintervention oder psychosoziale Betreuung? Warst du bei einem Psychotherapeuten?«

Er schüttelt den Kopf.

»Wie ist es, das alles mit sich herumzutragen? Den Verlust? Die Trauer? Die Wehmut?«

Hörður stöhnt. »Die Schuldgefühle nicht zu vergessen. Sie sind tot, ich aber lebe. Ich sollte froh sein, doch stattdessen habe ich Schuldgefühle. Ich bin der Bursche, der überlebt hat. Und es geht mir beschissen.«

Bíbí streichelt ihm den Handrücken. »Ich wünschte, ich könnte sagen, ich verstehe dich. Aber ich verstehe nicht. Niemand kann solche Gefühle nachempfinden. Keiner, außer jemandem, der das Gleiche durchgemacht hat.«

Hörður schüttelt es. Es ist kalt geworden im Freien. »Anscheinend hat der Tod einen Narren an mir gefressen. Oder er hat eine Abneigung gegen mich. Jedenfalls lässt er mich am Leben, während er alle anderen dahinrafft. Alle, die mir etwas bedeuten. Selbst meine kleine Schwester.«

»Ach, mein Armer«, sagt Bíbí und rückt näher an ihn heran. »Aber die Erinnerung lebt weiter, nicht? Sie leben alle in deinem Herzen.«

Hörður lacht kalt auf. »Entschuldige, aber solche Phrasen helfen mir nicht. Das Herz ist ein Muskel, und so etwas wie eine Seele gibt es nicht, ebenso wenig wie einen Gott. Meine Familie ist tot und begraben. Und wenn ich mich natürlich an sie erinnere, heißt das noch lange nicht, dass sie am Leben sind. Der Einzige, der lebt, bin ich. Ich denke, ich erinnere mich, ich leide.«

»Ich habe es nicht böse gemeint«, wispert Bíbí.

»Ich weiß, ich weiß«, seufzt Hörður. »Entschuldige. Ich kann manchmal etwas kühl sein. Es ist nur so schwer, darüber zu reden. Ich bin immer noch so wütend. Wütend auf das Leben, auf das Schicksal und auf Gott. Dabei glaube ich nicht an Gott. Wenn es ihn gäbe, würde so etwas nicht passieren. Dann würde er die Unschuldigen beschützen, oder nicht? Würde Gott, der Schöpfer der Welt, etwas wie Krebs erschaffen? Als reichte es nicht, dass wir sterben müssen. Wir wissen, dass es eines Tages so weit sein wird, aber müssen wir obendrein auch noch ewig Angst vor Krankheiten und Unglücksfällen wie Lawinen haben? Nein, kein lieber Gott würde eine solche Welt erschaffen. Es gibt keinen Schöpfer und kein ewiges Leben. Das Einzige, was ewig ist, sind die Leere, das Dunkel und die Kälte, die das Universum erfüllen.«

»Ich verstehe gut, dass du dich so fühlst, dass du auf diese Weise denkst«, sagt Bíbí teilnahmsvoll. »Aber es muss doch auch schwer sein, dass man ohne Glauben oder irgendeine Form von Trost leidet.«

»Man gewöhnt sich dran«, knurrt Hörður. »Aber es ist auch nicht so, dass ich jeden Tag und den ganzen Tag lang leide – ich bin ja nicht ans Kreuz genagelt oder etwas in der Art. Meistens mache ich bloß meine Arbeit, lese ein Buch oder höre Musik.

Wenn ich mich mit dem Alltagskram beschäftige, ist es ganz gut auszuhalten. Dann kümmere ich mich um unbedeutende Dinge und habe das Gefühl, das Leben hat einen Sinn, ohne dass ich mir was dabei denke. Wenn man sich mit etwas beschäftigt, denkt man gerade nicht nach. Dann *ist* man bloß. Doch sobald ich über den Alltag hinaus an das große Ganze denke, fallen die Leere und die Sinnlosigkeit über mich her. Wozu am Morgen aufwachen und zur Arbeit gehen? Warum sich nicht einfach totsaufen?«

»Wozu sterben, wenn man leben kann?«, fragt Bíbí zurück. »Das Leben kann einen immerhin noch überraschen. Der Tod aber ist endgültig. Den Tod dem Leben vorzuziehen, ist eine riesige Kapitulation. Verstehst du, was ich meine?«

Hörður nickt, dann lächelt er. »Du stehst wirklich auf festen Füßen, das muss ich sagen. So eine gallig schwarze Suada schlägt Leute normalerweise in die Flucht oder lässt sie den Notarzt rufen. Du hast offenbar ein dickes Fell, obwohl du nicht danach aussiehst.«

Bíbí lacht leise. »Man soll ein Buch nie nach dem Umschlag beurteilen.«

»Stimmt. Ich kann pessimistischer sein als der Teufel, das gebe ich zu. Aber ich meine nicht alles, wie ich es sage. Manchmal macht ungetrübter Pessimismus munterer als eine Tasse starker Kaffee.«

»Möglich«, sagt sie.

»Und sie leben in meiner Erinnerung fort, du hast recht«, gibt er zu. »Meine Mutter, mein Vater, mein Bruder und meine Schwester. Aber nicht so, als wären sie noch lebendig, wenn ich an sie denke. Es ist komplizierter. Ich tue vielleicht gerade etwas, lese, repariere mein Motorrad oder fahre herum, dann kommt ein Lied im Radio, und ich rieche einen Duft – irgendwas, das eine lebendige Erinnerung auslöst, und dann ist es, als würde ich für wenige Sekunden oder bloß einen Augenblick in der

Zeit zurückreisen. ›Voulez-vous‹ von Abba, und mit einem Schlag stehe ich in unserem alten Haus in Súðavík. Mama saugt Staub. Sie trägt Pantoffeln und ein geblümtes Kleid, hat die Haare nachlässig hochgesteckt und singt lauthals mit. Ich rieche Ajax und frisch gebackene Plätzchen. Ich sprühe Kriechöl auf ein rostiges Schraubgewinde, und Papa erscheint in seinem Werkstattoverall, das Haar zu einem Pferdeschwanz gebunden, und brummt sich sauer oder wütend etwas in den Bart. Ich möchte, dass er mich ansieht und etwas sagt, aber er verschwindet so schnell, wie er gekommen ist. Ein bestimmter Ton in einem Computerspiel ruft meinen Bruder auf den Plan, schweigend, aber warm. Einmal habe ich so *Star Wars*-Zeug geguckt und sofort seine Gegenwart gespürt. Ich fand immer, dass ich meinen Bruder nicht richtig gekannt habe, und darum vermisse ich ihn eigentlich am meisten. Das ist komisch. Jemand spitzt einen Bleistift, und ich höre das Lachen meiner Schwester in meinem Kopf. Der Geruch von Holzspänen beschwört sie unfehlbar herauf, genauso Apfelsinen und rosa Haarklammern. Sie sah mir und meiner Mutter sehr ähnlich, mein Bruder kam mehr auf unseren Vater. Meine Schwester war sehr intelligent. Ich glaube, sie hatte auch das zweite Gesicht, wie meine Mutter und ich. Aber wir haben darüber nie miteinander gesprochen, wie über so vieles andere nicht. Für mich ist das Leben in etwa so. Eine Reihe einzelner Augenblicke, Erlebnisse und Erinnerungen, manche gut, andere nicht so gut. Einige Augenblicke leben weiter, andere nicht. An manches erinnern wir uns, an anderes nicht. Das zwischen diesen Augenblicken ist tote Zeit, das, was wir Tage und Jahre nennen, die Leere, die unser Leben ausfüllt. Wenn wir jene Augenblicke erleben, alte oder neue, haben wir das Gefühl, am Leben zu sein, und nichts kommt dem gleich. Dann kehrt die Leere zurück, der Überlebenskampf, die Arbeit und die Sinnlosigkeit. Ich habe versucht, Zusammenhänge herzustellen, eine Art Gesamtbild zu erschaffen, eine Suggestion oder wie man das nennen will, das leichter gesagt als getan ist. Wenn ich ein Dichter wäre, könnte ich es sicher in eine treffende Formulierung fassen, aber ich bin kein Hamsun und kein Gunnar Gunnarsson. Hat das Leben einen Sinn? Ich weiß es nicht. Manchmal finde ich, dass alles, was wir tun, in seinem Kern sinnlos ist. Zur Arbeit zu gehen, ehrgeizig zu sein und all das. Je mehr ich mich anstrenge, je mehr Ehrgeiz ich zeige, desto mehr Durcheinander scheine ich zu stiften. Sinn, Ehrgeiz, Ziele – alles derselbe Regenbogen, und ein Regenbogen weicht immer weiter zurück, wenn man ihn erreichen will. Kann man sich nicht genauso gut auf seinen Hintern setzen, abschalten und den Regenbogen aus der Ferne betrachten? Vielleicht ist das Leben ein ruhiger Fluss, der vom Anbeginn der Zeit bis zum Ende des Universums fließt, und wir sind die Forellen, die ihr Leben in seiner Tiefe, im Dunkel verbringen. Manchmal aber wachen wir auf, schwimmen nach oben und durchstoßen mit unserem Bewusstsein die Oberfläche, und dann erleben wir etwas Unvergessliches: Licht, Farben und unser Befinden verschmelzen zu einem Regenbogen, der uns vielleicht ein Bruchstück der Ewigkeit bringt.«

Er verstummt, und in diesem Schweigen sind die Nacht, der Wald, der See und der Mond enthalten und die beiden auf dem Baumstamm unter dem Dach aus Sternnebeln.

»Hast du das zweite Gesicht?«, fragt Bíbí nach einer Weile.

Hörður zögert, nickt dann aber. »Es ist aber nicht so, dass ich Gestorbene sehen oder mit ihnen reden könnte. Ich sehe Schatten, kurz bevor der Tod wieder jemanden zu sich holt. So etwas wie ein schwarzes Gespenst als Vorboten oder etwas in der Art. Ich weiß nicht, wie man es nennt, ich aber nenne es den Schatten des Todes. Wenn ich den sehe, wird mir eiskalt, und für einen Moment ist mir, als würde ich die Welt durch das Auge des Todes betrachten. Er und ich, wir werden eins. Ich bin im Tod, und er ist in mir.«

»Uff«, sagt Bíbí, »das hört sich schrecklich an.«

Hörður stimmt ihr zu. »Ich habe noch keinem davon erzählt. Keiner einzigen lebenden Seele. Bis heute.«

Sie lehnt sich an ihn. »Danke, dass du es mit mir teilst.«

Er legt den Arm um sie. »Danke, dass du mir zuhörst, und überhaupt, dass du da bist. Es tat gut, dir davon zu erzählen. Es hat mich die ganze Zeit wie ein Albtraum verfolgt.«

»Schweigen ist manchmal gut«, sagt Bíbí. »Aber manchmal ist es auch besser zu reden.«

»Stimmt«, sagt er. »Ich habe es dir erzählt, damit du mich besser verstehst. Es ist der Grund, warum ich so bin, wie ich bin. Ich weiß nicht, ob ich es ertrage, noch mehr lieb gewonnene Menschen zu verlieren. Darum ist es das Einfachste, niemanden zu lieben.«

»Aber möchtest du denn nicht eines Tages heiraten?«

Hörður schüttelt den Kopf. »Ich meine es nicht böse, aber wer nicht heiratet, kann auch nicht geschieden werden. Wer nicht geboren wird, kann nicht sterben. Er lebt bloß in einem Traum.«

»Ist es möglich, diesen Traum zu teilen?«, wispert ihm Bíbí ins Ohr.

Hörður spürt ein Kribbeln im Bauch.

»Ja. Vielleicht.«

Schwarze Magie

Hörður geht durch einen Wald. Es ist Nacht, im Wald ist es stockfinster, doch ab und zu schimmert der Mond durch die Baumwipfel. Die Erde ist mit Nadeln, Laub und kleinen Zweigen bedeckt, ununterscheidbar dicht stehende Baumstämme ragen hoch in den Himmel. Hörður geht tiefer in den Wald hinein, dort ist etwas, das ihn zugleich anzieht und abschreckt. Etwas, vor dem er sich fürchtet, und etwas, das er sehen muss. Es ist kalt im Wald, es riecht nach Moder, umgestürzte Bäume sind mit Moos überzogen, und überall wachsen Pilze, gelbe, weiße, rötliche. Vor ihm liegt eine Lichtung, er bückt sich und schleicht darauf zu, dann späht er zwischen den Bäumen hindurch. Auf der Lichtung brennt ein Feuer. Jemand hat dort schmale Gräben gezogen – sie bilden einen fünfzackigen Stern. Die Gräben sind mit brennendem Öl gefüllt.

Dieser Jemand hockt innerhalb des Sterns auf seinen Fersen. Es ist ein unbekleideter Mann von unbestimmtem Alter, langgliedrig und so mager, dass er nur Haut und Knochen ist. Sein Haar ist schwarz und so lang, dass es sein Gesicht verdeckt. Der knochige Körper ist weiß wie Milch und mit Zauberrunen bedeckt, die eingebrannt oder ins Fleisch geschnitten wurden. Um den Mann verstreut liegen verschiedene Gegenstände und

Werkzeuge: Knochen und ein Schädel, Messer und Schalen, Muscheln und kleine Steine. An einem Pfahl hängt der Kadaver einer schwarzen Katze, darunter liegt ein toter Rabe.

Hörður beobachtet aus seinem Versteck, wie der Mann etwas Verdächtiges anrührt. In einer Schale mischt er zermahlene Knochen mit Katzenblut und Rabengalle und einem dickflüssigen Fett, das er aus einem Tonkrug kratzt. Dann häutet er die Katze, spannt das Fell auf einen Rahmen, sodass die Innenseite zu ihm zeigt. Er schmiert den Inhalt der Schale darauf, eine schwarze Paste, die aus der Innenseite des Fells einen schwarzen Spiegel macht. Der Mann hält den Spiegel ins Mondlicht, da läuft er silbern an.

Der Mann richtet sich auf, bleibt aber gebeugt und krumm. Er sagt leise etwas auf, lässt mit Mondlicht und seinen Fingern einen Schattenriss auf den Spiegel fallen. Anfangs ist der Schatten undeutlich, dann nimmt er Gestalt an. Der Mann brummt und murmelt beschwörend, bewegt die Finger und zaubert im Spiegel schließlich einen kleinen Teufel hervor.

Der Teufel hat Hörner und Hufe, einen Schwanz und einen Spitzbart. Er richtet sich auf, grinst breit und springt aus dem Spiegel.

Hörður erschrickt. Er versteckt sich hinter einem Baum und beobachtet weiter, was sich auf der Lichtung abspielt. Der Hexer lässt seine Finger noch immer Schattenrisse auf den Spiegel werfen, doch der Teufel, dem er so Gestalt verliehen hat, führt schon ein Eigenleben; er steht neben dem Spiegel und bewegt sich wie das Schattenbild, das der Hexer dirigiert.

Der Teufel springt auf und davon, er schießt durch die Nacht und landet in einer dunklen Wohnung auf dem Fußboden. Grinsend schleicht er ins Schlafzimmer, wo Bíbí seelenruhig unter einer weißen Decke schlummert. Nein! Hörður springt aus seinem Versteck und ruft, so laut er kann, doch Bíbí hört ihn nicht.

Der Teufel funkelt Hörður mit Hass in seinen bestialischen Augen an, dann lächelt er wieder und zieht einen Krummdolch. Er beugt sich über das Bett und will Bíbí die Kehle durchschneiden. Der Dolch fährt durch die Luft, die drohende Dolchspitze blitzt auf.

Hörður läuft los, dann bleibt er stehen und schaut über die Schulter zurück. Auf der Lichtung beugt sich der Hexer über den Spiegel und führt darauf seine Schattenspiele aus. Tiefer in der Nacht beugt sich der Teufel über Bíbí.

Hörður zögert. Wohin soll er laufen, zu dem Hexer oder zum Teufel, zur Marionette oder zum Puppenspieler?

Welcher von beiden ist der echte Gegner? Wer ist gefährlicher? Welcher ist näher?

Was soll er tun? Was?

Sonntag

Als Hörður die Augen aufschlägt, weiß er zunächst nicht, wo er sich befindet. Sein Herz rast, er ist nass geschwitzt, seine Hände zittern. Hat er geträumt?

Das Zimmer, in dem er liegt, ist größer als sein Kellerloch, und die Sonne fällt anders durch die Fenster ein. Er liegt unter einer Decke auf einem Wohnzimmersofa. Er schließt und öffnet abwechselnd die Augen, während sein Verstand die dürftigen Informationen zu verarbeiten sucht. An den Wänden hängen Fotos und Gemälde, die Wohnung ist groß, hell und sauber.

War das hier, wo der Teufel gelandet ist?

Hörður schüttelt sich. Der Traum steht mit einem Schlag wieder vor ihm. Was für ein Albtraum! Er setzt sich auf, schlägt die Decke zurück und massiert sich den Nacken. Auf dem Sofatisch steht eine leere Flasche Weißwein mit zwei Gläsern. Ja, jetzt ist er wieder einigermaßen im Bilde. Er hält sich in Bíbís Wohnung auf. Sie sind von der Hochzeitsfeier zu ihr gefahren, haben sich ein Taxi geteilt. Sie hatte noch eine halbe Flasche Weißwein im Kühlschrank, die vom Besuch einer Freundin übrig geblieben war. Sie tranken die Flasche leer, dann gingen sie schlafen. Sie im Schlafzimmer, er machte sich auf dem Sofa ein Bett zurecht.

Zwischen ihnen war nichts passiert. Oder doch, sie hatten sich geküsst. Weiter wollten sie beide nicht gehen. Sie ist bestimmt kein leichtfertiges Mädchen. Und er ist einfach nicht draufgängerisch genug, zu schüchtern. Aber es hatte ja auch keine Eile. Sie würden sich wiedersehen. – Oder? Doch, bestimmt.

Hörður kratzt sich am Kopf, dann wirft er einen Blick auf seine Armbanduhr. Es ist bald zehn. Sonntagmorgen. Er ist durstig und ein wenig benebelt. Er möchte eine Zigarette und eine kalte Coke.

Er geht ins Badezimmer auf die Toilette und wäscht sich das Gesicht mit kaltem Wasser. Die Tür zum Schlafzimmer ist geschlossen. Er geht in die Küche und öffnet den Kühlschrank. Es gibt keine Cola, aber etwas Orangensaft, den er direkt aus dem Karton trinkt.

Er schaut aus dem Fenster. Die Wohnung liegt im zweiten Stock eines Blocks in der Birkimelur in der Weststadt. Jenseits eines großen Kreisverkehrs liegen das Hotel Saga und das Unikino, in nördlicher Richtung eine Shell-Tankstelle und die neue Nationalbibliothek. Die Sonne blendet, er wendet sich ab. An einer Wand hängt eine ganze Kollektion von Familienfotos. Bíbí hat offenbar eine große Verwandtschaft. Er selbst hat keine.

Hörður sieht sich um. Die Wohnung sieht so anders aus als seine, dass es ihm einen Stich versetzt. Warum sollte Bíbí einen Mann wie ihn wollen? Wäre sie nicht besser mit einem ganz normalen Mann zusammen? Mit einem fröhlichen und gebildeten Betriebswirt oder dem Geschäftsführer einer Firma, der ebenfalls eine ausgedehnte Verwandtschaft hat und von einem Haus am Stadtrand, Hund und ein paar Kindern träumt? Für sich selbst kann sich Hörður nicht vorstellen, der Weltbevölkerung eigene Exemplare hinzuzufügen. Bíbí ist ein feines Mädchen. Er mag sie. Aber hat das Zukunft? Gibt es für ihn überhaupt eine Zukunft? Sie haben miteinander geredet, sie haben ein Glas oder zwei zusammen getrunken, sie haben sich prächtig unterhalten, aber sie sind nicht zusammen ins Bett gegangen. Sagt das nicht auch etwas? Hätten sie nicht miteinander geschlafen, wenn sie sich sicher gewesen wären?

Er weiß es nicht.

Hörður seufzt. Macht er sich nicht viel zu sehr einen Kopf darum? Doch, sicher. Das heißt aber nicht, dass er nicht richtigliegt. Er braucht eine Zigarette. In der Diele findet er seinen Ledermantel und klopft dessen Taschen ab. In einer findet er ein zerknautschtes Päckchen mit zwei Zigaretten. Soll er auf den Balkon gehen?

Nein, besser, sich gleich auf den Weg zu machen, in aller Ruhe. Bíbí ist es vielleicht peinlich, wenn sie ihn beim Aufwachen noch in ihrer Wohnung vorfindet. Vielleicht bereut sie es.

Hörður steigt in die Motorradstiefel und den Mantel, tritt ins Treppenhaus und schließt leise die Wohnungstür. Er geht die mit Teppichboden ausgelegte Treppe hinab und hinaus in die kühle Morgenluft.

Er setzt die Sonnenbrille auf, zündet sich eine Zigarette an und bläst den Rauch durch die Nase aus. Was für ein Genuss! Die erste Zigarette des Tages schmeckt unvergleichlich. Trotzdem sollte er aufhören. Es ist ein verdammtes Gift. Ein verfluchtes Teufelszeug.

Hörður geht durch die Birkimelur nach Norden. Es sind erst wenige Autos unterwegs, die Stadt ist nahezu still, und es liegen noch kaum Abgase in der Luft. Wo die Birkimelur in die Hringbraut mündet, liegt die Bäckerei, an der Hörður und

Vigfús manchmal anhalten. Aus der Tür dringt der Duft von Brot und Kuchen. Hörður's Magen meldet sich. Er hat zwar Hunger, aber auch einen Kater, der jeden Appetit unterbindet.

Er überquert die Hringbraut zur Ljósavallagata und geht am Hólavöllur-Friedhof vorbei. Die Bäume auf dem Friedhof beschirmen ihn vor den starken Strahlen der Herbstsonne. Sein Traum geht ihm noch nach, dieser Albtraum von dem Hexer und dem Teufel, der ausgesandt wurde, um Bíbí umzubringen. Warum träumt er so widerliches Zeug? Der Traum war ganz realistisch und seine Furcht auch, die Angst vor dem Teufel und dem Bösen. Es war selbstverständlich bloß ein Traum, aber das Grinsen des Teufels hat sich seinem Verstand richtig eingebrannt.

Warum träumt er eigentlich nie etwas Angenehmes?

Darauf weiß er keine Antwort. Er fühlt sich taub, benommen, aber der Spaziergang durch die Kühle ist erfrischend, das Blut kommt in Zirkulation, und der Nebel im Kopf wird ausgelüftet.

Die Straßen sind leer, kein Mensch ist unterwegs; wie in dem Kinderbuch *Paul allein zu Haus*.

Hörður lässt die Ecke des Friedhofs hinter sich und geht durch die Garðastræti weiter nach Norden. An der Einmündung der Hávallagata schaut er nach links und sein Blick fällt auf einen lichten Hain an der Ecke zur Hólavallagata. Zwischen den unbelaubten Bäumen ist die Rückseite der Christuskirche auf der Kuppe des Landakothügels zu sehen. Er hält an, biegt dann nach Westen in die Hávallagata und betritt den kleinen Park auf der Anhöhe. Es raschelt in den gelben, roten und braunen Laubblättern, die den Weg bedecken.

Die Kirche ragt vor ihm auf, dunkelgrau und prachtvoll: in Stein gemeißelter Barock, ein viereckiger Turm und farbige Glasfenster. Die Christuskirche ist der nördlichste Dom der

Welt und nach Hörður Meinung die einzige *richtige* Kirche Islands. Seine Mutter war katholisch wie der ganze mütterliche Zweig der Familie. Obwohl Hörður sich für nicht gläubig erklärt, fällt es ihm nicht leicht, dem Katholizismus vollständig den Rücken zu kehren. Vielleicht aus Achtung vor seiner Mutter oder weil er vielleicht gern an eine höhere Macht und ein ewiges Leben glauben möchte – als Gegenstück zum Tod und all dem Schlechten, das er in seinen Träumen und im Wachen erlebt. Die Vorstellung von einem Universum ohne Hoffnung und Bedeutung ist einfach so deprimierend.

Die katholische Kirche erkennt die Existenz des Teufels und böser Geister an. Und das tut Hörður ebenfalls. Er hat den Teufel grinsen gesehen. Und die katholische Kirche glaubt an Zauberei und Wunder. Ihr Kern ist der Gang zum Altar, das heilige Sakrament, bei dem Brot und Wein in den Leib und das Blut Christi verwandelt werden. Die Wandlung geschieht nicht symbolisch, sondern real. Brot und Wein verwandeln sich durch Zauber in den Leib Christi.

Hörður öffnet das schwere Kirchenportal, nimmt die Sonnenbrille ab und geht durch das Vestibül in das prächtige Kirchenschiff. Die Kirche ist still und friedlich und riecht wie eine alte Bibliothek. Er taucht die Finger ins Weihwasser, kniet sich auf ein Knie und verbeugt sich vor dem gekreuzigten König, der über dem Altar hängt. Dazu schlägt er ein Kreuz vor der Brust. Er wirft Geld in einen Kasten, nimmt vier Kerzen und entzündet sie vor dem Marienbildnis am Ende der Kirche. Dann kniet er vor der Altarschranke nieder, faltet die Hände und spricht für seine Eltern und Geschwister ein Vaterunser und das Ave Maria.

»Gegrüßet seist du, Maria, voll der Gnade …«

Hörður wird ganz warm, er fühlt sich, als würde er schweben und sich sein Körper im Anschluss auflösen oder schmelzen.

Seine Augen füllen sich mit brennenden Tränen, und ehe er sichs versieht, strömen sie ihm über die Wangen herab. Er bekommt einen Kloß im Hals und atmet in Schluchzern. Was geht mit ihm vor? Er heult doch sonst nie. Er vermisst nur seine Angehörigen so sehr, er vermisst sie ganz schrecklich.

Hörður öffnet die tränennassen Augen und sieht zur Muttergottes auf. Im selben Moment beginnen die Glocken zu läuten. Er erschrickt, erhebt sich und wischt mit dem Handrücken die Tränen weg.

Am Altar steht ein hochgewachsener Pfarrer in vollem Ornat. Das Kirchenportal öffnet sich und eine philippinische Familie tritt ein. Ihr folgen einige Polen. Alle sonntäglich fein angezogen.

Hörður sieht auf die Uhr. Es ist zwanzig nach zehn. In zehn Minuten beginnt der Sonntagsgottesdienst, die Gemeinde strömt herbei. Er beeilt sich, nach draußen zu kommen, und geht auf den Rasen östlich der Kirche. Dort setzt er sich ins Gras und zündet sich die letzte Zigarette aus dem Päckchen an. Vor zehn Minuten war er noch auf dem Heimweg in seine enge, stickige Kellerwohnung. Jetzt kann er sich nicht vorstellen, dorthin zu gehen. Er möchte den Tag nicht mit sich allein verbringen. Er braucht jetzt etwas anderes als Stille und Schwermut.

Hörður findet die richtige Klingel und drückt den Knopf. Es dauert unerträglich lang, bis sie antwortet: »Hallo?«

Er bückt sich und antwortet in die Gegensprechanlage. »Hi, ich bin's, Hörður.«

»Oh!«

»Ist was passiert?«, fragt er besorgt. Keine Antwort.

Es knackt, als sie den Hörer auflegt, dann summt laut der Türöffner.

Hörður drückt rasch die Tür auf und steigt, mit einer vollen Tüte aus der Bäckerei in der Hand, die Treppen in den zweiten Stock hinauf. Als er den Treppenabsatz erreicht, öffnet Bíbí die Wohnungstür. Sie ist barfuß, trägt einen dicken Bademantel und ein Handtuch um den Kopf.

Hörður fragt entgeistert: »Warst du gerade unter der Dusche? Hätte ich vorher anrufen sollen? Ich kann später wiederkommen.«

»Sei nicht albern«, lächelt sie und bedeutet ihm einzutreten. »Ich dachte nur, du wärst nach Hause gegangen.«

»Ja, nein.« Er tritt ein und gibt ihr die Tüte. »Ich bin nur schnell zur Bäckerei gegangen. Hab ein bisschen was fürs Frühstück gekauft.«

»Oh, wie nett!« Bíbí wirft einen Blick in die Tüte, stellt sich dann auf die Zehenspitzen und küsst ihn auf die Wange, danach eilt sie in die Küche.

Ihr Körper fühlt sich vom Duschen ganz warm an und duftet nach Kokos.

»Ich wusste nicht, was du magst. Darum habe ich ein wenig von allem gekauft«, sagt Hörður, während er den Mantel ablegt und die Stiefel auszieht.

»Ich mache uns Kaffee«, ruft Bíbí aus der Küche.

»Finde ich gut«, sagt Hörður, folgt ihr in die Küche und setzt sich an den Tisch beim Fenster. Auf der Fensterbank steht ein Radio. Er schaltet es ein. Es ist auf Bylgjan eingestellt, und gerade werden die Elf-Uhr-Nachrichten verlesen.

»Wie hast du auf dem Sofa geschlafen?«, erkundigt sich Bíbí. Während der Kaffee in die Kanne tröpfelt, legt sie die Brötchen auf ein Tablett. In der Tüte waren drei Sorten, zwei Croissants, zwei Pains au chocolat und ein halbes Wienerbrot mit Glasur.

»Gut«, antwortet Hörður.

»Schön«, sagt sie und lächelt ihn an. Er lächelt zurück und wird verlegen. Er ist total in sie verknallt, weiß aber nicht, was er sagen oder tun soll.

Wenn es einen Ratgeber für den Umgang mit dem anderen Geschlecht gäbe, würde er jetzt gern kurz darin blättern.

Mit einem Ohr hört er auf die Nachrichten. Anscheinend ist in der Nacht kein Mord verübt worden. Er atmet auf. Aber es gibt auch keine Meldung über neue Verhaftungen, und Axel M. Axelsson steht noch immer sehr unter Druck vonseiten der Presse und des Parlaments.

Laufen Hákon, Þorsteinn und Orri etwa noch frei herum?

»Meinst du, er sollte zurücktreten, der Leiter der Kripo?«, fragt Bíbí.

Hörður wird leicht flau. Wenn Axel seinen Posten verlieren sollte, ist er schuld daran. »Ja und nein. Er ist ein sehr fähiger Mann in seiner Arbeit. Trotzdem verstehe ich bis zu einem gewissen Ausmaß die Kritik an ihm.«

»Stimmt das, was im *Brennpunkt* berichtet wurde? Hast du das Attentat auf den Richter vorhergesagt?«

Hörðurs Magen verknotet sich. »Ja, es stimmt. Aber ich hätte diesem verwünschten Fernsehmann nichts davon erzählen sollen. Und wenn die Schlafmützen, die das Haus bewachen sollten, ihren Job gemacht hätten, wäre der Richter noch am Leben und Axels Position nicht gefährdet.«

»Könntest du auch deine Stelle verlieren?«

Hörður nickt.

»Oh, ich hoffe, es geht alles gut aus.« Bíbí stellt Butter, Käse und Marmelade auf ein Brett und setzt es auf dem Tisch ab. »Aber ich freue mich über die Lieferung.«

»War mir ein Vergnügen«, sagt Hörður.

Bíbí holt Tassen und Untertassen und schenkt beiden frischen Kaffee ein.

»Danke!« Hörður schneidet ein Brötchen auf, belegt es mit Käse und Marmelade.

Bíbí nimmt ein Pain au chocolat. »Wollen wir nicht einfach den Tag genießen und alle Sorgen auf morgen verschieben?«

Hörður lächelt sie an. »Du bist echt ein Sonnenschein, weißt du das?«

Sie wird rot. »Du bist süß.«

»Wirklich?«, wundert er sich überrascht.

»Vielleicht möchtest du auch duschen?«, fragt sie unbekümmert. »Ich kann dir ein Handtuch geben.«

»Ja. Nein, nein. Nicht nötig. Ich dusche später zu Hause. Ich habe ja auch keine frische Wäsche mit.«

»Na gut«, sagt Bíbí. »Ich dachte nur, wir könnten uns nach dem Frühstück noch einmal hinlegen. Zusammen. In meinem Bett.«

Hörður wird puterrot. Aber sein Gesicht ist nicht der einzige Körperteil, in den das Blut einschießt. »Ach so. Wenn du meinst. Dann gehe ich vielleicht doch bei dir unter die Dusche.«

»Schön«, sagt Bíbí und lächelt schelmisch.

Was für ein Tag! Hörður ist so glücklich, dass er gleichzeitig lachen und weinen möchte. Lachen wegen der Freude, die durch jede Faser seines Körpers rieselt und sein Herz und seinen Verstand kitzelt. Weinen aus Trauer über die verlorene Zeit, über all die Tage und Nächte, die er nur mit sich allein verbracht hat, in einer Umlaufbahn aus Hoffnungslosigkeit, Dunkelheit und Kälte wie ein menschlicher Pluto am äußersten Rand des Sonnensystems.

Nur in der Unterhose, aber in eine warme Daunendecke gehüllt, schmiegt er sich auf dem Sofa an Bíbí. Sie trägt ein Nachthemd, hat die Beine untergeschlagen und ist zur Hälfte in eine zweite Daunendecke gewickelt. Das Licht ist gedimmt, auf dem Tisch vor ihnen stehen Knabberzeug und Cola, von DVD läuft ein Film: *Die fabelhafte Welt der Amélie*.

Hörður geht es so gut, dass es ihm nicht einmal etwas ausmacht, keine Zigaretten zu haben. Seitdem er auf dem Rasen neben der Christuskirche saß, hat er nicht mehr geraucht. Sollte er nicht einfach ganz aufhören? Er fühlt sich, als könnte er alles schaffen, solange er Bíbí an seiner Seite hat. Nachdem sie den Tag mehr oder weniger im Bett verbracht haben und zum Abendessen eine Pizza kommen ließen, sind sie gleich in die »Zusammen einen Film gucken«-Phase einer Beziehung eingestiegen, als hätten sie ein paar Wochen im schnellen Vorlauf durchgespult und den Reiz des Neuen übersprungen. Doch so ist es nicht. Nach der ganzen Leidenschaft, nach Hitze und Schweiß und Kissengeflüster ist es nur ganz schön, auch einmal zusammen zu schweigen und sich entspannt einen Film anzusehen.

Allerdings hätte Hörður lieber einen anderen gesehen, das ist nicht zu bestreiten. Er bekommt keinen Draht zu dieser überniedlichen Amélie, und die Kulturmetropole Paris ist mehrere Lichtjahre von dem bodenständigen Fischerdorf entfernt, in dem er aufgewachsen ist. Unter den wenigen DVDs, die Bíbí hat, war das aber noch die annehmbarste. Ansonsten gibt es mehrere Staffeln von *Friends* und einige unsäglich sentimentale Heuler. Aber solange er sich an eine Frau wie Bíbí kuscheln kann, ist ihm ziemlich egal, was sie gucken. Er würde sich sogar einige Folgen von *Friends* gefallen lassen, obwohl er diesen verwöhnten Nichtstuern, die alles cool finden und halbe Tage in Cafés rumhängen, am liebsten in den Hintern treten möchte.

Es ist einfach besser, ins gute, alte Hollywood einzutauchen und mit James Cagney, Bogart oder Edward G. Robinson auf eine Reise in Schwarz-Weiß zu gehen. Das waren noch echte Schauspieler, die in richtigen Filmen spielten! Keine Technikspielchen, kein Glamour, kein Gelaber.

Clint Eastwood war früher auch gut, so bis 1980 ungefähr. Danach wurden nur noch wenige oder gar keine guten Filme mehr gedreht. So ist es, da kann man sagen, was man will. *Titanic*? *Herr der Ringe*? Müll!

Ob Bíbí solche alten Schurkenfilme mag? Immerhin weiß sie wenigstens, wer Humphrey Bogart ist. In der Vitabar hat sie ihn erwähnt. Vielleicht sollte er ein paar DVDs kaufen, um sie auf den Geschmack zu bringen. Er könnte mit etwas Leichtem anfangen, *Casablanca* oder *Citizen Kane*, bevor er zu den richtig hartgesottenen Filmen überginge. Whisky, Zigarren und alte Maschinenpistolen, Tommy guns.

Die Prohibitionsära in den Staaten – das waren Zeiten! Das Einzige, was sich neben der Goldenen Ära des Jazz und Al Capone sehen lassen kann, ist der Wilde Westen. Hörður verehrt geradezu Filme wie *High Noon* mit Gary Cooper oder die Spaghettiwestern von Sergio Leone mit erbarmungslosen Wüsten, der unsterblichen Musik von Ennio Morricone und dem namenlosen Einzelgänger, der mit dem Colt an der Hüfte schweigsam wie ein Grab durch die Gegend reitet, zäh und sich selbst genug: The Man with no name.

Für eine Handvoll Dollar, *Für ein paar Dollar mehr*, *Zwei glorreiche Halunken*. Keine Romantik, kein Liebesgeflüster. Hörður muss vor sich hin lächeln, dann atmet er den Duft von Bíbís Haaren ein. Dass ein Mensch so gut riechen kann.

Er könnte sie auffressen.

Bíbí horcht auf, dann greift sie nach der Fernbedienung und hält den Film an. »Ich glaube, dein Handy klingelt.«

»Echt? Ja, tatsächlich.« Er wirft die Decke ab, verlässt die Wärme der Couch und geht in der Unterhose in den Flur, wo sein Handy in der Innentasche des Ledermantels klingelt.

Hörður schaut auf das erleuchtete Display. Die Nummer ist ihm unbekannt, es ist eine Handynummer, aber er geht trotzdem ran. Es könnte Axel sein.

»Ja?«

»Hörður?«, fragt eine Männerstimme. Es ist nicht die Axels. Eher die Stimme eines jungen Mannes, der sich gestresst anhört.

»Wer ist da?«

»Ich heiße Orri. Ich muss mit dir reden. Bist du zu Hause?«

»Welcher Orri?«, fragt Hörður. Es wird doch nicht *der* …?

»Orri Atlason. Wir müssen uns treffen. Es ist wichtig.«

»Fahndet nicht die Polizei nach dir?«, fragt Hörður mit Autorität in der Stimme.

»Doch, aber ich traue mich nicht, mich zu stellen. Ich habe Angst, dass sie mir nicht glauben, vor allem aber, dass sie mich nicht wieder laufen lassen. Wenn ich mich jetzt stelle, wissen Hákon und Steini, wo ich bin. Die suchen auch nach mir. Ich bin in Gefahr.«

»Bist du nicht ihr Freund?« Hörður lugt ins Wohnzimmer. Bíbí checkt ihr Mobiltelefon.

»Nein, ganz sicher nicht«, sagt Orri. »Nach der Hausbesetzergeschichte haben wir uns zerstritten. Ich hatte mehr als die Schnauze voll. Das sind total gefährliche Typen. Und Aron ist vollkommen irrsinnig. Er steckt hinter allem. Er plant die Morde nicht bloß, er führt sie auch aus.«

»Was sagst du denn da? Aron sitzt in Hraun hinter Schloss und Riegel.«

»Du musst mir glauben«, ruft Orri verzweifelt. »Aber mein Akku ist gleich leer. Können wir uns nicht treffen?«

»Warum rufst du mich an?«

»Ich habe gestern den *Brennpunkt* gesehen. Da hieß es, du habest das Attentat auf den Richter vorhergesagt. Wenn das stimmt, bedeutet es, dass du weißt, was Aron treibt. Und es bedeutet auch, wenn mir irgendwer glaubt, was ich zu sagen habe, dann du.«

»Okay«, sagt Hörður. Seine Neugier ist geweckt, aber er ist sich nicht sicher, wie er reagieren soll. Es könnte eine Falle sein. Sollte er nicht seinerseits Orri eine Falle stellen, sich mit ihm verabreden und stattdessen die Polizei zu dem Treffpunkt schicken?

»Außerdem weiß ich, dass du ehrlich bist.«

»Ach?«

»Fribbi hat mir erzählt, was passiert ist. Wie du deinem Kumpel den Deal versaut hast. Ich irre mich nicht in dir, Hörður. Vielleicht glaubst du, ich wollte dich in eine Falle locken. Aber so ist es nicht. Bitte vertrau mir! Ich setze alles auf dich. Mein Leben ist in Gefahr.«

Hörður seufzt. »Teufel noch mal, wo bist du?«

»Vor deinem Haus. Habe mich in der Nähe versteckt. Bist du zu Hause?«

»Woher weißt du, wo ich wohne?«, fragt Hörður gereizt. »Und wer hat dir meine Handynummer gegeben?«

»Easy, Mann, steht alles im Telefonbuch.«

Hörður flucht im Stillen. »Ich bin nicht zu Hause, aber ich komme in zehn Minuten, okay?«

»Danke! Ich warte hier. Aber wenn du mir die Polizei auf den Hals hetzt, verpisse ich mich. Sie werden mich nie kriegen, und du wirst nicht die Wahrheit erfahren.«

»Ich bin von der Polizei, du Idiot!«, schreit Hörður.

»Du weißt, was ich meine«, sagt Orri und legt auf.

Hörður steckt das Handy wieder in die Tasche und geht ins Wohnzimmer zurück. »Es gibt Ärger. Dienstlich. Ich muss kurz nach Hause. Da wartet jemand auf mich, mit dem ich reden muss. Es sollte aber nicht lange dauern.«

»Kein Problem«, sagt Bíbí. »Ich nutze die Zeit für ein Telefonat mit meiner Mutter. Sie hat vorhin versucht anzurufen.«

»Okay.«

»Aber du hast kein Auto«, stellt Bíbí fest.

Hörður zuckt die Schultern, sucht seine Sachen zusammen und zieht die Socken an. »Ich gehe zu Fuß oder nehme ein Taxi.«

»Blödsinn«, sagt Bíbí. »Du nimmst meinen Wagen.«

Draußen ist es dunkel. Hörður geht zum Parkplatz und drückt den Fernauslöser an dem Schlüssel, den Bíbí ihm gegeben hat. Ein lauter Ton ertönt, und am Ende des Parkplatzes gehen die Blinklichter an einem Nissan Micra an.

Woher kommt diese Vorliebe von Frauen für Kleinwagen, überlegt Hörður, als er sich in den Wagen zwängt, der sogar noch kleiner ist als Þóras Yaris. Er schiebt den Fahrersitz zurück bis zum Anschlag, bringt seine Beine aber dennoch nur mit Mühe unter und schließt die Tür. Er liebt große amerikanische Schlitten.

Er lässt den Motor an, setzt aus der Parknische und fährt los.

Er fühlt sich wie ein Pottwal in einer Sardinendose. Der Wagen ist lahm, aber er kommt voran. Hörður fährt in östlicher Richtung über die Hringbraut, biegt nach Norden in die Njarðargata und kommt schneller in der Bergþóragata an, als er erwartet hat. Die Straße ist dunkel, aber ein paar Straßenlaternen leuchten. Er parkt in einer Lücke nahe seiner Wohnung und kriecht fast aus dem Auto.

Er sieht sich in der Dunkelheit um und stopft dabei sein Hemd in die Hose zurück, aber Orri ist nicht zu sehen. Soweit sich Hörður erinnert, ist Orri klein, schlank und kahl rasiert. Aron nicht unähnlich, aber nicht ganz so verrückt. Unten am Polytechnikum ist eine dunkle Toreinfahrt. Davor steht eine Laterne, in deren Lichtschein gerade ein junger Mann in Jeans und blauer Jacke tritt. Es ist Orri Atlason. Hörður erkennt ihn von dem Foto in der Zeitung wieder. Er ist in der Tat klein und schmal, hat aber die Haare wachsen lassen, sie sind dunkel und hängen ihm in die Augen.

Hörður winkt ihn heran.

Orri joggt über die Straße und schaut schnell in beide Richtungen. »Können wir reingehen?«

»Abwarten«, sagt Hörður. »Was hast du mir zu sagen?«

»Sie sind mir auf den Fersen. Ich kann nicht …« Orri bricht ab, als eine Häuserbreite von der Vitabar entfernt Autoscheinwerfer aufleuchten.

»Was?« Hörður blickt ebenfalls in die Richtung und beschattet seine Augen, weil ihn die Scheinwerfer blenden. Der Fahrer des Wagens hält, der Motor läuft im Leerlauf und der Auspuff bläst Kohlendioxid in die Luft.

»Scheiße, das sind sie«, sagt Orri. »Können wir jetzt reingehen?«

»Bist du sicher?« Hörður blinzelt zu dem Wagen hin, kann aber wegen der aufgeblendeten Scheinwerfer nicht erkennen, wer drin sitzt.

»Ja, ich bin sicher«, sagt Orri aufgeregt. »Diesmal entkomme ich ihnen nicht. Ich bin geliefert.«

»Das wollen wir erst mal sehen«, sagt Hörður. Er schließt die Haustür auf. Sie betreten das Treppenhaus, und Hörður schließt die Tür. Dann macht er Licht und geht vor Orri in den Keller.

Er öffnet die Tür zu seiner Wohnung, schaltet das Licht ein und lässt Orri an sich vorbei eintreten.

»Du musst das Durcheinander entschuldigen. Setz dich einfach aufs Bett.«

»Danke.« Orri hockt sich auf das ungemachte Bett und Hörður ragt über ihm auf wie ein Bergriese. »Hast du mal 'ne Kippe?«

Hörður schüttelt den Kopf. »Du hast behauptet, Aron sei der Mörder, richtig?«

Orri nickt.

»Erklär mir das genauer«, sagt Hörður.

»Du glaubst sicher, ich sei übergeschnappt oder wolle dich anlügen, doch wenn *du* mir nicht glaubst, wird mir niemand glauben.« Orri wiegt den Oberkörper vor und zurück und kratzt sich mit der rechten Hand die linke. Er macht den Eindruck, nicht ganz bei sich zu sein. »Es hat vor allem mit Hypnose zu tun. Aron hat sich neben anderem auch damit beschäftigt.«

Hörður nickt. »Weiß ich. Mach weiter!«

Orri sieht ihn an. »Hast du schon mal von Seelenwanderung gehört?«

Hörður zuckt die Schultern. »Ja und nein. Meinst du, wenn Menschen ihren Körper verlassen und ihn von oben betrachten, als würden sie schweben?«

Orri nickt heftig. »Das ist die einfache Version, aber ja. Aron hat beides miteinander verbunden, Hypnose und Seelenwanderung. Er hat lange daran getüftelt, aber er hat es hingekriegt. Er macht Dinge, die, soweit ich weiß, noch nie jemand gemacht hat. Und Mummi war sein wichtigstes Versuchskaninchen.«

Hörður runzelt die Brauen. »Und was hat er nun getrieben?«

Orri räuspert sich. »Die Grundlage ist Tiefenhypnose. Dazu baut er eine Art Altar auf aus einem Spiegel, zwei Kerzen und einem Totenschädel. Anfangs hat er einen gewöhnlichen Spiegel benutzt, später dann schwarze Spiegel. Dazu streicht er die Rückseite des Glases schwarz, dreht das Glas dann um und bekommt so einen geschwärzten Spiegel. Darin sieht man fast nichts, bis auf die Augen. Die Schädel hat er im Netz bestellt, von einem Typen in Amsterdam. Sie stammen aus Nepal.«

»Verstehe«, sagt Hörður. »Weiter!«

»Er meditiert vor dem Spiegel, das heißt er starrt sich selbst in die Augen, sagt irgendwelche Mantras auf und fällt so in eine Art Trance. An einem anderen Ort steht ein genau identischer Altar, und vor dem sitzt jemand anders. Meist hat er mit Mummi geübt, aber er hat uns alle dafür benutzt. Mich nur ein Mal. Danach habe ich mich entschlossen, aufzuhören und die Gruppe zu verlassen.«

»Moment«, unterbricht Hörður. »Wo steht der zweite Altar? Im selben Zimmer? Im selben Haus?«

Orri schüttelt den Kopf. »Der kann überall sein. Aron hat ein Mobiltelefon und hypnotisiert den Betreffenden dadurch.«

»Aber er hat doch im Gefängnis kein Telefon, oder?«, fragt Hörður.

»Doch, hat er«, sagt Orri bestimmt. »Anders ginge es nicht. Sie bringen den, der hypnotisiert werden soll, in ein dunkles Zimmer mit Altar.«

»Wo ist dieses Zimmer?«, fragt Hörður erregt.

»Keine Ahnung«, sagt Orri. »Als Aron noch geübt hat, war er meist bei sich zu Hause und die Versuchsperson bei Mummi. Meist war es Mummi selbst.«

»Verstehe. Mach weiter!«

»Sie stellen das Opfer vor den Altar, Aron baut seinen gleichartigen Altar in seiner Zelle auf und ruft dann zu einer vorher vereinbarten Zeit an.«

»Aus der Zelle?« Hörður versucht, sich alles in Erinnerung zu rufen, was er in Arons Zelle in Hraun gesehen hat, aber da war nichts, was nach einem Altar ausgesehen hätte. Allerdings gab es einen Schädel in der Zelle, auch wenn er aus Kunststoff war.

»Die hypnotisiert werden sollen, stehen meist unter Buttersäure«, erklärt Orri. »Dann sind alle Abwehrmechanismen lahmgelegt, und es ist für Aron leichter, in den Kopf des Betreffenden einzudringen. Durch einen kleinen Lautsprecher spricht er unmittelbar in dessen Ohr.«

»Heißt das, er hypnotisiert das Medium und schickt es dann aus, um zu tun, was er ihm befiehlt?«

Orri schüttelt langsam den Kopf, dann schaut er Hörður direkt in die Augen. »Es ist noch viel gruseliger, kann ich dir sagen. Er hypnotisiert das Medium und auch sich selbst. Dann verlässt er seinen Körper und schlüpft in den des Mediums. Er begibt sich auf Seelenwanderung. Der Geist des Mediums schläft ein, und Aron übernimmt dessen Körper. Er kontrolliert und steuert den anderen Körper. Er ist es, der losgeht und Menschen tötet. Es ist Aron.«

Hörður schließt kurz die Augen, dann pfeift er leise. »Der Teufel persönlich. Der Satan. So ist das also. Darum stechen die Medien mit der Linken zu. Aron ist Linkshänder. Das war's die ganze Zeit!«

»Glaubst du mir?«, fragt Orri überrascht.

Hörður setzt sich neben ihn aufs Bett. »Es ist die einzig mögliche Erklärung. Trotzdem wird es niemand glauben. Jedenfalls nicht gleich.«

»Ich weiß«, sagt Orri.

»Warum sind sie erst jetzt hinter dir her?«, fragt Hörður. »Du weißt es doch schon die ganze Zeit.«

»Weil die Polizei mich zur Fahndung ausgeschrieben hat. Sie wissen, dass ihr wisst, dass ich etwas weiß. Kapierst du? Sie wollen nicht, dass ihr mich findet. Sie befürchten, dass ich auspacke.«

Hörður nickt.

»Ich bin so gut wie tot«, murmelt Orri.

Hörður denkt nach. »Wenn die Opfer Buttersäure bekommen, wieso wirkt das Zeug dann nicht auf Aron, wenn er deren Körper übernimmt? Müsste er dann nicht zu einem ebenso willenlosen Werkzeug werden?«

»So war es anfangs auch«, sagt Orri. »Aber er hat irgendeine Lösung gefunden. Ich kenne sie nicht. Er hat Monate dafür gebraucht, fast zwei Jahre. Es steht alles in seinem Buch. Er hat es geschrieben. Es ist sein Zauberbuch. Es ist in schwarzes Leder gebunden. Er nennt es ›Svartskinna‹.«

»Hast du es gelesen?«

»Nein. Wo denkst du hin? Das darf keiner ansehen. Aron bewacht es wie ein Schießhund.«

Hörður schüttelt skeptisch den Kopf. »Leicht zu glauben ist das alles trotzdem nicht. Seelenwanderung? Hol mich der Teufel, gibt es so was?«

»Ja«, sagt Orri.

»Klingt nach einem absurden Plot aus einem Horrorfilm«, murmelt Hörður verärgert. Er ist bereit, die Sache unter Vorbehalt zu glauben. Er weiß aber, dass es alles andere als leicht sein wird, Axel und Engilbert derart wirres Zeug zu verkaufen.

»Es ist leider kein absurder Plot«, sagt Orri.

»Er ist nicht bloß ein Mörder«, meint Hörður. »Er ist ein verdammter Serienmörder!«

»Aron ist ein Teufel«, flüstert Orri, als fürchte er, jemand könne sie belauschen. »Was er praktiziert, ist schwarze Magie der schwärzesten Sorte. Als er es an mir ausprobiert hat, war ich danach tagelang depressiv. Ich hatte keine Energie, an nichts Interesse und fühlte mich vollkommen leer. Als wäre mir der Lebenswille abgesaugt worden. Mit Mummi hat er es oft gemacht. Er benutzte ihn, zog dann über ihn her und warf ihn am Ende weg. Mummi hat sich nie davon erholt. Nicht zuletzt deswegen hat er sich umgebracht. Nicht nur wegen der Sache mit dem Pfarrer oder …« Orri bricht ab.

»Oder?«, fragt Hörður nach.

»Nichts«, murmelt Orri. Er kratzt sich weiter und starrt den Aschenbecher auf dem Boden an. »Bist du sicher, dass du keine Zigaretten hast?«

»Warum lasst ihr euch von Aron so behandeln?«, fragt Hörður. »Und warum habt ihr bei diesem Irrsinn mitgemacht?«

»Das … das ist eine lange Geschichte.« Orri holt tief Luft. »Du weißt nicht, wie er ist. Er …« Orri verstummt wieder und zuckt die Schultern.

»Er hat euch durch irgendwas im Griff, stimmt's?«, fragt Hörður sanft.

»Möglich«, flüstert Orri ausweichend.

»Du musst mir alles sagen. Du musst mir vollständig vertrauen, sonst kann ich dir nicht helfen«, sagt Hörður. »Du musst mir vertrauen.«

Orri nickt, bleibt aber stumm. Er schaukelt wieder vor und zurück, kratzt sich und weicht Hörðurs Blick aus.

»Ist es die Missbrauchsgeschichte?«, fragt Hörður leise. »Ihr wart zusammen in Vatnaskógur. Seid ihr etwa alle in die Hände des Pfarrers geraten? Nicht nur Mummi, sondern auch Aron und ihr anderen?«

Orri räuspert sich. »Missbrauch ist etwas Ekelhaftes, aber man schluckt es einfach runter, verstehst du?«

»Wirklich?«

Orri verzieht das Gesicht, als hätte er in einen sauren Apfel gebissen. »Es passiert einem, aber danach geht das Leben weiter. Darüber jammert man nicht ein Leben lang. Wozu? Ich möchte diesen Pfarrer am liebsten umbringen, aber ich will nicht wegen Mordes mein Leben im Knast verbringen, kapierst du das?«

»Aber es hat Spuren und Schäden hinterlassen«, sagt Hörður.

Orri nickt. »Es geht um Biegen oder Brechen. In Mummi ist etwas zerbrochen. Aron hat sich gebogen. Ich halte mehr aus als Mummi, aber Aron ist nicht bloß hart. Er ist ein wahnhaft kranker Teufel. Wir anderen haben versucht, es zu vergessen. Er ist davon besessen und trägt es mit sich herum.«

»Auf welche Weise?«

»Er hat dem Pfarrer die Kamera geklaut.«

»Die Kamera?«

»Er hat Fotos von uns gemacht. Nicht in der Kapelle, wenn er …«, sagt Orri. »Sondern hinterher, auf dem Gelände, am See und so. Mit Sicherheit hat er ein ganzes Album mit Bildern von kleinen Jungen im Sommerlager.«

Hörður nickt zustimmend. Das bewahrt er in der Truhe auf, in der verschlossenen Holztruhe in seinem Arbeitszimmer.

»Tja, jedenfalls hat Aron die Kamera aus dem Zimmer des Pfarrers geklaut«, sagt Orri. »Das war am letzten Tag des letzten Sommers, in dem wir da zusammen waren. Er hat sie viele Jahre versteckt. Dann entwickelte er die Fotos, und zum zwanzigsten Geburtstag schenkte er jedem von uns einen Abzug. Er verlangte, dass wir dazu ein Ritual ausführten. Wir kauften einen Rahmen, strichen das Glas an und stellten einen schwarzen Spiegel her.«

Hörður nickt.

Orri erzählt weiter. »Hinter das geschwärzte Glas steckte jeder von uns ein Bild von sich als Junge, der gerade vergewaltigt worden war. Es sollte symbolisch sein. Was geschehen war, lag im Dunkeln, in der Vergangenheit und im Unbewussten, doch wir waren die Nachkommen – die Anarchos, die überlebt hatten, die das Dunkle besiegt hatten und mit ihm verschmolzen waren.«

»Ich habe Mummis Spiegel und sein Foto gefunden«, bestätigt Hörður.

Orri windet sich, als würde es ihn am ganzen Körper jucken. »Aron ist pervers, ich meine sexuell. Ich weiß nicht, ob er schwul ist, aber …«

»Erzähl weiter!«, unterbricht Hörður.

»Jede Clique hat ihre Regeln, ihren Kodex«, sagt Orri zögerlich. »Wer dagegen verstößt, wird von den anderen bestraft. Man muss vielleicht eine brennende Zigarette verschlucken und eine ganze Flasche Wodka saufen und bekommt dann Keile. Irgendwas in der Art. In unserer Clique ist das anders. Aron wendet eine andere Art von Gewalt an. Das tut jeder von uns, aber er hat es erfunden und damit angefangen. Seine Art von Gewalt ist …«

»Sexueller Natur?«, fragt Hörður.

Orri macht ein Gesicht, als ob ihm schlecht würde.

»Okay«, sagt Hörður. »Prügel und Vergewaltigungen sind im kriminellen Milieu seit ewigen Zeiten gang und gäbe. Das ist leider nichts Neues. Trotzdem sind Menschen ausgestiegen und haben ein neues Leben begonnen.«

Orri nickt abwesend.

»Das ist es nicht, womit Aron euch in der Hand hat, stimmt's? Du willst mich das glauben machen«, sagt Hörður, »aber ich glaube dir nicht. Es gibt da noch etwas anderes, etwas, das schlimmer ist.«

Orri schluckt.

»Du musst mir vertrauen«, sagt Hörður.

»Was ich dir jetzt sage, muss unter uns bleiben«, flüstert Orri. »Das musst du mir versprechen.«

»Na gut«, antwortet Hörður zögerlich. »Ich verspreche es. Hier gilt das Beichtgeheimnis.«

»Gut«, sagt Orri heiser. »Erinnerst du dich noch an Ársæll, Sæli von Stórholt?«

Hörður nickt. »Er ist vor einigen Jahren verschwunden. Es heißt, er sei ein bedeutender Kokaindealer in Südamerika.«

Orri schüttelt den Kopf. »Er und Aron haben gemeinsam Ecstasy geschmuggelt. Blaue Tabletten mit einem fünfzackigen Stern. Einmal ist von einer Sendung die Hälfte verschwunden. Aron hat Sæli beschuldigt, das Zeug beiseitegeschafft zu haben. Ich weiß nicht, was passiert ist, aber …«

»Aber was?«

»Das Einzige, was ich weiß, ist, dass die verschwundenen Pillen eines Tages wiederaufgetaucht sind. Bei Frissi in der Hverfisgata.«

»Wir haben sie in Mummis Möbeln gefunden«, sagt Hörður nachdenklich.

Orri atmet durch. »Wie ich gesagt habe, ich weiß nicht, wer die Pillen beiseitegeschafft hat. Sæli war es vermutlich nicht.«

»Was ist aus ihm geworden?«

Orri räuspert sich. »Er liegt in einer Lavaspalte nicht weit außerhalb von Hafnarfjörður. Da, wo die alten Fischtrockengestelle stehen. Wir waren alle dabei, als ...«

»Die gesamte Clique? Die Hausbesetzertruppe?«

Orri nickt. »Der Leiche fehlt ein Finger, der Daumen der linken Hand. Aus dem Knochen hat Aron etwas gebastelt.«

»Den Anhänger«, murmelt Hörður. Aus einer Seehundflosse, hat Aron behauptet. Wer hängt sich einen menschlichen Knochen um den Hals?

Bei dem Gedanken läuft es Hörður kalt den Rücken runter.

»Ich brauche unbedingt eine Zigarette, sonst krepier ich!« Orri ballt aufgewühlt die Fäuste.

Hörður ignoriert es. »Das also bindet euch zusammen. Ihr teilt ein schreckliches Geheimnis. Ihr seid eines gemeinschaftlichen Mordes schuldig. Wenn einer aus der Gruppe aussteigt, werden die anderen misstrauisch.«

Orri lacht kalt auf. »Misstrauisch! Genau. Es sind schon Leute für weniger umgebracht worden. Und nach mir wird jetzt öffentlich gefahndet!«

Hörður nickt. »Was, glaubst du, werden sie tun, wenn sie dich erwischen?«

Orri macht ein finsteres Gesicht. »Es gibt nur zwei Möglichkeiten. Entweder machen sie mich kalt, oder ich werde das nächste Medium. Wer glaubt schon einem Zeugen, der gerade selbst jemanden gekillt hat?«

»Du musst dich der Polizei stellen«, sagt Hörður. »Wir sprechen mit dem Leiter der Kriminalpolizei und erklären ihm, wie das mit der Hypnose gemacht wird. Du bist der Kronzeuge, den wir brauchen.«

»Aber du lässt die Sache mit Sæli aus dem Spiel, klar?«

Hörður flucht im Stillen. »Einverstanden. Vorerst jedenfalls. Das kann noch warten.«

»Warten?«, fragt Orri entrüstet. »Du hast es versprochen!«

»Ich lasse dich aus dem Spiel, okay? Aber ich kann nicht so tun, als wüsste ich nichts von der Spalte in der Lava. Das musst du einsehen.«

»Na gut«, murrt Orri.

Hörður nimmt sein Handy. »Ich probiere mal, ob ich jemanden im Kriminaldezernat erreiche.«

»Meinst du, sie glauben mir?«, fragt Orri zweifelnd.

»Das müssen sie«, antwortet Hörður. Er wählt Engilberts Nummer, doch der hat sein Handy ausgeschaltet.

»Ich muss im Voraus wissen, ob sie mich für unschuldig halten«, sagt Orri. »Wenn sie es nicht tun und mich verhaften, sitze ich in der Scheiße. Die werden mich für vierundzwanzig Stunden festhalten und dann wieder laufen lassen, weil sie nichts gegen mich in der Hand haben. Dann brauchen Hákon und Steini bloß in aller Ruhe auf mich zu warten.«

Hörður nickt. Er wählt die Nummer der Kriminalpolizei, aber es nimmt dort niemand ab. Es klingelt und klingelt. Seufzend versucht er es bei Jafet, da meldet sich der Anrufbeantworter.

»Ja, hallo, hier spricht der Kollege Hörður Grímsson. Orri Atlason ist bei mir. Er hat wichtige Informationen für uns und ist bereit, gegen Aron auszusagen. Ruf mich zurück oder sag Axel, er möge mich anrufen.«

Damit legt er auf und schaut auf die Uhr. Es ist halb zehn. Bíbí wartet auf ihn. Wäre schön, wenn Jafet oder Axel bald zurückriefe.

»Warten wir einfach hier?«, fragt Orri.

»Ja. Oder? Ich weiß es nicht.« Hörður kratzt sich am Kopf. Ob im Kripodezernat jemand anwesend ist?

»Vorhin, das waren bestimmt sie in dem Wagen, der angehalten hat.« Orri knetet seine Hände. »Ich habe sie heute schon einmal gesehen. Da fuhren sie einen weißen Escort. Gestern war es ein blauer Mazda. Sie wechseln regelmäßig die Fahrzeuge; sie sind bestimmt gestohlen.«

Hörður blickt wieder auf die Uhr. Er stößt die Luft aus wie ein Wal. »Was hältst du davon, mit mir ins Präsidium zu fahren? Vielleicht ist von der Kripo jemand da, auch wenn sie nicht ans Telefon gehen.«

Orri schüttelt den Kopf. »Kommt nicht infrage! Ich muss erst eine Zusicherung haben, dass ihr mich schützt. Sonst bin ich ein toter Mann.«

»Ist es dann okay, wenn ich ins Präsidium fahre, und du wartest hier?«

»Vergiss es! Die sind schon hier. Sie wissen, wo ich bin.«

»Also schön«, sagt Hörður. »Kannst du dir dann vorstellen, bei meiner Freundin zu warten? Sie wohnt in der Weststadt. Ich bringe dich hin und fahre von da weiter ins Präsidium.«

Orri zuckt die Schultern. »Hm, vielleicht. Doch, das wäre eine Möglichkeit. Wenn sie uns nicht dahin verfolgen. Ich muss sicher sein.«

Hörður zückt wieder sein Handy. »Wir versuchen es. Aber vorher muss ich meine Freundin anrufen und fragen, ob es in Ordnung ist, wenn ich dich vorübergehend bei ihr unterbringe.«

Hörður öffnet die Haustür und lugt durch den Spalt in beide Richtungen. Er hat im Treppenhaus kein Licht gemacht. Orri steht im Dunkeln hinter ihm. Hörður kann nichts Verdächtiges entdecken, da sind nur parkende Autos und erleuchtete Häuser.

»Los!«, sagt er. Sie eilen zu dem kleinen Nissan und steigen ein. Hörður lässt den Motor an, fährt dann zur Kreuzung am Barónsstígur und biegt rechts ab. Es ist Sonntagabend, zwanzig vor zehn. Es herrscht nur wenig Verkehr, und sie müssten es merken, wenn sie verfolgt würden.

Hörður schaut immer wieder in den Rückspiegel. Orri rutscht auf seinem Sitz herum wie ein hyperaktiver Junge und wirft ängstliche Blicke in alle Richtungen.

»Versuch mal, still zu sitzen«, sagt Hörður genervt. Er schaltet in den dritten Gang und tritt das Gaspedal durch. Die Karre ist dermaßen lahm. Mit sechzig fahren sie über die Hringbraut Richtung Weststadt.

»Kannst du mal nachsehen, ob du nicht doch eine Zigarette hast?«

Hörður schaut wieder in den Rückspiegel. Einige Autos sind in ihrer Richtung unterwegs, mindestens eins darunter ist weiß. Er kann aber nicht erkennen, ob es ein Ford Escort ist. Könnte auch ein älterer Toyota oder Mazda sein. Oder ein Honda Accord. »Ich weiß, dass ich keine habe. Jetzt hör auf zu fragen.«

»Können wir kurz an einem Kiosk anhalten?«, fragt Orri.

»Vergiss es! Je eher ich dich los bin, desto besser. Wie wär's, wenn du dich mal ein bisschen dankbar zeigtest, statt mir die Ohren vollzujammern wie ein kleines Kind?«

»Sorry, Mann«, sagt Orri kleinlaut.

Hörður stöhnt müde. Er umrundet den Kreisverkehr am Nationalmuseum und biegt bei der Björnsbäckerei links ab.

»Sind wir da?«, fragt Orri.

»Ja.« Hörður schaut in den Rückspiegel. Der weiße Wagen folgt ihnen wie ein Schatten, hält aber so viel Abstand, dass Hörður die Marke nicht erkennen kann. Er sieht lediglich das Scheinwerferlicht.

Sie fahren an der Shell-Tankstelle vorbei. Bíbís Wohnblock steht gegenüber auf der anderen Straßenseite. Hörður fährt weiter zum Kreisverkehr am Hotel Saga und nimmt die Ausfahrt Espimelur.

Er fährt langsamer und beobachtet den Verkehr im Rückspiegel. Der weiße Wagen fährt im Kreisverkehr weiter und verschwindet aus seinem Blickfeld. Es könnte ein weißer Escort gewesen sein, aber er ist nicht sicher.

»Folgt uns jemand?«, fragt Orri gestresst.

»Nein.« Hörður fährt auf den Parkplatz beim Haus und parkt dort. »Ich hatte erst den Eindruck, aber es war nicht so.«

»Gut«, sagt Orri.

Sie steigen aus und gehen zum östlichsten Hauseingang, der an der Birkimelur liegt. Hörður klingelt, und Bíbí öffnet. Hörður drückt auf den Lichtschalter, und im gesamten Treppenhaus vom Eingang bis zur obersten Etage geht die Beleuchtung an. Auf jedem Stockwerk ist ein großes Fenster zum Parkplatz.

Im gleichen Moment rollt ein weißer Escort langsam vor die Shell-Station in der Birkimelur. Zwei schwarz gekleidete Männer sitzen darin. Sie beobachten den Block auf der anderen Straßenseite, das erleuchtete Treppenhaus und die beiden Männer, die die Treppe hinaufgehen. Der eine ist einen guten Kopf größer als der andere und trägt einen schwarzen Mantel.

Bíbí öffnet ihnen lächelnd die Tür. Sie hat sich angezogen und trägt eine dünne Leinenhose und eine lachsrosa Bluse.

»Entschuldige«, sagt Hörður. »Ich würde dich damit nicht belästigen, wenn ich eine Wahl hätte.«

»Ist in Ordnung«, sagt sie.

»Das ist Orri«, stellt Hörður vor. »Orri, das ist Ester, genannt Bíbí.«

Sie geben sich die Hand.

»Du bleibst hier, du benimmst dich wie ein anständiger Mensch und tust, was Bíbí dir sagt.«

»Wofür hältst du mich?«, fragt Orri beleidigt.

»Das sage ich lieber nicht. Geh rein, setz dich irgendwo hin und warte auf mich, okay?«

»Okay.« Orri zieht die Schuhe aus und geht ins Wohnzimmer.

»Du kommst bald wieder, oder?«, fragt Bíbí.

»Bestimmt. Ich fahre nur schnell ins Präsidium und sehe nach, ob ich jemanden von der Kripo finden kann. Wenn es so läuft, wie ich es mir vorstelle, ist jemand da, der Orri übernehmen und sich über Nacht und die ersten Tage um ihn kümmern kann.«

»Ist er in Gefahr?«, fragt Bíbí.

»Ja, das kann ich nicht leugnen«, sagt Hörður zurückhaltend. »Aber keiner weiß, dass er hier ist. Aber sicherheitshalber solltest du niemandem außer mir die Tür öffnen.«

»Okay«, sagt Bíbí, kann aber ihre Besorgnis kaum verhehlen.

»Entschuldige noch mal«, sagt Hörður. »Ich beeile mich, versprochen. Und dann ist es, als wenn gar nichts geschehen wäre.«

Bíbí lächelt aufmunternd. »Mach dir um mich keine Sorgen. Fahr schon los!«

Hörður nickt, dann küsst er sie auf die Wange. »Bis bald.«

»Ja«, sagt Bíbí.

Er geht ins Treppenhaus, und sie schließt die Tür hinter ihm.

Als sie ins Wohnzimmer kommt, fragt Orri: »Hast du Zigaretten?« Er hockt auf dem Sofa und wiegt sich vor und zurück. Er hat die Jacke noch an, aber den Reißverschluss geöffnet.

»Nein, ich rauche nicht, aber ich kann einen Kaffee machen. Möchtest du einen?«

»Was? Ja, ja«, antwortet Orri.

Bíbí geht in die Küche. Sie spült die Kaffeekanne aus, füllt sie zur Hälfte mit frischem Wasser und gießt es in die Maschine. Dann holt sie ein Paket Kaffee aus dem Oberschrank, schüttet Kaffeepulver in den Filter und schaltet die Maschine ein.

Sie hofft, dass Hörður schnell wiederkommt. Es ist selbstverständlich für sie, ihm einen Gefallen zu tun, aber sie findet es, gelinde gesagt, schon befremdlich, einen ihr völlig unbekannten Mann in der Wohnung zu haben. Einen Mann, von dem sie nichts weiß, außer dass er in Gefahr schwebt.

Bíbí denkt noch darüber nach, als Orri plötzlich im Türrahmen steht. Sie zuckt zusammen und stößt einen unterdrückten Schrei aus.

»Ich wollte dich nicht erschrecken«, sagt Orri.

»Alles okay.« Bíbí nimmt einen Lappen und wischt über die Arbeitsplatte, obwohl es nicht nötig wäre.

»Ich will nur mal eben raus und Zigaretten kaufen. Es macht mich verrückt, wenn ich nichts zu rauchen habe.«

»Solltest du nicht auf Hörður warten?«

»Ich mache schnell, gehe nur rüber zur Tankstelle.«

»Wie du meinst«, sagt Bíbí und begleitet ihn in die Diele, wo er sich die Schuhe anzieht.

»Ich klingele dann«, sagt Orri und öffnet die Tür. »Brauchst du was?«

»Nein, danke.«

»Bis gleich«, sagt Orri und verschwindet.

Bíbí kontrolliert, ob die Tür richtig geschlossen ist, dann geht sie im Wohnzimmer zum Fenster in der Giebelseite und zieht die Vorhänge beiseite. Sie sieht Orri über die Straße laufen und in den beleuchteten Tankstellenshop gehen. Er ist offensichtlich dabei, sich Zigaretten zu besorgen, wie er gesagt hat.

Sie schließt die Vorhänge wieder.

Hörður öffnet mit seinem Dienstausweis die Tür zum Polizeipräsidium in der Hverfisgata. Der Bau ist weitgehend verlassen, aber die Einsatzzentrale ist immer besetzt, und oft schauen Beamte von der Spät- und Nachtschicht herein. Hörður nimmt den Aufzug in den zweiten Stock und geht zum Kriminaldezernat, aber er klopft vergeblich an. Er wirft einen Blick auf die Uhr. Es ist zwei Minuten nach zehn.

Er flucht unterdrückt, zückt sein Handy und versucht noch einmal, Engilbert und Jafet zu erreichen. Engilberts Gerät ist noch immer ausgeschaltet, und Jafet geht nicht ran. Nachdem es einige Male geklingelt hat, kommt die Ansage, das übliche Piep, und die Gesprächsaufzeichnung springt an.

Hörður räuspert sich. »Ich bin's noch mal, Hörður Grímsson. Ruf mich bitte zurück oder sag Axel, er solle mich anrufen. Es ist dringend.«

Damit legt er auf, steckt das Handy in die Tasche und geht zurück zum Aufzug.

Orri betritt die menschenleere Tankstelle und geht gleich zur Theke. Der Shop riecht nach Putzmittel und Bratwürstchen. Personal ist nicht zu sehen.

Er ruft: »Hallo!«

Nach einiger Zeit erscheint ein pickelübersäter Schlacks. »Bitte?«

»Eine rote Winston und Streichhölzer«, sagt Orri.

Der Junge holt beides, fährt damit über den Preisscanner und legt es auf die Theke. »Sonst noch was?«

»Nein.« Orri wirft einen zerknitterten Tausender auf die Theke. Während ihm der Tankwart das Wechselgeld herausgibt, reißt Orri das Zellophan von der Schachtel, öffnet sie und steckt sich eine Zigarette in den Mund.

»Bitte«, sagt der Junge.

»Danke!« Orri steckt das Wechselgeld in die Tasche und verlässt eilends den Shop.

»Im Bereich der Tankstelle nicht rauchen!«, ruft ihm der Junge nach.

»Idiot«, knurrt Orri. Draußen geht ein leichter Nordwind. Orri stellt sich in den Windschutz der Südwand, reibt ein Streichholz an und hält die Flamme an die Zigarette. Er hat kaum den ersten Zug genommen, als ihn jemand hart an der Schulter packt. Er dreht sich um und bekommt einen Faustschlag in den Bauch.

Orri fällt die Zigarette aus dem Mund, und er geht zu Boden. Zwei schwarz gekleidete Männer stehen über ihm.

»Versuch's erst gar nicht«, sagt Hákon.

»Sonst wird's nur schlimmer für dich«, sagt Þorsteinn, genannt Steini.

Sie zerren ihren ehemaligen Genossen auf die Füße und führen ihn zwischen sich zu dem weißen Ford Escort, der auf der Nordseite im Schatten der Tankstelle steht. Dort stoßen sie ihn auf den Rücksitz. Steini setzt sich neben Orri, der noch immer zusammengekrümmt von dem Faustschlag nach Luft ringt. Hákon setzt sich ans Steuer, startet, setzt zurück und fährt dann über die Birkimelur zur Hringbraut, auf die er nach Osten einbiegt.

Steini zieht Orri an den Haaren in die Höhe und setzt ihn richtig hin. Dann hält er ihm eine halb volle Plastikflasche mit verdünnter Cola hin. »Trink das!«

»Nein«, stöhnt Orri.

Steini zieht ein Messer mit einer scharfen Klinge aus rostfreiem Stahl und hält es ihm an den Hals. »Trink das, oder ich schlitz dir die Kehle auf und kipp dir das Zeug in das Loch.«

Orri nimmt die Flasche und trinkt zögerlich von ihrem Inhalt. Er weiß genau, was in der Cola ist, schmeckt die Buttersäure aber nicht.

»Los, alles«, befiehlt Steini.

Orri tut, was er ihm sagt. Sein Herz pocht schnell, ihm ist schlecht, und sein Magen zieht sich zusammen.

Hörður verlässt das Präsidium und steigt in Bíbís Auto. Er will gerade die Zündung einschalten, als sein Handy klingelt. Er hofft auf Jafet oder Axel und ist leicht enttäuscht, als er Bíbís Nummer auf dem Display sieht.

»Hi«, sagt er. »Ist irgendwas? Ich bin gerade auf dem Weg zu dir.«

»Nein, oder doch. Dein Freund ist vorhin zur Tankstelle gegangen, um Zigaretten zu kaufen, aber er ist noch nicht zurück.«

»Hat er die Wohnung verlassen?«, fragt Hörður erregt. »Wie lange ist das her?«

»Ungefähr zehn Minuten.«

Hörður flucht im Stillen. Was soll er tun? Was kann er tun?

»Bist du noch dran?«, fragt Bíbí.

»Ja, ja, ich bin hier.« Ist Orri abgehauen, oder haben ihn Hákon und Þorsteinn geschnappt?

»Ich habe gesehen, wie er in die Tankstelle gegangen ist«, sagt Bíbí. »Aber er müsste doch längst zurück sein, findest du nicht?«

»Doch«, sagt Hörður. Wahrscheinlich haben sie ihn erwischt. Verflucht!

»Ich wollte dir bloß Bescheid sagen.«

»Ich danke dir. Ich weiß aber im Moment nicht genau, was ich da jetzt tun soll. Ich führe noch ein paar Telefongespräche, dann melde ich mich wieder bei dir, okay?«

»Okay, bye.«

»Bye.«

Hörður drückt das Gespräch weg und ruft noch einmal Jafet an. Nach dem Piepton spricht er auf den Anrufbeantworter: »Hier noch einmal Hörður Grímsson. Bitte meldet euch! Hákon und Þorsteinn haben höchstwahrscheinlich Orri verschleppt. Es ist nicht unwahrscheinlich, dass der nächste Mord innerhalb der nächsten Stunden verübt wird, vielleicht schon in der kommenden! Entweder wird Orri umgebracht, oder sie hypnotisieren ihn und lassen ihn das nächste Opfer ermorden, das ein Polizist, ein Minister oder sonst was sein könnte. Ich … Ich werde die Einsatzzentrale informieren.«

Er drückt auch diese Nummer weg und wählt als nächste die der Reykjavíker Polizei.

»Polizei, kann ich helfen?«

»Ja, ich heiße Hörður Grímsson und bin selber Polizist. Ich muss darum bitten, einen dringenden Aufruf an alle diensttuenden Kollegen weiterzuleiten. Ich möchte, dass sie nach einem weißen Pkw Ausschau halten, wahrscheinlich Marke Ford Escort. In dem Wagen befinden sich drei Personen, die alle im Zusammenhang mit den jüngsten Morden zur Fahndung ausgeschrieben sind. Ich bitte die Kollegen auch, wachsam zu sein. Es ist denkbar, dass ein drittes Attentat heute noch vor Mitternacht verübt werden soll und dass diesmal ein Polizist oder ein Minister das Opfer sein soll.«

»Meinst du das ernst?«

»Absolut«, antwortet Hörður. »Du darfst auch gern jemanden von der Kriminalpolizei kontaktieren. Am besten Axel persönlich.«

»Ich gehe der Sache nach. Wie war noch mal dein Name?«

»Hörður Grímsson.«

»Ach ja, genau. Wiederhören.«

Hörður guckt sein Handy an. Hat er mir geglaubt oder nicht? Er steckt das Handy in die Tasche und lässt den Motor an. Doch anstatt loszufahren, bleibt er sitzen und schaut überlegend durch die Windschutzscheibe. Was soll er tun? Was, zum Teufel, hat er gerade getan?

Über der Stadt schwebt der voll werdende Mond.

Aron Beck sitzt am Tisch und spielt ein Computerspiel, als ein Wärter in seine Zelle sieht. Er tut so, als würde er ihn nicht bemerken.

»Es ist zehn Uhr«, sagt der Wärter. »Musst du noch mal auf die Toilette, bevor ich zuschließe?«

»Nein, alles gut«, sagt Aron.

»Dann gute Nacht.« Der Wärter schließt die Zellentür, legt den Riegel vor und verschließt ihn mit einem Vorhängeschloss. Es schlägt Metall auf Metall.

Die Schritte des Wärters entfernen sich. Kurz darauf fällt die blaue Tür mit einem Knall ins Schloss.

Aron wartet ein paar Minuten, dann schaltet er Computer und Fernseher aus. Er steht auf, geht zur Tür und legt ein Ohr daran. Auf dem Gang ist alles still. Nur die Geräusche aus den Fernsehern in den Nachbarzellen sind leise zu hören. Aus einer Schublade holt Aron eine Rolle Klebeband. Damit kniet er sich vor den Kleiderschrank. Er zieht einen langen Streifen Klebeband von der Rolle und beißt ihn mit den Zähnen ab. Er formt aus dem Streifen eine Spirale, die Klebeseite nach außen. Er drückt das Klebeband rechts gegen die Fußleiste unter dem Schrank, gegen ein weißes Stück Kunststoff, die Kappe eines Stopfens, der ein kleines Loch in der Leiste abdeckt. Vorsichtig zieht Aron am Klebeband, der Stopfen kommt aus der Leiste. In dem kleinen Loch wird der Kopf einer Schraube sichtbar.

Das Gleiche wiederholt Aron auf der linken Seite. Dann zieht er aus dem Strumpf am linken Fuß einen kleinen Kreuzschlitzschraubenzieher und löst die Schrauben, mit denen die Leiste angeschraubt ist.

Sein Zellennachbar Bibbi bewahrt den Schraubenzieher tagsüber für ihn auf. Es wäre zu gefährlich, wenn Aron ihn in seiner eigenen Zelle versteckt hätte. Dann hätten sie ihn bei der Durchsuchung am Freitag gefunden.

Aron drückt das Klebeband auf das weiß gestrichene Stück Fußleiste und zieht es vorsichtig heraus. Er fasst es an einem Ende und nimmt es aus der Öffnung.

In dem Loch dahinter verwahrt er Geld, Drogen und das Buch, das ihm der rothaarige Polizist gebracht hat. Ebenso ein selbst angefertigtes Buch, in schwarzes Leder mit aufgeprägten Runen und Zauberrunen gebunden – seine »Svartskinna«. Diesmal aber holt er ein Mobiltelefon mit Freisprecheinrichtung aus dem Versteck. Er richtet sich auf, setzt sich wieder auf den Stuhl und schaltet das Handy ein, das auf Lautlos gestellt ist.

Nach fünfeinhalb Minuten empfängt er eine SMS: Haben Orri. Sind zum Haus unterwegs.

Er schreibt zurück: Ich bin bereit.

Er entzündet ein Räucherstäbchen mit Moschusduft. Dann räumt er den Tisch leer, stellt den Plastikschädel in die Mitte und postiert je eine Spraydose 8x4-Deo rechts und links daneben; auf jede stellt er ein Teelicht und zündet es an. Er löscht das Deckenlicht, nimmt auf dem Stuhl Platz und steckt sich die Earphones des Handys in die Ohren. Dann wartet er.

Er holt tief Luft und hält sie an. Langsam atmet er aus und entspannt sich. Sein Gesicht spiegelt sich undeutlich auf dem Flachbildschirm, der wie ein schwarzer Spiegel aussieht.

Hörður war schon unterwegs in die Weststadt, änderte dann aber seinen Entschluss und bog an der Einmündung der Njarðargata in die Hringbraut nicht nach Westen, sondern nach Osten ab. Er fährt die Ártúnsbrekka hinauf und unter der Brücke von Höfðabakki hindurch.

Mit einer Hand am Lenkrad ruft er Bíbí an.

»Ja, hallo?«

»Ich bin's«, meldet er sich. »Hat sich Orri wieder eingefunden?«

»Nein. Bist du auf dem Weg zu mir?«

»Ach so, ja. Nein, ich fahre gerade nach Osten.«

»Nach Osten? Wieso? Wohin denn?«

»Nach Litla-Hraun«, sagt Hörður. Er weiß nicht, ob er das Richtige oder das Falsche tut. Aber er weiß auch nicht, ob die Kollegen ihn ernst genommen haben oder ob die Kriminalpolizei überhaupt informiert wurde. Und er hat keine Ahnung, wo sich Orri jetzt aufhält. Das Einzige, was er mit Sicherheit weiß, ist, wo sich Aron Beck befindet.

»Zum Gefängnis?«, fragt Bíbí.

»Ja«, seufzt Hörður.

»Wozu das denn?«

Was soll er sagen? Dass er versuchen will, einen Häftling daran zu hindern, eine Seelenwanderung zu unternehmen, in Orri Atlasons Körper zu fahren und einen Mord zu begehen?

»Es ist dienstlich«, sagt er. Er schaut auf die Tankanzeige: halb voll. »Ich kann es dir gerade nicht erklären, aber ich tanke den Wagen voll, bevor ich ihn dir zurückgebe. Versprochen.«

»Kein Problem«, sagt sie, doch er hört ihrer Stimme an, dass ihr diese Wendung nicht gefällt.

Er setzt den Blinker und biegt zur Straße an die Südküste ab. »Es tut mir leid. Glaub mir, ich weiß auch, was ich heute Abend lieber täte.«

»Ich glaube dir.«

»Dann rufe ich später wieder an, okay?«

»Ja, tu das! Und fahr vorsichtig!«

»Versprochen.« Hörður legt auf und wirft das Handy auf den Beifahrersitz. Er tritt das Gaspedal durch und macht dem schwachen Motor Beine.

Ein weißer Ford Escort fährt durch Stekkjarbakki im Stadtteil Neðra-Breiðholt. Auf der einen Seite liegen die Stekkir-Straßen und darüber die auf Bakki lautenden, auf der anderen das Tal mit dem Unterlauf des Flüsschens Elliðaá, mit Wald bestanden und in Dunkel gehüllt. Vor ihnen liegt das obere Breiðholt, aber dahin geht die Fahrt nicht. Ohne zu blinken, biegt der Fahrer nach links vom Asphalt auf einen unmarkierten Schotterweg, der ins Tal hinabführt und vor einem wellblechverkleideten alten Haus am Südufer des südlichen Arms der Elliðaá endet.

Das Haus ist dunkel, neben ihm steht ein alter Schuppen, zwischen Haus und Schuppen ist ein blauer Mazda abgestellt. Hákon hält vor dem Schuppen und stellt den Motor ab. Dann steigt er aus und öffnet die hintere Tür. Im Tal herrschen absolute Dunkelheit und tiefe Stille, nur der Verkehr auf der Reykjanesbraut und von Höfðabakki ist als fernes Rauschen zu hören.

Hákon öffnet den Kofferraum und nimmt eine schwarze Sporttasche heraus.

»Komm schon«, sagt Þorsteinn zu Orri. Der gehorcht. Die drei gehen über den Schotter zum Haus, in dem es feucht und kalt ist und nach Schimmel riecht, denn es hat keine Heizung und ist nicht ans Stromnetz angeschlossen. Der Fußboden ist aus Bodendielen, die laut knarren.

Hákon schaltet einen Handstrahler ein. Er geht vor, hält die Lampe in der einen Hand, die Tasche in der anderen. Er führt sie durch das Haus in eins der rückwärtigen Zimmer. Þorsteinn geht sichernd hinter Orri, der still und folgsam ist wie ein Hund. Seine Augen sind umschleiert und leer, sein Mund steht halb offen, und er bewegt sich wie ein Roboter. Die Buttersäure hat zu wirken begonnen, er ist jetzt ein willenloses Werkzeug in ihren Händen.

Hákon hängt die Lampe an einen Nagel hinter der Tür. Sie taucht das Zimmer in ein gespenstisches Licht. Es ist so gut wie leer, bis auf eine Kommode in der Mitte, davor ein hölzerner Stuhl. Auf der Kommode stehen zwei dicke, große schwarze Kerzen, zwischen ihnen ein bräunlicher alter Schädel, dem der Unterkiefer und ein paar Zähne im Oberkiefer fehlen. Hinter dem Schädel und den Kerzen steht ein schwarzer Spiegel. Hákon zündet die Kerzen und ein Räucherstäbchen mit Moschusduft an.

»Setz dich!«, kommandiert Þorsteinn.

Orri setzt sich gehorsam auf den Stuhl.

»Leg die Hände auf die Knie und entspann dich!«

Orri tut, was man ihm sagt.

Þorsteinn nimmt ein Mobiltelefon mit Kopfhörern und steckt sie Orri in die Ohren. Dann tippt er eine Nummer ein. Nach zweimal Klingeln wird am anderen Ende abgenommen.

Þorsteinn stopft Orri das Handy in die Jackentasche, dann tritt er vorsichtig beiseite und stellt sich neben Hákon. Der dimmt das Licht in der Lampe.

Sie beobachten Orri und warten ab.

Orri sitzt gerade aufgerichtet und hat die Hände auf den Oberschenkeln. Er hat den Blick auf seine eigenen Augen in dem schwarzen Spiegel gerichtet. Seine Pupillen sind geweitet. In seinen Ohren ist eine dunkle, monotone Stimme.

»Du siehst drei Dinge«, sagt sie. Sie kitzelt in den Ohren und bohrt sich in den Kopf. »Zwei Kerzen und einen Schädel.

Dieser Schädel ist ein Tor, gleich werden wir uns auf eine Reise in sein Inneres begeben und durch ihn hindurch noch weiter. Jetzt siehst du zwei Dinge. Die beiden Kerzen sind zu einer verschmolzen. In dir öffnet sich eine Tür. Du solltest dich jetzt entspannen und tiefer versinken. Du siehst nur noch eine Sache: die Flamme, die vor dir brennt. Der Schädel ist verschwunden. Du bist dieser Schädel. Er ist leer, weil das Bewusstsein in tiefe Tiefen versunken ist. Du lässt es schlafen und entspannst dich. Du bist leer, es geht dir gut. Enter Eckankar!«

Als Hörður den Ortseingang von Eyrarbakki erreicht, ist es zwanzig vor elf, und er verringert seine Geschwindigkeit auf sechzig Stundenkilometer. Er sieht das Gefängnis vor sich, es ist erleuchtet wie das Rollfeld eines Flughafens. Hörður biegt nach rechts auf die Straße, die von Norden in den Ort führt. Die Straße ist aufgerissen, und etwas weiter hinten erkennt er im Dunkeln einen großen Traktor mit einem angehängten Kompressor.

Hörður fährt nach links auf den Parkplatz beim Gefängnis, hält und stellt den Motor ab. Bis auf drei Autos, die wahrscheinlich den gerade diensttuenden Wärtern gehören, ist der große Parkplatz leer. Hörður lässt den Zündschlüssel stecken, steigt aus und geht an einem doppelten Sicherheitszaun entlang zu einem Gang, der zu einer Drehtür führt. Er geht langsam, weil er noch nicht genau weiß, was er überhaupt sagen soll. Formal gesehen hat er in Litla-Hraun nichts verloren; außerdem ist er nicht einmal im Dienst.

Aber er hat auch nichts zu verlieren.

Er bleibt an der Sprechanlage stehen, räuspert sich und betätigt den Knopf. Es dauert einen Moment, ehe jemand antwortet: »Zentrale.«

Der rote Riese im Ledermantel beugt sich zum Mikrofon hinab. »Guten Abend! Mein Name ist Hörður Grímsson, Polizei Reykjavík. Ich war am Donnerstag hier, um einen Untersuchungsgefangenen abzuholen.«

»Und?«

»Es ist so, dass ich der Kriminalpolizei bei den Ermittlungen zu den beiden Mordfällen zur Hand gegangen bin. Wir vermuten, dass Aron Beck dahintersteckt. Und nicht nur das. Wir haben den begründeten Verdacht, dass er mit Komplizen außerhalb der Mauern in telefonischer Verbindung steht.«

»Man hat am Freitag seine Zelle durchsucht. Es wurde nichts gefunden.«

Hörður räuspert sich noch einmal. »Ich weiß. Aber ich habe einen Zeugen, der anderes behauptet. Dürfte ich Aron noch einmal kurz sprechen? Jetzt.«

»Die Häftlinge sind eingeschlossen. In den Zellen herrscht Nachtruhe.«

»Es ist sehr wichtig. Ich habe den Verdacht, er initiiert gerade jetzt etwas, während wir miteinander sprechen.«

»Gehörst du der Kriminalpolizei an? Wie war noch mal dein Name?«

»Hörður Grímsson. Nein, ich bin kein Angehöriger der Kripo, aber …«

»In wessen Auftrag kommst du? Hast du eine Legitimation?«

Hörður flucht im Stillen. »Ich habe keine schriftliche Legitimation. Ich habe versucht, Axel zu erreichen, aber das ist leichter gesagt als getan.«

»Ich muss dich bitten zu gehen.«

»Kannst du bitte einen Blick in seine Zelle werfen? Ich warte hier so lange.«

»Erstens nehme ich von dir keine Anweisungen entgegen. Zweitens herrscht in der gesamten Einrichtung Nachtruhe, wie ich schon gesagt habe. Und drittens wird uns Aron wegen Ruhestörung verklagen, wenn wir so kurz nach der Durchsuchung seiner Zelle seine Nachtruhe stören.«

»Jetzt sei doch nicht so stur!«, brüllt Hörður in das Mikrofon. »Es ist wichtig. Das Leben von Polizisten ist in Gefahr. Minister sind in Gefahr und womöglich sogar der Präsident persönlich!«

»Was soll das heißen?«

»Das ist eine lange und komplizierte Geschichte. Dazu fehlt mir die Zeit«, sagt Hörður kurz angebunden. »Hast du Axels Telefonnummer?«

»Moment. Du behauptest, du wärst an den Mordermittlungen beteiligt und hast nicht einmal die Nummer des Kripochefs? Verstehe ich das richtig?«

»Ja«, gibt Hörður zögernd zu.

»Ich hätte Lust, dir die Polizei auf den Hals zu hetzen.«

»Ich bin die Polizei!«, schreit Hörður.

»Sagst du. Ich sehe dich in der Kamera, und wenn das ein Polizist in Uniform ist, fresse ich einen Besen.«

»Ich bin nicht im Dienst«, sagt Hörður leise.

»Aber ich. Und ich fordere dich auf, umgehend das Gelände zu verlassen.«

»Verstehe«, sagt Hörður gequält. »Aber du machst einen Fehler, damit du es weißt. Wie ist dein Name?«

»Tut mir leid, aber du hast keine Berechtigung.« Es knackt im Lautsprecher, als der Vollzugsbeamte das Gespräch beendet.

»Arschloch!«, brüllt Hörður. Durch das massive Drehkreuz betrachtet er die beleuchteten Gebäude, dann stapft er zum Parkplatz zurück.

Ein Blick auf die Uhr: Viertel vor elf.

Hörður ist wütend. Er wandert im Kreis um den Parkplatz, atmet tief durch und versucht, sich zu beruhigen.

Was kann er tun? Nichts. Gar nichts. Er fährt mit eingezogenem Schwanz nach Reykjavík zurück. Das wird er tun.

»Verdammt!« Er zieht das Handy aus der Tasche und schaut aufs Display. Weder Jafet noch Axel haben sich gemeldet. Schlafmützen!

Er geht zu dem kleinen Auto. Sollte er nicht Bíbí anrufen und ihr sagen, er käme in etwa einer halben Stunde? Doch, das wäre besser. Er sucht ihre Nummer heraus, drückt auf den grünen Knopf und hebt das Handy ans Ohr.

Hoffentlich ist sie ihm nicht böse. Das kann er nicht vertragen. Gerade jetzt nicht.

Orri zwinkert mit den Augen, dann nimmt er die Earphones aus den Ohren. Er leckt sich die Lippen, er hebt die linke Hand und wedelt damit. Die Kerzen flackern und rußen, der schwarze Qualm verschmilzt mit der Dunkelheit im Raum.

Hákon dreht das Licht der Lampe höher. »Aron? Bist du da?«

Orri atmet aus, dann nickt er langsam.

»Möchtest du die Spritze?«, fragt Þorsteinn. Er hockt sich nieder, öffnet die Sporttasche, wühlt in ihr und findet schließlich eine Spritze und eine Ampulle in einem braunen Umschlag. Auf der Ampulle klebt ein winziges Etikett. Die Aufschrift lautet: *Epinephrin.*

Þorsteinn steckt eine Nadel auf die Spritze, sticht durch den Verschluss in die Ampulle und zieht die Spritze auf.

Hákon schiebt den rechten Ärmel von Orris Jacke hoch und klopft mit zwei Fingern fest auf dessen Unterarmmuskel.

»Hier.« Þorsteinn reicht Hákon die Spritze.

Hákon klemmt ein Stück des Muskels zwischen Daumen und Zeigefinger und richtet mit der rechten Hand die Spritze darauf. »Es gibt jetzt einen kleinen Stich. Eins, zwei und …«

Er sticht die Nadel in den Muskel und injiziert das Medikament.

»So.« Hákon richtet sich auf, klopft Orri auf die Schulter und reicht Þorsteinn die leere Spritze. »Jetzt warten wir, bis das Adrenalin die Buttersäure auffrisst.«

Orri verzieht das Gesicht und zuckt auf dem Stuhl, die Adern an seinem Hals schwellen an, und er bläht die Nasenflügel. Er holt tief Luft, atmet plötzlich heftig aus und pustet damit beide Kerzen aus. Blauer Rauch wirbelt durch die Luft, Brandgeruch kitzelt in der Nase.

»Ist alles in Ordnung mit dir?«, fragt Hákon.

Aron erhebt sich in Orris Körper, dehnt die Schultern, öffnet und schließt die Fäuste. »Habe mich nie besser gefühlt.«

Er dreht den Kopf und sieht Hákon und Þorsteinn an. Die Augen, die einmal Orri gehörten, sprühen Funken, und die Stimme, eine Oktave tiefer, klingt etwas undeutlich und lallend. »Was glotzt ihr?«

»Nichts«, sagt Þorsteinn und schaut weg.

»Es ist jedes Mal wieder so fucking strange«, murmelt Hákon.

»Was glaubst du wohl, wie es für mich ist, he?«, fragt Aron barsch. Er schwankt, um das Gleichgewicht zu halten, blinzelt unkontrolliert und verzieht den Mund beim Sprechen.

»Wenigstens steckst du diesmal nicht in Stöckelschuhen«, sagt Þorsteinn.

Aron tritt zurück und schaut an sich hinab. »Was habe ich eigentlich für Klamotten an? Hat der Junge denn überhaupt keinen Geschmack?«

»Möchtest du etwas anderes anziehen?«, fragt Hákon.

Aron schüttelt den Kopf. »Keine Zeit für Nebensächlichkeiten. Wo steckt dieser Bulle? Der Rothaarige? Er weiß zu viel. Genau wie Orri.«

»Wir wissen nicht, wo er ist«, sagt Þorsteinn.

»Wieso nicht?«, brüllt Aron laut. Er ist jetzt so aufgeputscht, dass er fast das Gleichgewicht verliert.

»Wir wissen aber, wo seine Freundin wohnt«, versichert Hákon eilig.

»Gut«, knurrt Aron. »Dann haben wir keine Zeit zu verlieren. Wir schlagen zwei Fliegen mit einer Klappe. Wir erledigen den Bullen und schicken den lieben Orri mit einer Verurteilung wegen Mordes nach Hraun. Da werde ich mich um ihn kümmern.«

»Wir nehmen den Mazda«, sagt Þorsteinn. »Nach dem Escort wird vermutlich gefahndet.«

Aron nickt.

»Was brauchst du?«, fragt Hákon.

»Einen Strick und festes Klebeband.« Aron verzieht den Mund, dann läuft ein Grinsen über Orris Gesicht. »Und natürlich ein Messer.«

Bíbí schmiert sich Brote, wie sie es vor dem nächsten Arbeitstag immer tut. Morgen möchte sie Skyr zum Frühstück, Schwarzbrot mit Sardinen und hart gekochtem Ei zum Mittagessen und einen Apfel für die Kaffeepause am Nachmittag. Sie legt vier Eier in einen Topf, füllt ihn mit Wasser und setzt ihn auf den Herd. Dann bestreicht sie zwei Scheiben Schwarzbrot mit Butter und wickelt sie in Plastikfolie.

Die Kolleginnen machen sich manchmal über ihr Essen lustig. Sie finden es viel zu viel Aufwand, sich überhaupt Brote für die Arbeit zu machen; meist laufen sie einfach nur schnell zum nächsten Kiosk oder in die Bäckerei. Vor allem aber finden sie die Dinge, die Bíbí auf der Arbeit isst, altmodisch und nicht lecker.

Zum Beispiel traut sie sich nicht mehr, noch einmal mit kalter Leberpastete aufzukreuzen, nachdem die Mädels einmal schreiend aus dem Zimmer gerannt sind.

Bei der Erinnerung schüttelt Bíbí entrüstet und auch traurig den Kopf. Es ist kein Vergnügen, als Kind vom Lande in die Stadt zu kommen. Das steht fest. Aber so schnell kapituliert sie nicht. Sie möchte nicht von Wienerbrot, Coke und Süßigkeiten leben, wie manche andere, und noch weniger von Detox-Tee, Reiswaffeln und Salat. Nein, gesundes und solides Essen wie zu Hause soll es sein!

Aus der Speisekammer holt sie eine Dose Sardinen in Tomatensoße und packt sie in die Frühstücksdose, dann legt sie das Schwarzbrot dazu. Ein gekochtes Ei passt noch hinein, vielleicht auch ein zweites, aber den Apfel und die Packung Skyr steckt sie einfach so in die Tasche.

Die Eier kochen fast. Bíbí schaut zur Uhr. Es ist Viertel vor elf. Die Eier sollen vier Minuten kochen. Dann ist das Eigelb schön fest, aber nicht zu hart.

Sie schnalzt mit der Zunge. Was hat Hörður wohl in Hraun zu tun? Warum ruft er nicht wieder an? Er muss das Auto zurückbringen, bevor sie schlafen geht. Das wird er doch wohl tun, oder nicht?

Bíbí schrickt zusammen, als das Telefon klingelt. Ist das Hörður? Wo hat sie das Telefon hingelegt?

Sie hastet ins Wohnzimmer, sieht das Telefon auf dem Couchtisch und holt es. Die Nummer kennt sie. Ihr Herz klopft schneller. Sie ist total verschossen in diesen seltsamen Cop. Sie hatte schon immer eine Schwäche für diese starken, schweigsamen Typen.

»Hi! Wo steckst du?«

»Noch im Südland. Aber ich fahre jetzt los. Wollte dir bloß Bescheid sagen. Ich kann in einer guten halben Stunde da sein. Bist du dann noch auf?«

»Ja, natürlich«, sagt Bíbí fröhlich. Sie geht beim Telefonieren auf und ab und spielt mit ihren Haaren. Die Gedanken wirbeln durcheinander, und es könnte ohne Punkt und Komma aus ihr heraussprudeln. Also ruhig! »Ich meine, das ist in Ordnung, ich gehe oft nicht vor zwölf, halb eins ins Bett. Möchtest du dann vielleicht bei mir übernachten oder …?«

»Übernachten?«

»Na ja, das wäre kein Problem, wenn du möchtest, ich verstehe aber auch, wenn …?« Bíbí bricht ab, weil es laut klingelt. Wer kommt denn noch so spät?

»Was hast du gesagt? Was war das für ein Geräusch?«

»Die Gegensprechanlage«, antwortet Bíbí. Mit schnellen Schritten eilt sie zur Wohnungstür. »Es wird dein Freund sein, dieser Orri. Warte einen Moment!«

Bíbí drückt das Handy gegen die Brust und nimmt den Hörer der Sprechanlage.

»Nicht rangehen! Und keinen reinlassen!«, ruft Hörður, aber sie hört ihn nicht.

»Hallo?«, fragt sie.

»Ich bin's, Orri«, antwortet eine metallisch klingende Stimme.

»Okay«, sagt Bíbí und betätigt den Türöffner. Dann hängt sie den Hörer der Sprechanlage wieder ein. Sie will gerade die Wohnungstür öffnen, als aus der Küche ein Zischen ertönt.

»Die Eier!«, ruft Bíbí und rennt in die Küche, wo das Wasser überkocht und mit lautem Zischen auf der heißen Herdplatte landet.

»Warte kurz, hier ist ein kleines Drama passiert«, sagt sie ins Handy und legt es auf den Küchentisch.

Sie läuft zum Herd, dreht die Hitze kleiner und wischt das Übergelaufene auf.

»Bíbí!«, ruft Hörður durch das Telefon. »Hörst du mich? Sprich mit mir!«

Bíbí nimmt das Handy vom Tisch und will es ans Ohr halten, als es an der Wohnungstür klopft.

»Warte, ich öffne ihm nur eben die Tür«, sagt sie ins Handy und geht in die Diele.

»Nicht öffnen!«, schreit Hörður durch das Telefon, aber sie hört ihn nicht. »Das ist nicht Orri. Mach nicht die Tür auf!«

Bíbí öffnet die Tür zum Treppenhaus, in dem es dunkel ist, weil die Beleuchtung nicht eingeschaltet wurde. Vor der Tür steht ein Schatten, der schnell über die Schwelle ins Helle tritt. Ein Schatten in Jeans und blauer Jacke, mit einer schwarzen Sporttasche in der linken Hand.

»Wo bist du denn so lange gewesen?«, fragt Bíbí und schließt die Tür. Sie sieht Orri an, der mit kaltem Blick zurückstarrt. Er setzt die Tasche ab.

»Stimmt was nicht?«, fragt Bíbí verunsichert. Es gefällt ihr nicht, wie er sie ansieht, wie er in sie hineinsieht. Sie erschrickt, und der Gedanke schießt ihr durch den Kopf, dass diese Gestalt nicht Orri ist.

Es ist etwas anders an ihm. Hat er etwas genommen? War er etwa draußen, um sich Drogen zu besorgen? Sie muss schlucken, und ihre Knie beginnen zu zittern. Sie hält das Handy noch in der Hand, scheint es aber vergessen zu haben.

»Es ist nicht Orri!«, ruft Hörður, aber seine Stimme ist kaum zu hören.

»Hörður«, haucht Bíbí und will das Handy ans Ohr nehmen, doch Orri packt ihre Hand. Sie erstarrt.

»Bíbí!«, ruft Hörður.

Der Mann, der wie Orri Atlason aussieht, nimmt ihr das Handy aus der Hand und spricht hinein: »Hi! Weißt du noch, wer ich bin?«

Der Irre bei Bíbí ist nur hundert Meter von Hörður entfernt in einer Zelle eingesperrt, in einem ausbruchssicheren Gebäude, das von einem doppelten Sicherheitszaun mit

Stacheldraht umschlossen ist; der innere Zaun steht zudem unter Hochspannung.

Hörður läuft atemlos über den Parkplatz wie ein Löwe im Käfig, das Handy ans Ohr gepresst. »Untersteh dich, sie anzufassen! Du rührst sie nicht an, verstanden?«

»Hör mir zu«, sagt Aron – die Stimme Arons: »Meine Freunde beobachten das Haus. Wenn du die Polizei rufen solltest, benachrichtigen sie mich, und ich schneide deiner Liebsten den Hals durch. Wenn du nicht allein kommst, sagen sie mir Bescheid, und ich schneide deiner Liebsten den Hals durch. Wenn irgendwo ein Hund bellt, ein Auto hupt oder eine beschissene Möwe auf einem Laternenpfahl in der Nähe landet, geben sie mir Bescheid, und ich schneide deiner Liebsten den Hals durch, kapiert?«

Hörður bleibt stehen und ballt die Fäuste, bis die Knöchel weiß hervortreten. »Wenn du sie auch nur mit deinem stinkenden Atem anhauchst, du Schwein, dann …«

»Hast du mich verstanden?«, bellt Aron ins Handy. Seine Stimme klingt undeutlich und verzerrt, als sei er betrunken oder käme gerade vom Zahnarzt.

Hörður läuft es kalt über den Rücken. Bíbí schwebt in höchster Lebensgefahr, das steht fest. »Ja, ich habe verstanden.«

»Gut. Wir warten auf dich. Du kommst allein. Klingel, wenn du hier bist. Und versuch keine Tricks. Sonst … Du weißt schon.«

Hörður blickt zu Bíbís Auto, dann auf das Gefängnis. Was soll er tun? In die Stadt fahren? Versuchen, den Gefängniswärter zur Vernunft zu bringen? Es ist ja nicht einmal sicher, ob er ihm überhaupt noch einmal antwortet.

»Bist du noch da, Bulle?«

Hörður beißt die Zähne zusammen. »Ja, ich bin noch da.«

»Du hast fünfzehn Minuten.«

»Nein«, sagt Hörður, »das reicht nicht. Ich … ich bin nicht gerade um die Ecke.«

»Wo bist du?«

»Nicht in Reykjavík.« Hörðurs Blick schweift über den Sicherheitszaun, die beleuchteten Gebäude und den über dem Gefängnisareal aufragenden Wachturm. »Ich bin weit weg und dir doch näher, als du denkst.«

»Zehn Minuten«, sagt Arons Stimme eiskalt. »Wenn du in zehn Minuten nicht hier bist, schneide ich deiner Liebsten den Hals durch. Versprochen.«

»Gib mir fünfzehn. Du hast erst fünfzehn gesagt.«

»Fünf. Danach verblutet sie.«

»Aron …!«, ruft Hörður, aber es ist zu spät. Der Anarchist hat aufgelegt. Hörður starrt das Handy an, sein Mund ist ausgetrocknet, sein Herz rast, seine Hände zittern. Bíbí schwebt in Lebensgefahr. Aron hat sie als Geisel genommen. Er kann sich nicht einmal ausmalen, was für eine Angst sie aussteht.

Hörður steckt das Handy in die Tasche, dann schaut er auf die Uhr. Es ist fünf Minuten vor elf. Er geht zum Auto, bleibt aber stehen und versucht, einen klaren Gedanken zu fassen. Nach Reykjavík sind es fast sechzig Kilometer. Mit raschen Schritten geht er zur Drehtür und der Sprechanlage.

Er stellt sich davor, blickt auf die Uhr. Vier Minuten. Er ist zu aufgeregt, um mit den Gefängnisaufsehern zu reden. Und er hat zu viel Angst. Er wird sie bloß anschreien, und anstatt Gehör zu bekommen, werden sie die Polizei auf ihn hetzen.

Sofern sie überhaupt antworten.

Er rauft sich die Haare, dreht sich halb um und schreit laut. Der verzweifelte Wutschrei gellt durch die Stille und hallt dann aus. Hoch am wolkenlosen Himmel steht der volle Mond, hell und kalt. Hörður ballt die Fäuste und beißt auf die Zähne. Bíbí darf nicht sterben. Wenn er doch bloß die

Zäune niederreißen und ein Loch in die Gefängniswand brechen könnte und …

Hörður zwinkert mit den Augen. Ein Loch brechen? Er geht rasch über den Parkplatz zur Ausfahrt, dann rennt er los.

Ihm ist eine Idee gekommen, aber er darf keine Zeit verlieren.

Aron mustert Bíbí grinsend, dann stößt er sie vor sich her in die Küche, wo die Eier auf dem Herd kochen. Sie hat vergessen, die Dunstabzugshaube einzuschalten, das Küchenfenster ist beschlagen, die Luft in der Küche ist feuchtwarm.

Wenn Eier zu lange kochen, verdunstet alles Wasser aus dem Topf und er wird überhitzt. Sie will die Platte ausschalten, unterlässt es aber. Sie hat solche Angst, dass sie kaum atmet, geschweige denn klar denken kann, und doch kommt ihr der Gedanke, dass alles, was Zeitgewinn bedeutet und den Eindringling aus dem Konzept bringen kann, noch wichtig werden könnte.

Aron zeigt auf den Tisch und die Stühle. »Nimm einen Stuhl mit und komm!«

Die Stühle sind aus Holz und haben eine hohe Rückenlehne. Bíbí nimmt einen und trägt ihn in den Flur. Die Angst raubt ihr alle Kraft, sie kann den Stuhl kaum tragen. Sie kämpft dagegen an, zusammenzuklappen und in Tränen auszubrechen.

»Setz dich«, kommandiert Aron. Er zieht die Jacke aus und wirft sie achtlos fort. Darunter trägt er einen grauen Sportpulli. Er schwitzt auf der Stirn und unter den Achseln.

Bíbí gehorcht.

Aron öffnet die Sporttasche und entnimmt ihr ein Seil. Damit bindet er Bíbís Hände hinter der Stuhllehne zusammen und fesselt ihre Beine an die Stuhlbeine. Er möchte schnell sein und die Knoten fest zuziehen, aber seine Hände scheinen ihm nicht ganz zu gehorchen.

»Das muss reichen«, sagt er verärgert und wischt sich Schweißperlen von der Stirn.

Er nimmt eine Rolle Universalklebeband aus der Tasche und ein Messer mit einer langen, spitz zulaufenden Klinge aus rostfreiem Stahl. Damit schneidet er das Klebeband in Streifen und lässt die, die er nicht sofort braucht, zu Boden fallen. Es sind knapp zwei Meter.

Bíbí wimmert vor Angst.

»Wenn du schreist oder um Hilfe rufst, klebe ich dir den Mund zu«, sagt Aron und hält ihr das Messer vors Gesicht. »Und dann schneide ich dir den Hals durch. Verstehst du mich?«

Bíbí nickt. Sie hyperventiliert und ist kurz davor, aus Angst das Bewusstsein zu verlieren.

Auf dem Herd poltern die Eier im Rest des verbliebenen Wassers. Zwei Eier sind geplatzt, und Streifen von Eiweiß und Eigelb ringeln sich im kochenden Wasser.

»Ich werde dir sowieso die Kehle durchschneiden, weißt du«, sagt Aron.

Bíbí will schlucken, aber ihre Kehle ist zugeschnürt.

»Hörður glaubt, er könne dich retten«, sagt Aron. »Er hat Angst wie du, scheißt sich vor Angst vielleicht in die Hose. Er fährt, so schnell er kann, aber er wird es nicht schaffen.«

Bíbí will ihren Atem beruhigen, aber es geht nicht. Ihr Herz rast, als würde sie schnell laufen. Sie spürt den Puls in ihren Schläfen pochen. Sie fürchtet, ihre Adern könnten jederzeit platzen.

»Ich werde ihn an Händen und Füßen fesseln wie ein Schwein«, sagt Aron. »Dann lasse ich ihn zusehen, wie ich dir den Hals durchschneide. Weißt du, warum?«

Bíbí zittert und sagt nichts.

»Ob du weißt, warum?«, herrscht Aron sie an.

Bíbí schüttelt den Kopf.

»Weil dein Hörður mein Baby umbringen will«, sagt Aron. »Und darum will ich im Gegenzug seine Liebste kalt machen. So funktioniert Gerechtigkeit in meiner Welt.«

»Dein Baby?«, fragt Bíbí mit zitternder Stimme.

Aron nickt. »Die Revolution ist mein Baby. Das, was ich zur Kunst erheben will. Die Revolution ist eine Performance, ein lebendes Kunstwerk. Sie ist meine Schöpfung, schrecklich und unsterblich. Dein und Hörðurs Tod wird nicht das Ende des Anfangs sein, sondern der Anfang vom Ende. Ich fange gerade erst an.«

Bíbí schlägt vor seinem stechenden Blick die Augen nieder.

Aron schaut auf das Handydisplay. Noch zweieinhalb Minuten. »Was macht denn dein Geliebter bloß? Ich will doch hoffen, dass er nichts Dummes anstellt.«

»Du hast ihm zu wenig Zeit gelassen«, wimmert Bíbí. »Er kann es in den paar Minuten gar nicht zurück schaffen.«

»Zurück?«, fragt Aron. »Von wo zurück?«

»Von … von …«, stammelt Bíbí, dann kneift sie die Augen zu und hustet, weil aus der Küche beizende Luft dringt.

»Woher?«, schreit Aron sie an.

»Da hat etwas Feuer gefangen«, keucht Bíbí. Sie hat es kaum ausgesprochen, da geht in der Küche der Rauchmelder los, in infernalischer Lautstärke.

»Scheiße!« Aron stürmt in die Küche. Er zieht einen Stuhl heran, steigt darauf, streckt sich nach dem Rauchmelder, reißt ihn aus der Decke und schmettert ihn auf den Boden. Das Plastikgehäuse zerbricht, die Batterie fliegt aus der Halterung, und der gellende Ton bricht ab.

Aron springt vom Stuhl, zieht den Topf mit den angebrannten Eiern vom Herd und schaltet die glühend heiße Platte aus. Dann reißt er das Fenster auf und verteilt den Qualm mit den Armen.

Währenddessen versucht Bíbí verzweifelt freizukommen.

Hörður spurtet zu dem großen Massey-Ferguson, der an der aufgerissenen Straße steht. Er packt die Klinke des Führerhauses, aber sie ist abgeschlossen. Er holt einen dicken Stein vom Straßenrand und schlägt damit die Scheibe ein. Dann greift er durch das Loch und entriegelt die Tür von innen. Er öffnet sie und klettert atemlos und schwitzend in das Führerhaus. Er steht so unter Stress, dass er zittert, aber seine Verzweiflung ist größer als seine Angst.

Er muss!

Er sieht nach, ob der Zündschlüssel im Schloss steckt, aber das tut er nicht. Shit! Rechts neben dem Fahrersitz steht ein Werkzeugkasten. Darin findet er unter anderem Hammer, Meißel und Schraubenzieher.

Hörður wählt einen mittelgroßen, normalen Schraubenzieher, treibt ihn in das Zündschloss und ruckelt so lange hin und her, bis darin etwas nachgibt; danach kann er den Schraubenzieher nach rechts drehen, das Armaturenbrett bekommt Strom, und die Glühkerzen des großen Diesels heizen vor.

Ja. Er tritt die schwergängige Kupplung und betätigt den Anlasser. Der Motor stottert und springt dann an. Das Dröhnen durchschneidet die nächtliche Stille, der Motor vibriert und kohlschwarzer Rauch steigt aus dem Auspuff.

Hörður legt im Verteilergetriebe den zweituntersten Gang ein, dann schaltet er im Hauptgetriebe in den zweiten und lässt die Kupplung kommen. Der riesige Traktor setzt sich in Bewegung.

Hörður wird auf dem schwingenden Sitz vor und zurück geworfen, dann umklammert er das Lenkrad und gibt Vollgas. Vor ihm ist nichts als Dunkelheit. Er sucht nach dem Lichtschalter, findet mehrere und legt sie alle um. Die Scheinwerfer flammen ebenso auf wie kräftige Zusatzscheinwerfer auf dem Dach. Das Licht ist so gleißend, dass er die Augen zusammenkneift. Er rollt mit hoher Geschwindigkeit über die Straße und steuert den dröhnenden Traktor geradewegs auf die doppelte Umzäunung zu. Was genau passieren wird, wenn das Tonnengewicht des mehrere Hundert PS starken stählernen Ungetüms in den Zaun kracht, davon hat er keine genaue Vorstellung. Er hofft nur, dass es eine gewaltige Wirkung haben wird.

Hörður packt das Lenkrad, stellt den Handgashebel auf Vollgas und beobachtet, wie das engmaschige Gitter des Zauns beängstigend schnell näher kommt. Dann schließt er die Augen und beißt die Zähne zusammen. Der Dieselmotor dreht jetzt zu hoch, und der Traktor rast in niedrigem Gang vorwärts wie ein Eisenbahnzug ohne Gleise.

Dann trifft er auf den Zaun.

Der Aufprall ist gewaltig. Hörður wird über das Lenkrad gegen die Frontscheibe geschleudert. Benommen fällt er zu Boden, der Traktor rollt weiter; er durchbricht die äußere Umzäunung und reißt sie ein. Sie fällt auf den inneren Zaun, blaue Blitze zucken in alle Richtungen, die Elektrik des Traktors brennt durch, und es gibt einen lauten Knall, als die Hochspannungsleitung Kontakt zum Boden bekommt, dann fällt im gesamten Gebiet der Strom aus. Eyrarbakki wird dunkel, das Gefängnis ebenso.

»Wo waren wir?«, fragt Aron, als er aus der Küche kommt. Er wischt sich etwas von den Händen an der Jeans ab.

Bíbí hört auf, an den Fesseln zu zerren. Sie hat sie ein wenig gelockert, aber längst nicht so weit, dass sie freikäme.

Aron wirft ihr einen schrägen Blick zu. Er ergreift das Messer mit der Linken und lässt das Licht auf der schmalen Klinge blitzen. Mit geblähter Brust und finsterem Blick geht er auf sie zu.

Bíbí erstarrt auf dem Stuhl. Ihr erster Reflex ist, sich zurückzulehnen und zu versuchen, ihm auszuweichen. Doch rationales Denken überwindet die instinktive Reaktion, und statt sich zurückzulehnen, beugt sie sich vor. Dadurch spannt sich die Fessel, und es öffnet sich ein Spalt zwischen ihr und der Stuhllehne.

Aron lehnt sich gegen sie und setzt ihr die Messerschneide an den Hals. »Wo ist Hörður? Sag's mir, oder …«

Bíbí schluckt und spürt die rasiermesserscharfe Klinge schmerzend auf der Haut an ihrem Hals. »Er … er ist ins Südland gefahren.«

Aron zwinkert mit den Augenlidern. »Ins Südland? Wohin denn da?«

Bíbí atmet durch die Nase. Er blickt ihr starr in die Augen, und das Einzige, was sie in seinen sieht, ist Bosheit. In diesen schwarzen Löchern ist nichts Menschliches zu entdecken.

»Antworte!«, schnappt Aron. Er drückt das Messer fester gegen ihren Hals und ritzt die Haut, die erst rosa und dann rot wird.

»Er ist zum Gefängnis gefahren«, flüstert Bíbí.

»Wieso?«, faucht Aron. Sein Mund zittert und seine Augenlider flattern, während er diese Auskunft verarbeitet. Ich bin nicht in Reykjavík. Ich bin weit weg und dir doch näher, als du denkst.

Näher, als du denkst.

Bíbí sieht, wie sich Arons Gesicht vor Wut verzerrt. Es wird ganz weiß, die Lippen spannen sich wie die Lefzen eines tollen Hundes, und die Augen werden zu glühenden Kohlen.

Er nimmt Bíbís Handy und ruft Hörður zurück. Es klingelt und klingelt, aber der Polizist geht nicht ran.

»Ich bring ihn um!«, keift Aron und knallt das Handy gegen die nächste Wand. Es zerschellt in viele Splitter, die sich über den Boden verteilen.

Bíbí erstarrt vor Schreck.

»Aber vorher steche ich dich ab, du Sau!« Jeder einzelne Muskel in Arons Körper spannt sich, das Messer rückt ein Stück in die Höhe und nach rechts, doch einen Sekundenbruchteil, bevor er die Hand nach links zieht und ihr die Kehle durchschneidet, stemmt Bíbí die Füße auf den Boden und wirft den Oberkörper zurück.

Das Messer pfeift durch die Luft, verfehlt aber sein Ziel. Der Stuhl kippt um und fällt krachend zu Boden. Durch den Aufprall wird Bíbí die Luft aus der Lunge gepresst, ihre Hände werden unter ihrem Körper eingeklemmt, und ihr Kopf knallt aufs Parkett.

Hörður kommt zu sich, als sein Handy klingelt. Er hustet, holt Luft und versucht sich aufzurappeln. Er liegt im Führerhaus des Traktors auf dem Boden und weiß kaum, wo oben oder unten ist.

Das Handy, wo ist das Handy? Er tastet seinen Mantel ab, sucht in den Taschen und findet es endlich, doch sobald er es in der Hand hält, hört das Klingeln auf.

»Hallo, Bíbí?«

Keine Antwort, nur Summen.

Hörður ruft schnell zurück, aber Bíbís Telefon ist jetzt abgestellt.

»Du Teufel rührst sie nicht an!« Hörður zieht sich hoch, sieht in dem Durcheinander einen Zimmermannshammer, nimmt ihn und zertrümmert mit ihm eine Seitenscheibe.

Durch das Loch kriecht er aus dem Traktor auf den inneren Sicherheitszaun zu, der nahezu plattgewalzt auf dem Areal des Gefängnisses liegt. Der Traktor steht, nach hinten geneigt, auf dem Zaun und droht umzukippen.

Plötzlich setzt eine Sirene ein. Alles ist dunkel, doch dann leuchten im Gefängnis Lichter auf. Die Notgeneratoren sind angesprungen.

Hörður klettert über den zerstörten Zaun auf einen schräg liegenden Eisenpfosten mit Stacheldraht und springt von dort aufs Gras. Er landet hart, stürzt und verdreht sich dabei fast einen Knöchel. Er rappelt sich auf und läuft mit dem Hammer in der Hand weiter.

Der kürzeste Weg zum Gefängnistor wäre südlich am Zaun entlang und um das Ende des Trakts, in dem das Untersuchungsgefängnis untergebracht ist. Doch Hörður entscheidet sich für den längeren Weg östlich am ganzen Bau entlang, um das Nordende herum und dann auf der Westseite wieder zurück.

Das Wachpersonal wird bald herausfinden, was passiert ist, und mit Sicherheit den kürzesten Weg zu dem Loch im Zaun nehmen. Hörður hat wenig Lust, ihnen geradewegs in die Arme zu laufen. Es ist eine Notsituation, und da haben die Wärter ihre Pistolen in der Hand.

Hörður läuft, so schnell er kann. Das Sirenengeheul geht durch Mark und Bein, aber er kann auch Rufe und Kommandos hören. Er läuft zum Ende des Gefängnistrakts. Hoch über ihm ragt der Wachturm auf. Seine Fenster ragen nach vorn vor und sind nach unten geneigt. Daher ist es nicht ausgeschlossen, dass ihn die Wärter dort oben bemerken.

Er läuft die Vorderfront des Gefängnisses entlang. Rechter Hand steht die Turnhalle, dahinter liegt jenseits des Zauns der Parkplatz. Hörður sieht den Besuchereingang vor sich. Er steht offen. Davor hat ein Wärter mit einer kurzen Schrotflinte in den Händen Posten bezogen. Seine Aufmerksamkeit ist auf das Eingangstor im Zaun gerichtet, und er bemerkt Hörður erst, als er nur noch fünfzig Meter von der offenen Tür entfernt ist.

»Stopp!«, ruft der Wärter und lädt sein Gewehr durch. Er richtet es auf den Mann im Ledermantel, der auf ihn zugerannt kommt.

Hörður bleibt nicht stehen. Vielmehr hebt er den Hammer und schleudert ihn mit aller Kraft auf den Wärter. Der Hammer fliegt rotierend durch die Luft und trifft den Wärter an der linken Brust, als der den Abzug betätigt. Durch die Wucht des Aufpralls verzieht der Wärter und der Schuss geht fehl. Hörður hört die Schrotkugeln in die Nacht pfeifen.

Der Wärter heult auf. Er will noch einmal durchladen, doch Hörður rennt ihn einfach um, entreißt ihm das Gewehr und stürmt, die Waffe im Anschlag und den Finger am Abzug, durch den Besuchereingang. Er platzt in die Wachstube und richtet das Gewehr auf den Wachhabenden, einen älteren Mann mit Glatze und Bierbauch.

»Die Hände hoch! Keine schnellen Bewegungen!«

»Ganz ruhig«, sagt der Mann und hebt die Hände.

»Die Schlüssel zu Gang 3, sofort!«, befiehlt Hörður.

Der Wärter zögert, dann streckt er sich zu den Haken, an denen die Schlüsselbunde hängen. Er will den Bund vom mittleren Haken nehmen, besinnt sich aber und streckt die Hand nach dem Bund am nächsten Haken aus. In dem Moment drückt Hörður ihm den Lauf der Flinte in den Nacken.

»Gib mir die richtigen Schlüssel, sonst puste ich dir den Kopf weg.«

Ganz schnell hält der Wärter ihm den Bund vom mittleren Haken hin.

»Verhalt dich ruhig und mach keinen Blödsinn! Ich will keinem etwas antun«, sagt Hörður.

Der Wärter nickt, und Hörður rennt durch den langen Gang, das Gewehr in der einen, den Schlüsselbund in der anderen Hand. Als er die blaue Tür erreicht, stellt er die Waffe ab und steckt einen der langen Schlüssel ins Schloss. Er passt nicht! Er probiert einen zweiten, und die Tür geht auf.

Die Sichtklappe darin ist hochgeklappt.

»Halt!«, ruft jemand hinter ihm, dann sind Schritte im Gang zu hören, und jemand lädt eine Schrotflinte durch.

Hörður eilt in Gang 3 und stellt fest, dass er seine Waffe zurückgelassen hat. Zu spät! Er schließt die blaue Tür zu. Zwei Wärter kommen auf die Tür zugelaufen, der eine mit einer Schrotflinte bewaffnet, der zweite mit einem schwarzen Schlagstock.

Hörður wird blass. Er hat keine Zeit zu verlieren.

Gang 3 ist leer und von der Notbeleuchtung schwach erleuchtet. Aus den Zellen dringen Rufe, Tritte und Schläge gegen die Türen. Die Häftlinge rasten aus, entweder vor Aufregung oder aus Angst.

Hörður rennt zu Arons Zelle, der Nummer 8. Ein Stahlriegel ist vorgelegt, der mit einem Vorhängeschloss gesichert ist.

An seinem Schlüsselbund hängen zehn Schlüssel. Fuck!

Hörður sucht willkürlich einen der Schlüssel aus und steckt ihn ins Schloss. Passt nicht! Er probiert es mit dem nächsten. Passt auch nicht.

Die Wärter sind an der blauen Tür. Sie wissen genau, welcher Schlüssel passt, und werden die Tür in den nächsten Sekunden öffnen.

Aron verliert fast das Gleichgewicht, als das Messer nur durch die Luft schneidet, doch als der Stuhl zu Boden kracht, kann er sich durch einen kleinen Schritt auf den Beinen halten. Er schaut zuerst das Messer und dann Bíbí an, als traue er seinen Augen nicht.

»Nein, töte mich nicht«, wimmert Bíbí.

»Halt's Maul, du Sau!«, schreit Aron sie an. Er starrt auf Bíbí hinunter und geht dann um den Stuhl herum, ehe er sich auf die Knie fallen lässt und Bíbís Kopf zwischen ihnen einklemmt. Er hebt das Messer hoch und hält es zum Zustoßen bereit wie ein Aztekenpriester, der einem Opfer das Herz herausschneiden will. Der scharfe Stahl blitzt.

Arons Augen lodern vor Hass und einem bodenlosen Hunger, den nur Blut und Tod stillen können. Seine Nasenflügel weiten sich, zwischen den geöffneten Lippen werden Zähne und Gaumen sichtbar. Jeder einzelne Muskel und jeder Nerv sind angespannt.

Es ist wie der Augenblick, in dem es im Eis knackt, bevor es aufbricht.

Bíbí reißt die Augen auf, und das Einzige, was sie sieht und erlebt, sind Schrecken und Tod. Sie will sich zur Wehr setzen, kann sich aber nicht bewegen. Sie ballt die Fäuste, krallt die Nägel in die Handflächen und schreit aus Leibeskräften.

In Gang 3 flackert das Licht. Die Häftlinge treten gegen ihre Zellentüren, schreien und brüllen, was das Zeug hält, und die Wärter stecken den Schlüssel in die blaue Tür.

Hörður versucht, schnell zu denken und noch schneller mit den Fingern zu arbeiten. Zehn kurze Schlüssel, ein Gang mit zehn Zellen. Wenn die Schlüssel in der gleichen Reihenfolge angeordnet sind wie die Zellen, müsste der Schlüssel zur Zelle Nummer 8 der achte nach dem langen Schlüssel zur blauen Tür sein.

Er fängt am anderen Ende an und zählt zwei Schlüssel rückwärts ab. Der hier! Er versucht, ihn in das Schloss einzuführen, aber seine Hände zittern, und er rutscht ab.

Krachend fliegt die blaue Tür auf, und die beiden Wärter stürmen in den Gang, der mit dem Schlagstock zuerst, hinter ihm der Mann mit der Schrotflinte.

»Bleib stehen! Nicht die Zelle öffnen!«

Hörður kann das Vorhängeschloss öffnen, er entfernt den Riegel und wirft ihn weg.

Schnelle Schritte hallen durch den Gang.

»Stop!«

Hörður legt den Sperrhebel um und öffnet die Zellentür. Zwei Kerzen flackern im Dunkeln. Er sieht Aron auf einem Stuhl am Tisch sitzen und wie in Trance auf den schwarzen Flachbildschirm starren.

In dem Moment, in dem er die Zelle betreten will, wirft sich einer der Wärter auf ihn, schmeißt ihn fast um und nimmt ihn in einen Würgegriff. Der zweite Wärter tritt Hörður in die Kniekehle, dann bekommt er entweder mit dem Schlagstock oder dem Gewehrkolben einen heftigen Schlag in den Rücken.

»Verflucht!«, brüllt Hörður laut. Ihm wird ganz heiß, seine Muskeln werden hart wie Fels, und er sieht rot. Zorn übermannt ihn. Er schüttelt die Wärter von sich, wirft den Mantel ab und macht einen Satz in die Zelle. Er hebt das linke Bein und tritt Aron mit dem Absatz des Motorradstiefels mit aller Kraft gegen den Kopf, der zur Seite fliegt und wie eine Puppe vom Stuhl sackt.

»Ich bringe dich um!«, schäumt Hörður und bückt sich zu dem bewusstlosen Anarchisten. Doch bevor er ihn packen kann, bekommt er mit dem Schlagstock einen so festen Schlag in den Nacken, dass er bewusstlos wird.

Bíbí liegt auf dem Boden, an den Stuhl gefesselt und den Kopf zwischen den Schenkeln des Wahnsinnigen eingeklemmt. Sie starrt das über ihr schwebende Messer an, blitzend und tödlich scharf. Das Messer in der Hand des Bösen.

Sie weiß nicht, ob sie schreit oder nicht. Das Einzige, was sie hört, ist ein lauter Ton, der ihren Kopf ausfüllt und den Kosmos, ein Ton, der das Bewusstsein durchschneidet, wie das Messer Haut, Fleisch und Knochen durchschneiden wird.

Das Messer fällt …

Bíbí schließt die Augen, in das Dunkel ist Rot eingesprengt, ihr Herz schlägt dumpf einen wilden und verzweifelten Takt. Der Augenblick dehnt sich ins Unendliche, eine ganze Ewigkeit aus dem schneidenden Ton, rot-schwarzer Dunkelheit und Schrecken zerreißt jedes Denken.

Das Messer …

Etwas berührt ihre Brust, etwas Schmales, Spitzes – eiskalter Stahl, der sie zerschneiden wird wie einen Apfel. Der Atem stockt, das Herz setzt einen Schlag aus, jeder Muskel spannt sich an und erstarrt – alles stoppt, bis auf den schneidenden Ton in ihrem Kopf.

Der Augenblick geht vorüber. Die Lunge leert und füllt sich wieder, der Herzschlag setzt ein und die Muskeln entspannen sich.

Was geschieht hier gerade?

Bíbí öffnet die Augen. Im selben Moment sackt Orri zur Seite. Seine Hände und seine Augen sind leer. Er sinkt zu Boden und stöhnt. Seine Hände zittern, seine Augen flackern und er atmet heftig mit offenem Mund.

Bíbí hebt den Kopf, so weit sie kann. Das Messer liegt zwischen ihren Brüsten, die Spitze zeigt auf ihr Gesicht. In der Bluse ist ein kleiner Schlitz und darunter eine Wunde, die blutet.

»O Gott«, wimmert sie.

Jemand klopft an die Wohnungstür.

»Hilfe!«, ruft Bíbí.

»Bíbí, bist du das?«, fragt jemand durch die Tür. Es ist ihre Nachbarin aus der Wohnung nebenan. »Etwas hat gegen die

Wand gepoltert, dann habe ich dich schreien gehört. Ist alles in Ordnung?«

Orri setzt sich auf und schaut fragend um sich, dann dreht er sich auf alle viere und übergibt sich auf den Fußboden.

»Ruf die Polizei!«, ruft Bíbí.

»Mache ich«, ruft die Nachbarin zurück.

Orri wischt sich Erbrochenes ab und setzt sich auf, sieht Bíbí an. Er sieht betroffen und verzweifelt aus. »Ich weiß nicht, was passiert ist, aber darf ich dich losmachen?«

Bíbí betrachtet ihn genau. Sie empfindet noch immer Todesangst vor ihm, obwohl ihn seine Besessenheit verlassen zu haben scheint. Sie will, dass er geht und sie in Frieden lässt. Vor allem aber möchte sie ihre Fesseln los sein.

Der Fisch in der Tiefe

Er ist leer, er stürzt. In seinem Schädel steckt ein ganzes Universum von nichts. Ein dunkler Kosmos, kalt und leer wie er selbst. Bilder schießen durch dieses Universum, durch den Schädel, durchs Hirn. Alte Bilder, Erinnerungen, Lichtreflexe aus seinem Leben. Er ist kein Mensch mit Wahrnehmung und Bewusstsein mehr, sondern eine Glashalbkugel, gefüllt mit Wasser und weißen Flocken, die herumwirbeln, bevor sie sich setzen. Jede Flocke ist eine Erinnerung, eine Reflexion, ein vergangener Augenblick, den er wieder und wieder durchlebt. Es sind tatsächlich Erinnerungen, stellt er fest. Wahrhaftige Augenblicke, Ereignisse aus der Vergangenheit, die in ihm wieder zum Leben erwachen oder er in ihnen. Die Zeit ist ein zerbrochenes Bild, sie verteilt sich überall, eine Million Splitter, die durch die Leere schießen wie Funken, Lichtblitze, Kernexplosionen in der Seele. Sofern es nicht die Seele ist, die da zersprungen ist und sich wie ein Splitterregen in das Universum im Kopf ergießt.

In der Ferne flackert ein Licht. Licht, das näher kommt und sich entfernt. Er ist in der Tiefe, und das Licht treibt auf der Oberfläche wie ein Haken, nach dem er schnappen möchte.

Das Licht ist die Oberfläche!

Das Licht ist ein Tor, der Ausgang. Er muss zu diesem Licht kommen. Er muss danach greifen, es zu sich heranziehen, es schlucken.

Er muss es erreichen. Er muss das Dunkel wegschieben.

Er muss!

Montag

Hörður Grímsson befindet sich in einem Zimmer auf der Intensivstation des städtischen Krankenhauses in Fossvogur. Er trägt noch immer dieselbe Kleidung, in der er auf der Hochzeit war, denn seit er Orri vor gut zwölf Stunden in der Bergþóragata getroffen hat, war er nicht mehr zu Hause. Das Hemd ist verknittert, und ihm fehlen zwei Knöpfe, die Hose ist schmutzig und zerrissen. Dem Ledermantel ist dagegen mit Ausnahme von ein paar kleinen Kratzern vom Stacheldraht des Sicherheitszauns kaum etwas anzusehen.

Hörður betrachtet einen bewusstlosen Mann, der, an Händen und Füßen gefesselt, unter einer Decke im Krankenhausbett liegt. Es ist Aron Beck. Er ist an EKG und EEG und ein Beatmungsgerät angeschlossen und erhält Infusionen. Sein Kopf ist bandagiert, sein Hals steckt in einer Manschette. Als Hörður gegen seinen Kopf trat, hat er ihm den Schädel und zwei Halswirbel gebrochen.

Arons Puls ist stabil, doch die Hirnströme verlaufen flach.

Auch Hörður hat einen dicken Verband um den Hals, und sein Kopf ist bandagiert. Er hat die Nacht im Krankenhaus von Selfoss verbracht, wo man seine Wunde nähte und er sich von dem Hieb mit dem Schlagstock erholen sollte. Ein Halswirbel war angebrochen, er hatte eine Gehirnerschütterung, und bis zum Morgen war ihm schlecht. Anfangs hatte ihn die Polizei von Selfoss bewacht wie einen Schwerverbrecher und mit Handschellen ans Bett gefesselt. Dort wusste man ja auch nicht mehr, als dass es sich bei ihm um einen Verrückten handelte, der ins Gefängnis eingebrochen war.

Erst nach einem Anruf Axel M. Axelssons bei der Behörde im Südland wurde Hörður von seinen Fesseln befreit, und man ließ alle gegen ihn erhobenen Beschuldigungen fallen.

Als sich ein Arzt neben ihn stellt, wendet Hörður den Blick von Aron.

»Glaubst du, er kommt wieder zu Bewusstsein?«

»Das bezweifle ich«, sagt der Arzt. »Aber auszuschließen ist es nicht. Je mehr Zeit vergeht, in der das Gehirn eines Patienten keine Tätigkeit erkennen lässt, desto schneller sinken seine Chancen.«

»Verstehe«, murmelt Hörður. Er weiß nicht, ob Arons Gehirntätigkeit infolge seines Trancezustands – durch seine Seelenwanderung – ausgefallen ist oder durch den Fußtritt, den er seinem Kopf verpasst hat.

Hörður mustert den Arzt. Er trägt ein Namensschild auf der Brust. Sein Name ist Lárus. Doktor Lárus.

»Eins macht mir Kopfzerbrechen«, fängt Hörður an. »Der Patient, Aron Beck, hatte nicht nur sich selbst, sondern auch jemand anderen hypnotisiert, Orri Atlason, und er hat durch Seelenwanderung dessen Körper übernommen. Als ich Aron den Tritt versetzt habe, erwachte Orri aus der Hypnose und in seinem eigenen Körper, Arons Gehirn aber zeigt keine Aktivität. Stellt sich die Frage: Wo ist Arons Seele?«

Doktor Lárus räuspert sich höflich. »Zum Ersten ist das keine medizinische Frage. Die Wissenschaft hat die Existenz von etwas, das man Seele nennen könnte, noch nicht nachgewiesen. Der einzige Unterschied zwischen uns beiden und dem

Patienten hier liegt im Bewusstsein. Das Bewusstsein ist eng mit dem Gehirn verbunden: ohne Gehirn kein Bewusstsein, keine Persönlichkeit. Wenn ein Patient im Koma liegt, ist es oft schwer, zu erkennen, ob der Betreffende echte Lebenszeichen von sich gibt oder nicht. Damit meine ich, ob er träumt, ob er denken oder sogar hören kann. Wenn ein Gehirn aber keinerlei Aktivität erkennen lässt wie im vorliegenden Fall, ist es deutlich zu viel gesagt, von einem Bewusstsein zu sprechen.«

Hörður nickt. »Was aber hältst du von dem, was ich gerade beschrieben habe? Hältst du Seelenwanderung von einem Körper in einen anderen für möglich?«

Lárus zögert. »Ehrlich gesagt, nein. Damit will ich sagen, dass etwas Derartiges, soweit ich weiß, bis heute noch nie wissenschaftlich bewiesen wurde. Daher lässt sich nichts mit Sicherheit darüber sagen. Die Wissenschaft sagt also Nein. Damit ist aber nicht gesagt, dass es nicht möglich ist.«

»Nicht?«, fragt Hörður hoffnungsvoll.

Der Arzt schüttelt den Kopf. »Es gibt so vieles, was wir nicht verstehen, so vieles, das wir nicht beweisen können. Das menschliche Gehirn ist ein Rätsel, ein weitgehend unerforschtes Terrain – Terra incognita. Wir wissen beispielsweise so gut wie nichts über Geisteskrankheiten. Wir sehen lediglich eine bestimmte Abweichung vom Normalverhalten und geben diesen Abweichungen Namen, um sie zu unterscheiden. Dann wird mit diversen Heilmethoden und Medikamenten experimentiert, und manchmal erwischt man zum Beispiel eine bestimmte Art von Botenstoffen, die wie eine Art Gegengift gegen eine dieser Abweichungen wirken, und dann behaupten wir, ein Heilmittel gegen eine Geisteskrankheit gefunden zu haben, obwohl wir im Grunde keinen Begriff von der Krankheit selbst haben oder eine Hypothese, weshalb dieser spezifische Botenstoff die Krankheit zu unterdrücken scheint.«

»Die heutige Schulmedizin ist also in Wahrheit nichts anderes als die alte Kräuterhexe mit Studium und weißem Kittel?«, fragt Hörður. »Eine Hexe mit Hochschulabschluss?«

Lárus lacht leise. »Könnte man so sagen.«

»Was geschieht mit ihm?«, fragt Hörður nach einem kurzen Schweigen.

Der Arzt zuckt die Schultern. »Wenn in den nächsten Tagen oder Wochen keine Änderung seines Zustands eintritt, werden die lebenserhaltenden Apparate abgeschaltet.«

»Man lässt ihn sterben?«

»Ein Individuum ohne Hirntätigkeit ist medizinisch gesehen bereits tot«, erklärt Lárus.

»Aha, so«, sagt Hörður. Er hat lange genug den bewusstlosen Anarchisten angesehen. Der EKG-Monitor piept leise bei jedem Herzschlag, aber die EEG-Linie ist ebenso glatt wie der Álftafjörður bei Windstille. »Wo kann ich Orri finden?«

»Er liegt eine Etage höher, auf Zimmer 7«, sagt der Arzt. »Soweit ich weiß, hat er deinem Vorgesetzten einen Bericht gegeben.«

Axel ist nicht Hörðurs Vorgesetzter, aber er mag den Arzt nicht korrigieren. »Glaubst du, er erholt sich wieder?«

Lárus nickt. »Das sollte er, ja. Ihm war schwindelig infolge seines niedrigen Blutdrucks, und seine Botenstoffproduktion war im Keller, aber als ich vorhin bei ihm reinschaute, war er schon wieder ganz munter. Wir werden ihn wohl heute Nachmittag oder morgen früh entlassen.«

»Das freut mich«, sagt Hörður. »Ich werde bei ihm vorbeischauen, bevor ich nach Hause fahre. Ich lechze nach einem heißen Bad.«

»Tu das«, sagt der Arzt. »Nur den Kopf nicht nass machen. Damit nichts in die Wunde eindringt.«

Hörður hinkt durch den langen Flur auf der dritten Etage im Ostflügel des Krankenhauses. Er klopft an die Tür zu

Orris Zimmer, bevor er eintritt. Er hat nach dem Tritt des Gefängnisaufsehers Schmerzen im rechten Bein. Wahrscheinlich ist die Sehne gezerrt, und er hat einen Bluterguss im Knie.

Orri ist allein im Zimmer. Er liegt im Bett am Fenster und lächelt dem Polizisten schwach zu. Die Nachmittagssonne scheint blendend hell durch die Fenster.

»Wie geht's dir?«, fragt Hörður.

»Müde«, sagt Orri. Er sieht blass und schwach aus, als könnte er eine Bluttransfusion gebrauchen. »Axel ist eben gegangen. Ich habe ihm alles gesagt, was ich weiß. Bis auf die Sache mit Sæli. Ich hoffe, es hilft.«

Hörður nickt. »Das hoffe ich auch.«

»Und Bíbí?«, fragt Orri. »Wie geht es ihr?«

»Die ist nicht unterzukriegen. Sie kommt schon wieder auf die Beine.« Hörður geht ans Fenster und schaut auf den Asphalt auf der Südseite des Krankenhauses. Er sieht das Dach von Bíbís Kleinwagen, der am Straßenrand steht. Qualm kräuselt aus dem Auspuff.

Bíbí hat die Nacht bei einer Freundin verbracht, die sie am Morgen nach Litla-Hraun fuhr, wo noch ihr Auto stand. Vom Gefängnis fuhr sie nach Selfoss, um Hörður abzuholen.

Sie sind vorhin erst in die Stadt zurückgekommen.

»Es tut mir so leid, dass ich auf sie losgegangen bin«, murmelt Orri betreten. »Sie wollte bloß helfen und …« Seine Stimme bricht, die Mundwinkel zittern, und ihm treten Tränen in die Augen.

Hörður wendet sich vom Fenster ab. »Nicht du bist auf sie losgegangen. Das weißt du doch. Es war Aron.«

Orri atmet tief. »Ich weiß, ich weiß. Und trotzdem ist es meine Schuld. Ich hätte nicht zur Tankstelle gehen dürfen.«

Hörður nickt. Darin ist er ganz Orris Meinung, sagt aber nichts dazu.

»Will sie mich anzeigen?«, fragt Orri leise.

Hörður schüttelt den Kopf.

»Gott sei Dank!«, sagt Orri.

»Denk nicht andauernd daran«, sagt Hörður. »Du musst dich erholen, Kräfte sammeln. Wenn sie dich hier entlassen, wirst du alle Unterstützung bekommen, die du brauchst: Gespräche, Medikamente, was auch immer.«

Orri zieht die Nase hoch. »Ja, ich weiß. Danke! Es braucht seine Zeit. Ich habe das schon einmal mitgemacht. Die verfluchte Leere und der Ekel. Als wäre die Seele vergewaltigt worden.«

»Ja, so ist das.« Hörður macht Anstalten zu gehen. »Bíbí wartet auf mich. Pass auf dich auf. Wir sehen uns bald.«

»Ja, das sollten wir tun.« Orri bringt ein Lächeln hervor. »Danke, dass du gekommen bist. Ich weiß das zu schätzen.«

Hörður geht durch den Warteraum im rückwärtigen Teil des Erdgeschosses, öffnet die Gartentür eines gewölbten Erkers und geht die Steintreppe hinab, die auf dem Asphalt endet. Er winkt Bíbí, die nur ein kurzes Stück von ihm entfernt am Steuer wartet. Sie winkt zurück und lächelt ihm zu. Ihm wird ganz warm, und er hat Schmetterlinge im Bauch. Die Sonne wärmt sein Gesicht, hinter den geparkten Autos erstreckt sich eine gelbe Wiese mit unbelaubten Bäumen, die in den klaren blauen Himmel ragen.

»Hörður!«

Er bleibt stehen und schaut nach rechts. Axel M. Axelsson schließt die Fahrertür eines Mercedes-Geländewagens und kommt auf ihn zu. Er trägt einen schwarzen Wollmantel über einem Maßanzug, englische Lederschuhe und einen italienischen Fedora-Hut.

»Ich dachte schon, ich hätte dich verpasst«, sagt der Steppenwolf. »Dann fiel mir ein, du könntest vielleicht den Hinterausgang benutzen.«

»Hallo«, sagt Hörður. Sie haben sich seit der Sitzung im Operationsraum am Freitag nicht gesehen. In der Zwischenzeit ist bei beiden viel passiert. Auch wenn Hörður dem Kripochef dankbar ist, dass er ihn in der Nacht von den Handschellen befreit hat, ist er doch enttäuscht, dass er nach den vielen Nachrichten via Jafet nicht zurückgerufen hat.

Sie stehen sich mitten auf dem Parkplatz gegenüber. Über ihnen ragt die Südfassade des Krankenhauses auf wie eine unbesteigbare Felswand.

Hörður zieht ein Päckchen Zigaretten aus der Tasche, schüttelt eine heraus und zündet sie an. Als er aus dem Krankenhaus entlassen wurde, hat er sich als Erstes eine Packung Camel gekauft. Er war der Ansicht, es sei gerade nicht der richtige Zeitpunkt, um aufzuhören.

»Ich muss mich bei dir entschuldigen«, sagt Axel sanftmütig. »Jafet hat mir all deine Botschaften weitergeleitet. Ich habe sie zur Kenntnis genommen, mich aber nicht bei dir gemeldet, weil ich sauer auf dich war. Der Auftritt im *Brennpunkt* hätte mich fast meine Stellung gekostet.«

Hörður wird rot. Er weiß um seine Schuld. Doch wenn Axel das, was er ihm am Donnerstag gesagt hat, in aller Konsequenz ernst genommen hätte, wäre er nie in diese Situation geraten. Dann hätte er den Richter in Sicherheit gebracht und sein Haus besser bewachen lassen.

»Aber ich hätte auch mehr auf dich hören sollen«, sagt Axel, als hätte er Hörðurs Gedanken gelesen. »Und diese Weihnachtsmänner, die das Haus des Richters überwachten, hätten aufmerksamer sein müssen.«

Bíbí wartet noch immer im Wagen. Hörður wirft ihr ein entschuldigendes Lächeln zu. Sie ist die Geduld in Person. Er stößt den Rauch durch die Nase aus. Hat er eine Frau wie sie verdient?

Nein, keinesfalls.

»Hákon und Þorsteinn waren also nicht auf See?«, fragt er.

Axel schüttelt den Kopf. »Das Schiff befand sich auf See, aber was der Reeder nicht wusste, war, dass sich zwei Besatzungsmitglieder durch Ersatzleute vertreten ließen. Das hätte Betti überprüfen müssen.«

Hörður nickt und nimmt einen Zug. Er selbst hätte den Kapitän angerufen und nicht die Reederei.

»Ich habe meinen Rücktritt angeboten. Nur damit du Bescheid weißt«, sagt Axel. »Der Druck war gewaltig, und ich hielt es für richtig, zurückzutreten, wenn das die Aufregung hätte besänftigen und die Wogen glätten können. Wir konnten nicht mehr in Ruhe unsere Arbeit tun. Die Medien ließen uns nicht mehr in Frieden, und die Öffentlichkeit war verängstigt und wütend. Vielleicht kein Wunder. Zwei Morde in wenigen Tagen, verschiedene Tatverdächtige in Haft, einander widersprechende Informationen im Umlauf und Gerüchte über vergiftete Ecstasypillen. Dann die Geschichte im *Brennpunkt*. Es sah ganz danach aus, als wüssten wir etwas, das wir der Öffentlichkeit vorenthalten wollten.«

»Und?«

»Der Polizeipräsident wollte nichts davon wissen. Er hat mir einen Rücktritt verboten. Er wollte sich keinesfalls der Vierten Gewalt beugen. Ermittlungen gehen der Politik vor, hat er gesagt.«

»Verstehe.« Aber Hörður ist nicht sicher, ob er der gleichen Meinung ist. Menschen, die Fehler machen, sollten seiner Ansicht nach zurücktreten.

»Sobald wir deine Nachrichten erhielten, haben wir nach Hákon und Þorsteinn gefahndet«, sagt Axel. »Wir haben auch Séra Ingimar aufgesucht, von ihm eine Aufstellung seiner engsten Verwandten bekommen und die informiert und sie gebeten, nicht aus dem Haus zu gehen. Diese Maßnahmen haben wahrscheinlich ein oder zwei Menschenleben gerettet. Du hast für deinen Einsatz in diesen Fällen großen Dank und Anerkennung verdient, Hörður. Er war unschätzbar.«

»Danke«, antwortet Hörður. »Aber wie geht es weiter? Was wird mit Gísli Már und Sólrún?«

»Ich habe heute Nachmittag einen Termin beim Staatsanwalt. Vorher muss ich aber eine Pressekonferenz abhalten«, sagt Axel. »Darum habe ich jetzt Orri vernommen. Ich will alle erwartbaren und unvorhersehbaren Fragen der Presse beantworten können. Was Gísli und Sólrún betrifft, werde ich mich dafür verwenden, dass sie nicht wegen Mordes angeklagt werden. Sie werden gleich nachher entlassen. Es gibt ja keinen Grund mehr, sie noch festzuhalten. Sie sollen alle mögliche Hilfe bekommen, denn sie sind letztlich eher Opfer als Täter.«

»Und Aron?«, fragt Hörður. »Kann man jemanden anklagen, der im Koma liegt?«

»Ja, das ist möglich. Er darf nur nicht verurteilt werden.«

»Und wenn er stirbt?«

Axel seufzt. »Das ist wirklich ein beispielloser Fall. Die gute Nachricht ist, dass sowohl Hákon als auch Egill gestanden haben. Ich hoffe, Þorsteinn und Tryggvi tun das auch noch. Sie hatten alle eine Höllenangst vor Aron. Er muss sie irgendwie völlig in seiner Hand gehabt haben. Er war der Kitt, der die Gruppe zusammenhielt. Diesen Kitt gibt es jetzt nicht mehr.«

»Wie wird die Anklageerhebung aussehen?« Hörður tippt die Asche von der Zigarette.

»Aron ist der Hauptbeschuldigte. Man wird ihn vermutlich wegen zweifachen Mordes, Entführung und Mordversuchs anklagen«, erklärt Axel. »Die Helfer, welche die Attentate vorbereitet und ihre Ausführung in die Wege geleitet haben, werden wahrscheinlich wegen Entführung und Beihilfe zu zwei Morden und einem Mordversuch angeklagt werden. Wenn sie sich kooperativ zeigen, wird ihnen das vor Gericht angerechnet werden. Was mir noch unklar ist, sind der ideologische

Hintergrund der Attentate und die Methode, mit der sie ausgeführt wurden. Du bist darauf am Freitag zu sprechen gekommen, wenn ich mich recht erinnere. Du hast von etwas Politischem und Gesellschaftlichem gesprochen. Und dann ist da diese Sache mit der Seelenwanderung. Also ich weiß nicht. Sobald wir das Wort schwarze Magie aussprechen, wird der Richter die Augen verdrehen.«

»Ich habe gesagt, der Zündfunke zu allem sei persönlich, der Plan aber politisch, gesellschaftlich, und die Folgen träfen die Gesellschaft, die die Anarchisten ablehnen«, erklärt Hörður.

»Richtig«, sagt Axel.

»Es lässt sich kaum beweisen, dass Seelenwanderung möglich ist«, räumt Hörður ein, »aber ist es nicht ebenso unmöglich zu beweisen, dass sie *nicht* möglich ist?«

»Ich sehe, worauf du hinauswillst.«

»Ruf den Arzt als Zeugen auf«, sagt Hörður. »Den Arzt oben auf der Intensivstation, der sich um Aron kümmert. Er heißt Lárus. Ich habe ihn vorhin zum Thema Seelenwanderung befragt, und die Antwort, die er mir gegeben hat, könnte vor Gericht von Bedeutung sein.«

»Du bist echt ein harter Bulle, Hörður«, sagt Axel anerkennend. »Das muss man dir lassen.«

Hörður ignoriert das Lob. Vor wenigen Tagen wäre es ihm noch zu Kopf gestiegen. Jetzt geht es ihm eher auf die Nerven. »Dir fehlt nicht einmal ein physischer Beweis. Das Messer, mit dem Bíbí bedroht wurde, ist von derselben Machart wie die, mit denen die Morde ausgeführt wurden. Und wenn Arons Komplizen wirklich alle Karten auf den Tisch legen, sollten noch mehr Beweise zutage kommen, nicht wahr? Außerdem hatte Aron ein Handy in seiner Zelle. Ist da vielleicht noch mehr gefunden worden?«

Axel nickt. »Unter anderem das Buch, das du ihm zurückgebracht hast. Und ein in Leder gebundenes, von Hand geschriebenes Buch, das auf den ersten Blick so etwas wie ein Tagebuch über verschiedene Experimente zu sein scheint, zusätzlich stehen darin Runen, Zauberrunen und dergleichen. Ich muss es von einem Sachverständigen begutachten lassen. Die Schrift ist schwer zu entziffern.«

»Svartskinna«, murmelt Hörður.

»Was?«

»Ich würde mir dieses Buch gern ansehen«, sagt Hörður. »Darin könnte sich eine genaue Beschreibung finden, wie Aron vorgegangen ist. Dieses Buch könnte der ausschlaggebende Beweis sein. Sag jetzt nicht, dass er es mit eigener Hand geschrieben hat.«

»Das Buch ist von Hand geschrieben, das steht fest«, sagt Axel. »Wahrscheinlich mit einer Schreibfeder und echter Tinte. Damit nicht genug. Für mich sah es danach aus, als seien einige von diesen Zauberrunen mit Blut geschrieben, als habe jemand mit einem blutigen Finger die Seiten bemalt.«

»Noch besser«, sagt Hörður. »Seine eigene Handschrift und, wenn wir Glück haben, sein eigenes Blut. Selbst wenn Aron sterben sollte, haben wir jetzt das Buch. Es könnte vor Gericht als sein Stellvertreter fungieren, sein Geist und sein Erbgut in Leder gebunden.«

»Teufel noch mal«, sagt Axel.

»Da ist noch etwas.« Hörður zieht so heftig an der Zigarette, dass die Glut knistert.

»Noch etwas?«

Hörður nickt. »Erinnerst du dich an Sæli von Stórholt?«

»Der verschwunden ist?«

»Er liegt in einer Lavaspalte bei Hafnarfjörður«, sagt Hörður.

Axel reißt die Augen auf. »Woher …?«

Hörður hebt die Hand und unterbricht den Chef der Kripo mitten in einer Frage: »Anonymer Hinweis.«

»Na gut«, sagt Axel. »Aber weißt du, wer …?«

Hörður nickt. »Aron trägt einen Knochen um den Hals. Einen menschlichen Knochen. Das Fingerglied eines linken Daumens.«

Axel schüttelt sich. »Willst du damit sagen …?«

Hörður nickt wieder.

»Kannst du mich zum Staatsanwalt begleiten?«, fragt Axel. »Du weißt von uns allen am besten über Aron und die Fälle Bescheid. Es wäre gut, diese Dinge dort zur Sprache zu bringen, vor allem das Gesellschaftliche, die politische Verschwörung. Ich halte es mit Abstand für das Beste, die Anklage darauf aufzubauen.«

Hörður sieht zu Bíbí hinüber. Am liebsten möchte er das alles vergessen und den Tag in ihren Armen verbringen. »Ich weiß nicht. Ich bin kaputt und habe so gut wie nicht geschlafen. Was ist denn mit Engilbert?«

»Krank geschrieben«, sagt Axel kurz.

»Ach?«

Axel räuspert sich. »Er hat in letzter Zeit zu viel in Gesellschaft von Johnnie Walker verbracht.«

»Verstehe.«

»In der Abteilung ist mithin eine freie Stelle zu besetzen«, sagt Axel.

Hörður reißt fragend die Augen auf.

»Zeitlich befristet«, sagt der Steppenwolf.

»Um wie viel Uhr ist diese Besprechung?«, fragt Hörður. »Ich kann nichts versprechen, aber …« Hörður unterbricht sich, als er einen kalten Schauer sein Rückgrat heraufkriechen spürt. Er schüttelt sich, blickt über die Schulter zurück und erstarrt.

»Was kannst du nicht versprechen?«, fragt Axel verwundert.

Aber Hörður hört ihn nicht. Er hat ein Sausen in den Ohren und starrt einen einsamen Schatten an, der auf dem Asphalt vor der Treppe steht, die vom Vorbau des Wartesaals herabführt. Es ist der Schatten des Todes.

Orri geht es nicht gut. Er liegt unter der Decke und will sich entspannen. Er möchte gern schlafen, aber ihm ist schlecht, und etwas zieht ihm heiß durch den Kopf. Er wälzt sich, stöhnt und lüftet die Decke, um sich abzukühlen, aber es hilft nicht.

Er hat das Gefühl, sich übergeben zu müssen.

»Scheiße«, knurrt er und steht auf. Er trägt ein weißes T-Shirt und eine kurze weiße Hose, beides Eigentum der Krankenhauswäscherei. Er eilt ins Bad, fällt auf die Knie und erbricht braune Klümpchen in die Kloschüssel. Er kotzt sich aus, wischt sich den Schleim vom Mund und lehnt sich mit dem Rücken an die Wand.

Ihm ist schwindelig, aber die Übelkeit ist vorüber. Er fühlt sich etwas besser. *Steh auf und sieh in den Spiegel!*

»Was?« Orri sieht zur Tür, doch da ist niemand. Wer hat zu ihm gesprochen?

Steh auf und sieh in den Spiegel! Die Stimme klingt dunkel und rau. Sie ist nicht außerhalb seines Kopfes, sondern darin – tief in seinem Bewusstsein.

Hat er das gedacht?

Orri steht auf. Er geht ans Waschbecken, dreht das kalte Wasser auf und wäscht sich das Gesicht. Das Wasser erfrischt, der Schwindel lässt nach.

Guck hoch!

Er dreht den Hahn zu, dann sieht er in den Spiegel. Ein leichenblasses Gesicht mit einem geöffneten Mund und leer starrenden Augen sieht ihn an. Er sieht, gelinde gesagt, schrecklich aus. Er hat rote Flecken auf der Stirn, sein Haar ist fettig und zerwühlt.

Schau in die Augen, flüstert ihm die Stimme ins Ohr. *Der Spiegel ist ein Tor, gleich werden wir uns auf eine Reise in sein Inneres begeben und durch ihn hindurch noch weiter.*

Orri ist ganz steif. Er hat einen Ton in den Ohren, sieht sich wie hypnotisiert selbst in die Augen und lauscht der inneren Stimme.

Ein Tor öffnet sich in dir. Besser, du entspannst dich und sinkst noch tiefer. Du stehst aufrecht auf deinen Beinen, entspannst dich aber trotzdem und lässt dein Bewusstsein einschlafen. Du bist leer, es geht dir gut.

Nein, denkt Orri. Ich darf nicht hinhören, ich darf nicht gehorchen. Das sind nicht meine Gedanken. Das bin nicht ich. Das ist er. *Enter Eckankar!*

»Nein!«, schreit Orri. Er schüttelt den Kopf, rauft sich die Haare und dreht sich um sich selbst. »Nein, nein, nein! Lass mich in Ruhe!«

Hör auf mich!

»Sei still!« Orri stürzt aus dem Bad zurück ins Zimmer. Da sieht er um sich. Was soll er tun? Was kann er tun?

Hilfe rufen? Sich eine Spritze geben lassen? Und dann?

Die Sonne scheint durch die Fenster, hell und rein wie das Bettlaken.

Geh zurück ins Badezimmer! Sieh in den Spiegel!

»Nein!« Orri blickt ins Licht, dann läuft er los.

»Lass mich! Hau ab! Verpiss dich! Geh zum Teufel!«

Was tust du?

Hörður schließt die Augen und im selben Moment verschwindet der Schatten des Todes. Wo er stand, ist nichts. Leere.

»Was siehst du?«, fragt Axel verwirrt.

Wer wird diesmal sterben, denkt Hörður. Axel, er selbst oder …?

»Bíbí!« Hörður wirft die Zigarette weg und rennt auf ihr Auto zu. Bíbí sieht ihn kommen und erschrickt, denn er ist das Entsetzen selbst.

Hörður bleibt stehen, schaut in alle Richtungen und öffnet dann die Fahrertür. »Bist du okay?«

»Ja«, sagt Bíbí und stellt das Radio leiser. »Was ist denn? Warum bist du so …?«

Sie verstummt, als von oben ein lauter Knall ertönt.

Hörður zuckt zusammen, dann schaut er an der Fassade des Krankenhauses hinauf. Sie ist in Sonnenlicht gebadet, das von den Fensterscheiben reflektiert wird. Eine Scheibe auf der vierten Etage ist zerbrochen, das Fenster klafft wie ein schwarzer Mund mit spitzen Zähnen. Es regnet Glassplitter, die in der Sonne glitzern.

Und zwischen den Splittern schwebt ein weiß gekleideter Mann. Im Fallen breitet er die Arme aus. Langsam dreht er sich und landet mit einem dumpfen Knall mit dem Rücken auf dem Asphalt. Exakt an der Stelle, an der der Schatten stand.

»Nein!«, ruft Hörður und läuft zu dem Mann in Weiß, der von der Wucht des Aufpralls noch einmal kurz hochgeschleudert wird und dann endgültig auf dem Boden landet. Die Glasscherben landen klirrend auf dem Parkplatz und den Dächern der Autos, dann macht sich unangenehme Stille breit.

Hörður kniet neben Orri nieder, legt die Arme um ihn und hebt ihn vorsichtig an. Er hat so viele Knochenbrüche, dass sein Körper schlaff ist wie ein Putzlappen. Die Kleidung ist zerrissen, er blutet überall. Auch sein Schädel ist gebrochen, eine Wange nur roter Matsch. Aber es ist noch Leben in seinen Augen, und der klaffende Mund zittert.

Mit einem Schluchzen in der Kehle fragt Hörður: »Was hast du dir nur dabei gedacht, mein Lieber?«

»Weg«, stammelt Orri mit Mühe. »Er ist weg. Ich bin frei.«

»Was hat er gesagt?«, fragt Axel, der Hörður nachgelaufen ist. Er hält sein Mobiltelefon in der Hand.

Bíbí steigt aus und kommt zögernd näher. Sie bleibt in einigen Metern Entfernung stehen und schlägt die Hand vor den Mund.

Orri schließt die Augen. Er röchelt, dann tut er in Hörðurs Armen seinen letzten Atemzug. Der Polizist senkt den Kopf und wiegt sich vor und zurück, als wolle er ein kleines Kind zum Einschlafen bringen.

Besonderen Dank an:

Stefán Eiríksson, den ehemaligen Polizeidirektor Jóhann Páll, Haukur Ingvarsson, Wachtmeister in Litla-Hraun, und den Literaturwissenschaftler Viðar Sæmundsson.

Printed in Poland
by Amazon Fulfillment
Poland Sp. z o.o., Wrocław

71635525R00233